时间过去那样久,
却从来没有人像你.

吻冬

下

桃吱吱吱 著

中信出版集团·北京

第 10 章

我还在等

❋ 41

"姐,你说小周最近是不是犯相思病了哦?"周四上午黎冬去看周时予的恢复情况,刚从病房出来,跟拍小于立刻就凑过来和她八卦,"你发现没?这几次咱们去看他,他回回都躺在床上看那个平安袋呢。"

生怕黎冬不信,小于还煞有介事地低头翻找相机照片,最后挑出一张合照,献宝似的递给黎冬看:"上次盛穗妹妹来送东西时候照的。后来小周私下里特意找我,问我能不能发他原图呢。"

周时予的身份背景在医院早就是公开的秘密。知情的人表面都敬而远之,背地里乱嚼舌根的人不在少数。黎冬垂眸看着照片,皱眉道:"你没和别人说吧?"

"我嘴哪能这么碎,肯定只和姐你说啊。"小于笑嘻嘻地扯皮,也不脸红,不忘绕回八卦主题,"你说小周他是不是喜欢盛穗妹妹啊?"

合照里,两个孩子没人在看镜头。笑眼弯弯的盛穗站在床边,细白双手里是求来的平安袋,看动作正要递给周时予。病床上的少年清瘦苍白,骨节分明的手伸出去接,双眼却专注地盯着盛穗,目光温和。黎冬还记得周时予说过,他从被诅咒的出生起,就是没人要的垃圾。如果手术失败,他应当会很快死掉。可在这张合照中,黎冬分明看到周时予对生的渴望。她想,无关情爱,盛穗在周时予心中总会是独一无二的。

"可惜了，两人都是好孩子，就是投胎投错地方。"想起两人的原生家庭，小于就连连摇头，"看他们俩的家庭条件悬殊，以后想要再见面，估计难咯。"

"不会的。"黎冬脚步微顿，回眸看向自言自语的小于，语气坚定，"只要想见到，就一定会见到的。"两人朝护士站走，在拐角处遇见来探访的顾淮安。男人手里提着纸袋，黎冬认识袋子上的标识，是附近很有名的蛋糕店，杨丽和同事下班都常去吃。

她点头算作打招呼，正打算离开时，顾淮安却笑着叫住她。男人将手里的纸袋递过来，笑容温和有礼："刚才和客户谈生意，顺路在蛋糕店买的，你要不要尝尝？"似是担心黎冬拒绝，顾淮安又补充道，"算是上次你帮忙转交平安袋的谢礼，我很喜欢。"

"话我会替你向盛穗转达。"黎冬礼貌推拒，"我不太爱吃甜的，蛋糕就不用了，谢谢你。"见顾淮安皱眉，黎冬怕他又像体检那次一样非要帮忙，先一步将话挑明，"我帮忙都是出于自愿，不需要你任何回报。如果你执意要报答，反而会让我觉得困扰。"闻言，顾淮安的眼神黯了黯，提着纸袋的手垂落，良久，苦笑着勉强问道："你总拒绝我，是因为怕祁夏璟吃醋？"

四目相对，黎冬看清男人眼底的苦涩，只点点头，并未再多解释。黎父体检和平安袋的事，祁夏璟都表现出对顾淮安的介意。虽是半开玩笑的态度，但祁夏璟说的每一句话，黎冬都会当真。她想多给祁夏璟些安全感，哪怕代价是将顾淮安推得更远。告别顾淮安，黎冬抬眼见对面护士站里的杨丽正热情地冲她打招呼，也不知刚才的闹剧看了多久。

"顾律师说吃醋，你居然点头承认了？"在八卦方面，杨丽的造诣简直登峰造极，凑上来就连环炮似的发问，"所以你是真担心祁副高嫉妒？你们俩这么快就复合了？"

两人一同往办公室走，黎冬只挑最后的问题回答："还没。"

"还没的话，那就是快咯？"杨丽瞬间捕捉到重点，沉吟片刻，又抛出新问题，"不过这个月底，最晚下个月上旬他就要结束指导回S市。你们俩打算怎么办啊？异地恋？"

H市和S市一个在北一个靠南，坐飞机都要将近四小时，实在不是维系恋爱的合适距离。这段时间，黎冬也想过她要不要搬去S市。一来相比H市，她更愿在南方过冬；二来她原定的高考第一志愿就是S市医科大，只是放心不下病中的父亲，才选择留在本地念书，一待就是十年。还有一点，如果让祁夏璟放弃在S市打拼的事业，为了她回H市重新开始，黎冬实在于心不忍。

周四傍晚六点四十分，祁夏璟的保时捷还没开进校园，副驾驶座上的黎冬就远远见到在三中校门口等候的教导主任。三十五六岁的男人西装革履，紧张地迎候在校门前，见保时捷缓慢开进校园，连忙让门卫开启电推门。

"祁总，久仰久仰。"不等祁夏璟下车，姓李的教导主任就站在车门外欢迎，上来先是点头哈腰地道歉，"抱歉啊，王校长中午临时接到市局电话去开会，现在路上堵车，实在是赶不回来。"

主任毕恭毕敬的态度，让黎冬不禁有些疑惑。只是来熟悉校庆的演讲流程，有必要搞得这么隆重？身旁的祁夏璟懒懒散散地应了声，转头看她："下车一起在母校逛逛？"

"好。"

"三中作为百年省重点高中，多年来致力于培养德智体美劳全面发展的三好学生。近十年的文理状元中，有八名来自咱们三中，更有近百名学生被海外常春藤等高校录取……"

"李主任。"喋喋不休的话听得人心烦，见黎冬在教学楼的喷泉前停下脚步，祁夏璟似笑非笑地瞥了身边人一眼，漫不经心的口吻自带威压，"或许你不知道，我也是三中学生。你刚说的这些，我十年前就听过。"

李主任是临时被抓来接待的，没做功课，也根本不知道祁夏璟是谁，闻言立刻打起哈哈，额前泛起细密汗滴。

黎冬不明就里地看着两人互动，在祁夏璟双手插兜走过来时，问道："他要一直跟着我们？"

"谈完事就走。"祁夏璟的回答含糊其词，他面朝着眼前大理石材料的圆形喷泉垂眸。水池东西南北四个角立着弹竖琴的天使雕塑，他不知在想什么，半响问黎冬："要许愿吗？"

不知道怎么来的传闻，三中进校园的喷泉一直被称作许愿池。多少年来，无数学生没事就会来喷泉前祈祷。可在黎冬的印象中，祁夏璟从来不信这些。

高三每次大考前，沈初蔓都会拉黎冬来许愿排名能进步。那时次次年级第一的少年总双手抱胸站在旁边，坚决拒绝加入"封建迷信小队"。

黎冬以为十年后也是同样。正当她想说先去忙正事时，身旁的祁夏璟已经闭上双眼，两手合叠，立定在喷泉前许愿。夜幕低垂，裹挟着冬寒的习习凉风吹过男人柔软的黑发。皎白月色铺洒在他的发顶肩头，增添几分圣洁而不可侵犯的意味。

短短不过十几秒，黎冬竟在祁夏璟身上看到了虔诚。

"我以为你不信这些。"静静等待男人睁眼，黎冬回想着过去祁夏璟不屑一顾的模样，勾唇轻声道。听出她语气调侃，祁夏璟垂眸盖住眼底情绪，只惯常地勾唇懒懒笑着："人总是会变的。"

李主任本以为黎冬是祁夏璟秘书，现在见两人姿态亲密，忍不住赔笑问道："请问这位是？"

"黎冬，我爱人。"祁夏璟轻描淡写地丢下二字称呼，懒散的眼神轻飘飘地看向教学楼，示意李主任赶紧带路。走出两步，祁夏璟发现黎冬还没跟上，回眸看向原地发愣的女人，迈着长腿大步走回去，勾唇问她："怎么突然傻了？"黎冬还沉浸在那声低沉亲密的"爱人"中，听男人语气逗弄，忍不住反驳："还不是因为你乱叫。"她半撒娇般埋怨的模样实在难见。祁夏璟眼底笑意更深，顺势牵住她长袖下悄然攥紧的手，不知收敛道："迟早都要这样叫的，就当提前适应一下。"

李主任带领两人走进教学楼，从正门大厅直到穿过一楼长长的走廊，都在和祁夏璟聊学校哪处空地适合开发，小心询问着祁夏璟意见。

和预想的走过场完全不同，黎冬听得云里雾里，全身注意力都集中在和祁夏璟十指交握的右手。走进教学楼前，她就几次试图松开手。平日都会顺着她的祁夏璟，今晚却铁了心一般，怎么都不肯放手。

不到七点，正是学生晚自习前吃饭、休息的时间。一楼走廊里满是来往学生，见到牵手的一男一女自然都会好奇地多看两眼。更有大胆的学生在经过黎冬身边时，还吹了声十分响亮的口哨。窃窃私语声不断钻进黎冬耳朵。

"哇，你看那两人在牵手！"

"他们都是谁啊，男的长得好帅，是咱们学校毕业的艺人吗？还是来拍戏的啊？"

"旁边的小姐姐也美到爆好吧？李主任带来的应该是学哥、学姐吧，果然帅哥、美女都是别人班的。"

毫无征兆地，某些深埋心底，连黎冬自己都不曾察觉的久违恐惧自心底升腾。学生们齐刷刷投来的异样目光、捂上耳朵也挡不住的闲言碎语……周围一切都熟悉得令人心慌。她下意识地想要将手抽出来，以为这样就能抵抗交头接耳，却被祁夏璟握得更紧。印象中，她从未如现在这般用力反抗，然而祁夏璟紧握着的手宛若铁壁牢笼，黎冬无法挣脱半分。

很快，两人交握的手心满是汗水。黎冬仰头去看祁夏璟，前面的李主任怒吼训斥道："都在这儿起什么哄呢！还不快回班级去！"

"主任，现在是自由活动时间，还不能出教室来走廊活动吗？"吹口哨的男生明显是个刺儿头，浑不吝的板寸发型，瞧着天不怕地不怕的。他直勾勾地看着祁夏璟："我在微博热搜上见过你，是三中××届的理科状元。听说你考年级第一还敢大摇大摆地谈对象。"男生咧嘴冲着祁夏璟乐，"传授点儿秘诀呗？"李主任瞪圆眼睛，气得脸都憋红："谭旭！你又想被请家长是不是？！"

"没什么秘诀。"衣袖下的手紧紧握住黎冬不让她逃避，祁夏璟面上仍是一派云淡风轻，懒散地挑起眉梢，"等你也能次次考年级第一，自然就清楚答案了。"话音刚落，凑热闹的学生堆里立即响起嘘声。

"什么嘛，这不等于没说嘛！"

"就是就是，纯粹就是秀恩爱。"

出乎意料又情理之中的，祁夏璟散漫恣意的性格格外招学生喜欢。很快就有戴眼镜的学生接着发问，这次问的是物理学习方法。自此，场面直接变成状元传授经验大会。机会难得，李主任起初怕祁夏璟不耐烦，后来见男人姿态懒淡，却是实打实地有问必答，自然喜滋滋地站在一旁等候。人群中有女生弱弱问道："祁学长，能问问你语文是怎么学的吗？"

祁夏璟闻言皱眉，舌顶着上颚轻喷出声，忽地转头看向沉默不语的黎冬："我高中语文，都是我爱人辅导的。"哪怕是第二次，"爱人"的亲昵称呼也听得黎冬心头一跳。众目睽睽下，她的手仍旧被祁夏璟握着不肯放。男人微抬眉梢，勾唇示意道："班长，传授下经验？"

黎冬自知她远不算聪明学生，于是只能在学习方法和效率上下功夫。相比于依靠自身天赋和家庭优势的祁夏璟，她的经验显然更适合绝大多数学生。很快她就发现，学生目光朝向的中心不再是祁夏璟，而是齐刷刷地落在她身上，耳边也依旧不时有窃窃私语声。

"好羡慕祁学长啊，女朋友不仅漂亮还成绩好。"

"刚才看他们牵手还不觉得，现在突然很嫉妒。"

黎冬出神地看着学生们的表情反应，被牵住的手忽地被轻轻捏了捏。她低下头才发现，不知从何时起，用力挣扎的手早已顺从地躺在祁夏璟掌心。连同那点儿多年的惶恐和不安，都如海浪落潮般退回大海，消失不见。

抬眸对上祁夏璟懒淡而不失温柔的桃花眼，黎冬好像突然懂得男人之前坚决不让她逃离的良苦用心。眼看着时间快到晚自习，李主任不得不将讨教的学生赶回班级。祁夏璟和黎冬则在走廊等着，十指紧扣。

"第一次早恋被抓，我被喊去老安办公室，所有知情的老师都是相同的评价。他们说，祁夏璟你小子运气真好。"说话的男人懒懒靠着墙站着，黎冬静静望着走廊顶灯勾勒出他凌厉的侧面轮廓线。就见他忽地转头，勾唇道："所以我一直知道，我们俩谈恋爱，其实是我高攀。"

始料未及的话语让黎冬的表情有片刻愣怔。捕捉到她眼底的诧异，男人懒懒抬起眉，表情意味深长。"刚才那小子问我怎么能考年级第一还谈对象，"祁夏璟又一次轻捏了下掌心柔软的小手，沉音带着点点笑意，"答案其实很简单。佳偶天成，我只需用尽毕生运气来遇见你就好了。"

42

"西南那边的空地面积很大，周围绿化环境好，阳光又充足，不过东北靠近教学楼的位置会更便利。当然，一切都由祁总您决定……"参观学校的一路上，李主任都讨好地跟祁夏璟说个不停，脸上堆砌的笑容让黎冬看着都疲惫。祁夏璟说此行目的是熟悉校庆流程，可他和李主任的对话，或者说是李主任的自言自语里，只字未提"校庆"二字。祁夏璟更像是来视察地形、准备盖楼投资的企业家。被臆想的念头逗笑，黎冬垂眸莞尔勾唇，就听身旁的男人低低出声："后续细节会有团队专门负责，不劳李主任费心。"

"好的好的，祁总您忙。"终于能解脱，李主任忙不迭地点头，想起什么又立刻补充道，"高三今天期中考试，没有晚自习，您请放心。"

祁夏璟冷淡地微微颔首。三中的走廊是半开放的，温冷银月跨过白色石栏映落在白色的瓷砖地板上。教室内时而传来老师讲课和学生的读书声，伴着十二月清凉的过堂风，让人只觉岁月静好。

目送李主任离开，黎冬看着两人紧紧相握的手，抬眸望向祁夏璟，压低声音："根本就没有什么熟悉校庆流程，你是特意带我来学校的，对不对？"从男人提出邀约时她就觉得疑惑，直到祁夏璟在走廊牵住她不放，黎冬才隐约猜到此行目的。大概是前几天她在值班室梦呓被祁夏璟恰巧撞上，男人知道她对流言蜚语有心结，才特意带她回校园。

被人放在心口呵护的疼爱永远令人触动。黎冬感到眼眶阵阵发酸，就听祁夏璟沉沉笑了一下："这么明显吗？看来我不适合准备惊喜。"凄清月色投映在男人挺拔落拓的身上，像是温柔覆上一层薄薄银纱，让今晚的祁夏璟显得格外温柔。他又问道："要不要上楼逛逛？"

黎冬没有拒绝："好。"两人顺着楼梯走上最顶层的高三教室。明亮空旷的走廊中见不到学生，偌大的教室也空无一人。整层楼安静无声，宛若同楼下世界隔绝开来。和十年前一样，高三每逢期中、期末等大考，学校会酌情取消晚自习，让学生适当放松休息。

重游旧地最能直观体现时间流逝得飞快。黎冬停在她曾奋斗一年的教室前，透过矮窗打量室内装潢。当年的木制课桌都换成可升降款桌椅，积尘太多以至于一使用就飞灰的风扇消失不见，变成前排角落的两台空调。连单调的墨绿色黑板，如今都变成自带投影仪的多功能黑板。

即便如此，黎冬仍眷念地望向无人的靠窗角落，眼底一片柔和。文理刚分班时，她和祁夏璟分别坐在最靠里一列的倒数两排。那时他们还不熟，哪怕是坐前后桌，黎冬也不敢主动回头搭话。常常是埋头握笔，心不在焉地在草纸上演算，默默听祁夏璟和身边人谈笑。她的喜欢不见天光，所有情绪只为他一人所牵动，乐他所喜，哀他所悲。

"黎冬。"沉默许久的祁夏璟忽地低低出声。黎冬转头对上男人侧脸，就见他深邃黑眸同样望向靠窗角落，半响勾唇，低声在寂静走廊更显浑厚。"你知不知道，其实你特别难追。"男人未牵她的另一只手懒懒地撑靠在矮窗窗框上，唇边笑容倦淡，陷入回忆让沉缓的语速更沉稳，"以前明明就坐在我前面，却一整天都不回头一次，永远在看书做题。"

回忆中清瘦的少女背影笔直，束起的马尾黑发柔软，祁夏璟从鼻腔里哼出点儿轻笑，口吻满是无奈宠溺："那时我就总在想这女生眼里怎么只有学习，没注意到后座还有个活人吗？"

视线落在男人嘴角漫不经心的笑容上，黎冬却忍不住地想起他们前后桌仅仅是在刚分班时。大概半月后就以考试排名为依据换座，成了同桌。某个念头在脑海跳出，思绪有一瞬的凝滞，所以……祁夏璟是在刚分班时，就已经喜欢她了吗？

"是啊，比你想的要早很多。"祁夏璟总能一眼看透黎冬所有的心事。眼底染笑的男人侧身看她。桃花眸在背逆银月中好似温润宝玉，流转眼神中有星星光点，对上黎冬愣怔表情，替她问道："想问我为什么？"

黎冬抿唇，顺从地点点头。

"因为觉得满足。"时间过去十多年，祁夏璟仍记得那年酷暑闷热无比。毒辣的烈日经过玻璃窗斜射在窗边的课桌上，滚热而刺眼。文理分班的当日班级格外热闹，伴着烈日高温，停不下来的吵嚷声令人心烦躁乱。趴在课桌睡觉的少年频频皱眉。

有光穿过层层叠叠的银杏叶片，灼烧他裸露的后颈，细细光线利刃般割裂着皮肤，如何改变姿势都是如影随形。睡意被燥热打散。祁夏璟不耐烦地正要坐起身，那束晃眼的光却被浅米色纱帘遮挡得严严实实，再不见半分。

站在窗边的女生侧影清瘦，宽大的校服被洗到褪色。有风吹进来，摆动的衣摆勾勒她清瘦却玲珑有致的身形。交头接耳声中，只有她安静地抬手拉窗帘，肤色冷白得晃眼，在吵嚷人群中显得鹤立鸡群。确认窗帘遮去所有强光，自以

第 10 章

287

为无人注意到的女生忽地垂眸轻笑。精致深邃的侧颜在这一刻柔和却无比夺目，连纱帘后的似火骄阳都较之暗淡。

那个寻常不过的下午，黎冬浅淡恬静的笑容却让祁夏璟至今难忘。再华丽的言语都无法形容他当时的感受，只觉得胸腔瞬间胀满。郁积的烦闷和躁动，都尽数被安抚抹平。"当时只觉得，时间能永远停在那一刻该多好。"思绪从回忆中抽离，祁夏璟看清黎冬眼底的不可置信，微微抬起眉，抬手轻捏她柔软的脸侧，"因为一个笑就动心，是不是很肤浅？"黎冬摇头，沉浸在祁夏璟早就注意到自己的震惊中："喜欢一个人，本来就不需要理由。"

祁夏璟骨节分明的手停落在她鬓角上，修长指尖钩起她的碎发捋至耳后，沉沉笑道："我不相信自己是会一见钟情的人，所以自初见起，我每天都在想，明日该如何与你重逢。"今晚大多是祁夏璟在说，黎冬在听。男人低沉缓和的声音，正一点点儿为她揭开十年前少年那些不为人知的青涩情愫。

"很久以后才有人告诉我，这世上有种名叫'暗恋'的喜欢。它会让人生出自恋和自卑，哪怕明知道对方的一颦一笑与你无关，也忍不住臆想，万一呢？"祁夏璟眼底是溢满的爱意，却让黎冬眼底越发酸涩，连刻意压抑的呼吸都在轻颤。她用尽整个青春爱慕的少年，正坚定而温柔地告诉她，他也曾在不为人知的岁月里，默默喜欢了她很久。

祁夏璟干燥温暖的掌心贴着她脸侧，爱抚般的动作亲昵温和。不似往日平静无波的语调暴露出男人心底的惊涛骇浪："阿黎，我很幸运能成为你的万一。因为我爱的人，终成了我的爱人。"

沉浸在告白中的黎冬，全然忘记她是如何被祁夏璟带到那间教室前的。祁夏璟说他不擅长准备惊喜，可当她看清眼前教室的摆设布置后，脑海中却浮现出一句网络流行语：男人的嘴，骗人的鬼。

从牵手到倾吐心事，今晚一切都如梦境般缥缈。可和眼前景象相比，全都不值一提。眼前的教室不再充满现代化科技。尘封记忆的木制课桌随意摆放着，杂乱无章却格外熟悉，天花板上挂着的老旧风扇正嘎嘎吱吱地转动着。甚至连墨绿黑板上的字画都和记忆中那张照片里的一模一样。教室中间靠窗的位置，有一张棕木色的课桌静静站立——曾有午休的少年趴在上面小憩。

黎冬瞳孔微缩，震惊到几欲失声。她忍不住向后跌退半步，抬眸看向头顶门上的牌匾，微微泛黄的铜黄表面写着：高三（7）班。"

她绝不会记错这是她和祁夏璟被偷拍的教室。艰难出声时，她的嗓音不住轻颤："你……为什么？"祁夏璟是怎么做到的，又为什么要做到这种程度？为了她，真的有必要吗？

"这间教室在去年被废弃,我就随意让人改了下。"捕捉到黎冬退却的动作,祁夏璟握住她的手微微用力,低哑的沉声柔缓又令人心安,"抱歉,以这种方式把你哄骗进来。"他再想不到其他办法,能让黎冬不设防备地走进这间教室。黎冬莹润的水眸中泛起点点湿意,却没有恐惧和不安。祁夏璟拉着她的手走进废弃的教室,在那张老旧的课桌前坐下,抬起她因为情绪激动而轻颤的手,放在唇边轻柔落下一吻,柔声问她:"我现在坐在这里,你还害怕吗?"本该是感动发笑的时刻,黎冬却只觉得胸腔胀开酸涩。她紧抿双唇用力摇头,紊乱的呼吸夹杂着细微的哽咽,拼命压下眼中泪意。

"那晚来值班室,我听见你在哭,叫了很久你才醒。"祁夏璟眼中泛起的疼惜和怜爱刺痛了黎冬的双眸。男人抬手轻抚她通红的眼尾,微凉指尖轻拂去湿润泪意,只剩愧疚的声音沙哑:"对不起啊,让你独自害怕这么久。"

黎冬握着他的手只是摇头,垂眸看清祁夏璟眼下淡淡的乌青。哽在喉咙的酸楚,让她实在说不出一句完整的话。直到现在她仍不懂,为何十年前的陈旧积案,连她自己都疲于处理的情绪和心事,祁夏璟却近乎偏执地这样在意。男人大费周章地折腾这样久,不过是想诉她短短四个字——她安全了。她不再需要躲躲藏藏地终日活在阴影之下,可以光明正大地同他牵手去任何地方。即便身旁有不好的声音和目光,他们也会共同面对。

"阿黎,伸手。"一片压抑的静谧中,祁夏璟低柔的呼唤声响起。男人已经迅速整理好情绪,从大衣口袋中拿出巴掌大的方形透明盒,里面静静躺着一株羸弱的嫩芽。玻璃盒的触感冰凉,黎冬放在掌心细细打量,不解地轻声问道:"这是什么?"

"银杏树的嫩芽。"祁夏璟转身看向窗外枯枝横生的银杏树,枝丫上连一片卷曲焦黄的叶子都寻不到踪迹。他沉沉道:"十年前的那个夏天,窗外也同样是这一棵。我昨晚来学校,在树上发现了唯一的新芽。"祁夏璟口吻低沉而平缓,像是在徐徐道来一个故事,"这棵银杏在十年中经历过数次枯萎,可更多的一定是开花、结果与新生。"手里的玻璃盒很轻又很重,黎冬静静望着男人深邃眼底泛起的温柔笑意,忽然明白他的话中深意。

祁夏璟将牵住她整晚的手松开,两人各自掌心都是濡湿的汗渍。男人俯身看她,薄唇停在黎冬耳侧,姿态亲昵:"我知道痛苦终将是痛苦,但我希望这份痛苦,终有一天能发芽新生,开出最美丽的花朵。"黎冬垂眸望着握紧在掌心的玻璃盒,坚定地"嗯"了一声,一定会的。一时间,空旷偌大的教室里只剩下两道呼吸。祁夏璟极有耐心地保持俯身倾听的姿势,似乎在等黎冬为这个来之不易的今晚画上圆满句号。

良久，黎冬听见自己轻声呼唤男人姓名："祁夏璟。"

"嗯？"沉沉的疑惑单音贴着耳边落下，黎冬身体细微地向后倾倒半寸。对上祁夏璟深邃深情的桃花眼后，弯眉莞尔一笑。在男人微不可察的一瞬屏息中，黎冬微微踮脚，同时侧偏过头，将柔软湿润的唇轻印在祁夏璟的右脸。十年前她不曾有勇气做到的事情，终于在今夜如愿以偿。

"你知道吗？"黎冬感到耳尖有些发热，只得错开视线才能将话说完，"其实这个吻，我等了很久。我也很幸运能成为你的万一。"两人从教室出来时，时间已经过了晚上八点。第一节晚自习正好结束，走廊上满是来往学生。这次黎冬和祁夏璟都不再执着于一定要牵着手，只并肩从教学楼后门出来。黎冬心血来潮地想去看看操场旁那排银杏树，祁夏璟自然都依她。

十余棵银杏树笔直排开。光秃的枝丫羸弱地在寒风中战栗，粗壮树干却笔挺粗壮，让人不由得联想到来年绿叶繁茂的模样。黎冬在那棵银杏树前停下脚步，认真地从上到下打量许久，忽地道："明年开春发芽的时候，我们再回学校看看吧。"说起明年时，黎冬脸上的表情自然无比。隐隐释怀的语气让祁夏璟无声勾唇，沉声应好。

拍过照后，两人正要沿着这排银杏树原路返回校门口，祁夏璟口袋里的手机突然响起，是徐榄打来的电话。月明星稀，在寂静无声的夜里，无人空旷的操场环境让听筒那边徐榄的声音格外清晰："老祁，老李头电话都打到我这里了，他让我问你S市的事——"

"我等会儿回消息，"祁夏璟黑眸微沉，冷声打断对方的问话，"我和黎冬在三中，你有急事？"

"班长也在？"徐榄在那边低低骂了句，随即欲盖弥彰地扬高声音，"那什么，老李头就是问问你S市的资料什么时候发他，他都等着急了。你抓紧点儿啊，不然老李头要找主任，你就麻烦了。"

"知道了。"挂断电话，祁夏璟冷眼点开微信，点进早被设置成消息免打扰的某人的聊天页面。扫了眼对方发来的三十多条消息，半个字都懒得回，面无表情地锁屏手机。几步外，黎冬正低头看着手机屏幕。祁夏璟视力极好，一眼就辨认出黎冬看的是当年那张偷拍照。只不过此刻她的眼里不再充斥着恐惧不安，只剩下一丝丝犹豫。祁夏璟点开手机相机，对准他的身影和月光下的黎冬，迅速拍下一张照片，顺手归纳进照片数量日益增多的相册。

"恨拍照的人吗？"头顶响起低沉有磁性的男声。黎冬抬头对上祁夏璟双眸，半晌缓缓摇头道："现在不会了。"最好的报复是美丽，最美的盛开是反击。[①]人生想做的事还有很多,她不想把时间浪费在他人的过错和恶意上。长按屏幕,她将偷拍照保存进相册,如释重负地弯眉微笑:"其实这张照片,拍得挺好看的。"温柔银月下,黎冬真心诚意的笑容不带一丝勉强。碎发随着晚风飘扬轻晃,不知道在黑夜中撩拨着谁的心弦。

"确实不错。"祁夏璟抬起眉,语调又恢复往日的漫不经意,"如果你能配合镜头就更好了,就像刚才在教室里那样。"

习惯某人深情和无赖的自如切换,黎冬抿唇思量片刻,忽地轻声道:"来日方长,会有机会的。"话落她转身就走。第一次听黎冬说俏皮话,祁夏璟只意外半秒便勾唇沉笑出声,长臂一伸拉住她胳膊:"你刚才说什么?"

"没听清算了。"

"再说一遍,不然我现在要亲你了。"

"别闹了,还在学校。"

"哦,那就是回家可以亲?"

在门口道别后,两人背对着打开家门,回到各自的家里。

房间一片昏暗,自娱自乐玩累的罐头趴在窝里睡觉。祁夏璟懒得开灯便先去了客厅,确认金毛一切安好后,起身去厨房的冰箱拿水喝。静寂的封闭空间漆黑幽暗,桌面、柜子都空荡荡的,冷清到看不出分毫人间烟火气。笑容退却,祁夏璟眼底的温情寒凉几分。拉开餐厅的椅子坐下,他看着被徐榄称作"老李头"的某人,也就是他在S市医院的直系上级,在回家的间隙又发来的五六条消息,明显情绪激动。

李贺文主任:回S市的事情究竟什么时候定下来?好几台手术和一些医院项目都在等你回来安排!

李贺文主任:为什么老刘说你不想回S市?你这是突然发什么疯?我这个位置再过两年就是你的,还有那么多人脉资源,你说不要就不要了?

李贺文主任:我不管你是什么毛病,给你两天时间,赶紧把回来的手续办完。H市那边的工作不要再操心了,人尽早给我回来!

三四十条消息翻来覆去就一个意思。祁夏璟将水瓶放在桌面,后背懒散地靠着椅背,最终还是晾在一边没有回复。他起身走向书房,在经过门时,朝门边的模具瞥了眼。最后在书桌前坐下,他打开电脑,处理这两天因为布置教室

[①] 引用自歌曲《玫瑰少年》。

而堆积的公务。两小时后，处理完事情的祁夏璟抬手捏了捏眉心，先是百般无聊地点开他和黎冬的聊天记录，从头到尾翻看后又点开手机相册翻看一遍，随后用指尖点击书桌上的灯光操控台。

一束昏黄的灯光直直打落在门边的银白婚纱上——这是黎嫒试婚纱那日黎冬穿过的那件，她曾穿着这件婚纱同他接吻。过去习惯了独自熬过漫长黑夜，今晚突然有人陪伴，反倒让思念在分别后成倍地疯狂滋长。睹物思人难填欲壑，祁夏璟现在就想听她的声音。

"这么晚了，有事吗？"听筒里，轻柔女声带着困倦响起的瞬间，胸口巨大的空洞消失不见。祁夏璟如常设置好通话录音，撑在桌面的左手懒懒支着脑袋，语调倦怠："小叔让我来问，关于伴娘服，你有没有别的意见？"

"小姑父来问伴娘服吗？"黎冬困惑地轻唔出声，随后认真地说道，"衣服很好看，我没有意见。"祁夏璟拿过书桌左上角的几张白纸摊开，看着纸面上不成形的婚纱设计稿，继续道："你喜欢什么裙摆，什么轮廓？紧身还是喇叭形？或者是公主式伞裙？"

"伞裙吧，其他两款是不是更适合婚纱？"

"领口呢，绕颈式、心形领、卡肩式还是其他的？袖子长度有偏好吗？无肩带和一字肩——"

"祁夏璟，"听筒里传来一轻叹，随后是衣服和被面摩擦的窸窣声，应当是已经躺下的人重新在床上坐起身，声音带着点儿困倦鼻音，"你是不是不想让我挂电话？"和过去一样，哪怕他永远是漫不经心的语调，黎冬总能第一时间察觉他最细微的情绪变化。

"嗯。"祁夏璟回答得言简意赅，"失眠。"

"那你要不要泡杯蜂蜜水喝？"黎冬在听筒另一边耐心提建议，"或者热点鲜牛奶也可以。正好你胃不太好……"女人温润如水的柔音在耳畔响起，一字一句宛若软唇贴在耳边亲昵叮嘱。时而重音咬字时，听筒微微的振动像是她温软的呼吸，应该还带着雏菊的淡淡清香。祁夏璟勾唇笑了下，觉得自己有点儿魔怔。他点亮手机屏幕，默算着距离明早能见到黎冬，还需要多长时间。见他许久没反应，黎冬忍不住问道："我刚才说的，你听见了吗？"

"没，信号不好。"祁夏璟再次点开和李贺文主任的聊天记录，重新将对方四十多条消息翻看一遍，出声道："你再说一次吧。"半响一声轻叹后，对面又响起细微窸窣声。重新躺下的黎冬用柔缓声音道："你需要的话，我可以不挂电话，你想聊天的时候，可以喊醒我。"打字的手微顿，祁夏璟眼神忽地一片柔和："好。"

黎冬依言，没挂电话也不再出声。很快，伴着对面平稳悠长的呼吸声，祁夏璟修长指尖点击发送：“项目和手术找别人。我不回 S 市了。”

❋ 43

黎冬第二日早晨是被狗叫声吵醒的。她的生物钟向来准时。将近六点时，人已经有睡醒的预兆，还未等闹钟响起，听筒里边就传来微弱的呼哧呼哧声。黎冬在半梦半醒中听见声音，皱眉睁眼，拿起枕边的手机放到耳边，确认是罐头的声音。狗哼哧半天也不见祁夏璟有反应，黎冬猜他还没醒，窝在厚厚的被子里，轻声试探道："罐头？"

"汪！"狗的听力是人类的十几倍。黎冬话音刚落，听筒里立即响起一声嘹亮的狗叫，紧接着便是由远及近的狗爪刨地的声音。

"汪！"又是一道亢奋的狗叫，随即是男人低沉沙哑的闷哼落在耳边，压着火气的叹气中还夹杂着压抑的起床气。

"黎冬，"祁夏璟带着鼻音的沉声充满无奈，几乎是气极反笑，"我刚才差点儿被谋杀。"黎冬没有赖床的习惯，打开免提，坐起身道："你已经醒了？"

"嗯，傻狗太吵。"话毕男人又是不耐烦地长叹，冲着仍旧叫个不停的罐头低低丢了句"闭嘴"，清晨的坏脾气依旧。黎冬脑海中浮现出祁夏璟眉眼紧皱却不得不起床给金毛放饭的模样，不自觉弯唇浅笑。很快，免提里传来男人的脚步声，关门声后，又附加一道清脆的落锁声轻响。黎冬猜他是给罐头倒完狗粮后又重新走回卧室。

黎冬换好衣服，见时间还早，想起祁夏璟昨晚提起的失眠，询问道："你要不要再睡半小时？我等下打电话喊你。"许久不见对方应答，黎冬点亮屏幕，确认通话仍在继续，沉思片刻，换了种说法："或者我不挂电话，你开着免提，半小时后我叫你起来？"

这次某人倒是应得很快："好。"

黎冬闻言无奈摇头。她发现祁夏璟在医院整日面无表情，偶尔似笑非笑也是疏离散漫的冷感，私下里却总小孩似的，时而耍点儿孩子脾性，还得好声好气地哄着。不想把人吵醒，黎冬只敢轻手轻脚地活动，连去餐厅倒水都小心翼翼，生怕玻璃器皿磕碰在桌上。

半小时后她温声将人喊醒，两人六点四十五分先后推开家门，外带一只精神金毛出门晨练。有黎冬在，罐头向来是不肯让某人牵的。于是祁夏璟便双手插兜地跟在一人一狗身后，黑色鸭舌帽压低遮住眉眼，黑衣、黑裤的运动服衬出身姿挺拔颀长，久久不散的起床气黑雾般笼罩周身。

两人在体育公园的某处矮草丛停下，等着金毛上厕所。罐头对于排便位置向来谨慎，拱着狗鼻子不住地在杂草地嗅啊嗅，时不时翘起后腿又放下。几分钟内换了好几个地方。黎冬耐心地拉着牵引绳等待，还特意背过身，和慢悠悠跟在身后的祁夏璟视线相撞。四目相对，背对晨光而站的男人抬起眉问她：“怎么了？”

"没事。"黎冬摇头，右手又放出些牵引绳让罐头自由活动，轻声道，"尊重它的隐私。"桃花眼有一瞬愣神，随后是由胸腔振动而发出的沉沉笑声。祁夏璟似是真的觉得好笑，肩膀都在微颤。

"嗯，你说得对。"男人抬手压低帽檐，却无法掩饰薄唇勾起的弧度，"受教。"黎冬半信半疑地看着他，觉得祁夏璟的话实在算不上真心实意。她正要出声问，半步外的人忽地朝她俯身弯腰，将下巴垫在她肩上。整个人没骨头一般懒洋洋的，薄唇停在她颈侧，温软呼吸轻拂过肌肤，带来阵阵痒意。幽淡的乌木沉香丝丝入鼻，黎冬觉得肩膀沉甸甸的，想起祁夏璟眼下时常有的淡淡乌青，轻声问他：“你以前也经常失眠吗？”

祁夏璟闭上眼睛：“偶尔。”

"要不要睡前喝些牛奶？或者洗个热水澡？"黎冬思索着给出答案，语气却并不肯定。她刚搬来这里时，也曾因为不熟悉环境失眠过一段时间，试过上述方法，都收效甚微。她话语微顿，搬出她当时的解决办法。"其实还有个办法，只是听上去有点儿奇怪，你要听听吗？"说完又补充，"但对我很有用。"祁夏璟睁眼，配合地站直身体应和：“嗯，你说。”

"就是侧身靠着墙睡。"见无动于衷的人终于有反应，黎冬才有些底气地继续，双手同时比画着，"我以前的床头靠墙，左右两边空荡荡的，就总失眠。后来把床贴着墙摆，晚上侧身靠着墙睡，就会踏实很多——"祁夏璟垂眸静静听着她说话。女人未施粉黛的脸上表情认真，时而会停住话思考片刻。橙红晨曦和微凉早风同时拂过她发顶肩头，岁月静好。她抬头望进他眼里时，眸中带光。祁夏璟倏地弯唇。

"你在听我说话吗？"黎冬不清楚男人为什么突然笑起来，疑惑道，"还是在想别的事情？"祁夏璟回话：“嗯，在听。”其实没想什么，就是觉得早起就能见到她，这一天应当都不会太糟。

"你昨晚都和老李头说什么了？"下午两点的会议结束后，徐榄在和祁夏璟一同去往手术室的路上，忍不住好奇地问道，"他都快要气疯了，大早上打了六个电话骂我。"面对好友的调侃目光，祁夏璟目不斜视，轻描淡写地道："我说我不回 S 市了。"见祁夏璟的语气不似开玩笑，徐榄眼中笑意微滞，表情变得凝重："因为班长？这件事你和她商量过吗？"祁夏璟脚步微顿，懒散掀起眼皮，反问："商量什么？商量我要放弃原本的工作留下来，还是商量怎么避免被骂？"

男人的口吻平静到冷酷，直视着徐榄的目光沉静幽冷，字字清晰："这种'为了她'式的商量，除了增添她的心理负担，你以为还有什么用？"

这些年，徐榄是看着祁夏璟单打独斗过来的，对方有时拼命到让他担心会不会随时垮掉。他不禁拉住祁夏璟："好，医生工作的事不谈。那 S 市的其他事业呢，你真就甘心撒手不管了？"

祁夏璟垂眸看着胳膊上的手，语气平静无波："如果换成沈初蔓，你舍得让她放弃一切，背井离乡和你去 S 市吃苦吗？"

"我们俩能一样吗？我去 S 市是为了徐家，回来自然无所谓。可你不一样啊，祁夏璟！你奋斗那么多年，就是为了摆脱那个地方，现在丢弃一切回到这里。你真以为祁家和那个女人会放过你？我没有让你一定要回 S 市，我只是觉得，这件事黎冬也有知情权。你这么武断地决定，有没有考虑过她要怎么心安理得地接受——"

"手术十分钟后开始。"祁夏璟倏地冷声打断，在手术室前停下脚步，面无表情地抬眼扫过墙上时钟，语气懒散，"说完没？说完我进去了。"徐榄看他模样心不在焉，就知道刚才的苦口婆心都是废话。他话到嘴边卡壳半天，最终化为无奈长叹。

"各种程度上你和班长都是绝配。两人一个受了委屈一声不吭，另一个放弃所有毫不犹豫。以后干脆叫你'祁大情种'得了。"徐榄用手肘撞了下祁夏璟肩膀，活跃气氛地随口道，"昨晚进展怎么样？折腾一周还特地去学校，和班长告白成功了？"祁夏璟挑眉瞥了他一眼，似笑非笑："没告白。"他手里一堆破事厘不清，告白后某些人会再把过错顺水推舟给黎冬。祁夏璟决不许十年前的困境重演，他想要她无所负担地爱上他。

"大男人还磨磨叽叽的。"徐榄也不再打探，朝手术室扬扬下巴，"我上楼看老头子去了，你进去吧。"话毕他微不可察地轻叹出声。

自手术后，徐老爷子已经在医院静养快一个半月了。徐老爷子本就是躺不住的性格，前几天听负责医生松口，就成天嚷嚷着要出院回家："人啊，都是越躺越废。我这身体原本没事的，再躺几天，老头子的骨架都要在床上散掉咯。"未见其人先闻其声，徐榄人还在病房外就听见徐老爷子笑呵呵的声音。

第 10 章

295

正疑惑他对谁竟这么友善，推门进去，果然就见沈初蔓坐在床边，旁边圆桌上摆放着巨大的果篮。

徐、沈两家算是世交，祖父辈是过命的交情。沈爷爷很早因病去世，徐老爷子便对沈家的小孙女格外疼爱，对自家孙辈和其他人永远严肃地板着脸，唯独对沈初蔓无限纵容。病房门被推开，沈初蔓只轻飘飘扫了徐榄一眼，又笑眯眯地继续给老人削苹果，乖巧模样和平日判若两人："爷爷还是要听医生的，这样才能长命百岁。"

徐榄一进门就饶有兴致地靠墙看人，认真打量沈初蔓刻意的装乖打扮。女人往常的精致妆容改为淡淡的"素颜妆"，反季的短衣、短裙也换成知性长裙，连最爱的细高跟都换成窄脚的黑亮小皮鞋。看她笨拙地用水果刀削苹果的模样，徐榄忍不住勾唇轻笑。

"臭小子越大越没礼貌，进来也不知道问好？"徐老爷子一看徐榄吊儿郎当的就来气，靠在床头看着沈初蔓，清清嗓子问道："蔓蔓，这么久没回国，找男朋友了吗？"沈初蔓忙着削苹果，随口道："没呢，忙着赚钱都来不及。"

这时又有人推门进来，沈初蔓回头看见黎冬拿着资料进来，弯眉甜甜叫了声"冬冬"，继续回话："爷爷别催啦，这不是一直没遇到合适的人嘛。"

住院期间，徐老爷子早打探过黎冬身份，知道她就是祁夏璟不回家的根本原因，见人进来也只冷哼一声："你来干什么？"

"例行检查。"黎冬将资料放在床头柜上，问询情况后，俯身拿出听诊器，道，"请您配合。"知道徐老爷子不待见她，黎冬平日来病房都挑他睡觉的时候。今天负责徐老爷子出院的医生卧病在床，她就得硬着头皮来。徐老爷子视她为空气，解开衣扣，转而和蔼地看向沈初蔓："怎么就没合适的人了？病房里这个臭小子不行？好歹知根知底的。"

过去徐老爷子就热衷于给两人说媒，徐榄知道沈初蔓又要打哈哈，弯腰去接她手里几次差点儿削到手指的水果刀："爷爷，您歇会儿吧——"沈初蔓微微弯身不给他碰，低头随口道："那爷爷您得先问问某人到底是不是单身。"徐榄闻言微愣，手悬在半空半天没动。徐老爷子立刻瞪眼看过来："问你话呢，发什么呆呢？"

徐榄垂眸深深看了沈初蔓一眼，佯装无谓地耸肩道："是单身。"沈初蔓削苹果的动作停顿半秒，这次语调倒是冷淡："哦。"

病房内的气氛肉眼可见的冷淡，还是黎冬回头嘱咐身后小护士的声音打破平静。她拿起床头柜上的资料，先是递给徐榄两份，才将最后一份交给徐老爷子。

"病人下周一可以出院。我现在简单说一下出院后的注意事项，以及日后需要定期复查的项目……"女人沉静平稳的声音徐徐响起，不紧不慢，听着十分舒服，末了抬头看向徐榄道，"除了我刚才说的注意事项，饮食建议和详细的一周食谱也在资料里。你是医生应该明白，最重要的是和非专业的家属说清楚。如有需要的话，我下班前可以发你一份电子版。"

手里的资料全面到令人咋舌，徐榄自问他没有黎冬十分之一细心，郑重道谢："谢了，班长。"他看向沉默许久的徐老爷子，却见老爷子正直勾勾地盯着手上的资料，表情震惊。资料内容相同，但徐老爷子那份的字号被黎冬细心调整为适合老年人的大号，她还特意用绿色荧光笔画出重要事项。她垂眸看着徐老爷子，平静问道："病人和家属还有任何问题吗？"

徐老爷子将资料放下，笔直的腰杆自带威严，犀利的眼神先扫过墙边埋着头的小护士，才转向黎冬："你好像不怕我。"黎冬默不作声地挡在小护士面前，波澜不惊地道："我在专业方面无愧于您，没有害怕的理由。"徐老爷子又盯了女人许久，在沈初蔓忍不住想出声打断时，意味不明地问道："你和祁夏璟在谈恋爱？"

"还没有。"

老人眯起眼睛，表情不善："没有？那你知不知道他因为你跑到S市去，这么多年不回家？你就没什么想说的？"

徐榄皱眉制止道："爷爷！您——"

"是，我没什么想说的。但我和祁夏璟都是成年人，可以对自己的行为负全责。"黎冬不卑不亢地温声回答，语气平定冷静，直直对上老人的目光，不见丝毫恐惧或讨好，"同时我也希望您能给予他成年人之间最基本的尊重，让他拥有自主选择权。"话毕，她确认在场人没有其他问题，微微颔首便离开病房。小护士逃也似的跑得飞快，黎冬刚走到楼梯口，正准备下楼时，只听不远处病房门再次被打开，是沈初蔓兴冲冲地出来。

"太强了，我还没见过有人敢跟徐老爷子顶嘴。"女人双眼亮晶晶的，"知道你走后，老爷子怎么评价你吗？"沈初蔓直起腰背，模仿起老爷子端起架势、板着脸的样子，眼睛一瞪，眉头一抬，从胸腔中哼出声，"小丫头看上去闷不吭声的，还是块硬骨头——难怪祁夏璟这臭小子惦记这么多年。"

黎冬知道她不会说话，闻言只莞尔一笑。

"不过说真的，"沈初蔓欣慰地抬手抱住黎冬，"我觉得你变了好多，刚才都有点儿不敢认你了。"

"说什么呢？"黎冬揉她脑袋，抬眼看向跟着从病房里出来的男人，轻声道,"徐榄好像找你,有什么话等我下班说吧,你不是晚上要来我家里吃烤肉吗?"

"行,我等会儿忙完直接去你家,你下班就有饭吃。"目送黎冬背影消失,沈初蔓瞥向几步外靠墙站的徐榄,扬眉语气生硬地道:"找我有事?"徐榄垂眸扫过她鞋面,视线微顿,又抬眼,笑容温润。"这两天为什么躲着我?"不等沈初蔓作答,男人先自顾自挑眉,猜测道,"是我那天喝酒,吐你身上了?"

"有病。"沈初蔓忍不住要翻白眼,徐榄却从口袋里拿出一片创可贴,在她面前蹲下,温声道:"你脚后跟出血了。"习惯每天穿高跟鞋,脚上新换的皮鞋难免打脚。沈初蔓并不在意这点儿小痛,但是徐榄指尖碰到她伤口时,她不由得轻呼:"你干吗?"

"不疼?"徐榄反问,语气不容置疑,"抬脚。"沈初蔓只能看到徐榄宽阔肩背,脑海莫名其妙地想起那晚男人在车里轻声让她乖些的场景。心头轻跳两拍,她脱口而出道:"徐榄,你刚才和爷爷说你没有女朋友,真的假的啊?"

感受到停在她脚后跟的手顿住,沈初蔓又慌不择言地补充:"别多想好吧,你要是有女朋友,我肯定要避嫌。"或许是她的错觉,沈初蔓总觉得"避嫌"两字刚出口,男人紧绷的背突然放松,贴好创可贴起身时,表情也自然如常。

"可以有,也可以没有。"徐榄勾唇朝她笑了笑,眼里是沈初蔓读不懂的复杂情绪,"是不是单身,你说了算。"

"神经病。"沈初蔓被他的话绕得云里雾里,刚加快的心跳又慢回去,只觉得面前的徐榄笑得欠揍。果然,男人没一个正常东西,有空琢磨他们,不如多赚点儿钱买双高跟鞋。

"履历和相关资料已经发给您了。如果有合适的机会,希望您能帮忙引荐,面试时间上我都可以配合……是的,其他城市都不会考虑,S市偏僻些的位置没关系,对薪资的接受度也很高……职称清零的事我知道的。老师您放心,我有我自己的考量,不会冲动做决定。"挂断电话时正好晚上七点整,黎冬将手机放在桌面,看着对面烤肉的沈初蔓独自忙碌,各种肉加起来给她堆了大半盘,抱歉道:"对不起啊,导师只有现在方便接电话。"

像黎冬的职称级别,不可能走网络投简历,只能通过导师的人脉引荐,再到定点医院进行笔试和面试的甄选。H市再是一线城市也比不过S市,那边的高学历精英一抓一大把。黎冬打电话前就想过困难重重,但真正听导师说起时,心还是猛地一沉。几家医院都只要自家专培的医生,有些则摆明了海外留学经历和博士学位的硬性条件。甚至有不少医院有明文规定,除非特聘情况,否则所有招聘入院的医生都必须职称清零，从住院医生重新做起。

这也就意味着黎冬前几年的履历全部作废。她不算坦然地接受事实，沈初蔓听她要为祁夏璟只身去Ｓ市，甚至要放弃一切时，气得直拍桌子。"凭什么要你放弃啊！他就不能留下来？"沈初蔓仰头喝光杯里汽水，不服道，"还有，他祁夏璟不是很牛吗？这时候怎么不出头帮你联系一下？不走后门，弄个笔试或面试的机会也好啊！"

"因为我没告诉他。"黎冬笑着安抚激动的闺密，将烤好的肉用蔬菜卷好，喂进她嘴里，"去Ｓ市是我自己的决定，我不想当攀附他而生的藤蔓。有些山顶，我想靠自己爬上去。"这话并不违心。平心而论，黎冬自高三起就有去Ｓ市的打算。她也想走出去看看辽阔繁华的世界，只是由于家庭等各方面因素，只能这么留守在原地。

不是祁夏璟让她冲动做决定，而是祁夏璟给了她跳出舒适圈的勇气。这些话显然不能说服沈初蔓，女人气呼呼地说："那他也该知道你为他遭罪吧？为什么又是你受委屈，姓祁的反倒坐享其成啊？"

因为不舍得，因为知道祁夏璟会在漫长的等待中无数次自责和愧疚，所以黎冬不希望他再经历哪怕一点儿伤痛。如果他们的终点是皆大欢喜，那她希望祁夏璟在这趟旅途的沿途风景里收获的满是鲜花与祝福。

沈初蔓见她不说话，便端着盘子蹭过来，亲昵地抱住黎冬细腰："冬冬，我觉得你好辛苦。"

"向上的路总是艰难的。"黎冬温柔地揉沈初蔓脑袋，对她也同样是对自己说，"不试一试，怎么知道结局一定失败？"

"才不会失败！"沈初蔓噌地坐直身体，细白的右手紧攥成拳，又举杯到黎冬面前，斗志昂扬道，"你可是我沈初蔓看中的女人，肯定可以的！"

黎冬被逗得笑出声，碰杯道："好。"时间在晚饭的嬉笑打闹中飞逝而过，再注意到时已是晚上十点半。想着明天还得早起，沈初蔓不多逗留，依依不舍地蹭了会儿黎冬就起身回家。家里彻底安静下来，黎冬先将桌面的一片狼藉清理干净，洗净碗又擦干净料理台，才返回卧室书桌整理简历。她毕业后便就职于现在的医院，可以说没有太多写简历的经验。多年后重拾起来，再加上白天本就累了一整天，心态难免有些浮躁。抱着电脑从书桌写到餐厅，又从客厅写到卧室，最后人直接在床上躺下。

黎冬察觉到效率低下，侧躺在床上，怀里抱着电脑，无奈地轻捏山根，感到些许疲惫。四周静悄悄的，突如其来地，她很想听听祁夏璟的声音。不需要他刻意说什么，哪怕只像昨晚那样通话，两人彼此沉默地听着对方的呼吸声入

第 10 章

睡也好。她拿出手机点进聊天界面，却想不到能说的话题，指尖停在通话键上久久没按下时，对面却突然打过来。

黎冬想都没想就选择接听，速度快到对面都像是讶异地安静两秒。

"黎冬。"男人低沉声音响起的那一刻，黎冬心里由衷觉得神奇，怎么会光是听见有些人的声音，浑身上下所有的躁动和疲惫就能瞬间被安抚？

"我在听，怎么了？"她轻声应答后，祁夏璟提起早上她说的治疗失眠的方法："早上你说把床靠着墙睡。你的床是靠着哪面墙，头朝哪里？"

"头朝西。"黎冬沉吟片刻，先挑简单的问题回答，才换了种说法形容床的位置，"床是正对阳台的。"她抬手摸了下白墙，继续形容道，"就是我们两家共用的那堵墙，你那边应该是客厅。"沉沉脚步声响起后，祁夏璟又问她："所以你每晚都是靠墙睡？"

"嗯，养成习惯了。"

"好。"应答后祁夏璟不再开口，听筒里只剩下罐头走来走去的脚步声，忽远忽近，像是一直在房间里溜达。这声音黎冬听了都心乱。她想起祁夏璟的失眠，忍不住问道："罐头一直在你卧室里走，不会影响你睡觉么？"

"我现在睡在客厅的沙发上，沙发是靠墙的。"在黎冬听见回答愣怔时，祁夏璟又意有所指地继续道，"阿黎，我们现在只有一墙之隔。"想到白墙另一侧正躺着祁夏璟，黎冬感到热意慢慢烧上脸颊，将额头轻轻贴在冰冷的白墙上降温，明知故问道："为什么要去沙发睡？"

安静片刻，对面的男人忽地沉沉笑了，低声贴着黎冬耳边落下，撩拨得她心口发痒："因为想离你再近一点儿。这样，今夜就一定会是好梦。"

❄ 44

不知多久后，平稳悠长的呼吸声经过听筒在沉暗无光的客厅响起。凄清月色被遮光帘隔绝在外，祁夏璟侧躺在沙发上，在黑暗中伸出手触碰冰冷的墙面。家具都是房东买的，硬沙发睡上去并不舒服，却因为想念的人就在一墙之外，反而令人心安。良久，软枕边的手机振动。祁夏璟皱眉点亮屏幕，收到李助理发来的会议提示消息。他最近在投资的项目是Ａ国投入市场的抗癌新药。作为决策团队中专业实力最硬的，相关学术会议都需要祁夏璟参与，并且因为国内和Ａ国的时差问题，每次视频会议大多是凌晨。

将手机通话静音，祁夏璟关掉摄像头进入视频会议。确认人到齐后，示意会议开始。

"祁总，会议提要和总结我已经整理好，分别发给您和另两位老总了。"五十分钟后会议结束，祁夏璟又被邀请进李助理新开的视频会议，后者谨慎汇报道，"二部的第九版策划案刚提交上来，您要不要过目一下？"

"发过来。"祁夏璟靠墙懒懒坐着，一目十行地阅读李助理发来的会议总结，一针见血道，"叫那边重交一份预算，精确到具体材料。"

"好。"李助理从大学毕业后就一直跟着祁夏璟，两人合作已有几年，工作上的契合度极高。相比于单纯的上下级，李助理也会代祁夏璟处理生活中的琐碎小事。"那个，还有件事，"交代完工作后，李助理一改利落精干的风格，语气忽地变为小心翼翼，"明天护安寺有供灯祈福大典。您今年……还是让寺里的人代为供灯吗？"

"不用。"祁夏璟快速滑动屏幕的手停顿，垂眸沉默片刻，沉哑的低声在空寂房间听不出喜怒，"我自己去。"

"啊？"答案出乎意料，李助理下意识发出震惊的单音节，难得地话不过脑子就脱口而出，"是和黎医生一起吗？"祁夏璟从喉间冷哼出声，似笑非笑："你在关心我的私人生活？"

"没有没有，我哪敢呢。"李助理的声音瞬间变得仓皇，极力讨好地慌忙解释，"这不是您每年都给护安寺打一大笔钱，各个事项细节想和您确认一下嘛。万一您和黎医生被拍，"自知越界的他音量减弱，"上了热搜的话，我还能第一时间让公关撤下来。"祁夏璟自知不是公众人物，怕什么出门被拍？男人凉飕飕地简短评价四字："油嘴滑舌。"想起什么转而问道，"上次她父母的事，后续跟进了吗？"

"您推荐的医生已经去黎家看过。"李助理又变回熟悉的正经严肃，"说心脏没什么问题，多休养、定期复查就行。"他交代后又不由得感叹，"您对黎医生，是真的很上心。"祁夏璟没理会这句，话题重新谈回工作项目。其间李助理问了几次祁夏璟何时回S市查看项目，最后也没定下确定日期。挂断电话，祁夏璟躺在床上，看了会儿盛穗送他的平安袋，良久将它重新放回衣服口袋，侧身朝墙，脑海里想起李助理电话里的问句。

十年时间过去，他终于敢回到那座寺庙，虔诚忏悔。

"早上实在来不及，我随便点了四人份的早餐外卖，对付两口就开车去护安寺吧。"周六清晨六点半，晨曦刚从湿厚的云层中探出光亮，徐榄宽敞的五人座吉普就停在了黎冬楼下。副驾驶座上的沈初蔓转身，将包装精致的早餐袋递给黎冬："我查了下，今天有供灯祈福大典，估计参拜的人很多。我们别去晚了，堵在外面。"

第10章

"谢谢。"黎冬在后排接过袋子温声道谢,就听祁夏璟在一旁面无表情地道:"不吃。"气压低沉的男人靠窗而坐,支在车窗框的左手懒懒撑着脸,棱角分明的侧脸神态冷倦,面对递来的早餐不为所动。

"不吃?"沈初蔓本就是大发慈悲才顺便给祁夏璟带了份,见男人一点儿不给面子,白眼直翻上天,"祁夏璟,你大少爷的起床气又犯了是吧?"她低头看了眼丰富的早餐,"牛肉包子、猪肉白菜馅饺子,还有肉饼和豆浆,少爷您还想吃——"

"沈初蔓。"不胜其烦的祁夏璟冷冷出声,沉音自带警示口吻。他掀起眼皮看了眼早餐,锐利目光抬起看向副驾驶座:"拜佛前要戒荤。"正要张嘴咬包子的徐榄愣住,连黎冬都停下打开早餐袋的手。因为这句话,车里有一瞬的安静。最后还是沈初蔓不满地质问道:"你既然知道拜佛前要戒荤,怎么不早点儿说?"视线在车内扫过,祁夏璟微微抬起眉,漫不经心地道:"我以为这是常识。"

好心买的早餐白费,四人又不能空腹去参拜,只能在沿途路上经过的早餐店重买几份。祁夏璟下车买早餐时,沈初蔓看着卡座里浪费的早餐,忍不住抱怨道:"突然发什么疯,明明以前拽着他来都不屑一顾,现在这副样子是做给谁看——"

"小七。"向来纵着沈初蔓的徐榄出声打断,透过车窗望向早餐店门口的祁夏璟,长声叹气,"别说了。"早餐的乌龙很快揭过,徐榄负责开车,沈初蔓气鼓鼓地在座位上闷不吭声。后排的黎冬则在低头吃东西时,频频用余光打量祁夏璟。重买的早餐是她喜欢的甜口面包和温豆浆。而她都快吃完大半,祁夏璟那份还静静放着,像是永远不会被打开。

熟悉的丝丝乌木沉香飘入鼻尖,黎冬敏锐注意到祁夏璟蓬松柔软的发尾还沾染着湿气,应当是早上才洗过头发。男人轻抿薄唇,百般无聊望向车窗外的表情依旧散漫,时而会微抬起下巴,换个姿势继续用左手撑着脸,一切照旧。

黎冬慢慢拧皱起眉。她想起祁夏璟收到盛穗平安袋的那天中午,也曾因为沈初蔓的嘲讽冷声出言反击。不是她的错觉,祁夏璟格外重视这场庙前参拜——甚至重视到让她感到不安的程度。

徐榄方才的劝阻犹在耳畔,直觉告诉黎冬,他一定知道些什么。吉普车平稳地在柏油路面行驶,沈初蔓吃过早饭后,沉沉地在副驾驶座睡去,徐榄接过黎冬从后备厢拿的薄毯,给沈初蔓盖上,也不再出声。车程过半,祁夏璟腿上的早餐仍旧无人问津。男人只沉默不语地望着窗外,姿势不变,凌厉的面容被晨光映出几分孤寂。黎冬垂眸,手慢慢挪过去碰祁夏璟手背。在冷白到晃眼的

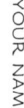

肤色下，能看清微微凸起的青紫色血管走向。男人温热的手背微动，反握住黎冬的手，同时转头看过来，眼神无声询问。

四目相对，黎冬望进祁夏璟平静无波的桃花眼，怎么看都瞧不出异常，仿佛她心中的猜测都是无稽之谈。她不自然地清清嗓子："手凉。"说完她自知牵强，因为祁夏璟正缓慢插入她指缝的五指更凉。落下低低一声笑后，男人牵着她的手放进大衣口袋。没等黎冬出声道谢，祁夏璟放下支在车窗的左手，不紧不慢坐直身体，向右倾倒。头最终停在黎冬肩膀，沉甸甸的。

从黎冬俯视的角度，只能看见祁夏璟纤长浓黑的眉睫和笔挺的鼻。下一秒就听某人语调懒洋洋地理直气壮道："牵手可以，但要回礼。"

供灯祈福大典的缘故，加之今日又是周末，一行四人开着吉普车九点多赶到护安寺时，庙院大门外已是人山人海，毫不意外地找不到停车位。

徐榄自己去找停车位，祁夏璟负责去买票，黎冬和沈初蔓则先在人声鼎沸的宽阔门前排队。冬季寒风刮得人脸生疼，寒风冰碴子一般不住地往肺里灌，再加上人潮拥堵，挡不住的吵嚷声让本就心情不好的沈初蔓彻底发作。

"你说他这个人奇不奇怪？"沈初蔓在祁夏璟那儿平白无故受气，徐榄不帮忙还反倒教育她，只能在黎冬面前抱怨，"来是他非要跟着来的，现在又摆个臭脸，他到底想干吗？而且你不觉得他真的很奇怪吗？"沈初蔓刻意压低声音，语气满是不解，"我们高考前来过这里吧？那次你生拉硬拽他才肯来。全程都不屑一顾的。"娇俏女人抱胸冷哼，"怎么十年过去，他还变啦？"

黎冬也觉得奇怪。她上次来护安寺是在高考前，是被沈初蔓邀请想来求一求佛祖保佑父母身体健康、她高考顺利的，其中只有匆匆一句关于她和祁夏璟未来的祈词。黎冬不知道这十年间，究竟发生了什么。

"小七，你的手袋是不是忘在车里了？"徐榄的呼唤声自不远处响起，沈初蔓回头就见男人将车钥匙丢给她，"你先回车上拿吧，我替你排队。"

"行吧。"丢三落四的沈初蔓无奈空手离开，留下徐榄和黎冬。四目相对，两人交换眼神。

"我知道班长你想问什么。"徐榄歉然地笑着耸耸肩，无可奈何的语气，"但老祁从不外露表达情感，我只知道他对拜佛的事有心结，具体原因一无所知。"

"没关系。"黎冬摇头，长袖下的双手攥紧衣角，"不过可以问问你是怎么知道他有心结的吗？"

徐榄陷入回忆，沉吟片刻，道："他自己说的。"那是徐榄第一次见到祁夏璟醉酒。印象中，祁夏璟的酒量好到千杯难醉。大学第一年的夏季，祁夏璟连着几天闭门不出，期中考都错过两门。徐榄去公寓找到人时，他早已喝到酩酩大醉。被众星捧月长大的少年颓废而狼狈地瘫坐在客厅中，凌乱的衣裳、发型，昏暗无光的房间及弥漫的酒气都深深烙印在徐榄脑海。他记得自己问了很久，酒也陪着喝了四五瓶，偏偏一个字都没从祁夏璟嘴里撬出来。

"我不知道具体原因。"徐榄笑容中有几分苦涩，他定定地看着黎冬，踌躇片刻还是出声，"班长，我知道我没资格指手画脚，但如果可以的话，多心疼他一些吧。"徐榄远远望着人群里出挑的人迈着长腿走过来，道，"祁夏璟只是从不喊疼，但他这一身傲骨，早在这十年里被无数次打碎重组了。"

"在聊什么？"浑厚低沉的男声响起，黎冬正对上祁夏璟双眸。男人微微皱眉，凉飕飕的目光看向徐榄："你和她说什么了？"

"你可别冤枉好人，"徐榄抬手就朝男人肩膀轻挥一拳，没好气道，"滚过来排队，我去找小七。"

"伸手。"目送徐榄背影走远时，耳边再度落下祁夏璟的声音。黎冬愣愣看着男人将撕开包装的暖宝宝放进她掌心，道："刚才不是说手冷？"暖宝宝源源不断向掌心输送热度，黎冬低头紧抿着唇，脑海里满是徐榄说过的话。大一的仲夏，往回倒退一年，恰好是他们高考前来护安寺的时间。酸涩感在胸口炸开，黎冬深吸口气，抬头看向排队的人群，拼命压着颤抖尾音："等下你要先去哪里？"

祁夏璟脸上的表情仍是无谓散漫，某个瞬间，黎冬甚至生出徐榄的话全是编造的错觉，直到男人毫不犹豫地做出抉择："去山顶，拜观音菩萨。"排队半小时，四人终于进入寺庙外围，两两并行走在鹅卵石铺就的石板路上。

护安寺地处幽静山林，背靠山脉。群山下的蜿蜒曲折小路上满是人，春夏季绿意盎然的竹林在寒冬退去生机，可仍笔直地傲然挺立于风中。沿路的潺潺溪流清澈见底，时而冻结的泉水流速缓慢。不见游鱼的水面下堆积石子，有调皮的孩童会忍不住踩上岸边圆石，又被家长呵斥下来。

去往山顶最高佛庙的沿途还有不少庙宇院落，沈初蔓和徐榄很快在最近的佛院门前停下脚步，准备进去。祁夏璟双手插兜一言不发，目光在门前停顿半秒，就要继续往山上走。黎冬对满脸疑惑的沈初蔓歉然笑笑，快步跟上祁夏璟。跟在男人身后半步距离，黎冬静静看着他决绝而略显僵硬的宽阔背影，伸手拽住他的衣袖。男人停下脚步回头，黎冬抬头眉眼弯弯，轻声呼唤他姓名："祁夏璟，这段路，我们可以一起走吗？"祁夏璟深邃眼眸里一片柔和，掌心反握住她右手，勾唇沉声道："好，我们一起。"

体力颇好的两人步速飞快，不断将周遭人甩在身后。不过二十分钟的时间，就直奔到顶峰的佛庙。大殿外的空地上满是人，正中央摆放着硕大的香炉，旁边都是手握佛香、鞠躬参拜的香客。

两人往大殿内走，比起院外的空地，大殿里的人少了许多，也纷纷自觉地压低交流声。黎冬站在古木石材搭建的斜顶之下，抬眸望着面容慈祥的金佛。这么久过去，黎冬竟觉得这里一点儿没变。

她同祁夏璟分别在左右蒲团跪下，双手合十闭上眼，脑海有一瞬晃过十年前，在知晓要和祁夏璟分开的高考前，曾在同一位置许过的三个愿望：她希望父母身体健康，她希望高考顺利，她希望，如果在不久的将来一定要和祁夏璟分开，能再有一次重逢的机会，哪怕只是隔着川流不息的人群，遥遥见对方一面也好。

心中默念完，十七岁的黎冬虔诚无比地许下愿望。

如今十年过去，二十七岁的黎冬诚恳地跪在佛像前，双手合十，心中默念三句祈词：她希望父母家人身体健康，她希望祁夏璟余生健康无忧，她希望，重逢后的他们会有长长久久的、幸福美满的结局。她睁眼起身，发现祁夏璟仍跪在她左边的软蒲团上。

自大殿门前打落的大团光束倾落在男人的肩头、后背。他微垂着头，合着眼，身子笔挺落拓。分明瞧不见表情，黎冬却能读出男人心中的虔敬。身后还有人在等候，黎冬起身走向角落有僧人站立的位置，目光扫过僧人面前摆放的功德箱。

"您好。"她轻声打断正低头用毛笔写字的僧人，"请问捐赠祈福是在这里吗？"说着，她从包里拿出提前备好的现金，小心地放在面前的木桌上。

"是的。"僧人约莫四十岁，面相和善，合掌对黎冬微微鞠躬，温声道，"可否询问施主名讳？"

"黎冬，黎明的黎，冬天的冬。"话毕，黎冬见僧人抬起的笔尖顿住迟迟不落，抬头认真打量她几秒，忽地感叹道："原来施主您就是黎冬。"为对方话里的感慨而震惊，黎冬疑惑地皱眉："请问……您认识我吗？"

"我是第一次见您。"僧人耐心解释道，"只是这十年来，每年都有人为您祈福。我在红布条和册页中多次记录，自然就记住了您的名字。"黎冬几乎是下意识地回头，心情复杂地看向低头叩拜的祁夏璟。

"请问，您能告诉我是谁为我祈福吗？"她几乎是急切地低声询问那名僧人，语速加快。僧人面露犹豫，见黎冬求知心切，才缓缓点头道："我想您应当拥有知情权——不过此事情况特殊，须得问过住持。不急的话，黎施主请随我来。"说完，他便叫身后的年轻小僧代为站在木桌前，带黎冬向着大殿的后间走去。

黎冬怕祁夏璟找不到人担心，离开前不忘给他发消息，说自己去了洗手间。她恍恍惚惚地跟着僧人穿过石路长廊，最后在无人的后厅房内被告知在此静候。等僧人身影彻底消失时，她低头，发现掌心早已被汗滴浸润。

她不清楚自己在紧张什么。震耳的心跳声不知叩响多久，当黎冬觉得半个世纪都要溜走时，离去的僧人终于返回，他跟在胡须斑白的年长者身后，想来对方就是他口中的住持。老者同样面容和善，且更多了几分年岁的沉淀和稳重气度，走近后朝黎冬微微行礼，略显苍老的声音安抚着她躁乱的心："黎施主，听说您想询问有缘人为您祈福一事。"黎冬忙不迭点头，语气急迫恳切："能问问对方是谁，什么时候，又是如何为我祈福的吗？"

"那位有缘人不曾主动告知您，一定有他的理由。"住持沉吟片刻，语调平缓舒和，"我想我们应当尊重他的意愿。"老者话语停顿几秒，似是不舍得见黎冬失望而归，长叹口气，道，"不过老僧以为，此事黎施主也当有知情权。若您实在好奇，不妨看看册上有缘人为您祈福的内容吧。只是对方身份则不便告知。"说着便让身后的中年僧人将手中的册页双手奉上。

打开入目的第一页上，就是黎冬的名字。

　　　愿二十七岁的黎冬健康幸福，万事胜意。

见到未落款的祈福语的一刹那，黎冬只觉得胸腔闷堵到呼吸困难，连耳旁住持沉缓的话语都听得艰难。住持说，这位有缘人在十一年前的仲夏某日来到庙中，并未参拜却留下一张高额支票，叫当时还不曾是住持的老者每年都为名叫"黎冬"的女孩积攒功德。

黎冬指尖颤抖地往回翻页，见到更早一年的祈福语。

　　　愿二十六岁的黎冬健康幸福，万事胜意。

住持说金额过高，须得留下有缘人的联系方式。于是两人约定，除却大小法会的日常祈福外，每年冬至当日，有缘人如果不能亲自到场，便会将亲笔写着祈福语的纸页寄送到庙中。黎冬的耳边已快听不清住持说话，手上加快翻页的速度，发现几年的祈福语都是相同的。

　　　愿二十五岁的黎冬健康幸福，万事胜意。
　　　愿二十四岁的黎冬健康幸福，万事胜意。

愿二十三岁的黎冬健康幸福，万事胜意。

快速翻页的手停在她的十八岁，他们分手的那年，她终于见到些许不同的内容。

愿十八岁的黎冬健康幸福，万事胜意，愿我们总有一日能相逢。

心中明知再往后还有一页，黎冬心中却突然生出怯懦，迟迟不肯翻动。

住持年迈的声音忽地在耳边清晰响起："第一条祈福语是有缘人亲笔写上，再由僧人代为誊抄在红布条上的。"她终于翻页，再见到意气风发的少年的笔迹时，泪水瞬间蓄满眼眶，视线一片模糊不清。

愿十七岁的黎冬健康幸福，万事胜意。
愿我们能永远如现在这般，真诚而热烈地深爱着对方，直到世界毁灭的最后一秒。

❄ 45

短短几十字，黎冬却只觉得窒息感直冲而来，胸腔、喉管像是被松软的棉花填满，喘息艰难。惯常握手术刀的右手不受控地轻颤，她用指尖轻触粗糙纸面，可笑地试图寻找少年十年前留下的痕迹。那时意气风发的少年，连笔触都透着恣意张扬，字体龙飞凤舞却不失苍劲，最后一笔总是上挑的。

原来他当年的笔迹是这样的。黎冬想起她几次在医院见过祁夏璟如今的笔迹，末笔已不再放肆。一如男人在这十年间学会收敛锋芒，变得沉稳、成熟而泰然自若。她只觉得难过，以前她的少年是盖世英雄，无坚不摧，更无所不能，在茫茫人群中永远耀眼恣意，如璀璨夏日般惊艳照耀过无数如她一般的人。

那时的他浑身反骨，恨不得让全世界都知道他有心爱的女孩，为此不惜离经叛道。而十年后的现在，最是张扬无畏的少年甚至在无人知晓的一句祝福中，都不敢再表露爱意和思念。隔着千山万水，少年在失去她的年岁里越发沉默，万千思绪埋藏心底，只十年如一日为她祈福。唯一的纪念方式，是将她姓名文在最脆弱的心口，却连卧室淋浴间的灯都不再打开，因为害怕看见她的名字。

黎冬突然觉得自己罪不可恕，是她把祁夏璟从神坛上拽下，又一声不吭地将他丢下。她从头至尾只自私地关心她所谓的对错，却从未在意过那个不顾一切来爱她的少年的死活。徐榄说，祁夏璟只是从来不说，一身傲骨却在这十年里，被无数次打碎重组。黎冬骗不了自己，刽子手如她，亲手杀死了那意气风发的少年，无情碾碎了少年的尊严和信仰。也是她，杀人不见血地全身而退，背影潇洒自如。黎冬不敢想，祁夏璟在这分别的十年里，究竟是怎样接受被抛弃的事实，又是怎样独自熬过孤苦。深深鞠躬谢过住持，黎冬恳切央求道："请问，这些祈福语可以拍照吗？我想保存留作纪念。"

住持没有拒绝她。离开后厅，黎冬恍惚地从小道绕到枯林背后的洗手间，发现祁夏璟在七分钟前给她发来短信，让她不用着急。黎冬看着熟悉的金毛头像，强压下的泪意再度袭来。视线模糊中，她深吸口气，收起手机调整表情。

枯林外的空地人来人往，懒懒垂眸靠着矮石柱而站的男人出挑依旧。他今日在灰色高领毛衣外套了件深黑毛呢大衣，衣摆长至膝弯，水洗蓝划痕牛仔裤下的长腿笔直。正午阳光倾落在柔软的发顶时，整个人都是疏离矜贵的慵倦感。

感应到注视的目光，祁夏璟抬眸对上黎冬的视线，双手插兜迈着长腿走来，目不斜视。似乎看出她脸色不好，男人俯身微微皱眉，沉沉道："不舒服？"

"没有。"黎冬强笑的演技拙劣，还僵硬地抖了下肩膀，垂眸胡扯了个理由，"可能是因为天气冷——"话音未落，沉甸甸的毛呢大衣便被轻柔地披在她肩膀上，干燥温柔的掌心落在她的前额。黎冬微愣，抬眸见祁夏璟拧着眉，眼中散漫退去，道："不舒服就回家。"男人站在她半步外触手可及的距离，丝丝沉香入鼻，缠绵进肺腔。黎冬抬手抱住祁夏璟劲腰，将头埋在男人坚实有力的胸膛，闷声低呼他的名字："祁夏璟。"

"嗯？怎么？"

黎冬想她总是自私的，在无情将人丢弃后，反倒更加贪念对方的气味和拥抱，无赖似的不肯松手："没什么，就是想喊喊你的名字。"男人沉笑两声，胸腔和肩膀微微振动，半晌又礼尚往来地出声喊她姓名："黎冬。"

黎冬抬头看人："嗯？"她预料中的那句"没什么"迟迟未响起，却见祁夏璟散漫的桃花眼里有痛惜和忧伤一闪而过。男人抬手轻揉她后脑勺，沉声落在耳边："对不起。"这不是黎冬第一次察觉，祁夏璟好像总是在向她说对不起，事关她父母会说，事关偷拍照更不止一次。良久，黎冬听见她沙哑干涩的声音响起："为什么要道歉？"

"因为你在难过。"祁夏璟怎么会看不见黎冬眼底大雾般的浓厚悲伤，眼神黯了黯，"你很少会露出这样难过的表情。"而他几次撞见黎冬难过的模样，都是因为他。祁夏璟其实能大概猜到黎冬面露悲伤的原因，分别十年后故地重游，难免会触景生情。望进黎冬被戳穿后眼里藏不住的慌乱，祁夏璟忽地很想告诉她，他也曾想过，如何弥补人生中至今后悔的事情——在电话里答应她分手。如果可以，他愿用努力十年的一切，去重换十八岁那年永远的美好。只可惜人生没有重来一说。

  时间已经快到中午十二点，沈初蔓几次给黎冬发短信，说供灯祈福大典下午一点正式开始，问两人要不要去。四人决定的会合地点是举行大典的庙宇附近的素斋面店。门前同样挤满了人，连店面外都支起好几张木桌，不少赶时间的人纷纷搭伙拼桌吃。沈初蔓和徐榄还在赶来的路上，排队买面的事自然就落在黎冬和祁夏璟身上。

  两人先后走进面店，毫不意外地看着密密麻麻的人头和冗长的点菜队伍，环视半天也不见一处空位。两人决定分头行动，一个排队一个等座时，黎冬身后突然传来热情的呼喊声，听着稍显熟悉："黎冬！黎冬！"

  多年未见，最近刚结婚的大学长跑社社长大祥坐在一张靠墙桌子的内侧位置，正站起来和她打招呼，对面坐着几日不见的顾淮安。大祥作为社长，大学时候帮助沉默寡言的黎冬不少。她上前寒暄道："社长。"

  "都毕业多少年了咋还这么叫？"大祥挠着十年如一日的板寸头，爽朗地道，"我媳妇上周体检查出怀孕了，所以我就拉着顾淮安过来，没想到你也在啊。"话毕调侃地撞了下顾淮安肩膀，故意朝他挤眉弄眼，"这可是黎冬来了，小子你还不打个招呼？"

  "没想到能在这里遇见。"西装笔挺的顾淮安笑容温和有礼，镜片后的黑眸扫过黎冬身后的祁夏璟时，微微一沉，"你们一起来的？"祁夏璟仍是一如既往地冷淡，似笑非笑地看着顾淮安。这时口袋里的手机振动，他点亮屏幕看了一下消息，转头对黎冬道："徐榄和沈初蔓正在排队，叫我们先找位置。"

  "还找什么位置，直接来这儿坐啊！"大祥往旁边挪身体，朝黎冬招手，"这桌能坐七八个人，况且我们马上吃完了。"黎冬见店里确实拥挤，不多忸怩作态便道谢答应，坐下后不忘送上祝福："新婚快乐。"

  "小事。"大祥打量一下对面坐下的祁夏璟，又瞥了眼镇定自若的顾淮安，"啧"了声，问黎冬，"这是你男朋友？"黎冬不知该如何回复，坐在对面双手插兜的祁夏璟先懒懒抬起眉，语调散漫地道："我在追她。"人满为患的面店内声音吵嚷，暖气开得很足，唯有面无表情的祁夏璟周围温度自降十摄氏度，波澜不惊的桃花眼微微眯起，其中的警示意味让人不寒而栗。顾淮安脸上的微笑不变。大祥饶有兴趣的目光则在三人之间来回打量，多少带点儿看好戏的态度，甚至还抬手推了顾淮安一把，笑道："叫你不主动点儿，看吧，现在知道后悔了?"

顾淮安笑而不语。社团里一直单身的只有黎冬和顾淮安,其他人没少拿两人开玩笑。黎冬对调侃不放在心上,拍下菜单发微信给沈初蔓点菜,时不时接一句大祥和顾淮安抛来的话,聊的都是过去的大学时光。祁夏璟在旁边没有插话,只在黎冬被两人逗笑时掀起眼皮,随后又垂眸,不知在想些什么。直到徐榄和沈初蔓两个话多的端着四碗素面进来,追忆大学时光的话题才终于结束。

顾淮安和大祥也吃得差不多了,很快起身道别。黎冬则跟着走出去,要送两人离开。分别前,顾淮安将她拉到一边,语气歉然:"大祥的话,你不要往心里去。"话落男人又有意朝黎冬靠近半步,肩膀快贴在她身上,低头说话的姿势颇为暧昧,"既然祁夏璟和你还不是男女朋友。刚才的事,他应该不会介意吧?"

"温水煮青蛙,对面的男同志有点儿东西啊。"远处双手抱胸的徐榄看顾淮安一点点儿凑过去,不住地啧啧出声。旁边的沈初蔓同样在观战,幸灾乐祸地斜眼看看祁夏璟,笑嘻嘻问道:"请问这位没名没分的大龄男青年,看到这一幕有何感想?"

"老祁肯定不会吃醋啊,"徐榄二人转似的跟着起哄,"毕竟他连告白和谈恋爱都不着急。名分这东西对他来说,洒洒水啦。"闻言,祁夏璟只微微一笑,放下筷子和徐榄四目相对,在对方立刻僵住的笑容里,从容不迫地一字一句道:"说起对名分的耐心,我和你二十年的忍而不发比,还是小巫见大巫。"沈初蔓听出端倪,立马瞪眼看向徐榄:"你暗恋人?谁啊,还是二十年?"

"我暗恋白雪公主。"徐榄被拿七寸后瞬间缴械投降,合掌诚恳道歉,"祁哥,看在兄弟二十年的份儿上,放过我。"和顾淮安告别的黎冬回到座位,不解地看着徐榄怪异的动作。沈初蔓就凑近她,兴冲冲地道:"快告诉我,你是怎么对付'男绿茶'的?"黎冬皱眉道:"'绿茶'?你在说顾淮安吗?"

"他最后那句'他应该不会介意',茶味都溢上天了,你居然一点儿听不出来?"沈初蔓的语气满是不可置信,更加好奇地拉拽黎冬手臂,"那你怎么回的啊?别卖关子了。"桌上三人都不约而同地看过去,目光炯炯,黎冬最终看向眼神幽深的祁夏璟,一头雾水地出声:"我先说了不会,因为祁夏璟知道我们没有关系。"始料未及的答案,沈初蔓嘴角抽搐,继续道:"'先说了'?然后呢?你还说了什么?"黎冬见碗里的面快坨了,低头用筷子搅拌两下,面不改色地道:"然后我感谢他的提醒,说等下回来会记得多注意祁夏璟的情绪。"

"'天然'果然专治'绿茶'。"几秒死寂后,叹为观止的徐榄竖起大拇指,直呼,"班长不愧是班长,比我强多了。"

"比你强多了？你想干吗？"沈初蔓嗖地警觉扭头，狐疑地眯起眼睛看他，"还有刚才说的暗恋什么白雪公主。你糊弄鬼呢，老实交代！"

两人拌嘴打闹时，黎冬谨慎地抬眸看向身边的祁夏璟，在桌子下轻拽下男人衣袖，轻声解释："我本来打算等下问的。"余光看见女人的表情认真而凝重，祁夏璟压下唇边笑意，右手成拳懒懒撑着脑袋，语调是伴装的散漫冷淡："问什么，问他是不是喜欢你？"

"我不清楚。"黎冬闻言摇头，沉吟片刻后补充道，"社长最后问我，如果顾淮安也和你一样追我，我会不会答应。"祁夏璟微微抬起眉，黑眸里的暖意寒冷下来，似笑非笑道："然后呢，你说什么？"

"我说不会。"黎冬看见祁夏璟的大衣衣领翻起一块，坐近了些抬手帮他整理，身体前倾，在男人耳边轻声道，"因为不是你在追我，是你说还有后半句没告诉我，我还在等而已。"

四人吃完饭后离开素斋面店，一齐往供灯祈福的寺院走去。

时间已过下午一点，大典仪式也已开启。殿外早已被人群围堵得水泄不通。为防止出事故，寺院每次只许部分人进殿内上香供灯，由专门僧人念经祈福后，再迎进来下一批虔诚参拜的香客。空地外密密麻麻都是等候人群，黎冬一行四人同样在外排队等候，同其他人一样聊天打发时间。

"明晚是我工作室整修完工的庆祝宴，你们都不忙吧？"沈初蔓这段时间都在为工作室忙前忙后，早迫不及待给人展示，双手抱胸再次叮嘱，"这可是我二十八年的头等人生大事，你们可不许缺席。"话毕她斜了祁夏璟一眼，显然还记恨着早餐的仇，"'你们'不包括你，你爱来不来哈。"

黎冬笑着答应说好，徐榄则在旁打趣道："空着手来也行吗？"

"行啊。"沈初蔓满不在乎地挑眉，阴阳怪气地意有所指，"反正你就只在乎那位暗恋多年的'白雪公主'。我这种平民女孩，当然不用上心了。"

两人拌嘴时，自大殿内走出一批才祈福完毕的香客，停滞不前的队伍开始向前移动。祁夏璟终于看清大殿内的陈设摆放，偌大宽阔的殿内立着一尊金光佛像，佛像前的几张长桌上摆满点燃的供奉蜡烛，气氛庄重肃穆。

一切都和往年视频里见过的分毫不差。过去十年里，不只是今日，每逢法会等重大事宜，祁夏璟都会收到一段视频。而每年冬至，他则会回复一条内容几乎完全相同的信息。

起初给护安寺捐赠大额善款算是一时兴起，那时他对神佛信仰不屑一顾，单纯是因为黎冬央求着他来，又在佛前虔诚祈愿。祁夏璟想着两人去S市上大学后难得回米一次，为了不让黎冬惦念，就索性花钱让庙里的人每年替她祈福、积攒功德。时间就选在她生日那天。

被问到想如何祈福时，祁夏璟想起路途上挂满红布条的许愿树，随口便让僧人每年送黎冬一句祈福，却被郑重严肃地请求留下联系方式。理由是祈福语最好是有缘人亲自构想，寺院会代为誊抄在红布条上，最后挂于许愿树上。

起初祁夏璟并不当真。直到两人分手，他去往国外读书，在黎冬十八岁当天，收到一则陌生号码发来的信息，问他想为黎冬祈福的内容。

不仅如此，往后五年每到冬至，祁夏璟都会收到这个陌生号码发来的询问。直到他工作有起色，开始每年定期给护安寺善款时，又时而会收到护安寺发来的供灯祈愿视频。

过去他总以为，无人知晓的十年坚持，也不过是被迫养成习惯的徒劳无功。直到今日再度来到佛门前，祁夏璟才悲哀地认识到曾经自欺欺人的安慰，不过都是他在走投无路时，心中最后仅存的虔诚希望。

思绪沉浮间，终于轮到他们进去。所有步骤熟记于心，祁夏璟走进大殿后，先接过僧人手中的竹立香在佛前鞠躬焚香，随后和一同进来的香客在殿内排开站好，双手合十，等待佛僧洒净。

面容肃穆的住持手握圆瓶，用短枝将瓶中水带出洒于香客身上。莲花灯前点灯后，有几名小僧将未燃的蜡烛点亮，随后再将燃烧的蜡烛依次递给香客。在此起彼伏的低低诵经乐声中，祁夏璟同其他人一样闭上双眼，心中忏悔发愿，想他还有什么未了的心愿——好像都是关于她，也永远只有她。

于是祁夏璟在心中默念这十年来，他不知多少次想过、说过、梦过的祈愿。他在神明前祈求，愿黎冬一生健康幸福，万事胜意。

手中蜡烛在寒风中摇曳生姿，升腾热意烧在脸上。心口却忽地一片滚烫沸腾，深埋心底的人性贪欲终于爆发腾涌。如若可以，如若神明许他此生再求一件贪愿，他只祈求黎冬能够爱他长久。

四人供灯祈福后从殿内出来，沈初蔓便提议去许愿树前留一条红布条，她还要去求一只盛穗曾送给三人的平安袋。许愿树就在供灯大殿的背后，百年大树在寒冬也只剩光秃枝丫。裸露的细条上挂满写着字迹的红布条。

树前整齐摆放着几辆可推动的架子车，上面同样挂满红布条，向来是香客写完后先挂在横架上，最后由小僧统一系挂到树上。水笔有限，人又多，黎冬见沈初蔓拿到笔后，便静静站在她身后等待，看她在红布条上写下对家人和自己的祝福。

"好啦。"沈初蔓写完后，转身将笔递给黎冬，眼睛又忍不住去瞟徐榄写的，不禁皱眉念出声，"希望白雪公主永远是公主。"她不可置信地望着男人，

"徐榄，你认真的？"徐榄看着手中红布条随风轻晃，回眸轻笑让沈初蔓又愣神片刻："是，我认真的。"说完他毫不犹豫地向前走，第一个将红布条挂在架子车上，没再回应沈初蔓，反倒大步走向祁夏璟，钩住他肩膀低声调侃："让我来猜猜，你是不是在求让班长尽快给你个名分？"

祁夏璟半个眼神都懒得分出去。等沈初蔓和黎冬相继挂好后，最后一个上前，抬手将红布条远远挂在角落。黎冬默默记下位置，然后若无其事地望着男人迈着长腿过来，低声道："走吧。"

四人决定陪沈初蔓一起去求平安袋，离开后院快到小木屋前时，走在最后的黎冬忽地出声道："我手机好像忘在写字的桌上了。"她本就不擅长说谎，面前又都是熟人，不等三人开口她又率先道，"你们先去买东西，我去看一眼就回来。"说完转身匆匆就走。

"哎！你等下找到手机后，记得给我们打电话啊——"沈初蔓的轻呼声在耳边响起，黎冬脚步匆匆从大殿空地重新绕回后院。转身确认没人跟来后，小跑到那辆架子车前弯腰，她在一众迎风飘扬的红布条中寻找熟悉的字迹。耳边是震耳的心跳声，很快她手疾眼快地捉住晃动不停的布条，深吸口气，稳定心神去读祁夏璟许下的佛愿。细长深红的布上，是三行苍劲有力的字体。

愿爱人平安健康。
愿爱人幸福无忧。
愿爱人余生有我。

落款人：祁夏璟

黎冬姿势诡异地弓着腰，低头将字条内容看了一遍又一遍。不知这样呆愣愣地站了多久，直到她口中"遗失"的手机在口袋振动。

如梦初醒般回神，她最后一次将三行短句刻印在脑海，随即匆匆起身走去桌边，又要了一条红布。寒风拂过，吹动鬓角，黎冬站在树下弯腰执笔，一笔一画地虔诚写下祈愿。

愿他平安健康。
愿他幸福无忧。
愿他愿望成真。

落款人：他的爱人黎冬

第 11 章
向月私奔

❄ 46

祈福后，四人开车前往预订好的餐厅。回家时，时间已过晚上八点半。黎冬洗过澡从浴室出来，擦着湿漉漉的长发在书桌前坐下，发愣一会儿后拿出手机，将相册里几十张新添的照片翻来覆去地看。某个念头倏地在脑海闪过后，便以不可阻挡之势，疯狂发芽滋长。她从抽屉拿出空白的便笺本，提笔在纸面上写写停停，五分钟后停下皱眉，又换了张新的。前前后后浪费八九张便笺，她无可奈何地停笔长叹，垂眸看着纸上不知所云的字句，抬手揉乱湿发。放弃地将头抵在桌面上，她双眼放空地看着黑屏的手机，几秒后坐起身，拨出一通电话。"怎么啦，我的宝？"沈初蔓清甜明媚的声音响起。黎冬轻攥着手机踌躇片刻，轻声问："我想问问，你以前的追求者，都是怎么和你告白的？"

"啊？有人和你告白了？"

"不是。"黎冬垂眸，握笔在废弃的便笺上飞速地打起草稿，"是我想和祁夏璟告白，不知道该怎么开口。"

"你还用和他告白？"沈初蔓一头雾水，"你难道不是只要说句'我愿意'就可以了吗？"

"蔓蔓。"黎冬看着纸面上逐渐成型的人脸，声音轻得像是下一秒就会消散风中，"我还从没和祁夏璟说过'我喜欢你'。"因为"喜欢"这个词在心中的分量太重，她总觉得轻易说出口会是冒犯，更不知该如何表达。羞于表达的爱慕、生涩干瘪的文字，让她在大多数女生将心事留在日记时，选择将这份感情用画画来表达。

"我觉得告白时说什么不重要，重要的是说话的人是不是你想要的。"听筒里是沈初蔓难得认真的语气，很快又换回原本笑嘻嘻的语气，"虽然我讨厌那个家伙，但你要真喜欢的话，就给我好好幸福下去——对了，你打算什么时候和他说？"黎冬轻声道："明天吧。我不想让他等太久。"她放下笔，指尖轻抚纸面上的男人，轮廓分明，五官深邃，眼神却柔和。

"你可以的，不就是个告白吗？说句'我喜欢你'连三秒都不用。"耳边是沈初蔓的轻快语气。话题很快转移，黎冬手上动笔不停，在对方细而密的话里偶尔回应两句，直到手机在掌心振动两下，是祁夏璟发来的微信。

祁夏璟：在忙？

接连几日，两人都是伴着对方呼吸入眠，像是不言而喻的约定。黎冬在收到信息的同时，就知道祁夏璟应当是电话没打通，才转而发来消息。

"蔓蔓，我这里临时有点儿事。不急的话，我们打字聊吧。"匆匆找个借口挂断电话，黎冬盯着二字消息，没再犹豫，主动拨通电话。下一秒就被接起，像是发消息的男人从几分钟前就一直等。黎冬先开口解释道："刚才我在和蔓蔓聊明天的庆祝宴。她说明天不去工作室了，还是决定去海边的家里办。"

沈初蔓的工作室选在市中心最繁华的办公楼，寸土寸金的商业区实在不适合朋友放开玩，不如回靠海的别墅，半夜喊破喉咙都没人管。为了让这通电话不显得太漫无目的，黎冬自顾自地说了一通，见男人依旧没出声，只能问道："蔓蔓说的礼物，你准备了吗？"

"嗯，送钱。"祁夏璟的回复言简意赅，末了反问道，"你呢？"

"她提过几次想吃我做的甜点，我刚才看了下家里还有不少材料，想明天上午给她做些。"昏暗无光的客厅空寂无声，祁夏璟懒懒靠在柔软的沙发上，交叠的长腿上平放着电脑，耐心听免提里柔柔的女声说着再琐碎不过的日常，心底一片平和。似是担心礼物太随便，黎冬轻声问他："甜点作为礼物，会不会有些草率？"

"礼轻情意重，有诚意就好。"眼睛被电脑屏幕的强光刺激得发痛，祁夏璟抬手捏揉山根，忽地想起什么，漫不经心地勾唇反问道，"黎冬，我发现你每次给别人送礼物，对他们想要什么都记得很清楚。"停顿片刻，男人又慢悠悠地补充道，"除了我。我明里暗里地要了那么多次礼物，都没见你当真过。"

第二章

315

"……"

"阿黎。"察觉到对面的呼吸声停止，祁夏璟拿起手机放在唇边，慢条斯理地一字一句道，"怎么不说话？"又是一阵长久的沉寂。在祁夏璟以为通话将就此无声维持到明早时，黎冬忽地小声呼唤他姓名，语气是藏不住的羞赧：

"那我明天也送你一个礼物，可以吗？"小心翼翼的询问中满是期待，像是贪嘴的孩童拽着衣袖在讨糖，光听声音都只觉乖顺，勾得男人心脏阵阵作痒。祁夏璟忽地感觉嗓子发涩，喉结轻滚。另一边毫无察觉的黎冬还在继续道："我会很用心地准备——希望是你喜欢的。"

祁夏璟要去拿水杯的手顿住，桃花眼在昏暗环境里有一瞬滞顿。

"祁夏璟？"见他久久未做出回应，黎冬在听筒里问道，"你在听吗？"

"嗯。"祁夏璟清清嗓子低声应答，仰头将杯中水一饮而尽，"在听。"

"你是不是困了？"黎冬善解人意道，"要不先休息吧，晚安。"

"好，晚安。"互道晚安的两人不再出声，却都默契地没有挂断电话。一时间，客厅里只剩下两道平静交织的呼吸声，时而夹杂着窸窣微响。电脑屏幕上是近百页的繁杂文件，祁夏璟皱着眉一目十行地浏览。十分钟后他略显浮躁地关闭电脑，将头靠在坚硬冰冷的墙上。脑海自动回想起那句耳边低语，她说，希望是他喜欢的。

男人靠着墙勾唇沉沉笑着，忽地想起黎冬过去从没望着他眼睛说过一次喜欢，弄得他深夜因这份未来的礼物毫无睡意。手机振动不停，祁夏璟点亮屏幕就看见徐榄和主任老李头的消息，随手先点进和老李头的对话页面。调动职位的事他已经在走人事，打算下周就H市的医院谈薪资待遇。老李头见他铁了心要跑，直接叫人把祁夏璟的档案扣下，说什么都不许他走。

对话框里翻来覆去就是那几句，无非是围绕着"未来"和"机遇"。祁夏璟吊着眼从头到尾地翻看，面无表情地敷衍感谢，又不紧不慢地打字表明态度："我不喜欢别人插手我的决定。"老李头在全国胸外专业都颇负盛名，几年前为了某位病人赴美参与治疗，却意外看中准备回国发展的祁夏璟，二话不说代表医院抛出橄榄枝。将他特聘回国后，一度当作接班人培养，算有知遇之恩。所以，祁夏璟对他的阻挠也睁一只眼闭一只眼。

徐榄的消息则简洁明了得多，先是一张今天刚加好友的顾淮安的朋友圈截图，内容是他和黎冬、大祥在素斋面店的合照。下面还有大祥意有所指的评论："兄弟得加把劲儿啊，再不抓紧就没这机会咯。"

徐榄随后又发来一条文字信息："我不信你不介意。明明和班长就差临门一脚，哪怕你现在去敲门表白都不会被拒绝，现在别人踩头上都能忍的？"

祁夏璟没回复，将手机丢在旁边。他要的不仅仅是不被拒绝，不仅仅是那句喜炊。他要的是始终如一、不离不弃的偏爱。所以在此之前，他要慎重再慎重，铲除所有动摇她的疑难，确保万无一失。

周日，黎冬特意早起做甜点。考虑到今晚的人的数量，她果断将家里所有面粉和食材搬到桌上，手法熟练地捏揉面团，加入馅料，最后再将种类丰富的饼干、糕点放进烤箱。等待时，她看向桌上的便笺——昨晚推翻重写十六次后，终于改出一版勉强能用的，怕忘记一起床就在背。短短百字背得磕磕巴巴，她只要想象男人在对面的情景就紧张得大脑空白。她无奈地摇头，试图锻炼出肌肉记忆。又一次磕磕巴巴地背完，黎冬正要去查看烤箱，桌面上的手机突然响起。

"在家吗？"周屿川清冷的声音响起，"开门。"推门看见高瘦笔挺的男生风尘仆仆地站在门前，身后还有一个巨大木箱时，黎冬有片刻的愣神："屿川？"他不是说今天找人送按摩仪，他要下周才回来吗？男生没什么情绪地转身，放下手里的纸袋，双手提起木箱上的提手往屋里走。见黎冬要帮忙，周屿川淡淡出声："你别动，脏。"按照黎冬的指示，男生将木箱搬到客厅角落。又要来剪刀，动作利落，迅速地拆装，很快将按摩椅安装好。

"临时改签。"周屿川看出黎冬眼中疑惑，语气冷淡地随口解释，"不然让你自己装，可能要等到明年了。"黎冬闻言脸上微红，知道周屿川在说他去年托人从国外带的多功能躺椅的事儿，因为她不会操作到最后也没用上。她要仰头才能与高出她半头的男生对视，周屿川纯白卫衣、水洗牛仔裤的打扮活脱脱像是大学生，五官较黎冬的更为凌厉深邃。沉默时，周身是拒人千里的冷清。黎冬在餐厅给他倒水，见男生皱着眉环顾四周，无奈轻叹："我在这里住得很好，不用把你的房子给我。"

周屿川在大学时就赚了不少钱，毕业时毫不犹豫地将所有积蓄拿出来，分别给黎冬和父母在H市和老家各买了一套房，结果却是一套也没人要。男生接过杯子在沙发坐下，毒舌不减当年："我是在做非法勾当？你们嫌我的钱脏？"

"别瞎说。"黎冬看周屿川眼下乌青，就知道他又熬夜了，心疼道，"白天忙吗？不忙在我这里休息会儿。"

"好。"周屿川快三天没睡了，行李也还没送到酒店，抬手指指门口纸袋，道，"给沈初蔓的。"话毕，男生径自在沙发上侧身躺下。不过几分钟就沉沉睡去，连黎冬给他披薄毯都没察觉。黎冬转身走向厨房，轻手轻脚的动作生怕将周屿川吵醒。烤箱还剩五分钟停工时，她将洗净的模具放在沥水台，正要去看烤箱的内部情况时，口袋里的手机振动起来。

第二章

317

"你想几点出门？"祁夏璟沉缓浑厚的声音自听筒传来，"我开车——"

"有吃的吗？"本在熟睡的周屿川被香味勾醒，坐起身背靠着沙发，头扭过来望着黎冬，刚睡醒的声音沙哑，"饿了。"通话那端没入死寂，随即是祁夏璟凉若寒霜的低音传来："你家里有别的男人在睡觉？"黎冬正要出声解释，听见电话里是男声的周屿川立即皱眉，冷冷问道："你在和谁打电话？"

一分钟后，人高马大的周屿川靠着门框将黎冬挡在身后，凉飕飕的目光看着门外同样面无表情的祁夏璟。气氛一度冰封凝固。"他住在你对面？"周屿川口吻冰冷地发问，见黎冬点头才又看向祁夏璟，语调无波无澜，"你有事吗？"话毕视线自上而下扫过面前的男人，嘲讽扯唇，一字一句道，"老——男——人。"黎冬闻言，眼皮猛地一跳。祁夏璟和周屿川十年前就不对付。两人性子一个冷淡一个散漫，偏偏从第一次见面起就在打架，一个叫对方"小屁孩"，另一个喊对方"老男人"。怕两人又打起来，她忙出声问祁夏璟："我弟上午刚来，你找我有事吗？"记忆中的小屁孩快和他一般高，祁夏璟的脸色不似开门时难看，也没多好，全然视面前的庞然大物为空气，看向被挡身后的黎冬："下午四点出发，我在楼下等你。"

"不好意思。"周屿川不加掩饰地冷嘲热讽，"这位大叔，你到底谁啊？"

"小屁孩。"忍无可忍的祁夏璟太阳穴轻跳，表情似笑非笑，"我和你姐同龄，嘴巴放尊重点儿。"

"是吗？"周屿川不甘示弱地回敬道，表情冷冷的，"那你更该反省一下，为什么你长得这么老？"说着就要不客气地关门。祁夏璟懒得和小屁孩计较，在他倾身去拉门把手时，手疾眼快地握住黎冬手腕，略一用力就将人拉到身边，再顺势一推将门重重关上。黎冬听见巨响，心跟着一抖，想起周屿川就站在门边，也不知会不会被砸到鼻子。不等她反应，细腰就被男人坚实有力的小臂环住，随后是一个带着乌木沉香的温暖拥抱。祁夏璟沉沉叫她小名，暧昧缱绻的语调听得人心痒耳热。她愣了愣，轻声道："怎么了？"

"没事。"祁夏璟难以形容他刚才在短短一分钟内过山车般的心路历程，低声道，"就是想告诉你，我很期待今晚的礼物。"

晚上，黎冬三人到场时，沈初蔓在海边的两层别墅里已经来了不少人。堪称金碧辉煌的空间里满是欢声笑语，众人见有人进来便纷纷探头，热情地笑着打招呼。沈初蔓穿着慵懒妖艳的小香风短裙，红唇妖艳，一颦一笑都是恰到好处的性感。她宝贝似的接过黎冬亲手做的蛋糕、饼干，瞥了眼她身后互不搭理的两人，悄悄凑到黎冬耳边问："小川和姓祁的一起来的？他俩在路上居然没打起来？"周屿川向来讨厌聚会，能来完全是看在黎冬的面子上——或许也有看某人不爽，非要亲自开车送黎冬的原因。回想起两人在车里的明嘲暗讽，黎冬不由得想起宫斗剧里最经典的唇枪舌剑的场景，只头疼地摇头叹气。

沈初蔓见她愁眉苦脸的样子就忍不住乐，将黎冬朝身边拉过来些，压低声音道："昨晚电话里说的事，准备好了吗？"见黎冬表情迟疑，沈初蔓将手里的酒精饮料递给她，挑眉道，"度数很低，紧张就喝点儿。宝贝，你可以的。"黎冬接过饮料轻声说好，见门口又有人进来，轻声让沈初蔓先去招呼客人。

黎冬的礼物是沈初蔓亲自收起来的，其他人的都是先放门边。周屿川和大多数人一样送了包包、首饰，祁夏璟则简单粗暴地递过一张支票。沈初蔓看着票面上写的五个八，倒是心情颇佳地勾唇："虽然敷衍，但我喜欢，今晚放过你了。"说罢她大发慈悲地挥手，让祁夏璟趁早在她眼前消失。朋友聚会讲究不多，再加上沈初蔓的性格最不拘小节，懒得搞繁杂礼节，直接在家里请了五位不同菜系的厨师。二、三层分别是游戏房和台球桌区，地下室有电影院，后院的游泳池外就是大海，总归是想怎么玩就怎么玩。

由于身材样貌太过出挑，祁夏璟和周屿川进屋后，分散的人群逐渐朝两个不爱聚会的人靠拢，微妙地在别墅两端围聚起来。周屿川如移动的寒冰般在靠窗角落吧台坐着，拿出电脑就开始处理工作，对上前搭讪者一概拒绝。相较单纯"以色诱人"的周屿川，在场不少人知道祁夏璟的背景。前来搭话时，多少带着拓展人脉的意图，自然也更难推脱。

心怀要事的黎冬则默默坐在吧台，手边是沈初蔓塞过来的酒精饮品。香橙的酸甜味道刺激味蕾，不知不觉她就又让调酒师调了好几杯。为了偷看小抄复习，手包被不断打开又合上。即将告白的黎冬觉得她高考前都没这么紧张，空荡绞紧的胃部微微作痛。她已经在这儿呆坐半小时了，该什么时候把祁夏璟叫出去——

"怎么一个人坐在这儿？"应付完搭话的祁夏璟双手插兜走过来，自然地在黎冬对面坐下，随意伸展的长腿堪堪碰到她鞋尖。黎冬在吧台坐了多久，他在对面就看了多久。女人今晚穿着简约柔软的米白色宽松针织衫，米色长裙和柔顺黑发更显恬静温柔，独自一人坐在偏僻的吧台边。从表情能看出她的紧张，面前的手包被她打开又合上，也不知里面是不是装着昨晚说要送他的礼物。

见她迟迟没回话，祁夏璟以为是环境吵闹没听清，正要重复时，鼻尖忽地闻到夹杂丝微酒气的雏菊淡香。视线扫过眼前的高脚杯，男人看着橙色液体，微微抬起眉："你喝的是酒？"黎冬的意识还清醒，只是反应迟钝些，闻言默默将手包往后推了点儿，缓慢点头。祁夏璟将她的小动作尽收眼底。他听见黎冬深吸口气，像是终于下定决心。女人在喧闹环境中身体前倾，附唇在他耳边轻声道："祁夏璟，我昨天答应你要送礼物的。"酒精让黎冬的呼吸格外滚烫。

祁夏璟眯起眼睛，望进女人还算清明的水眸，隐隐觉得黎冬应当喝了不少酒精饮料，后劲正缓慢地反噬上来。这时，不远处的正厅中央忽地响起欢呼声。似是有人建议去二楼玩桌游，正吆喝着问是否有人要加入。好巧不巧地，徐榄音量不大却无比清晰的声音响起："老祁呢，要不要带班长一起来玩？"其余人纷纷附和，场面突然变成找出祁夏璟藏在哪里。黎冬和祁夏璟所在的拐角吧台在死角位置，从正厅根本看不见。不过一楼也就不到两百平方米，找到两人也不过就是时间问题。

呼唤声在别墅内此起彼伏。祁夏璟垂眸，看着承诺要送他礼物的黎冬，学着女人方才的姿势侧身过去，沉沉道："礼物的事情待会儿再说。"他将薄唇轻贴在黎冬软热的耳垂，感受到对方在突然被触碰后下意识地轻颤，宛若诱哄的低声唤她小名："阿黎，要不要和我私奔？"话毕，他身体后退半寸，眼底带笑地看进黎冬在酒精作用下略有些失焦的盈润水眸。她褪去了几分平日的沉稳持重，增添几分勾人的娇憨。半晌，黎冬反应慢半拍地点头。祁夏璟勾唇，笑着反问道："你都不问我们要去哪里吗？"这次黎冬倒是很快摇头，眉眼弯弯，毫无防备的模样："只要是你，去哪里都可以。"

从吧台对面的露天阳台的楼梯下去就是海滩。穿着拖鞋的两人索性脱掉鞋子，踩着细软的沙子往前走。夜间海风夹裹着丝丝寒气，拂过面庞，也吹散了黎冬本不多的清明理智。她深一脚浅一脚地踩在细沙上，时而身体轻晃一下。

"你这是喝了多少？"祁夏璟看见她摇摇晃晃的模样，无可奈何地在黎冬面前背对着她蹲下身，哄孩子似的语气让她上来，"再不走，后面的人就要追上来了。"话落，他听见黎冬轻笑出声，随即有温软的纤瘦身体贴上后背，纤细的手臂紧紧搂住了他的脖子。刹那间，鼻尖满是清甜却浓烈的雏菊清香。

祁夏璟稳稳背着黎冬，沿着海岸线向着远处行进。呼啸的海风在耳旁猎猎作响，不知何时还夹杂着几道轻柔的哼歌声。酒精与晚风都让人卸下防备，这是祁夏璟第一次听黎冬唱歌。轻柔、舒缓、微微勾起的尾音抓挠得人心痒难耐。

一二三牵着手，四五六抬起头，七八九我们私奔到月球。[1]

祁夏璟在望不见尽头的海平面和大片月色中停下脚步。他向来自诩是极度理智的人，但好像只要一遇到黎冬，所有的沉着和清醒都会消失。对她难以压

---

[1] 歌词引用自五月天的歌曲《私奔到月球》。

抑的欲望，让他一切计划作废，只能随心而为。黎冬乖乖趴在他后背上，细软无骨的手环住他脖子，带着微微酒气的幽香呼吸在他停下脚步时一顿，调子比平日都要轻软乖柔："怎么了？"

"阿黎。"祁夏璟不知在原地站了多久，才听见自己悸动难抑的沙哑沉声，"如果我借你酒醉告白，算不算乘人之危？"

❄ 47

男人哑沉低缓的声音很轻，仿佛下一秒就要消失在沁骨晚风中，缥缈虚浮。"嗯？你说什么？"轻轻哼歌的黎冬并未听清那声呢喃，只下意识地将头偏侧过去。腥咸海风吹过她柔顺的青丝，几缕发丝拂过祁夏璟颈窝。不等男人回答，背后不远处的别墅突然爆发出阵阵兴奋尖叫，应当是终于凑齐人的游戏开场。人群彻底忘记他们，任由两人逃去多远。寒风中，黎冬微微眯起漂亮的眼睛，努力拾回出走前的清醒。她乖顺地双手抱住祁夏璟脖子，目视前方海平面，半晌忽地问道："祁夏璟，我们这算是私奔吗？"眼前的蔚蓝海面浮于细沙之上，触手可及却又遥不可及。无际的海平面尽头，莹润皎洁的圆月乘在层叠云层之上。黎冬又哼起大学时那唯一一首她会反复听的歌。

一二三牵着手，四五六抬起头，七八九我们私奔到月球。
让双脚去腾空，让我们去感受，
那无忧的真空，那月色纯真的感动。①

习惯了仰头才能遥望银月，黎冬总以为私奔到月球的说法既浪漫又虚妄。可当祁夏璟背着她一步一脚印地稳稳前行时，她却忽地生出一瞬的荒诞错觉。只要他们沿着海岸线一直往前走，就一定能到达遥不可及的月球。黎冬忽地挣动身体，轻声道："我想下来。"祁夏璟脚步微顿，沉声问她："不怕摔跤？"黎冬闻言先是摇头，想到对方看不见又回了句"不怕"，不知是在解释给谁听："向前的路，得两个人一起往前走的。"

各怀心事的两人漫无目的地沿着海滩前行。黎冬很快发现，今晚的祁夏璟似乎异常沉默，只会在她站不稳轻晃时将她扶稳。男人始终在她半步之前的位置，看不见表情，半张侧脸轮廓越显沉静，像是在思考什么。大片皎白月色倾

---

① 歌词引用自五月天的歌曲《私奔到月球》。

落在男人宽阔的肩背上，近距离让乌木沉香丝丝沁入鼻腔，无声提醒着黎冬，她还有要务在身……那份她亲口许诺的礼物。黎冬后知后觉地想起她忘在别墅吧台的手包，以及手包里她修改整晚的告白词。出门时她还能熟背，现在被祁夏璟牵着走在海滩上，大脑却一片空白。黎冬一时分不清是不是酒精作祟，只切实体会到"书到用时方恨少"的窘迫。长篇大论才能够勉强说清的经年爱慕，在几乎快一个字都想不起的现在，她还能、还想要说什么。

她想说，她喜欢他。她想一字一句、无比认真地告诉祁夏璟，她真的很喜欢他。从十二年前那个仲夏雨夜，她就想对他说那四个字——她喜欢他。原来事情兜兜转转，只是四个字这样简单。黎冬忽地勾唇笑起来，抬眸薄唇轻启："祁夏璟。"

"黎冬。"沉寂寒凉的无尽海边，两道压抑的呼唤声伴着退潮海浪声同时响起。互相望进对方双眸的两人，眼中闪过片刻不同程度的惊愕。

"这次你让着我吧。"沉默许久的祁夏璟转身逆光而站，如瀑般的锦簇银光倾落在发顶肩头，无声地让男人原本棱角分明的五官轮廓变柔和。那双深邃沉黑的眸安静而专注地望着黎冬。他微微俯身，目光柔和，颀长身影将她笼罩其中。"其实，我设想过无数次和你告白时的场景。"男人倏地勾唇，桃花眼中的笑意看得黎冬微微失神，只听到浑厚的哑声响落在耳边，字字清晰，"我想过初雪那晚邀你乘坐摩天轮，在最高点让你许愿时，拿出藏好的雪花项链，或者刻有名字缩写的情侣对戒。也想过在落日傍晚时，带你去空旷无人的教堂，在和平鸽和念诵祝福声中，献上冬日里最鲜艳的玫瑰。甚至想过回到校园，重现十八岁那年站在升旗台上的演讲，再来一次愚蠢却从不后悔的冲动。"谈起盘旋脑海多日的老套肉麻方式，祁夏璟勾唇，话里带笑，倒映着黎冬纤瘦身影的黑眸中，流淌着无尽深情。"黎冬，我知道我从来不是浪漫的人，但我想给你一场盛大的告白。"他看她被寒风吹红的脸，用干燥温热的手轻抚上她脸颊，柔声道，"至少能让我问心无愧地评价自己'尽力'，所以我告诉自己要耐心，要安妥一切，保证万无一失，才有资格请求你无所顾虑地接受这段感情。"

黎冬没想到祁夏璟想了这么多，正想张口时，男人忽地话锋一转，抬眸望向辽阔海面："可当你刚才趴在我肩头，不设防备地轻声哼唱时，我那些所谓的'沉稳周全'，好像全都作废了。"直到现在，祁夏璟仍无法用言语形容当时感受，笑意中不见散漫，"于是我刚才一路走来，脑海中就剩下四个字。"刹那间，黎冬自以为她猜到那四个字，高悬的心像是要跳出来。

"阿黎。"带着无限眷念和慕恋，祁夏璟低低呼唤她姓名，"我很爱你。"话出口的那一瞬间，所有压抑的踌躇难耐都消失不见。祁夏璟如释重负地发现，他曾经一切周密计划的背后,都只是想告诉她那四个字——他很爱她。

"所以呢?"见黎冬只是仰头愣愣望着他,借着月光,祁夏璟的视线落在她泛红的眼眶上,用修长指尖爱抚般轻蹭她面庞,柔声询问,"哪怕站在你面前的祁夏璟一无所有,你也愿意施舍他几分爱意吗?"黎冬久久说不出话。被众星捧月的天之骄子虔诚地向她表白,笑容温和,语气柔缓,情不自已紧握的手却将那点儿紧张尽数暴露。男人倾其所有地表露爱慕,却只卑微地寻求她几分的爱意。黎冬狠狠点头,深吸口气压下汹涌泪意,在视野模糊中用力抱住祁夏璟瘦劲的腰,闷声道:"祁夏璟,你不会一无所有的。"这一次,她会陪着他直到很久的以后。泪水将落未落,黎冬忍不住抽噎两下,就感觉到有温暖的大手一下下轻拍她后背,无声抚慰情绪。良久,当眼前景物不再晃动时,埋在宽阔怀抱的黎冬听见有低低的笑声落下。男人俯身回抱,薄唇堪堪贴着她耳侧:"没想到阿黎这么爱哭。"

"才没有。"情绪平复的黎冬小声反驳,她想起被遗落在吧台的手包里的小抄,以及被抢先一步的表白,犹豫片刻,如实坦白,"祁夏璟,你的礼物我好像又搞砸了。"听出她话里的几分懊悔,祁夏璟再度低低笑出声,仍沉浸在魂牵梦萦的她终于真正属于自己的不真实感中。"没关系。"男人低头,脑袋埋进黎冬温热的颈间,鼻尖充斥着令人心安的淡淡雏菊清香,合上双眼,左手托住她后脑勺,沉沉道,"你的存在本身,已是上天赐予我最好的礼物。无论怎样,我都喜欢。"

黎冬和祁夏璟沿原路返回。从露天阳台进入别墅客厅时,时间已过九点。不同于安寂的海滩,喧腾欢乐的别墅里人们尽情欢闹。不到二十人的聚会,硬是闹出近百人的气势。黎冬去吧台找手包时,众人都围坐在客厅里,听一位身穿紫色连体紧身衣的壮汉独唱情歌,时不时爆发出阵阵笑声。手包还留在黎冬离去时的位置,她打开手包粗略扫了眼,确认没少东西。黎冬看着手包里字迹密密麻麻的便笺,迅速感到一阵耳热。见祁夏璟在旁边,她立刻合上手包,查看同样被遗落的手机。她的交友圈很小,一晚上也只有周屿川给她发过信息,表示他嫌太吵,已经回去了,末了还特意补充一条"我叫的代驾已经在路上,晚上不要坐姓祁的车回家"。

"冬冬,你刚才去哪儿了?"黎冬正要回绝他的好意,就远远听见自客厅传来的沈初蔓的呼唤声。女人不知何时又换上一套浅蓝白的超短连衣裙,裸露在外的完美直角肩和锁骨都无比惹眼。朝吧台走过来时,细高跟嗒嗒嗒地踩在瓷砖地板上,清脆响亮。沈初蔓先是自然地斜了祁夏璟一眼,才在黎冬对面坐下,迫不及待地展示她的新鞋,满怀期待地问道:"好不好看?"女孩小巧玲珑的脚上穿着镶满碎钻的高跟鞋，在冷白吊灯下闪烁着璀璨细光。左右鞋尖各有一朵银白薄纱和水晶组合的花，梦幻中不失俏皮性感，很符合沈初蔓的气质，也难怪她特意换了套新衣服搭配。黎冬点头称赞，余光看着祁夏璟独自走开，又听沈初蔓低声嘟囔一句："好奇怪，这可是最新季的定制款，徐榄这理工直男是怎么弄到的……算了，好看就行。"

沈初蔓百看不厌地盯了会儿水晶高跟鞋，确认某个讨厌鬼离开了，兴冲冲地看向黎冬，八卦道："刚才你是和姓祁的单独去海边了吧，你怎么告白的？"

黎冬摇头，轻声道："我还没来得及，他就先说了。"

"好吧。"沈初蔓对某人如何告白不大关心，敷衍地随口问道，"那他是怎么告白的？送花还是送礼物？"黎冬再次摇头："就用嘴说的。"

"然后呢？嘴巴说两句就完了？"折腾十年才复合的两人，告白居然如此潦草，浪漫至上派的沈初蔓大跌眼镜，"我昨天是讲过说什么不重要，但做什么重要啊！"女人失望地摆摆手，放弃地道，"我以后绝对不找理科男当男朋友，简直不要太无聊。"

"偏见性攻击可不是好习惯。"徐榄这时拿着披风走来，自然地递给沈初蔓，"那你想要什么样的告白？"

"怎么也得放几百只和平鸽吧。"沈初蔓漫不经心地胡编乱造，扭头警惕地看着徐榄手里的披风，宁死不从，"我不穿，这披风不太搭我的衣服。"徐榄微微抬起眉，脸上笑容不变："两双定制款。"

"瞧不起谁呢，你以为我买不起？"

"五双。"

"但凡你找个好看点儿的——"

"十双。"

"我穿，我穿还不行嘛。"沈初蔓不情不愿地抓过徐榄手里的披风，十分嫌弃她满意的造型被破坏，不耐烦地挥手轰人，"成天就知道管我，快走快走。"徐榄细心地弯腰替女人理好滑落的披风，抬手揉了揉她的头发，笑着和黎冬打过招呼，转身离去。"烦死了，弄乱我新做的发型。"沈初蔓抬手整理发型，嘴里的抱怨听着倒没多少怒气，"我刚才就应该咬他一口——你这么看着我干吗？"黎冬看着沈初蔓不自知翘起的唇角，弯眉笑道："你最近好像和徐榄亲近了很多。"

"好啊黎冬，你都敢打趣我了！"沈初蔓微愣，瞪了黎冬一眼，忽地想起什么，凑过去神秘兮兮道，"提前和你说哦，等会儿我们会假装断电。"见黎冬面露疑色，沈初蔓将早定好的计划和盘托出。决定在别墅而非工作室庆祝的原因除了让大家玩得尽兴，还要给那位唱情歌的猛男庆祝生日。"我们故意说忘记他的生日，就是为了给他个惊喜。"沈初蔓挽着黎冬的手一边往外走，一边和厨房位置的人打招呼示意，难掩语气里的兴奋，"我们就断电二十秒，你害怕就提前去角落站着。我们这里有几个放荡不羁派的，你懂的，太过热情。"

除了徐榄、黎冬和祁夏璟，在场的十几人都是时尚圈的，个个性格不拘小节，尤其几个明显特别开放的，在黎冬回来时正醉得逢人就抱，还噘着嘴要亲亲。被逮住的也不介意，任由人嘬一口还哈哈大笑。他们彼此熟悉无妨，黎冬最好还是敬而远之。她点点头，从沈初蔓臂弯中抽出手，笑着轻声鼓劲儿后，默默退到客厅沙发后的墙角。她身后就是窗帘，实在不行，等下关灯时再躲一躲。

如此想着，她的视线扫过餐厅里偷偷忙碌的沈初蔓，随后是唱情歌的男人，最后停在对面的祁夏璟身上。恢复往日漫不经心的男人懒懒靠墙，周围却挤满了人。他用骨节分明的手轻晃高脚杯，吊着桃花眼懒倦地应付周围的人，直到感应到注视的目光，掀起眼皮和黎冬对上视线。

四目相对，祁夏璟微微抬起眉，正要走过去，就见黎冬忙朝他摇头，似是怕他出声引起注意，还特意抬起食指放在唇边，做出嘘声的动作。女人红润的薄唇微张，修长食指轻压在柔软唇瓣上，精致的眉微蹙着，独自站在客厅角落，欲言又止，一副很不想让他过去的样子。刚成功"上位"的祁夏璟见状，眯起桃花眼，半晌轻喷一声。黎冬自然不知道某人内心的小九九，见他没过来便继续看餐厅，见沈初蔓抬头朝二楼比了个"OK"的手势。果然下一秒，眼前昏暗一片。为了不让月光透进屋，沈初蔓早早就拉上客厅窗帘。黎冬在黑暗中看不太清，听着此起彼伏的惊诧声，只注意周围是否有脚步声响起。因为有几人醉酒，场面比预想的混乱不少。耳边落下清晰无比的亲嘴声时，黎冬不由得庆幸她站的位置隐蔽——男人不知何时出现在她身旁，用坚实有力的小臂虚虚搂着她腰肢，在黎冬惊呼出声前，薄唇先贴上她耳垂："是我。"

黎冬鼻尖传来丝丝乌木沉香，听着耳边熟悉的男声，紧绷的背脊放松下来。正心有余悸时，某人反而先倒打一耙："刚才为什么不让我过来？"客厅里有人正嚷嚷着得想办法，混乱场面无疑给沈初蔓制造了绝佳的行动机会。而在某个不为人知的角落，祁夏璟正不容拒绝地收紧手臂，不依不饶地非要黎冬回答。"为什么这么冷淡？"男人质问的话里带着点儿笑意，暧昧的语气顽劣，"才答应做我女朋友不到一小时，现在就要反悔了？"

"没有不想你过来。"黎冬抵不过他的胡搅蛮缠，全身注意力都集中在皮肤上隔着衣料被触碰的位置，长睫轻颤，"我是怕不熟悉的人喝醉了注意到我，乱抱乱亲我。"祁夏璟意味深长地"嗯"了一声，问道："那男朋友呢？"

黎冬发现，祁夏璟今晚几乎句句不离"男朋友"。男人不安分的手在黑暗中又捉住她的右手："男朋友可以乱抱乱亲吗？"

耳边的低音太有蛊惑性。黑暗中，黎冬只觉得男人落下的呼吸如有实质附在皮肤上，沿着颈侧向下滚落，半小时前才深情难抑地告白，转头就能得心应手地撩拨她，黎冬心颤着指控道："祁夏璟，你刚才告白的时候，不是这个态度。"

"把人骗到手，当然不用再装。"祁夏璟不以为耻，沉笑着应下，还得寸进尺道，"所以呢，可以吗？"男人骨节分明的手滑蛇般游走在黎冬的手背皮肤，微凉的触感在交界处勾起若有若无的瘙痒，最终停在她无名指上。五指在指根位置攀游，毫无征兆地插入她指缝。敏锐察觉到黎冬骤停的呼吸，祁夏璟用含笑的声音耐心道："乖，就亲一下。"知道尾音上扬的"乖"字是蓄意诱哄，黎冬依旧抵不住诱惑地失神点头。不等她出声答应，滚热强势的气息就锁住她的双唇，意欲攻城掠池。不等黎冬有所反应，祁夏璟已俯身亲吻下来，混乱中她听到微弱的电流声，伸手不见五指的环境倏地天光大亮。天花板吊灯的灯光刺眼，被迫仰头的黎冬心中一紧，就只觉腰上的手用力回扣，毫不费力地将她往窗帘后带。眼前再次昏暗几分，黎冬坐在身后半人高的宽窗沿上，蝴蝶骨抵着冰冷的玻璃窗，窗外就是刚才的无人海滩。对面侵夺的男人同样藏在厚厚的窗帘后，环住黎冬将她稳稳放下后，便抬起她下巴加深这个吻。缺氧中，黎冬恍惚听见耳边连绵不绝的惊叹声。

"蔓蔓宝贝，你怎么在餐桌上？脸还这么红！"唱歌男粗犷的语气夸张，"天哪，徐医生还搂着你的腰——你终于打算找男人了？"

"闭嘴吧你，还不是为了给你过生日，害得我差点儿摔倒。"沈初蔓稍显气急败坏的声音响起，"愣着干吗？蛋糕车推过去，赶紧给老娘唱生日歌！"

哄堂大笑中，根本没人在意窗帘后缠绵悱恻的两人。祁夏璟察觉黎冬有一瞬的恍惚，黑眸微沉。黎冬的呼吸碎乱，直到后背的凉意渐渐唤醒几分理智，她感受到男人的薄唇后退半寸，短暂地结束了这个吻。

48

暧昧缱绻的低语声中，男人轻一下重一下地抬手揉捏她的耳垂，被黎冬毫无气势地瞪了一眼。他勾唇反笑，俯身继续轻啄她红润的软唇。耳边是帘外的欢声笑语，被困在狭小一隅的黎冬手脚发软，几度觉得自己要溺毙在无尽的亲吻中。曾经束缚在心口的厚霭不见，这是黎冬第一次真正品尝亲吻。她在羞报之余,更多的是隐隐期待。祁夏璟搂着她的细腰以防她滑落,宽阔身影将黎冬笼罩。她不自觉攥着男人衣摆,在温柔的轻吻中,乖顺等待着新一轮的狂风暴雨。

后半段的生日惊喜派对比前半段玩得还疯,十几人又折腾了两小时也不嫌累。几个烂醉如泥的躺在沙发上大声嚷嚷,大有在别墅闹腾一夜之势。考虑到明日要上班,黎冬和祁夏璟在十一点准备和沈初蔓告别,顺便带上徐榄一起离开时,却发现两人没一个在场。"蔓蔓和徐医生啊!"过生日的壮汉停止高歌声,长睫扑闪扑闪的,一脸娇俏,"他俩好像上楼了。"黎冬想发微信告知,一旁的祁夏璟淡淡出声:"别打扰他们了,走吧。"

为了开车,祁夏璟整晚滴酒未沾。保时捷平稳行驶在平直的马路上,两人一如既往地话少。黎冬酒醒大半,在副驾驶座上偏头看着倒退的景色,神情若有所思。两人在门前分开,黎冬在祁夏璟转身开门时,忽然出声叫住他:"你等我一下,我很快回来。"话毕,她推开房门,打开灯,匆匆回到卧房直奔床头柜,弯腰拔下电源后抱着东西出来,快步朝门口等候的男人走去。

"送给你。"黎冬将手中的星星灯递过去,解释道,"这个灯陪了我很多年,晚上睡觉时会开着。"祁夏璟心口的文身让黎冬耿耿于怀。她每每想到陪伴男人漫长夜晚的只有空洞黑暗,就会有一瞬的窒息。"你说过,痛苦终将是痛苦。"对上祁夏璟耐心沉静的黑眸,黎冬忽然有勇气继续说下去,"但我希望有一日,你心口的疤能真正变成'我们',一切都会越来越好的。"她抬手轻轻抱住祁夏璟,"我们也会的。"她耳边响起一声无奈叹息。

"怎么办?"祁夏璟接过礼物,俯身回抱,抬手在黎冬后脑勺揉了揉,"还没分开,已经开始舍不得了。"黎冬拍拍他后背,轻声道:"明早还会再见的。"五分钟后,"物归新主"的星星灯在昏暗的客厅亮起,成为唯一的光源。这是最近几年里,祁夏璟第一次在夜晚时主动开灯。星星灯小巧便携,底座只有巴掌大小。五角星尖连着悬空的月亮,可通过触碰来调节颜色和亮度,由冷白到暖黄。

黎冬说,这盏灯陪在她床头很多年。祁夏璟眼底浮现不自知的笑意,在罐头好奇地凑过来闻时,无情将灯拿到一旁:"傻狗,回去玩你自己的。"罐头气得直咬他裤脚,随后呼哧呼哧地回到狗窝里,叼起一只新玩具,挑衅似的冲着祁夏璟摇头晃脑。祁夏璟面无表情地看着狗窝里日益增多的玩具,想起这些都是黎冬买的,眼中笑意淡了几分——人不如狗。丢在沙发的手机振动,祁夏璟看着屏幕上李助理的来电显示,起身带着灯去了书房:"会议时间确定了吗?"

"周二上午八点。已经订好明晚的飞机票，相关项目负责人都会到场。"李助理也是今晚才知道祁夏璟要离开S市，汇报结束后沉默几秒，忍不住问道，"祁哥，你真的舍得放弃S市的事业吗？"前几年未成立公司时，不管年龄大小，团队里的人都叫祁夏璟"祁哥"。这次事发突然，李助理两小时前通知总部时，满脑子都是祁夏璟以前拼命工作的样子。他经常一干就是通宵，睡两三个小时再去医院。李助理知道他没资格发表意见，却实在替祁夏璟惋惜：

"陈哥和于哥一直在问我这一个多月发生什么了。"

"你最近好像问题很多。新版策划案，我发到你邮箱，明天传达给数据三部。"祁夏璟没多解释，只是在挂电话前，淡淡道，"不是放弃，是重心转移。"他清楚自己在做什么，更知道自己想要什么。挂断电话，祁夏璟抬眸看向书桌对面立着的洁白婚纱，修长的手指把玩着黑金钢笔，时而在空白纸面刷刷落笔。他回忆不久前在窗帘后摸过女人无名指的触感，从抽屉里拿出软卷尺，拨出一通电话，懒懒出声道："找我有事？"

祁琛在那头笑吟吟道："确定不回去了？"

祁夏璟垂眸，看着纸面画出的圆形物体，漫不经心地抬起眉："你也要劝我？"

"我还能管得住你？"祁琛语调轻松地反问，"既然确定不走了，我婚期定在28号的周末，你这个大忙人应该有时间吧？"

"没手术就去。"

"行，这两天衣服会寄送过去。"祁琛说话讲求效率，两三句确定要事，忽然想起什么，饶有兴趣道，"小媛昨天告诉我，她前天去婚纱店本想再看看小冬试过的婚纱，店员却说你已经买走了——小子，八字还没一撇就买婚纱，就这么着急想结婚？"听出话里的调侃，祁夏璟看着纸面成形八九分的潦草戒指图，懒淡勾唇道："是啊。"

早晨，半梦半醒间感到枕边手机嗡嗡作响，黎冬深吸口气拿过来，眯着眼睛点亮屏幕，发现是祁夏璟发来的消息。

祁夏璟：紧急手术要去医院，你帮我喂一下罐头。
祁夏璟：家门密码是1222。
祁夏璟：另，早安，女朋友。

恍惚的黎冬立刻睡意全无，目光在最后三个字上盯了几秒，缓慢地将头埋进枕间，唇边是压抑不住的笑意。女朋友，祁夏璟的女朋友。再寻常不过的冬日清晨，连温度都比昨日低凉几摄氏度，却因为某人发来的称呼突然变得意义不同。

好想听他亲口说出来，如果文字能自动变成语音该多好，那样就能随时循环播放——黎冬被脑海跳出的荒诞想法震惊，忙回神躺在床上给祁夏璟回消息："好，你快去忙。"点击发送后她从床上坐起身。换衣服时，丢在桌面的手机再次振动，是祁夏璟打来的电话。

"我吵醒你了？"听筒里男人的声音比平日听着沙哑些。黎冬否认道："没有，本来就醒了，你到医院了吗？"

"嗯，马上进手术室。"背景音里有人喊男人姓名，祁夏璟应答"稍后过去"后，声音才重新贴近话筒，沉声道，"阿黎。"

黎冬停下手上动作，忽地有些紧张："嗯，怎么了。"

"没事，"男人低哑沉稳的声音贴在耳边落下，听得人心头发痒，"就是想和你说声'早安'。以及，我很想你。"

"冬冬？你在听我说话吗？"愣神时，黎冬冷不丁地被沈初蔓的大嗓门唤回魂。她连忙扫视周围，确认没人注意她才出声道："在听，可我不是特别懂，"黎冬困惑皱眉，压低声音道，"你刚才说的话是什么意思？"

"我说了半天，你居然一点儿没听懂？"沈初蔓不可思议的惊异声响起。女人苦恼地唉声叹气半天，最后稍显暴躁地一拍大腿。在脆响声中，她选择了最简单粗暴的方式，破罐破摔道："就是我把他睡了！能生孩子的那种睡了！"

筷子夹起的肉丸啪地掉在桌面，黎冬震惊得一时无语。作为医生的第一反应，她脱口而出道："避孕措施做了没？"她没刻意压低声音，邻座的几位医生好奇地看过来。

"做了做了，但这不是重点。"沈初蔓见她终于听懂了，迫不及待道，"重点是他是被强迫的，我是不是要负责啊？"周围人投来好奇目光，黎冬迟疑地表示她不太懂这些："这种事……你还能强迫徐榄吗？"

"黎冬！"沈初蔓几次被打断，明显急了，"你能不能先回答我的问题？你说我要不要负责啊？"

"如果是你强迫的，我觉得你要负责。"黎冬正色道。对面刚才还张牙舞爪的人突然安静。黎冬无声叹气，宽慰道："我知道这种事是你和徐榄都不想见到的，但你总不能一直逃避——"

"班长？"熟悉的男声在头顶响起，黎冬抬眼对上徐榄温和的双眼，惊得飞快将筷子扣在碗上，发出啪的一声响。

"老祁还在忙，让我帮忙带句话。"徐榄被吓了一跳，三秒后才继续道，"他说下午的采访是你们两个一组，一点前在四楼会议室等你。"纪录综艺拍了一月有余，本周五确认上线第一集。节目组为了预热，安排几位被重点观察的医生今天两两接受采访，好能在周五上线前发布宣传视频。这事跟拍小于早上和黎冬说过。她点头说好，目光落在徐榄扶腰的右手上，就听邻桌的医生问道："徐医生，你这是腰扭了？怎么弄的啊？"

徐榄闻言苦笑一声："算是人为事故。"

和黎冬与邻桌医生打过招呼后，他转身离开，扶腰的背影略显僵硬。黎冬看着男人萧索孤寂的背影，莫名其妙地心口一酸，低头给动作僵硬、一直低着头的沈初蔓发消息："蔓蔓，徐榄好可怜。"

趁着午休没结束，黎冬在办公室稍作休整，五分钟后拿着整理好的个人资料，下楼去了医院附近的咖啡厅。得知她想去Ｓ市就业，硕导这几天帮黎冬问了不少熟人。大多数医院都委婉地拒绝了，剩下的四家里，有一家表示可以先简单面谈，再决定是否给予正式面试的机会。

前来见面的男人是某三甲医院的人力资源部副主任。提前十分钟到场的黎冬没等多久，就见有人朝她所在的角落位置走来。男人看上去四十岁左右，头发稀疏，面容和蔼，快速点单后笑着和黎冬打招呼。两人简短交流几句，进入正题。黎冬的综合实力在自家医院的同辈中绝对算作佼佼者，但来自Ｓ市的副主任显然见多识广，全程面色平静，最后只微微一笑，道："黎医生的履历呢，确实符合我院的要求。但您知道，求职的人非常多，医院需要在各方面进行取舍。"男人推了下眼镜，语气和善，"请问黎医生结婚了吗？在谈恋爱的话，最近有结婚的打算吗？"

"没结婚。"突然被问到婚恋状况，黎冬微愣几秒才回答第二个问题，"近期也没结婚的打算。"她和祁夏璟昨天才在一起，参考大部分身边人从恋爱到结婚的时间，黎冬认为他们就算要结婚，也要一段时间后。副主任不甚满意地轻挑眉："没结婚，那近期有要孩子的打算吗？"

"抱歉。"黎冬忍不住轻声发问，"请问这些和我将来的工作有什么关系吗？"

"当然。"文质彬彬的男人面带招牌笑意，贴心地为黎冬答疑解惑，"我看资料上显示您已经快二十八岁了，中国女性的平均初育年龄接近三十岁。也就是说，您在未来一两年内很可能在生育方面需要相当长的假期。医生不同于其他职业，每分每秒都关系病人生命。"男人见黎冬并未出声反驳，语气越发自信流畅，"硬性条件相同时，医院当然希望雇用能专心投入事业的女性，或者是不受生育困扰的男性医生。当然，毕竟您是内荐的优秀骨干，我刚才的话并不代表拒绝您。"戴眼镜的男人转过身，从包里拿出一份文件，"本院对此有相关的'提倡'。如果黎医生能接受，医院会尽快安排正式面试。"

黎冬对职场上的性别歧视早见怪不怪，她甚至不用去看所谓的"提倡"，就知道是一份女性员工在一定年份内不许生孩子的"约定"。以往她听闻时都不以为意，今天却第一次犹豫了——她心里很清楚，她需要这个机会。最后，黎冬将文件收下，笑容略有些勉强："可以给我些时间思考吗？"

"当然，您可以随时联系我。"男人递来一张名片，意有所指道，"不过时间不等人，您考虑的同时，也有很多条件相当的优秀医生在竞争。"黎冬点点头。

离开医院时还差二十分钟到一点，她背着挎包往回走，感叹她在咖啡厅居然只待了十五分钟，感觉像是熬过好几年。将背包放回办公室，黎冬没看见跟拍小于，本想发消息问他采访地点，想起徐榄的带话，便拿起笔记本和水笔往四楼会议室走。

走廊尽头的会议室里空荡荡的，也找不到架起的摄像机器。空旷寂静的房间里，只有一抹熟悉身影坐在角落。背光而坐的男人双手抱胸，头微垂着，双眼轻合，肩膀、胸膛随着绵长呼吸平缓起伏，肉眼可见地睡得很沉。会议室的窗户拉着纱帘，柔和的暖阳映在他的侧脸、双肩，沉静美好到让人不忍打扰。

眼看时间就要到一点钟，黎冬轻手轻脚地在祁夏璟身边坐下，正打算给小于发短信询问，肩头倏地微沉。安稳睡着的人不动声色地向右倾斜身体，脑袋恰好靠在她肩头——如果不是看清男人唇边勾起的弧度，黎冬都快要说服自己，一动不动地傻坐着等祁夏璟"睡醒"。黎冬看到男人眼下的乌青，轻声道："昨晚没睡好吗？"

"嗯。"祁夏璟仍合着眼，身上混着点儿消毒水味的幽幽沉香扑鼻而来，慵倦懒散的声音微哑，"难得脱单，激动到失眠。"黎冬闻言，勾唇很轻地笑出声。她伸出手指在祁夏璟太阳穴附近轻轻打转，试图舒缓他的疲劳。一时间，她忘记要问小于采访地点，只安静地坐在祁夏璟身边，直到靠在肩头的男人突然出声："我今天要去S市，晚上八点的飞机，暂定周三中午回来。"虽有些意外，黎冬还是点点头，道："好的。"

"可能没办法接送你上下班了。"

"没关系，我可以坐公交车。"

"有急事我赶不回来，可以直接联系李助理，他在H市。"

"好，我尽量不打扰他。"

暗示半天都失败了，祁夏璟半无奈半气笑地坐起身，侧身背靠椅背，微微抬起眉，勾唇反问："亲爱的黎医生，交往第一天就要异地恋，你可以对新上任的男朋友表现出哪怕一丝丝不舍吗？"黎冬缓慢眨眼，半晌轻声试探道："那——你坚持两天，我会一直等你到周三？"

　　"只是到周三？"祁夏璟朝她凑近些，危险地眯起眼睛，"如果周三回不来，就不等我了？"

　　"会等的。"黎冬觉得她像是办公室里最常被吐槽的、不解风情的直男，可明明是祁夏璟自己说他周三会回来的。她今晚要通宵值班，不能离开医院，也没法送祁夏璟去机场。绞尽脑汁几秒，黎冬再次试探道："你放心，这两天我会好好照顾罐头的。"对上女人茫然无辜的水眸，祁夏璟无可奈何地轻叹，一字一句地教："这两天会和我问早安、晚安吗？"黎冬点头。祁夏璟又问："还会视频吗？"黎冬眼底闪过一丝疑惑，依旧点头。祁夏璟稍露满意地挑眉，最后俯身向前些，问道："我不在的这两天，会经常想我吗？"

　　"会的。"黎冬抬眸望进男人的桃花眼，犹豫片刻，还是忍不住轻声问道，"可你说的这些，我平常也在做。"问早安、晚安，视频通话，更重要的是，见缝插针地想他，这些已快成为她的日常，和祁夏璟出不出差根本毫无关系。对上黎冬清澈见底却带着几分疑惑的水眸，祁夏璟只觉得喉咙发痒。视线落在她柔润红唇，眼神微沉，俯身欲压过去——黎冬丢在桌面的手机突然振动。女人低头去接电话，完美避开某人临行前试图偷走的亲吻。小于的大嗓门从听筒那头传来："黎姐，你和祁副高在哪儿啊？我们人早都到五楼会议室了，就等你俩啦！"黎冬疑惑地转头，看向此时仍保持身体前倾的男人。

　　"姐，你知道祁副高在哪儿不？"小于停不下来地说，"我早上明明通知过他时间、地点呀，难道这会儿还在忙吗？"

　　"是啊。"祁夏璟闻言冷笑一声，"忙着被人打扰和女朋友接吻。"

　　结束采访后，黎冬和祁夏璟就各自去忙下午的手术。等黎冬换下无菌服，腰背酸痛地从手术室出来时，已经是晚上七点四十五分。静静躺在储物柜的手机被她拿起，点亮屏幕就看到来自祁夏璟的微信。数量不少，都是寥寥几字。

　　祁夏璟：下班离开医院。
　　祁夏璟：到家收拾行李。
　　祁夏璟：出发去机场。
　　祁夏璟：准备登机。

最枯燥的流水账式行程汇报，黎冬却翻来覆去地看了好几遍，甚至还仔细算了下间隔的时间。现在是七点五十分，距离祁夏璟去往 S 市的起飞时间，还有不到十分钟。不出意外，男人的手机应当已经关机，至少也开启了飞行模式——哪怕她现在发消息，对方也只能落地才看到了。

心中略有些失落，黎冬还是低头打字："一路顺风。"

正当她犹豫着要不要等祁夏璟落地给她报平安时再发一条消息，身旁突然响起一道惊呼声，来自和黎冬结束同场手术的二助："雪！下雪了！"

黎冬立刻放下手机，同那名二助快步走到窗边，目不转睛地望着纷纷扬扬的漫天大雪。天气干燥等各种缘故，即便寒冷如 H 市，今年年初也并没有下雪，也就是说，此时在黎冬面前的是今年的初雪。月明星稀，无数的圆白精灵在空中翩翩起舞。路灯将它们映照出各种颜色，席卷寒流再将它们送往世间各处。

"黎医生，我先回家啦！"旁边惊叹连连的年轻二助迅速穿上外套，笑着和她解释，"我男朋友来接我了，说要和我一起看初雪呢！"话落没多久，女孩雀跃的背影就消失在房间。初雪的意义，黎冬从小就听过很多种。有人说它象征最纯洁的爱情，也有人说同看初雪的恋人会永远地幸福下去。她垂眸看了眼安静的手机，聊天框停留在她发送的最后一条信息。不出意外地，祁夏璟已经乘上去往 S 市的飞机，大约四小时后落地。

没事，一场初雪而已。他们以后还会有很多次共同看初雪的机会。压下心底泛起的淡淡失落，黎冬正打算去住院部，静静躺在她掌心的手机却突然振动。看清来电人姓名的那一刻，黎冬大脑有一瞬的空白，身体动作却快于思维，她毫不犹豫地接起电话。他不是应该登机了吗？

"阿黎。"熟悉无比的称呼从听筒中响起时，黎冬只觉得全世界只剩下祁夏璟低沉温柔的声音，"我现在在医院楼下。今年陪你看初雪的人，可以是我吗？"

第 12 章

高热惩罚

❋ 49

伴着呼啸风声,男人低沉有质感的声音忽远忽近,让黎冬恍惚间生出些不真实感。她甚至用几秒重新确认了时间,才轻声道:"可你不是该上飞机了吗?"

"临时改签。"祁夏璟似是能隔着屏幕窥探清她心事,有意放慢语速,"想陪你看今年第一场雪,就回来了。"因为想见她,所以风雨兼程也要来到她身旁,感情的事,从来不需要太多理由。

黎冬发现,今晚她的思绪反应格外迟钝,大脑还没想到如何回话,双腿早已飞奔向楼下。大概是她的神情太匆忙,不少人都投来注视。黎冬握着手机放在耳畔,快步中冒出突兀的一句:"那你今晚还走吗?"这话听着要么像赶人走,要么就像撒娇挽留。黎冬耳尖微红,正要解释,就听男人回答:"晚点儿再走,以及——阿黎,慢点儿走。"祁夏璟的话里带着几分笑意,"我就在这里,不会跑的。"

低音自听筒声声入耳,当挺拔落拓的高瘦身影出现在视野中时,黎冬突然脚步一顿,视线和门外那双桃花眼撞上,隔空遥遥相望。男人站在医院大门外,身边都是行色匆匆的人。只有他屹立风雪中,目不转睛地看向她。

漫天旋飞的鹅毛大雪中,祁夏璟一袭沉黑风衣险些没入暗夜。幸而他头顶橘黄的路灯仍是通亮的,习习寒风中,层层光圈伴着银白月色,轻柔地打落在男人沾染细雪的发顶、肩头。四目相对的瞬间,黎冬脑海中只剩下一句话——月色与雪色之间,你是第三种绝色。①初雪虽美,却不及他半分惊艳。

黎冬看清来往人群外的男人微微抬起的眉,以及他右手提的木色纸袋。她今晚要值班,按照规定不能离开医院,只能在门口等男人迈开长腿走过来。祁夏璟靠近时,她能感受到他身上夹裹的寒气。祁夏璟将手里的袋子递过来,纸袋口还冒着虚白热气,炒栗子的浓香扑面而来:"外面买的。"黎冬偏爱软糯香甜的食物,炒栗子是她常买的零嘴。她接过袋子沉默片刻,再次问道:"你下一班飞机是几点啊?"

"一小时后出发。"祁夏璟双手插兜,懒懒挑起眉,语气倦怠,"怎么,才收了吃的,你就要赶我走了?"黎冬垂眸,望着纸袋里焦糖色的炒栗子,望梅止渴般有丝丝甜意在舌尖蔓延,唇角不自觉上扬。"不是。"她摇摇头,亮晶晶的眼底满是笑意,"是觉得我运气好,这次没有错过。"

祁夏璟闻言勾唇,将她的细微表情尽收眼底。他抬手揉了下黎冬脑袋,侧身站在风来的位置遮挡寒流。两人在风雪与熙攘人流中,静静欣赏初雪夜景。直到五分钟后黎冬的手机响起,是另一位值班的医生要去吃饭,问她手术进度。

黎冬和祁夏璟一起去往住院部。胸外科前天入住了七位老年病患,其中三位没人陪护,剩下的家里人又过于紧张。黎冬辗转在四个病房之间,别说抽空和祁夏璟聊天,常常是这间病房的问题还没解决,隔壁的病房又开始按铃。等她终于将所有病人安顿完毕,时间已经九点多了——眨眼就超过祁夏璟说的一小时。

黎冬忙碌时,男人安静坐在走廊长椅,不时和路过的医护点头打招呼,偶尔还会帮黎冬应付病人。大多时候他还是在处理公务,腿面平放着电脑,屏幕上全是医学专业词汇,以及黎冬看不懂的金融算法。这是她第一次知道祁夏璟在医院的本职工作外,还有医疗咨询相关的兼职。她看着男人将电脑收起来,心有愧疚地走到祁夏璟对面,在寂静走廊里轻声道:"抱歉,今晚有点儿忙。"

"很难得,第一次近距离观察你工作时的样子。"祁夏璟想起黎冬照顾病患时的模样,冷静却温柔,话少却耐心,忽然理解为什么病人不管负责医生是不是她,遇事总第一个找她。他俯身低笑,似感慨般道:"突然有种'吾家有女初长成'的成就感。"

采访前说起分别时还不觉得,可黎冬再次站在医院门前时,不舍得的情绪

---

① 引用自余光中的诗《绝色》。

瞬间席卷而来。她手里拿着白羊绒围巾,踮脚要给祁夏璟戴上,轻声道:"S市这两天天寒风大,要记得多穿点儿。"祁夏璟弯腰方便她动作,低声道:"好。"

"再忙也要按时吃饭,不然会胃痛。"

"好。"

"可以的话,不要总熬夜了。"黎冬系好围巾后退半步,认真望进男人的桃花眼,"身体会吃不消的。"

"好。"祁夏璟安静听她事无巨细地唠叨,神情不见半点儿不耐烦,"女朋友还有其他吩咐吗?"丝丝乌木沉香卷入鼻腔,黎冬的牙齿轻咬着口腔侧壁的软肉,水眸闪烁,最终上前半步,整个人埋进祁夏璟怀中。"一路顺风。"黎冬用双臂紧抱住男人瘦劲的腰,纤瘦如她,宛如被藏进祁夏璟的宽大外套。她的额头抵着他坚实胸膛,带着几分羞赧的闷声响起:"我会想你的,男朋友。"

"黎冬啊,老师也是女人,也知道协议的要求确实过分。"面谈第二日,临近午休时,黎冬收到了硕导的电话,恩师苦口婆心地劝导她,"可你自己去S市工作的心情迫切,这家又是全国有名的三甲。再者你近期没有结婚打算,去S市安顿也需要时间,生孩子的事本来也需要时间……"这些道理黎冬都懂,明白恩师的良苦用心,她真诚地在电话里道谢,声音有些沙哑:"我知道的。面谈的事谢谢您,我会尽快给那边答复的。"挂断电话,她稍显疲惫地靠墙捏捏山根,试图驱散后脑勺持续一上午的拉扯痛感。

值班室的窗户缝不知怎么会漏风,黎冬昨晚和衣睡了半宿,清早醒来就觉得头昏脑涨,大概是着凉了。黎冬自小一吃感冒药就犯困,下午还有手术,就只能硬扛。现在快到午休时间,她打算午饭后回办公室睡会儿。她在五楼走廊尽头靠天台处接电话,挂断电话站直欲走时,余光瞥见通向天台的拐角处有两道身影,是几日不见的周时予和顾淮安。少年并不尴尬,迎面走来,真诚表达歉意。"抱歉,我和顾律师原本在天台谈事。要离开时,才发现你在打电话。"少年的谈吐气度完全没有十五六岁的青涩,甚至轻松掌控话题,反问道,"不知是否冒昧,黎医生很着急去S市工作?"

"嗯,有这个打算。"黎冬只觉嗓子撕裂般刺痛,和顾淮安微微点头后,问周时予道,"听说你不太想出院?是有什么顾虑吗?"周时予唇边的笑意有一瞬的凝固,垂下眸,声音略显空泛:"我在等人。"对此他显然不愿多谈,转而温声提醒黎冬注意身体。三人一同往病房走,在病房门口分别时,周时予问了黎冬一个毫不相关的问题:"上次那个叫盛穗的女孩,还来过医院吗?"

少年背对她，看不见表情。黎冬虽意外他提起，只如实说没有。

"谢谢。"周时予淡淡应着，再转身看向黎冬时，脸上的笑意平和如常，"黎医生，工作的事请不要太担心，一定会是好结果的。"黎冬没想过会被孩子鼓舞，弯眉道谢："借你吉言。"她目送周时予进入病房，和欲言又止的顾淮安告别，忍着头痛转身离开。去食堂的路上，黎冬几次被家属拦下询问问题，耐心解答后终于能脱身。想起和祁夏璟视讯的约定，黎冬纠结片刻，看着屏幕里自己肉眼可见的憔悴，果断选择拨去语音通话。

祁夏璟大概在忙，黎冬听着嘟嘟的忙音，正要挂断时，身后突然响起顾淮安的声音："黎冬。"印象中沉稳的男人呼吸略微急促，一向笔挺的西装向右微微倾斜，拎着装满感冒药的塑料袋走过来："不知道你需要哪种，就都买了些。"黎冬将手机放进口袋，静静望着顾淮安几秒，轻声道："抱歉，我不能收。"顾淮安若有若无的好意，她以前确实不曾察觉，可男人这几次明显的示好，实在让她无法视而不见。"以前是我大意，如果是我误会了，或者曾经给过你错觉，那我在这里真诚地和你说句抱歉。我希望你以后不要再做令人误会的事情，也不需要对我有任何额外的关心。"黎冬看到顾淮安悬空的手一僵，心中无奈，还是一字一句清晰道："我和祁夏璟已经在一起了，感情很稳定。"顾淮安很可能喜欢她很久了，黎冬清楚这番不留情面的话有多伤人。但正因为太清楚无疾而终的暗恋有多难熬，她才一定要快刀斩乱麻。更重要的是，她和祁夏璟历经十年的感情不易，她不允许在不必要的方面横生枝节。

"我果然晚了一步。"了解她的性格，顾淮安并不意外，垂下手苦笑道，"可以问问原因吗？"

"和你到来得早晚没关系，拒绝你没别的原因。"黎冬只觉头痛得厉害，皱眉轻叹，"只是，你不是他。"别人的爱情或许有先来后到之说，但黎冬的没有。她的爱情从无标准可言。如果非要说有，那祁夏璟便是唯一的准则。只要是他，无论何时，她都甘之如饴。

"我明白了。"顾淮安不再强求，只想留个体面，"那我们以后还可以做朋友吗？"

"近期或许很难，因为我没办法对你的好感视而不见。但如果你需要帮助，我和祁夏璟都不会袖手旁观的。"黎冬朝顾淮安友好微笑，"顾淮安，你是很好的人，祝愿你也能尽快遇到良人。"话毕她再次礼貌点头，转身朝楼梯口走时拿出口袋里的手机，点亮屏幕，脚步倏地顿住——"通话进行中"。也就是说，刚才那番话，祁夏璟都一字不落地听到了。

"祁夏璟，"想起她刚才的羞耻发言，黎冬耳尖迅速发烫，抱着最后一丝某人不要提起的希望,"你在做什么?"

"在忙着听女朋友表白。没想到黎医生背着我时,告白倒是信手拈来。"耳畔的沉沉笑声勾得人心痒,立场转换让祁夏璟更方便"锱铢必较",漫不经心的撩拨最为致命,"那么我很好奇,这些话不能当着男朋友的面说吗?"对面有闷闷的敲击声响起,像是黑金钢笔不紧不慢点在桌面发出的。伴着祁夏璟蛊惑的低声,黎冬只觉男人的每道呼吸都好像蓄意勾引。男人极有耐心地不再出声。黎冬本就不善回辩,加之头疼得厉害,很快败下阵来:"等你明天回来,回来我就说好不好?"

"明天大概回不来。"祁夏璟顺着台阶下来,"这边的事比想象中棘手,最快可能要周五。"黎冬想起他昨晚忙碌的公务,问道:"是医院之外的事情吗?"

"具体比较复杂,回来和你详说。"祁夏璟回答得模糊,转而再次懒懒调侃道,"毕竟工资、财产都要上交的,得当面说清楚。"黎冬被某人随口的逗弄惹得心跳加速,走进食堂,余光瞥见在角落里吃饭的徐榄和沈初蔓,脚步微顿。两人相对而坐,以她的视角只能看见沈初蔓的脸。此时她正从不属于医院食堂的保温桶里给徐榄盛汤,甚至吹了吹才递过去。想起沈初蔓昨天说要负责,黎冬倒也不算太惊讶,只是想到过去后不好再打电话,有意识地放慢脚步:"祁夏璟,昨晚罐头不肯跟我回家,一定要在客厅的沙发上睡。"

"嗯。"

"早上我去喂饭的时候,罐头总是吃两口就把头埋进你的鞋子里。遛狗的时候也待在门口不想出去。"

"嗯。"

"回家前,罐头一直咬着我的裤脚,然后把你的外套叼给我。你说会不会是在问你去哪里——"

"阿黎,我们现在是男女朋友。"祁夏璟叫着黎冬的小名打断她,有几分无奈的轻叹声响起,"如果想我,可以直接说想我。"心事被戳破,黎冬抿唇沉默片刻,最终决定从心坦白:"嗯,想你。"他们是男女朋友,该是最亲密无间的人。她总不能每一次说话,都让祁夏璟像是在猜哑谜。"祁夏璟。"黎冬不善表达,最基本的情话都说得磕巴,却也坚持小声地说完,"我有点儿想你。所以,你可不可以早点儿回来?"

为期三天的三中校庆如约而至。祁夏璟赶不回来,预定的演讲只好保留到周五的闭幕式。沈初蔓作为特邀的名人校友,也在校方的极力邀请下,硬着头皮上台发表了演讲——她的稿子还是徐榄熬了个通宵写的。

邓佳莹提过的宣讲会暂定在校庆结束后的周五下午举行。按理说黎冬不必到场，但耐不住沈初蔓一直央求，虽然身体不舒服，还是吃了药后准备咬牙坚持参加。都说祸不单行，周三那天的风较平日更为凛冽。黎冬上午忙完手术就马不停蹄地赶到三中，在寒风中头重脚轻地站了半个多小时，强笑着陪沈初蔓和徐榄吃过午饭，又匆匆赶回医院进行下午的手术。

晚上八点从手术室出来，黎冬紧绷的神经一松懈下来，只觉得房顶和天花板都在晃，身上忽冷忽热。旁边的王医生看出她不对劲儿，赶忙让她回家休息。黎冬用手背碰了下滚热的额头，用医院的体温枪测了下温度，38.8摄氏度，果真发烧了。没有高烧算是万幸，黎冬边自我安慰边打车回家。她气喘吁吁地爬上四楼时，发软的手脚都开始打战。回家前，她没忘记先去祁夏璟家喂罐头——罐头从祁夏璟离开后，情绪一直低迷，晚上也不肯去黎冬家。这两天最常做的事就是抱着祁夏璟的鞋，来来回回把头埋进去，又抽出来。

"罐头——"推开门的一瞬间，黎冬虚浮的后半句就被弥漫在房间的腥臭味打散了。没有热情奔她而来的亢奋金毛，粗浅艰难的喘息声压抑地充斥客厅每个角落，一声又一声地砸在黎冬耳边。罐头趴在狗窝里，昨天还干净整洁的小窝里现在沾满呕吐物。在昏暗的月光下，还能看见好几处不知道是不是血的深色污渍。

听见黎冬的呼唤，试图迎接她回家的罐头颤颤巍巍地想起身，四肢还没伸直，嘴里再次吐出大团白沫，空气里的呕吐腥味越发浓重。相关知识告诉黎冬，罐头很可能是吐黄水，及时就医大概率不会有什么问题。但她毕竟不是专业的宠物医生，更没有养狗的经验。亲眼见到罐头口吐白沫的那一瞬间，黎冬的大脑有长达数秒的空白。发热和疲惫让她此刻宛如经年失修的机器，主观意识让她必须快点儿做些什么，可双腿就是动弹不得。

随后客厅响起一道响亮的巴掌声。

很好，起码现在她能动了。黎冬庆幸地感知着左脸火辣辣的刺痛及恢复知觉的四肢，飞快跑到罐头身边哑声安抚，指尖颤抖地用手机约网约车去最近的宠物医院。运气不算太坏，网约车八分钟后就能到。

她只要在八分钟之内，把八十斤的罐头从四楼背下去就可以了。黎冬的大脑飞速运转，在玄关处长柜的第三格中找到背狗专用的狗背带后，笨拙地给罐头穿戴好。作为常年坚持锻炼的人，黎冬的体质在同龄人中还算优秀。可要她以不足一百一十斤的身体在发热的情况下背着八十斤的狗下四层楼，实在算不上容易。病中的罐头乖巧得让人心疼，全程一动不动地被黎冬背着。几次预感自己要呕吐都会特意扭头，只是还是有不少腥臭的污渍溅在她身上。金毛愧疚地低声叫着。"没关系的。"眼前开始大片发白,黎冬还在分神安抚罐头情绪,嗓子撕裂般疼痛,"我们马上到医院了,罐头,不会有事的。"

今晚楼道的回音效果似乎特别好,黎冬耳边反反复复传来她自己的声音。她早已数不清走到第几层,脚下的楼梯像是有千层台阶,永不到尽头。她身上的毛衣被汗水浸润,再被沁骨的寒风吹干。好在网约车司机眼尖,远远见到黎冬左摇右晃地出来,忙帮她一起将狗搬进车里。

车子飞速驶出小区。罐头在车里仍不断呕吐,狭小的封闭空间瞬间被腐烂的腥臭味侵蚀。黎冬手脚发凉地打开车窗,看着罐头又要吐,连忙将外套脱下给它垫着脑袋。这时她才发现,手背不知道什么时候被划出了一条长长的口子,正往外滚出血珠。她无暇去管手上的伤口,深吸口气,压下颤抖的呼吸,强作镇定地向司机报出手机号,主动提出赔偿:"大哥对不起,把您的车给弄脏了。钱我会赔给您的。"

"没事没事,我回去擦一下就行,赔什么钱哪!"司机大哥是个热心肠,还反过来安慰她,"大妹子别着急,哥一直给你加速呢。不用十分钟,咱一定能到医院。"

"好,谢谢您。"一轮来回后两人再无交流。黎冬耳边再次只剩下刺骨风声,以及罐头越发急促的喘息。她浑身都是呕吐物,双眼空洞地望着怀里的金毛。它的病不可能生得毫无缘由。这两天,她明明看出罐头心情不好,明明有祁夏璟家里客厅的监控权限,明明注意到罐头食欲降低,却都选择了视而不见。不管结果怎样,她都要负全责。似是感知到她的自责,躺在怀里的金毛突然抬头,用沾着白沫的舌头讨好地舔黎冬的手心,喉咙里细细地发出呜叫,仿佛在叫她不要伤心。黎冬想她知道错了,她会改的,但能不能不要欺负她的金毛?

"大妹子,大妹子!你手机响了!快接快接!"在司机大哥的急切呼唤声中,黎冬手抖着从口袋里拿出手机。看清来电人的一瞬间,泪水冲出她的眼眶,大颗大颗砸落在衣衫上和狗毛里。"阿黎?你还好吗?"敏锐地从长久的沉默和压抑急促的呼吸声中察觉异常,祁夏璟懒淡的声音瞬间紧绷,"出什么事了?"

"祁夏璟,"所有强撑的坚强在听见那个人的声音时溃不成军,黎冬感觉她像是要把一生的眼泪流尽,话说得断断续续、毫无逻辑,"我回家就发现它躺在那里。吐……吐了白沫,也站不起来,只能先带它去医院——"

"你做得很好,没关系的。罐头是条老年犬,吐黄水等情况随时可能发生。"祁夏璟沉稳有力的声音像是世上最有效的定心丸,"这不是你的错,也不是罐头的错,只是我们必须要面对而已。我已经叫人联系上那边的宠物医院,车到达后会有医生把罐头抬进去。专业的事交给专业人士做，罐头很快就会好起来。"听着男人有条不紊的安排，黎冬慌乱无比的心也一点点平静下来。她不清楚祁夏璟是怎么做到短时间内联系上宠物医院的，但她知道他一定可以。随后她听见祁夏璟问："阿黎，你出门时穿外套了吗？"黎冬看着宠物医院的标牌在眼前逐渐放大，又低头看向怀里满身污垢的罐头，迟疑地道："穿了。"几秒沉默后，听筒内传来一道无奈长叹。

如祁夏璟所说，三四名宠物医院的医护人员早就围在门口等候。见黎冬坐的车停下，连忙齐心协力将罐头送进医院检查。下车时，黎冬听见祁夏璟对她说："阿黎，你把电话交给医生。"她乖乖照做，生怕自己错过任何重要信息，还特意打开了免提。祁夏璟显然不是第一次遇见这种突发状况，熟练流利地说出一长串罐头的病史后，又逻辑清晰地描述了一遍黎冬在车上磕磕巴巴说过的症状。交代完关于罐头的一切，当黎冬以为他要挂电话时，对面的男人突然长叹出声，诚恳请求道："医生，再麻烦您一件事。送狗来的是我爱人，她状态好像不太对，麻烦您请人给她倒杯热糖水。如果可以的话，再给她一条可以盖在身上的厚毯子，我怕她生病。"

❄ 50

"谢谢。"五分钟后，黎冬接过护士递来的干净厚毯子，紧张地坐在诊疗室的椅子上，面露不安，"请问下，罐头的情况严重吗？"

"初步判断是肠胃炎。"医生让护士准备检测仪器，同时耐心解答道，"是否严重，要做腹部B超看肠壁是否有增厚水肿，还要结合血常规看白细胞是否有升高现象。"熟悉的专业术语反倒让人安心，黎冬点点头，在被抬上仪器的罐头挣扎时，起身揉它的脑袋安抚。做肠胃超声检查前，需要先进行腹部剃毛。剃毛的小护士突然惊讶地"咦"了一声，黎冬回头，看见罐头肋骨的位置，有三条明显的纵横的长疤。从不规则的形状来看，不像是做手术留下的。从新旧程度上看，应该是相当久远的外伤。

有一瞬间，黎冬莫名其妙地觉得这三道疤，或者说这三道外伤，有些眼熟。她想起祁夏璟曾说过罐头是他被人骗了才收养的，难道罐头的前主人有虐狗倾向？飘远的思绪被金毛的嘤嘤哭声喊回来，大概是作用在腹部的冰冷仪器让罐头害怕，此时无助的金毛正不停发抖，仰天的四只狗爪筛糠似的颤抖着，怎么安慰都没用。黎冬心疼却无济于事，这时仍开着免提的电话里突然响起祁夏璟低沉的声音："罐头。"男人的音量不大却出奇管用。抽噎的金毛竖起来耷拉的耳朵，可怜兮兮地呜叫出声，萎靡的精神倒是好上不少。

"会没事的，等我回家。"在接连的狗叫声中，祁夏璟沉默片刻，用平静无波的声音许下承诺，"接下来一个月不骂你。"连专注看着仪器显示屏的医生闻言都禁不住摇头笑出声："祁先生安慰狗的方法还是一如既往地清新脱俗。"旁边的护士也跟着笑，像是对此见怪不怪。

黎冬想起罐头上次也是在这家医院体检的，那次祁夏璟一下车，就熟门熟路地进来，明显不是第一次。"祁先生算是常客了，一有风吹草动就带罐头过来。"检查医生看出黎冬的疑惑，好心解释，"今晚也是他提前联系医院，我们才能提前做好准备的。"这是黎冬第一次切实体会到原来悉心饲养一条狗，尤其是老年犬，需要耗费这样多的精力。

检测结果很快出来，呕吐的原因的确是急性肠胃炎，好在程度不算严重，不存在脱水或电解质失衡问题，只用先肌肉注射消炎针和止吐针。医生又开了些保护肠道的口服药物。"老年犬肠胃都比较脆弱，有炎症的情况并不罕见。"医生见黎冬表情紧绷依旧，又知道她缺乏养狗经验，宽慰道，"不放心的话，可以在医院观察一个小时再回去。"黎冬点头道谢。

将近十点的观察室只剩下一人一狗。罐头止吐后，很快昏昏沉沉地睡过去，趴在软垫上轻声打起呼噜。黎冬紧绷的神经终于松懈，眩晕和脱力感在下一秒席卷而来。她喉咙干哑得厉害，想拿起杯子把剩下的温水喝完，却手腕发软地碰倒了纸杯。水淅淅沥沥地洒在地面，她只能从桌上纸抽中抽出纸，蹲在地上将水渍吸干。再站起来时，黑白金星接连在她眼前炸开，头重脚轻的悬浮感很重，她只觉得下一秒就要原地栽倒。上下眼皮打架不停，黎冬实在不想再动，恨不能直接在这里睡一夜。

"阿黎？"不知多久，耳边微弱的嗡鸣突然变成熟悉的男声。黎冬回神，哑声应答，握着手机沉默几秒，垂眸道："祁夏璟，我有点儿害怕。"她现在甚至不敢闭上眼睛，害怕大脑浮现出两小时前开门所看见的情景，害怕耳边响起艰难的粗喘声，更害怕自省这两天她种种粗心大意的表现。

"嗯，我知道。"祁夏璟低稳浑厚的声音宛如夜半钟声，柔缓有力地一下下敲击在她的心脏。只听男人沉沉笑了声："因为我也害怕。"

祁夏璟第一次坦诚表达胆怯，对黎冬实在算新奇体验。即便她清楚世上没人无坚不摧，听她亲口说出来时仍旧不同。她缓慢地眨眼："你也会害怕吗？"

"偶尔。"大概是病中的黎冬头脑不清醒，祁夏璟落在耳畔的声音总忽重忽轻的，"分手后听见你在梦里哭时会，发现想不起你长相时会，后来看到胸口文身时会。现在的话……"男人话音微顿，黎冬在恍惚中听出几分疼惜，"听见你哭却无能为力时，也会害怕。"

他的每一次害怕，都与她有关。黎冬烧得不能回话，卡顿的大脑找不到声带，只在漫长的沉寂中，听祁夏璟沉沉笑了声，调侃道："男朋友不如想象中坚强，失望了？"

"没有。"罢工的大脑终于运转起来，黎冬难受得几乎睁不开眼睛，忍着痛解释，"我喜欢你并不是因为你坚强。"对面的人陷入长久的沉默，连半分呼吸都再听不见。黎冬以为她烧到意识不清，听筒那端终于响起男人含笑而感慨的声音。"阿黎。"祁夏璟微哑声音中，压制着许多黎冬无力去听的情绪，"你知道吗？这是我第一次，亲口听你说'我喜欢你'。"

最后是李助理开车送黎冬和罐头回家。尽责的年轻男人到达后第一时间结清费用，又将罐头抱进放好软垫的后座，最后从后备厢中拿出备好的毯子，双手恭敬地交给黎冬："祁总叫我准备的，说让我送您回去。"

半夜三更突然叫人加班接送，黎冬原本不想再麻烦李助理，可身体实在难受，还是不得不请李助理帮她把罐头背上四楼。原计划是让罐头去黎冬家过夜，可金毛一进她家就不断用头拱门。狗叫声回荡在房子里，要回家的心坚定不移。两人无奈，只能由李助理再将罐头抱回去。金毛抱着祁夏璟的鞋趴进狗窝，玻璃珠似的眼睛眼巴巴看着黎冬。黎冬低头看了看她满是污渍的衣服，哑声让李助理回家休息，然后问电话里的祁夏璟："我可以在你家沙发上借宿一晚吗？"祁夏璟突然要开会，迅速打字回复："回去休息，我家里有监控，没事的。"

"我真的不放心。"黎冬自知难辞其咎，几乎用央求的语气道，"祁夏璟，让我留下吧。"聊天页面沉寂几秒，终究是男人妥协："好。"

单字答案让黎冬如释重负地长出口气，用洗澡的借口挂断电话。她回家拿出清扫工具，从一楼开始清洁罐头的呕吐物，再回去洗完澡，时间已经快凌晨一点了。她吃过药，换上干净衣服返回祁夏璟家。

确认罐头的状态正常，黎冬再无暇想别的，拉过沙发上的薄毯，在熟悉而令人心安的乌木沉香中昏睡过去。梦里她再次遇见那只腹部受伤的小狗，伤口处血肉模糊。只不过，时间是十年前。

"周一一声不吭就说要离开S市，今天早上五点不到，就把我和老陈折腾来公司。"寸土寸金的S市市中心商业办公楼里，于邮坐在三十三层偌大办公室的客席，吊儿郎当地看着对面年轻自己几岁的男人，咧嘴呵笑，"祁夏璟，你小子果然又皮痒了吧——老陈，你说是不是？"

"分析报告我看了，没有任何问题。"陈启将手中文件放下，语调沉稳，只是不解地推推眼镜,"不过这份报告不该等周五让数据组的人汇报吗?"

主座的男人懒懒靠着昂贵的皮质软椅的椅背,左手成拳撑着脸,修长食指轻点在桌面上,闻言漫不经心地挑起眉。"数据组效率太低。"祁夏璟已经快六十个小时没合眼,眼下乌青明显,语气仍如常般懒倦,"给你们俩十五分钟看。"他掀起眼皮,看了眼墙上挂钟,淡淡道,"之后我要去机场。"

他这次赶回 S 市是因为各部门之间就新项目的数据和算法出现争执。几个数据组各执一词,祁夏璟周二统领各部门确定基准和算法,将汇报的截止日期定在周五上午。黎冬那边他放心不下,昨晚闲不住地工作到天亮。今天项目又出意外,祁夏璟索性熬通宵解决,订了周四清晨六点半最早的飞机准备回去。

于邮低头看着手中精简却应有尽有的三十页报告,咂舌感叹祁夏璟恐怖的工作能力:"这么高的效率,数据组的人看了得哭吧?"他、陈启和祁夏璟相识于八年前,祁夏璟那会儿还是大二学生,却跟他和陈启两个研究生同时面试某世界五百强企业的暑假实习生,后被分配到同部门的三人成为密友。

共同奋斗几年后,他们终于在 S 市生物医药行业拥有了一席之地。三人在资源、专业和管理上各司其职。毫无疑问地,负责"专业"相关的祁夏璟,是整个团队乃至全公司的核心,所以得知他招呼不打就要搬去 H 市时,于邮和陈启极力反对,要求祁夏璟无论如何给两人一个说法。

"公司的事,我没打算放下,必要时刻会第一时间赶回来处理——就像现在。"办公室的落地窗外是雾蒙蒙的暗沉天色。祁夏璟垂眸,目不转睛地看着屏幕里蜷缩在客厅沙发上熟睡的女人,用波澜不惊的语调说:"出任何事,我一人负全责。"黎冬本就纤瘦,此时侧躺在沙发上快贴着墙,在屏幕上就只剩小小一团,看得人心疼。想起那通电话里她哽咽的哭声,祁夏璟黑眸倏地一沉。他不该把她一个人留在家里的。

于邮又忍不住插嘴:"为什么非得是你离开——"

"去哪儿是我的选择。"祁夏璟抬眼眸沉,平静地望着于邮,"我不喜欢有人干涉。"男人微凉的语气不怒自威。于邮和陈启面面相觑,自知反驳无用,又翻了翻祁夏璟太有说服力的资料,无奈最终化作预料之中的妥协。"你哪次做决定听过我和老陈的意见?"于邮挑眉阴阳怪气地道,看见祁夏璟手机上吊挂的唐老鸭玩偶,想起他最近听不少人谈起祁夏璟的恋情。单身者对这种八卦总格外好奇,于邮冲玩偶扬扬下巴,调侃道:"女朋友送的?性格还挺黏人?"

"黏人"的形容让祁夏璟勾唇,懒懒掀起眼皮,挑眉道:"我倒是希望她黏人。"

"明白了,是您黏人。"平日祁夏璟对所有人都爱搭不理,于邮根本想不出他谈恋爱的样子，捏着下巴回忆。"你小子以前可是业内有名的工作狂，现在突然变成恋爱脑，能不能给我和老陈两位单身贵族说说谈恋爱到底是什么感觉？"男人咧嘴乐着追问道，"让你都欲罢不能了？"陈启此时也看过来，眼镜片后的黑眸写着好奇。

谈恋爱是什么感觉？祁夏璟眯着桃花眼沉吟片刻，倏地想起很久前读过的一句话，垂眸看着屏幕里熟睡的女人，半晌薄唇轻启："大概是不必再去想明天还有没有人爱我，还爱不爱我。只要她此刻爱我，我就觉得全世界都爱我。"

不知是发烧还是认床的缘故，黎冬一晚上都睡得极不踏实。几次浑身湿透地从梦中惊醒，爬起来确认罐头没事，才汗津津地躺回沙发。周四早晨六点，她又眼冒金星地醒来一次，发现体温居然烧到39摄氏度，无奈只能请假。吃过退烧药后，她晕晕乎乎地起身给罐头喂药，身上只穿了件棉质长袖睡衣，起身后冷空气飕飕往身体里钻，不由得打了个寒噤。她呆滞地盯着两步外挂架上的黑色大衣，几秒后慢吞吞拿下来穿上。喂过金毛后，她又直接穿着毛呢大衣躺回沙发，以双手抱膝的姿势蜷缩在毯子里。她不知道自己睡了多久，自然也不知道房门是什么时候打开的。

家里的味道并不算好闻，虽然地面上看不见呕吐污垢，但空气里还是能闻到淡淡的腥臭。祁夏璟将行李放在玄关处，皱眉看了眼沙发上鼓起的小包和空荡荡的挂架，轻手轻脚脱下身上大衣挂好。偌大的空间内安静无声，一人一狗都在客厅沉沉睡着。祁夏璟不清楚黎冬为什么十点还没去医院，但想着她能多睡会儿也好。一路风尘仆仆赶回来的人浑身带着寒意。祁夏璟不想把凉气沾染给黎冬，压下抱人的欲望走向衣帽间，换上新衣服，才走向客厅的沙发。

当他看清蜷缩在沙发、满脸是细汗的黎冬时，脚步猛地一顿。薄毯里抱膝的人只有小小一团，身上穿着从挂架上取下的毛呢大衣，大半张脸埋在枕头里。额前汗滴遍布，脸色透着不正常的绯红，薄唇微张。他凑近时，能听清急促的呼吸声。发烧的症状过于明显，祁夏璟用手背去试黎冬额头的温度，果然一片滚烫。似乎在梦中觉得冷，黎冬下意识去抓毯子和大衣，侧身时，遮掩在大衣下的右脸露出来。借着落进屋的光，祁夏璟能清晰看见她脸上的巴掌印。

祁夏璟眉头紧皱得几乎快拧出水来，他俯身给黎冬盖毯子时，才意识到太薄——平日在家时刻开着中央空调，甚至不必盖毯子。他抬头去看关着的中央空调，明白黎冬昨晚回来时已经高烧。病中的人躺下就睡，自然想不到开空调。

这两天他们只要有空就在通话，祁夏璟不清楚为什么他对黎冬的病毫无察觉，以及黎冬为什么闭口不谈。回忆追溯到周二中午那通电话，在黎冬拒绝顾淮安前，那男人曾提出送给她什么，因为不知道她的需要，所以就都买了点儿。所以，黎冬很可能周二上午就生病了。现在已是周四的上午，如果不是他临时改签，可能永远不知道她生病了。自责、心疼，以及无可奈何的愤懑杂糅在心里，祁夏璟把空调打开，温度调高，回到沙发前弯腰，想把人抱到卧室休息，垂眸却对上不知何时醒来的黎冬的双眼。女人冷白的皮肤上泛起病态的血色，双眸蓄满水汽，连眼尾都是湿润的绯红。几缕青丝沾在光滑的额头和细长脖颈上，却让平日冷静疏远的人在病中增添了几分魅惑勾人的艳。俯身的动作让两人距离不过寸许。四目相对，祁夏璟感受到滚热呼吸落在耳畔，心跳有片刻错拍。黎冬茫然的双眼失了焦，定定望着男人几秒，似是不确定地哑声道："是真的祁夏璟吗？"

"嗯，真的。"祁夏璟听着她显然比平日沙哑的声调，心中暗骂出声，直直盯着黎冬眼睛，沉沉问她，"吃药了没，还难受吗？"黎冬迟缓却乖巧地点头，纤瘦胳膊从被子里伸出来，环住祁夏璟脖子，不算温柔地将他往下带。祁夏璟怕用力挣扎把人弄痛，就由着黎冬将他拽下去。

"吃药了。"耳边再次传来黎冬的声音，黏糊糊地宛如在撒娇，"冷。"在骤然侵袭的浓热雏菊香中，祁夏璟双唇抵在黎冬的锁骨上，发出的声音都闷闷的："我们去床上睡好不好？"黎冬闻言，将他搂得更紧："那你还会走吗？"病中的人不再如平日般亲密都带着羞赧和疏离，性格中被压抑的部分暴露出来，每个字都撒娇般拖着尾音，听得人心痒难耐。

"不走。"祁夏璟在内心警示自己不要再多想，"你不用动，我抱你去好不好？"几秒后，怀里的人慢吞吞点头。祁夏璟的双手穿过她背部和腿弯，毫不费力地将黎冬裹在毯子里抱起来，迈着长腿大步走进卧室。掀开被单后，稳稳将人放在柔软床面。他顺利抽走那条薄毯，看着黎冬身上他那件该洗的外套，皱眉，弯腰上手想帮她脱去。始终乖巧的人却突然反抗，力气奇大地攥着外套不让动。她用莹润的双眼怯怯盯着祁夏璟，委屈巴巴地问他："你为什么要脱我的衣服？"

太阳穴突突直跳，祁夏璟深吸口气，试图和神志不清的病号讲道理："衣服脏，盖一床被子就够了。"见黎冬仍只是楚楚可怜地盯着他不放，祁夏璟咬着后槽牙，尝试从根本上解决问题："你为什么一定要穿这件衣服？"女人抱着宽大的男款大衣，仿佛寻求母亲庇护的幼崽，慢慢将脸一点儿一点儿缩进领口，声若蚊蝇，却字字清晰地砸在祁夏璟耳边："因为衣服上有你的味道。"

人生二十八年，祁夏璟第一次感受到如此强烈的无力感，全然束手无策。道理讲不通，哄也哄不好，重话更舍不得说。他只知道，再聊下去一定会出事。

大衣上满是细菌，他放弃和此时的糊涂蛋沟通，先给黎冬盖好被子，然后弯下腰，在被子下温柔地一根根掰开她攥紧大衣的手指。被某道灼灼视线盯得心头滚热，祁夏璟嗓子干涩，喉结滚动。他别开眼，在窸窣的衣料摩擦声中，沙哑道："别动，脱完就睡——"话音未落，平躺着的黎冬忽地双手撑着床面坐起身，在祁夏璟的不设防中猛然靠近，薄唇微张，呼吸滚热。

被用力啃咬的下唇刺痛，祁夏璟瞳孔微缩，难得有几秒不知所措。狠狠咬住他下唇的肇事者表情反倒比他这个受害者还要委屈，如瀑的长发散落肩头，绯红的双颊像是要滴出血来。黎冬身上的外套半脱未脱，内里的睡衣却领口大敞，露出的白皙皮肤在高热下泛出粉色。似乎觉得咬一口还不够解脱衣之恨，祁夏璟见黎冬又剜他一眼，不知为何，神情比起怒视倒更像挑逗，只是黏糯的哑声确实委屈，蛮不讲理的话也说得理直气壮："你脱我的衣服，那我就要咬你的嘴巴。"

❄ 51

鸦雀无声的卧室内只剩两道呼吸，祁夏璟的太阳穴跳得更剧烈，他用右手指骨蹭过被咬的下唇，从喉咙里滚出一声低笑。"黎冬，外套很脏，必须脱掉再睡。"他抬眸对上女人水盈盈的眼睛，沙哑的声音压抑情绪，最后一次发问，"你想自己脱，还是让我给你脱？"黎冬失焦的眼神开始警惕，脸上烧得一片绯红："不脱——"反抗的后半句被尽数吞没在汹涌而至的亲吻里。窒息感一点点攀升，她被迫仰头承受着突如其来的吻，想要抬手推拒时，却发现双手早被祁夏璟单手禁锢。她整个人在男人持续地进攻中不住后退，直到后背快要撞上冰冷的白墙时，温热有力的大掌环住她的细腰，让黎冬不至于被撞痛。

祁夏璟滚热的唇后退半寸，额头仍抵在黎冬满是虚汗的发额，听她情难自抑的急促喘息。男人抬手轻拍她背脊，声音沙哑："再问一次，脱不脱？"

"等一下——"黎冬甚至没有解释机会，双唇就再一次被无情封锁，又是长达一分钟的深吻。祁夏璟垂眸，望着瘫软在他怀中的黎冬，虚虚搂住人的手安抚性地帮她顺气，又问："脱不脱？"病中蛮不讲理的人终于不再吭声，乖顺地任由男人剥去滑落肩侧的毛呢大衣。祁夏璟将大衣扔到一旁，想将黎冬抱回被子里，垂眸视线就撞在她凌乱大敞的衣领上挣开的几颗扣子。女人冷白如玉的颈肩线条流畅，右侧锁骨的末端处有一颗细小却惹眼的痣。颜色很淡，裸露在空气中，宛如无声却致命的引诱。有一瞬，男人觉得这场来势汹汹的高热，大概是来惩罚他的。

祁夏璟别开视线，抬起骨节分明的手给黎冬系扣子，半晌却听她委屈兮兮地控诉:"你刚才弄疼我了。"

祁夏璟胡乱帮她系好衣扣,如释重负地深吸口气,用被子将黎冬包粽子似的裹好,再抱着她平躺在床上。他对上怀中人湿漉漉的眼睛,听黎冬又一次轻声控诉:"祁夏璟,你对我不好。"

祁夏璟不怒反笑,在发烧的人身边躺下,搂着黎冬温柔地轻拍她后背:"嗯,是我的错,对不起。"

"我想穿衣服,冷。"

"衣服脏。"祁夏璟被折腾到没脾气,近六十小时的高强度工作让他只觉疲惫。他低头在黎冬额间落下亲吻,用诱哄般的口吻柔声道:"宝宝,冷的话我抱着你,好不好?"话落,黎冬在他怀里很轻地缩了下,沾染水汽的长睫轻颤:"为什么要叫'宝宝'?"

"因为喜欢。"祁夏璟见她双颊又生出两团红晕,只觉心底一片柔软,一下又一下地缓慢拍着她的背哄她睡觉,"宝宝要不要睡会儿?睡醒就不难受了。"黎冬不再反抗,只轻轻应了一声,将脑袋抵在祁夏璟胸前,呼吸逐渐平稳。良久,在祁夏璟以为她已经睡着时,裹在被子里的人却忽地伸出手拽拽他的衣服,沙哑地小声道:"祁夏璟,我第一次见你的时候,你穿的也是黑色外套。"说话的人半合着眼,神态困顿,像是下一秒就要昏睡过去。祁夏璟用手背试了试她额头的温度,仍旧滚热,就知道黎冬又在说胡话。他们初次见面是在高二分班后,学生都穿清一色的蓝白校服,天气闷热得人人恨不得光膀子,哪里来的黑色外套?祁夏璟无奈轻叹,又听见黎冬梦吃般喃喃自语:"好大的雨……好冷。"祁夏璟长臂一伸,拿过床头的厚绒毯,严严实实盖在喊冷的人身上,顺口应答道:"然后呢?"

"没有然后了。"黎冬终于被汹涌的困意击倒,彻底昏睡前,微不可察地自言自语一句,"你把我忘记了。"祁夏璟见她薄唇微动,只当是无意识的梦话,耐心地抱着人直到她沉沉睡去,才小心翼翼地抽身从床上下来。他弯腰捡起地上的毛呢大衣,拉上窗帘调高室温,去餐厅倒好水放在床头柜后,起身去客厅看另一位"病号"。金毛见祁夏璟回来直奔黎冬,就憋了一肚子委屈。现在见男人蹲在面前,它立即虚弱地舔他掌心,一声比一声叫得可怜。

"不怕。"祁夏璟难得温柔地双手抱狗,低声安抚道,"我回来了。"半小时后又哄睡一只。祁夏璟拍拍狗头起身,准备去厨房熬一锅粥,等黎冬醒来能喝点儿垫垫肚子。丢在茶几上的手机振动,祁夏璟垂眸,看着来电显示中熟悉的人名,接通电话。

"她发烧了,在睡觉。"男人压低声音,语调沉缓,"什么事?"对面沉默半秒,毫不犹豫地挂断电话。一小时后,双手抱胸的祁夏璟懒懒靠着门框,掀起眼皮看着门口的周屿川,似笑非笑地勾唇:"找我有事?"

周屿川背着电脑包,手提保温桶和一袋食材进来,半个眼神都没分给祁夏璟。他面无表情地环视室内,迈着长腿就要进厨房。祁夏璟长臂一伸,将人拦住,漫不经心的语调自带压迫感:"私闯民宅?"

"你该庆幸她生病睡着了,"周屿川冷冰冰地瞥他一眼,"不然我已经在揍你了。"祁夏璟闻言,连连冷笑:"但凡以前打架你赢过一次,这番话都不至于这么可笑。"说着他将手放下,冷眼旁观周屿川到底要做什么。

高瘦的青年目不斜视地走进厨房,回自家似的在厨房里翻箱倒柜。他拿出小锅洗净后烧上水,又从塑料袋中拿出姜块、小袋装的食盐、面粉和枸杞。瞧着不食人间烟火的样子,可周屿川的厨艺之高远超祁夏璟预料。在利落的切菜声中,洗净的生姜块眨眼便成细丝,放眼看过去,连薄厚、长度都相差无几。随后,青年在瓷碗中依次加入清水、少量盐和面粉,又取出枸杞放在流水下冲洗。此时小锅中的清水已经烧开,他将姜丝丢入,大火熬煮,接着将蛋打在干净的碗中,搅散。十分钟后他捞出滚热的姜丝,再将蛋液倒进滚水中,用筷子搅拌出蛋花。等待蛋花汤晾凉时,周屿川将洗净的厨具归位,目光瞥向小锅旁边火口上的另一只砂锅,掀开只见是稀薄的白粥。他转身看向厨房外的祁夏璟,刻薄地冷呵出声:"你不会打算把这锅东西给她喝吧?"祁夏璟挑眉回敬道:"如你所见,以及,我和你姐已经在一起了。"懒得与小屁孩计较,加上周屿川又是黎冬的家人,祁夏璟没心情和他浪费时间,言简意赅道,"不想让她为难,就管好你的嘴,懂?"周屿川不甘示弱地回敬:"就算你们在一起了,和我想揍你也并不冲突,懂?"说完他将枸杞倒进蛋花汤,用锅盖盖住锅口以保温。随后他从厨房出来,在餐厅的桌子前打开电脑包,拉开椅子就坐下工作的架势像极了要在祁夏璟家打持久战。祁夏璟看着嘴硬的小屁孩有模有样地处理工作,瞥了眼他屏幕上的画稿,微微抬起眉:"画得不错。"

"她教的。"周屿川的手一顿,忽地想到什么,抬头露出嘲讽的笑容,"说起来,你不知道她很会画画吧?"祁夏璟见过黎冬在手术记录上的绘图,闻言全然不受挑衅,慢条斯理地在青年对面坐下。"所以呢?"他懒散地靠着椅背,胜券在握地微微一笑,一副胜利者的闲适姿态,"那我也是你姐的男朋友。"

"所以呢?"周屿川坐直身体,不紧不慢地反问道,"起码现在我们两个人中,只有我一个在她的户口本里。连法律关系都没有,"青年冷嘲的语调依旧,"你以为自己是谁呢,这位大叔?"只听祁夏璟勾唇冷笑,用修长食指轻点在桌面上,挑起眉道:"进户口本而已,很难?"

第12章

349

"不难。"周屹川合上电脑,身体不自觉地前倾,敌对的态度明显,"但我在她户口本里的时间,会比你多二十五年。"终于钓得愿者上钩,祁夏璟满意点头:"既然不难,那你就是相信我们会结婚了。"男人低沉的声音带笑,其中的几分欣慰听着别样地刺耳,"且按照你二十五年的算法,婚期就在明年——平心而论,我个人很喜欢这个进度。"接下来的几秒内,祁夏璟欣赏完周屹川脸上所有细微的表情变化,起身去客厅拿起茶几上的电脑。走进黎冬所在的卧室前,男人停下脚步,施施然转身,薄唇轻启:"最后温馨提示一点,"对上周屹川的冰冷目光,祁夏璟语调倦怠,目光却是幽深微凉的,"你心里应该清楚,我才会是陪伴她一生的人。"

关上房门,在大床对面的单人沙发坐下,将周屹川心安理得地丢在外面的祁夏璟打开电脑,捏了捏山根好保持清醒,继续跟进数据组的工作。既然今天回到H市了,明天医院那边就不太好请假了。他只能中午先去三中演讲,下午再回医院继续开刀手术。

黎冬一觉睡了六个多小时,醒来时已是下午五点半。只是卧室内紧闭的遮光帘挡住所有阳光,让她有些分不清时间。头重脚轻的眩晕感消失,她睡眼惺忪地挣扎想坐起身,眼前先是一黑,随后有温热干燥的手停在额前。

"醒了?"头顶响起低沉男声,是祁夏璟在她身旁坐下。柔软的床面下陷,男人俯身用体温枪为她测体温时,黎冬终于闻到熟悉而令人心安的乌木沉香。

"38.1摄氏度,还是低烧。"男人温柔地抚揉她脑袋,又将滑落的厚毯替她盖好,温声道:"要喝点儿粥垫垫肚子,再睡会儿吗?"

黎冬从昨晚到现在都粒米未进,烧得神志不清时不觉得,现在烧退了些,早就空空如也的腹部就开始叫嚣饥饿。她仍旧懵懵懂懂的,望进祁夏璟勾人的桃花眸,半晌听从本能地点了点头。

"好,那你乖乖躺好。"祁夏璟俯身在她额前落下一吻,随后起身离开卧室,隐隐能听见外面的两道低沉男声。黎冬不确定她是否听清了,窝在被子里开始艰难回忆,祁夏璟是什么时候回来的,她又是怎么睡到这张床上的,以及她的嘴巴为什么会痛。记忆碎片不断在脑海里跳出来,黎冬断断续续地回想着,她身上原本的毛呢大衣是怎么消失不见的?再次被打开的卧室门外站着祁夏璟,他逆着光,远远也能看清下唇明显的咬痕。肇事者不言自明。

黎冬愣神的同时,祁夏璟已经端着温热的白粥在床边坐下。对上她过于赤裸的眼神,男人意味深长地勾唇笑笑:"怎么,很喜欢自己的杰作?"说着,还故意凑到黎冬面前,在光线昏暗的空阔卧室里,近距离展示浅色薄唇的唇角上清晰明了的齿印。黎冬忙摇摇头,垂下眸想从被子里伸手接碗筷,耳边再次响起祁夏璟的低音："别动，我喂你。"房间内一时间静悄悄的，只剩下祁夏璟的吹气声。

　　黎冬靠着床头，看显然熬煮了许久的浓稠米粥，米粒颗颗圆润晶莹。她在安静中乖乖地吃下小半碗，才抬眼打量祁夏璟的表情，倏地轻声问道："你是不是在生气？"祁夏璟将盛着米粥的木勺递到她唇边，意味不明地勾唇，掀起眼皮看她："你也知道我在生气？"

　　"我不是故意瞒着你生病的事。"黎冬的思绪还混沌着，前言不搭后语地哑声解释，"是感觉已经好了，又怕耽误你事情，想再观察一天……"辩解的音量越来越弱，她再度乌龟般往回缩头，随即就感觉到男人温柔地揉了揉她的脑袋。"没有生气。"祁夏璟温和而无奈的语调稍显疲惫。黎冬抬眼看清男人眼底的淡淡乌青，就听他缓缓继续道："知道你是好意，但我只是希望——以后你有任何委屈、难过或者是再小的不如意，我都可以是第一个知道的人。"

　　不知不觉中，小半碗米粥已经见底，祁夏璟从口袋中拿出手帕，悉心将黎冬唇边的液渍擦净，问她："至少不要让我做最后知道的人，可以吗？"她望着男人的双眼，半晌乖顺点头。在祁夏璟扭头要将手帕放在床头柜上时，她忽地前倾身体，将头靠在男人坚实有力的胸膛上。

　　大抵人被宠过几次，就很容易生出恃宠而骄的脾性。黎冬以往发高烧都是睡觉扛过去，今天却突然变得脆弱又娇气。听着男人震耳的心跳声，至少在此刻她不想再独自坚强，头靠着祁夏璟，拖着尾音："想要抱。"

　　几秒后，头顶传来一道宠溺的低沉笑声。

　　"阿黎。"祁夏璟放下碗，将她搂进怀里，还不忘拿起被子盖好她的后背，说话时，胸腔在微微振动，"我发现你生病的时候，好像很爱撒娇。"滚热而纤瘦的人乖巧地窝在他怀里，瘦瘦小小的一团，单手就能环住。她闻言沉默几秒，闷闷的声音才响起："讨厌吗？"

　　"喜欢。"祁夏璟垂眸见她冷白的脖颈烧起几团粉红，把人在怀里抱了会儿，考虑到黎冬还在发热，又问她，"宝宝要再睡会儿吗？"男人的"宝宝"叫得太过随意顺口，像是早习惯这样缱绻的称呼。黎冬一时间没反应过来，耳尖发红的身体反应，却被祁夏璟先一步注意到。"不喜欢听'宝宝'？"男人伸手轻一下重一下地按揉她耳垂，顽劣地在她耳畔说，"那阿黎想我喊你什么？"话音才落，陡然响起三道响亮的敲门声。

　　"是周屿川。"感受到黎冬瞬间僵直的背脊，祁夏璟低声解释。他扶着人靠在贴墙的软枕上，面无表情地起身开门。周屿川端着瓷碗和保温桶进来，脸上的表情依旧淡淡的。"找你有事。"青年将热好的枸杞生姜蛋汤递给黎冬，

351

才去打开保温桶，用瓷勺又盛出一碗白泽莹润的鱼汤，"打电话听说你发烧，就顺路过来了。"

"我没事。"黎冬回归为人姐姐的姿态，仰头将枸杞生姜蛋汤喝完，弯眉看向坐在床边的青年，温声道，"辛苦你跑一趟，等很久了吗？"不等周屿川回答，倦懒靠着门框站着的祁夏璟凉凉开口："不久，也就五个多小时而已。"相比用眼神让祁夏璟别再说的黎冬，周屿川面色平静地任凭祁夏璟冷嘲热讽，安静地等待黎冬喝完鱼汤后，沉沉叫了声"姐"。姐弟俩平日交流不多，情绪鲜少外露的周屿川也很少叫她姐姐。黎冬被青年沙哑地低声呼喊，心里止不住地愧疚。她坐直身体，抬手揉揉周屿川头发，柔声道："怎么了，是工作不顺利吗？"周屿川沉默摇头，只是低头收拾碗筷时，意有所指地轻声道："只是体会了一次寄人篱下的感觉而已。"

祁夏璟："……"

"实在没事做，去找个女朋友。"三分钟后，祁夏璟面无表情地看着楼梯间里的周屿川，不留情面地下达逐客令。话落，男人不给青年任何回话机会，无情地反手将大门甩上，也将周屿川的一声"姐"彻底隔绝在外。空荡的客厅再度静悄悄一片，周屿川那声"姐"正踩中黎冬软肋。坚持出来送人的她，身上还裹着宽大的外套和厚毯子。她伸手轻拽下祁夏璟衣袖，轻声道："你就让他一点儿吧，他年纪还小。"祁夏璟想起某人在他家的句句挑衅，挑眉反问："二十五岁还小？那我——"不等他说完，半步外的黎冬忽地踮起脚，双手攀着他的肩膀，偏头在男人薄唇上落下蜻蜓点水般的亲吻。拢好滑落的毛毯和大衣，她水盈盈的黑眸写满期待，眼尾仍旧染着点点胭脂般的绯红。羞于主动，她自脖颈向上烧起粉红，别开眼轻声问："可以吗？"

湿润双唇的触感尤在，祁夏璟桃花眸微沉，喉结滚动，哑声道："你——"话音未落，黎冬再一次踮脚吻过来。这次她没再去管肩上的衣物，双手捧着男人的脸落下更为深切的亲吻，不再一触即分地轻碰。毛毯滑落，祁夏璟手疾眼快地抓住它，围在黎冬身上，下一秒竟然感受到女人狠狠咬了他的下唇。

一刹那，祁夏璟只觉得浑身血液往头上涌，手臂不自觉地用力将人搂紧。黎冬轻声道："让让他吧，就当是为了你的女朋友。"浓烈的雏菊香争先恐后地钻进鼻腔，祁夏璟的太阳穴突突直跳，他勾唇，难掩声音的紧绷："咬人的本事和谁学的，嗯？"黎冬垂眸，沾染水汽的长睫剧烈颤抖，声若蚊蝇："和一个无赖学的。"话落，头顶响起一道嘶哑低笑，颇带着咬牙切齿的意味。

"黎冬。"祁夏璟一字一顿地哑声喊她姓名，在这太阳将落、万物步入黑暗的时刻，倏地让黎冬本能地觉出几分危险，"你今晚是不想回家了吧？"

第 13 章

半秒迟疑

❄ 52

　　低音字字入耳，黎冬鼻腔内满是浓烈沉香。她感到祁夏璟滚热的薄唇似有若无地蹭过她的耳垂，随后腰上一紧。衣着单薄的两人身体紧紧贴合，听见沉稳心跳落在彼此耳畔。祁夏璟将黎冬抱回卧室，稳稳将人放在床上，视线扫过背对他侧躺的黎冬烧得通红的后颈，弯腰替她盖好被子。他转身去拿床头柜上的体温枪，看向恨不得将整张脸埋进枕头的某人，勾唇道："转身，测下体温。"

　　几秒钟后，被子里的缩头乌龟才慢吞吞地转过身。黎冬不敢抬头，眼神有些空洞地直勾勾向前看。体温枪的电子音响起，随后耳边再度响起男人的戏谑声音。"黎医生。"祁夏璟用修长的手指将黎冬鬓边的碎发拢到耳后，不紧不慢道，"注意一下你的眼神。"黎冬毫无气势地瞪了某人一眼，抿唇几秒，忍不住轻声道："思想肮脏。"

　　女人灵动的水眸勾抹推拉，不自知的小脾气和鲜活表情，都无声透着亲昵意味。

　　"嗯，是我思想肮脏。"祁夏璟欣然接受评价，不舍得黎冬太累，揉揉她发顶问，"要不要再睡会儿？"黎冬先是乖乖闭上眼，几秒后忽地想到什么，不安地睁眼出声："可以帮我拿下客厅的挎包吗？"担心在宠物医院就诊时要出示证件，黎冬背罐头去医院时带着挎包。当时她神志不清，连走路都跌跌撞

353

撞的。包里有她的史迪奇，黎冬放心不下。

坐在床边椅子上的祁夏璟没多问便起身，很快拎着沾灰的挎包回来，交给黎冬。一眼看到完好的史迪奇，黎冬不由得长舒口气，检查包内物品时，手上动作倏地停顿——她的钥匙没在包里。

她应当是昨晚回去洗澡后，高烧中脑子糊涂，将钥匙忘在家里了。现在是晚上七点十五，开锁公司应该都关门了——也就是说，今晚只能睡在祁夏璟家了。看出她表情迟疑，祁夏璟问："有东西找不到了？"

"钥匙忘在家里了。"

"嗯，忘在家里了。"祁夏璟若有所思地点了点头，长腿交叠，姿态闲适，桃花眼底染着笑意，"那今晚要和我一起睡吗？"不管多少次，黎冬总会震惊于男人信手拈来的不正经。她下意识地裹紧被子，委婉地道："离得太近，病可能会传染给你。"祁夏璟无声挑眉，双手抱胸地耐心听黎冬强词夺理，点点头正要出声评价时，丢在床头柜上的手机嗡嗡振动，是李助理打来的电话。

祁夏璟提前告知过他今天不要打扰，还打来一定有要紧事。祁夏璟眉头微皱，他俯身在黎冬额前落下轻吻，温柔地替她掖好被角后，起身离开卧室。冬季的黑夜降临不过眨眼之间。家里除了卧室都没开灯，唯一的光源，就只有窗外的凄清月光。寂静无声的走廊昏暗一片，祁夏璟从充满暖光的卧室出来，在明暗交界线静默片刻，放手将门关上走入昏黑，去往书房。

"我知道不该打扰您，"李助理稍显气愤的声音在听筒内响起，语速比平日快上不少，"但实在情况紧急，事情又比较多，我怕再不说耽误事——"沉黑环境中，祁夏璟懒懒靠着椅背，冷静打断："慌什么，说。"

"如您所说，祁家那边已经有所行动。我们抛出过橄榄枝的在 H 市企业家，两日内祁家都会派人前去会面，无一例外。"话说到这儿还算正常，直到李助理话音猛地一沉，几乎是咬牙切齿道，"刚才数据部的刘组长告诉我，他看见于总和陈总今天傍晚下班后，亲自迎接人去会议室，对方自称来自腾瑞。"

腾瑞，祁家新启的子公司，专攻生物医药方向，成立于一年前——恰好是祁夏璟回国不久、刚在 S 市做出些起色的节点。腾瑞投资的项目种类和祁夏璟他们三人的高度相似，一得知祁夏璟要留在 H 市，就马不停蹄地赶往 S 市挖墙脚，架空他的意图不言而喻。祁夏璟的指尖轻点在桌面上，知道事情没这么简单："然后呢？"

"我刚才打听到，于总和陈总已经订了明天来 H 市的机票。"李助理没忍住，沉痛地叹气，"另外，徐老爷子周三出院。周日宴会邀请的宾客名单里有您，也有祁家的两位话事人。"话毕，通话陷入几秒沉默。祁夏璟微微挑眉，四平八稳的神态语调不见分毫慌张，只慢悠悠地问道："只是这些？"

李助理一愣："目前只有这些。"

"继续派人跟各公司交涉。"祁夏璟打开台灯，拿起上次放在桌角的白纸，漫不经心道，"尤其是腾瑞重点接触过的，可以适当透露我们正在做的项目内容。"李助理迟疑道："这样真的可以吗？"

"既然对方精力旺盛，陪他们玩玩也无妨。"祁夏璟看着纸面上画满的各式样的戒指，眯起眼睛，"老于和老陈那里不用管。订家周六的私房菜馆，菜系无所谓，人均餐标超过五位数就可以。"

"好的，我去安排。"李助理显然不懂祁夏璟一系列诡异操作，只顺从地办事，只是在挂电话前想起另一件事，报告道，"还有一件事也告知您一声，您和黎医生的双人采访视频上热搜了。不确定是不是制作方买的，但内容正向，所以没有进行处理。"他和黎冬的热搜？全程反应冷淡的人终于懒懒掀起眼皮。

挂断电话后，祁夏璟下载微博，垂眸看加载条缓慢推进。

祁家两位那点儿把戏，他早已见怪不怪，权当看小丑表演。从他十年前脱离祁家掌控、一心要学医起，自称"用心良苦"的父母就开始以各种方法逼迫他后悔：先是断掉给祁夏璟的所有经济支持，拒绝支付包括学费在内的一切费用，紧接着在次年生出第二个儿子，公开扬言祁夏璟已成弃子，新的孩子将成为祁家新的继承人。祁夏璟对此眼睛都没眨一下，从A国寄回他用祁家钱购买的所有衣物、用品，以及请律师拟写的协议。协议详细清晰地表明，他自愿放弃祁家给予他的一切，而不是祁家收回的，是他根本不屑于要这所谓的施舍。他唯一留下来的，只有当年送给黎冬却被她退回的礼物。

祁家的手还伸不到异国，祁夏璟有幸有了喘息几年的机会。当他几年后带资回国，并被特聘进S市三大三甲医院之一时，不死心的祁家再次蠢蠢欲动，目的明确：吞并或毁掉祁夏璟名下的公司，逼迫他回家接班。说是接班，更有可能的结果是他回家后就会如同寄人篱下，为那个目前不足十岁的新接班人卖命。如意算盘打得确实响亮。

漆黑眼底透出点点冷光，祁夏璟支手撑着脑袋，打开微博点进热搜，很快在第十六位找到他和黎冬的名字。热搜内容是那天在医院的双人采访，从提问到回答都中规中矩的，可因为两人的恋爱关系早不是秘密，视频再经过增加抒情背景音、慢放和细节停顿的处理，一切都变得不一样。慢放视频看见黎冬在偷偷看他时，祁夏璟都会无声挑眉，多次倒回去重放。不足五分钟的视频，他耗费近二十分钟才看完，内容一句没听，每个对视倒是都细细品味了几次。虽然知道有后期处理和音乐渲染的作用，但片刻的自欺欺人也同样令人心情舒畅。祁夏璟饶有兴趣地点开评论区，注意到第一条热评："眼神骗不了人。视频里的女生肯定暗恋男生很久了，实在太明显了。"

下面满是网友的附和。看热闹不嫌事儿大的网友将黎冬当年远远站在人群外看他、如何半夜在寝室里偷偷写日记等情节编造得有模有样。当事人祁夏璟回忆他当年追人的经历，微微抬起眉，特意注册账号来回复："这你也知道？"

很快，就有网友回复评论："你肯定没暗恋过别人吧？当你把一个人藏在心里很久很久，小心翼翼都会变成习惯。"

没必要和网友争辩亲身经历，祁夏璟关闭手机回到卧房，发现黎冬已经侧躺着沉沉睡去，呼吸平稳。贪恋他的气味般，睡颜恬静的人将脸埋进枕头，不安分的手伸出来拽着枕巾。身体在纯黑色的被子中微微蜷着，额前有细密的汗滴。眼睛习惯了黑暗，再回到有光的地方，难免需要时间适应。祁夏璟微微眯着眼，转身去浴室将毛巾用温水沾湿，再折返回床边，俯身耐心给黎冬擦脸。擦完后又走向浴室，洗净毛巾再回来，这次是用毛巾给她擦手。严重的睡眠不足已经让身体的每个细胞都在叫嚣疲惫，几分钟前的电话内容更让人心烦意乱，可仅仅是做弯腰给她擦手这样简单的事，祁夏璟都会感到前所未有的平静和安心。他不由得觉得神奇，只要能为她做些事，哪怕再微小，这世间他经历的所有繁杂与纷扰、祸患与痛苦，仿佛都可以被瞬间抚平，再不值一提。睡梦中的人一动不动，睡得很沉，只是手在被擦拭时，不安地牵住了祁夏璟的手。柔软的侧脸亲昵地轻蹭他掌心，像是乖巧的小猫在讨人欢心。祁夏璟拿起床头柜上的体温枪，放在黎冬额前，随着清脆的嘀声，数字"36.5"跃然屏幕之上。

看见数字的那一瞬间，祁夏璟却感受到丝丝失落弥漫心头，浅淡却绵长，半响唇边露出几分怅然的笑意。已经不发烧了，是好事——那她明天还会住在这里吗？还会如今晚这般黏着他吗？清晨赶最早一班飞机回来时，他心里想，他不该把她一个人留在家里。但他又心如明镜，自律到十年如一日坚持晨跑锻炼的人，怎么会照顾不好自己？与其说是黎冬需要他，不如说是他希望黎冬需要他。或许只有被需要，他才能感受到自己的存在对于黎冬的意义，才能找到不再被抛弃的理由，好像才能抚平细微却反复出现的不安与惶然。

祁夏璟的手还被沉浸睡梦之中的人牵着不放，他关灯后小心在黎冬身边躺下，在熟悉的黑暗中，借着洒落的月光静静看她的温柔侧颜，忽地想起网友的评论。他勾唇笑了笑，自知无人应答，却低声道："阿黎，有人说你暗恋我很久。"

如果这句话是真的，该有多好。

❄ 53

"我听主任说你昨天请了病假,怎么样,今天好点儿了吗?"周五早晨一进办公室,黎冬就收到同事杨丽热情的问候。捧着咖啡杯的女人见她进来,双眸一亮。"等一下!黎医生,"杨丽眯着眼睛上下打量着黎冬,狐疑地啧啧出声,"你这身衣服,大得有点儿奇怪啊。"闻言,开柜子的黎冬手上动作一顿,不自然地清清嗓子,答非所问:"身体没事了,谢谢关心。"

家门被锁进不去,而黎冬身上只有一套睡衣,早上出门时,她只能借祁夏璟的衣裤,到了医院再换上衣柜里备用的衣服。黎冬一米七的身高,在一米八七的祁夏璟面前仍旧矮小。纯白的衬衫长到遮盖大腿根,挽起的裤腿仍盖过鞋面,过于宽松的板型被她穿起来,颇有种别样的慵懒风。她拿出备用衣物,在杨丽的灼灼目光下,尽力平静地错开话题:"昨天我没来,有什么事要注意吗?"

"没什么,等下正常查房就行。"杨丽见她抱着衣服要出去,忽地反应过来,直接大喊道,"你身上的衣服不会是祁副高的吧?你俩这都快进到同居了?"黎冬快步离开办公室,将惊呼声抛于脑后,去走廊尽头的洗手间换衣服。

撩起白衬衫衣摆,黎冬垂眸看着松垮系在胯骨的男款皮带,脑海不由得浮现早上祁夏璟圈住她的场景。"脸红什么?"向来起床气厉害的某人,早晨捉弄起她时倒是心情颇好,"量个数据,给你找条合适的皮带。"哪用量什么腰围,祁夏璟最短的皮带给她用,都只会太长,可黎冬哪里争得过他?经过这场高烧,她和祁夏璟的关系好像悄然改变了,正向着一个既危险又因此诱人的方向进行。换回自己的长裤,黎冬瞥了一眼身上宽大的纯白衬衫,鼻尖满是熟悉而霸道的乌木沉香。她犹豫几秒,放下卷起的衬衫衣摆,抬手去拿备用的浅灰色毛衣,在祁夏璟的衣服外面直接套上自己的衣服。

只是因为备用的毛衣太薄,单穿容易再着凉,所以才不得不把某人的衬衫穿在里面——黎冬想,这样解释得通。

她推开隔间门出来,对着洗手台的镜子翻出衣领,看自己的耳尖正心虚地泛红。回到办公室时,距离查房还有段时间,黎冬在杨丽意味深长的眼神中,放好换下的衣物,背身戴麦时,余光见到跟拍小于兴冲冲地进来。

"姐,你好点儿了吗?"见黎冬脸色不错,小于就忍不住跟她撒娇,"昨天你不在,我就被派去儿科了,耳朵都要被小屁孩哭出血了——那时我才知道,待在黎姐身边才是最幸福的。"黎冬闻言只微微一笑,杨丽则笑着打趣:"你这马屁拍得可不高明,小心我向儿科那边告状。"

"别呀,丽姐,还是不是好姐妹了?"小于笑嘻嘻地讨饶,想起什么一拍手,"对了,今晚咱们第一集正式上线,早上刚放出预告片,记得去看哦。"说完还特意朝黎冬挤眉弄眼:"姐,你和祁副高还上热搜了,现在全网都在'嗑'你俩呢,嘿嘿。"上了热搜的事,昨晚沈初蔓已经给黎冬发过无数条微信,甚至对"这条热搜是不是祁夏璟本人买的"这一点自顾自地进行了一番讨论和吐槽。

预告只有短短两分钟,除去背景和基本人员介绍,还有面向十几位医生为什么成为医生的提问。经过剪辑,每个人的回答只有短短一句。

"因为父母就是学医的。"

"因为救死扶伤是件特别酷的事。"

每个人的答案都不相同,黎冬见到自己素颜出镜,语气平静地回答:"因为想为父亲治病。"最后一位是祁夏璟。不同于其他正襟危坐在镜头前的人,白色背景中,祁夏璟姿态闲适地坐在可升降凳上。长腿一条舒展,另一条懒懒搭在调节高度的横栏上。

背景音再次提问:"你为什么选择成为一名医生?"

男人微微抬起眉头,沉吟片刻,随即勾唇,沉哑低声从耳机流入耳朵,依旧是符合他风格的言简意赅,语调懒淡:"因为好奇。"

因为好奇?含糊又意外的答案,黎冬正想听解释,问答环节已经结束。收尾部分是制作组以"好奇"二字为引语,放出钩子意欲带动所有观众对一线医生的工作日常一探究竟。

关于祁夏璟学医的原因,黎冬也十分好奇。在她的记忆中,祁夏璟高中参加的比赛都是奥数和电脑编程方面的。祁母颜茹那年给她的文件里,祁夏璟大学要就读的专业也是工商管理。无论怎么看,都和临床医学无关。她起身要去查房时,口袋手机振动,点亮屏幕,见到祁夏璟发来的两条微信。

祁夏璟:准备进手术室。

祁夏璟:中午要回三中,你记得按时吃饭、吃药。

看饥一顿饱一顿的人叮嘱她吃饭,黎冬弯眉回复"好",指尖在屏幕停顿几秒,还是忍不住打下疑问:"你当初,为什么会学医?"对面秒回一句反问:"那你为什么学医?"

黎冬如实回答:"父亲身体不好,当时觉得学医可以照顾他。"祁夏璟继续回复:"嗯,那我也是这个原因。"

什么叫他也是这个原因?黎冬皱眉,看着略显敷衍的答案,只觉掌心传来振动,是祁夏璟再次问她:"你下午不是也要来三中?一起回家?"

祁夏璟的演讲是校庆收尾的节目,而黎冬答应的为基金会做的宣传演说在校庆之后。两者间隔并不长。黎冬简单回复"好"后又打下长长一句,思考几秒却删掉了,换成简单的"学校见"。

昨天刘主任原本要直接特批她两天病假,让她身体好利索,周一再回来上班。但她记着周五有一台单孔胸腔镜手术,和患者约定好的事她不想违约,今天仍旧坚持来上班。手术后为了宣讲的事,她要回母校一趟。刘主任爽快给她批了假,让黎冬做完手术,尽早回去休息调整。或许连老天都看出她的小心思,下午的微创手术比预想中还要顺利,不到四十分钟就结束了。

现在还不到下午两点,距离校庆结束的三点还有段时间。黎冬匆匆收拾完东西赶往花店,同时在车上给高中班主任老安发了条消息。她知道自己不懂浪漫,但在为数不多的机会面前,也想给祁夏璟一个小小的惊喜,哪怕只是一束花而已。花是午休时她在网上选好的,品种是厄瓜多尔玫瑰。

黎冬取完花赶到学校时,老安已早早在校门口等候。看着黎冬怀里一大捧玫瑰,老安直乐呵:"特地抱着花来,还挺浪漫。"领着黎冬去报告厅的路上,老安絮叨着上次两人来没和他碰上面,直到远远看见玻璃门,才道:"不想引人注意的话,等下你从侧门进去,直接坐在最靠右的空位就行。"男人从黎冬怀中接过捧花,示意道:"花我带进去吧!报告厅里的高三小崽子们要是见到你进去,估计得闹翻天。"

"好,谢谢老师。"

天气严寒不宜外出,校庆的收场就在报告厅举行。到场的除了高三全体师生,还有部分高一、高二的学生。黎冬远远看见老安在最右侧的第三排座位把花放下,随后在场中扫视一圈,遥遥冲着黎冬点头,再返回原本座位。

幸运的是,黎冬落座时还没到祁夏璟的演讲。台上的代表团正集体诵诗,台下的学生昏昏欲睡。祁夏璟坐在第一排中间的位置,左边是校长,右边是上次见过的教导主任。后者此时正毕恭毕敬地守在祁夏璟身边。

这是黎冬第一次见祁夏璟穿正装。从她后斜方的角度只能堪堪见到男人宛如雕塑的半张侧脸。他偶尔侧脸听教导主任讨好地说话时,棱角分明的侧脸轮廓凌厉,带着些散漫而倦冷的疏离感,看上去和早上顽劣掐着她腰丈量的某位简直判若两人。见时间还早,黎冬便从包里拿出笔记本和水笔,翻开空白页就习惯性地用笔飞快打起草稿。笔尖在纸面上发出微弱的沙沙声。其间她某次抬

第 13 章

359

头,第一排被观察的男人转头的动作倏地顿滞半秒。在黎冬慌忙要低头时,男人已经若无其事地转回头,黎冬紧绷的心才微微放松。

很快,一道略显潦草却传神的侧影就跃然纸上。不同于画发型和肩背,勾勒男人的面部轮廓时,黎冬常常感觉到陌生——在她的肌肉记忆中,只有祁夏璟的背影。侧颜、正脸在画作上都是全然陌生的领域,因为她总是远远从后面看他。那本丢失的画册上留下的都是少年的背影,以至于曾经在相当长的一段时间里,黎冬闭上眼睛也能画出不同角度的少年背影。唇边勾起几分复杂的浅笑,思绪飘远的黎冬低下头专心细化画作。就听热烈鼓掌声后,身后学生席里竟然传出一道响亮的口哨声。能造成如此轰动的,她印象中就只有一个人。

骚动声中,黎冬抬起头,就只见肩宽腿长的祁夏璟起身离开座位,不紧不慢地走上台,最后在演讲台前站定,调整话筒。男人弯指,随意敲了下话筒试音,立即有闷闷的声音从音响里发出。魔法般地,几秒前还躁动喧闹的报告厅瞬间变得安静无声,所有人都不约而同地在等台上的人开口。

祁夏璟今日穿着低调奢华的纯黑色西装,衣架子的身材自带气场。他勾人的桃花眼慢条斯理地在场中扫过,视线精准落在口哨声发出的地方,勾唇懒懒笑了笑。慵懒低沉的声音响起:"口哨吹得不错,比上次有进步。"话音落下,学生们立刻爆发出哄堂大笑。

黎冬回头,发现吹口哨的人就是她上次和祁夏璟牵手回学校时吹口哨还被教导主任训斥的刺头。报告厅的大屏幕上展示出男人无可挑剔的一张脸。沉稳有力的男声响彻偌大空间的每个角落:"来之前,我收到教导主任代为转交的你们的提问,大多数是关于对未来选择的犹豫和迷茫。有人在自己喜欢的专业和父母要求报考的专业中摇摆不定,许多想考去大城市的学生却被希望留在本地……其实这些问题,我也是不久前才得到答案。"黎冬仰头聚精会神地倾听,只见台上演讲的人毫无征兆地朝她的方向看来,视线带着笑意——他早就发现她了。"当我质疑当年的选择时,"男人慢条斯理的话语彻底打散黎冬心中最后的侥幸,"此时在台下的爱人告诉我,只要喜欢,就是对的选择。"

全场肃静中,黎冬只觉得身后的学生连呼吸都绷紧了,耳边只剩下祁夏璟有条不紊的低声。"青春年少唯有一次。哪怕再小心谨慎,都必然会犯错,这是作为人而存在的我们,都必须经历的——月有阴晴圆缺,正因不曾完美,才构成人类不断走向更完美的人生,所以我的回答是随心抉择,放宽眼界,去听取更多中肯的意见。"祁夏璟的语调沉缓有力,字字落在场学生耳边,"最后遵从你的本心,选择你真正喜欢的,那便是对的。一旦你做出决定,就不要再瞻前顾后,而是去拼搏与努力,去摔倒与流血,去体会与感受专属于你人生路上的每一道瑰丽风景——人生掌握在自己手中,你们光明的未来亦是如此。等你们到了我这个年纪,就会发现——"屏息聆听的黎冬再次对上男人天生深情的桃花眼。四目相对,就见他在众目睽睽中,只对她一人展颜而笑。黎冬知道接下来的话是祁夏璟只想对她一人说的,男人低沉浑厚的声音字字清晰,声声入耳:"世间万难不敌爱意。那时理想,经年：念,终将得偿所愿。"经久不息的尖叫与鼓掌声响起。在千百人的欢呼声中,祁夏璟眼中只有她一人,隔着遥遥距离久久凝望着她。人群中突然爆发出更高昂的起哄声,又是那个刺头嘹亮地大喊一声:"快送花啊!"

"是啊!学姐快上去送花啊!"

"学长还在台上站着呢!别让他等太久啊!"

黎冬惊觉,只见在祁夏璟背后的大屏幕上正是她略微错愕的表情,手边是一大捧绽放艳丽的厄瓜多尔玫瑰。在台下的一片祝福声中,祁夏璟无声地看着她,唇边的笑意宠溺。黎冬抱着捧花起身走上台,将玫瑰交过去时,呼吸连同跳动的心都在战栗,连眼中都沾染上些许湿意,鼻尖是男人独有的乌木沉香。男人朝她张开双臂,低声问道:"来都来了,要不要抱抱?"

"我不懂浪漫,也不会说好听话。"黎冬用力回抱,用纤瘦的手臂紧紧环住男人瘦劲的腰,"祁夏璟,谢谢你。"谢谢他这十年的坚持,让她的等待终不至于可笑落空。"阿黎。"男人贴在她颈侧的薄唇微张,"也谢谢你,成全我十年的痴心妄想。"

"不和校领导打个招呼再走吗?"短暂的狂欢后,报告厅里再次传来教导主任枯燥严肃的演讲声。黎冬被祁夏璟牵着手,在无人的走廊里有些不安地抬头道:"我们不打招呼就离开,会不会不太礼貌?"

"没事。"祁夏璟漫不经心地回答,目不转睛地盯着左手里的玫瑰,忽地问道,"你知道厄瓜多尔玫瑰的花语是什么吗?"黎冬摇头,她当时觉得好看就挑了这种。

"唯一的真爱。"祁夏璟勾唇回头看她,视线灼灼,"这束花,我就当是黎医生给我的告白了?"耳尖发红,被调侃的黎冬羞于直视祁夏璟眼睛,顾左右而言他:"等下还要去做基金会的宣讲,走吧。"知道她害羞也不再逼问,祁夏璟只是默默将黎冬的手放进口袋,带她去用于演说的体育馆。

两人都不爱应付外人,到场后见还有五六位和黎冬同样来意的社会人士,就找了处视觉盲区的僻静角落待着。黎冬准备不久后的演说,祁夏璟则看邮件处理公务,牵着手的两人互不干扰。不久后校庆结束,不断有学生进入体育馆,安静地在位置上坐下后,宣讲会很快开始。没太多花里胡哨的串场,负责人在

第 13 章

台上简单开场后，就邀请曾受过救济的人上台分享经验。

黎冬站在台下静静倾听，哪怕身旁是祁夏璟，心里也只觉得一片平静，不得不承认，漫长的时间蕴含巨大力量，虽不能抹去一切，却定能改变许多。那些年她藏躲不及的贫瘠与穷困，那些曾经掣襟肘见的疤痕都随着时间的推移，慢慢淡出视线，不再如无形的手，时刻掐紧她的脖子。快轮到黎冬上场时，祁夏璟忽地拉住她袖子，问道："开锁公司找好了？"

"嗯？"话题来得突然，黎冬一时没反应过来，"找好了，晚上六点过来。"

"联系方式发我。"祁夏璟难得有理有据地讲道理，"让李助理去查一下安全不安全，以防万一。"开锁公司的联系方式是同事介绍的，说是很靠谱。黎冬本想拒绝，但听男人语气郑重，又想到最近听过的恶人利用开锁的工作之便，偷藏单身女生家钥匙以犯罪的新闻，出于安全考虑，交出了联系方式。

"乖。"祁夏璟不紧不慢按下开锁公司的微信二维码，轻柔地揉了揉黎冬脑袋，沉声道，"去吧，我在这里等你。"目送高挑纤瘦的身影走远，祁夏璟眼底的温情笑意消散，后背懒懒靠着白墙，面无表情地低头，把联系方式发给李助理："联系这家开锁公司，支付双倍费用，让他随便找个理由，明天再去黎冬家。"

五分钟后，十分靠谱的李助理回复消息："对方拒绝您的请求，说这不是钱的问题，一是不知道您的身份，二是他从不无故失约。"

祁夏璟继续打字："十倍。"

这次李助理三十秒后便回复："对方答应了。"似是猜出某人浑蛋的用意，善良如李助理再次忍不住问道："您是打算用这个方法让黎医生在您家里多留宿一夜吗？"多管一次闲事还不够，发完一条后李助理又补充一条："可您就算用这种方式，也只能留人一次啊。"

祁夏璟无声地缓缓挑起眉，打字道："收购开锁公司，你让他开个价。"李助理发来一长串省略号表示无语，一针见血道："那黎医生可以换一家开锁公司——您的方法还是治标不治本。"

祁夏璟微微眯起桃花眼，修长指尖一下下轻点在屏幕边框上，沉吟片刻退出聊天框，转而点开徐榄头像，飞快打字："房东联系方式给我。"

既然黎冬不能总去他家，那换他无家可归就可以了。

54

"你要房东联系方式干吗？你想买他的房子？"电话里响起徐榄的调侃，

祁夏璟背靠着墙懒得搭理，只道："别废话，快点儿。"

"发你了。"徐榄很快发来联系方式，忽地想到什么，话锋一转，语气严肃了些，"周末老爷子举办宴会的事你应该知道了，不想来就别来——"后半句没说完，忽地传来沈初蔓带着点儿撒娇意味的抱怨："徐榄你给我过来！你看我新买的裙子，又被你撕成什么样子了？"

"买，再买十件。"徐榄先应付一声，才极其敷衍地继续对祁夏璟说，"总之不用顾及我的面子。好了不聊了，祖宗正喊我呢。"说完便毫不犹豫地挂断电话。

耳边只剩下单调重复的忙音，祁夏璟无声挑眉，添加房东联系方式后收起手机，抬眸去看演讲台上的女人，依旧是素面朝天却找不出瑕疵的精致五官，高马尾束起，连碎发都严谨地拢到耳后。黎冬今日穿了件宽松的浅灰色薄羊绒衫，内搭一件衣领翻出的白衬衫。过长的衣摆遮住大腿根，再向下是包裹笔直长腿的长裤，半慵懒半随性，不太像是她平日的穿搭风格。

祁夏璟挑眉观察，很快发现端倪。毛衣下略显眼熟的白衬衫并不属于黎冬，而是属于他——他早晨给她穿的裤子被换下，身上的白衬衣却没有。

眼底染上几分意味深长的笑意，祁夏璟再度点开和李助理的聊天框，让他去联系几个平日常购品牌的品牌方联系人，把今年冬季最新款发来过目挑选。

"希望我的分享能对在场各位有所帮助，谢谢大家。"掌声经久不息，演说结束的黎冬朝台下学生鞠躬。走下台后，她就远远听到祁夏璟在角落打电话，嘈杂人声中，只能隐隐听见"房子"和"到期"等词语。

靠墙而立的男人垂眸，看不清表情，单听他倦懒微凉的声音，似乎和电话那头的人交流得不甚愉快。黎冬眉头轻皱，想起祁夏璟现在住的房子是租的。似是察觉到她走近，男人很快挂断电话，眉眼间还有来不及藏起的烦躁，看得黎冬心头一沉。她轻声询问："还好吗？"

"房子的事。"祁夏璟轻描淡写地丢下四字，显然不愿多谈，"没事，走吧。"说着抬手牵住黎冬。距离和开锁公司约定的六点还有些时间，黎冬对罐头生病的事仍旧自责不已，离开学校后，提出要给金毛买东西当作补偿。

学校附近就有家宠物店，保时捷副驾驶座上，黎冬远远看着熟悉的名字和泛黄的牌匾，摇下车窗不由得惊叹："这家居然还开着。"物是人非的十年后，能看到当年旧物实属不易。黎冬转头去看开车的男人，带着几分期待，道："你还记得吗？我们读书的时候，这家宠物店就开在这里了。"那时她和祁夏璟还常来。驾驶座上的祁夏璟目不斜视，反应略显平淡："嗯。"车子临近店门，不仅没减速，反而加速径直掠过。黎冬疑惑道："不去这里买吗？"

第 13 章

"不去。"男人果断地拒绝，搬出一套莫名其妙的理论，"十年都没倒闭，大概率是黑店。"黎冬心道：什么歪理邪说？

保时捷选择绕远路，最终停靠在附近的百货商场对面的停车场。两人下车后，直接去了一楼的宠物店，装修风格温馨的店内充斥着大量宠物相关物品。罐头得了肠胃炎，不能再买零食，黎冬就专注于挑选玩具、衣服、饭盆和各种小软垫，很快就装满了车筐。祁夏璟接过她手里的购物车，见黎冬还在不断添加东西，想起罐头有一窝她送的玩具。今天情况更甚，她连狗穿的外套都买了四五件，反观他，就只有一盏床头灯。长期人不如狗的状态，让祁夏璟不由得抬起眉，拎起其中一件暖黄色的外套，问道："给它买这么多？"

"罐头好动，穿脏了可以换。"黎冬对某人暗戳戳的不满毫无察觉，想起金毛腹部剔去的毛就心疼，抬头问，"听说多吃鸡蛋黄和胡萝卜，利于狗狗生长毛发，要不要等下买些回去？"

"我以为你今天特意跑出来，"祁夏璟危险地眯起眼睛，手撑着推车横杆，神情似笑非笑，"是为了陪我。"

"那你有缺的东西吗？"黎冬上下将人打量一遍，看着沾在祁夏璟西装衣袖的浅金细毛，认真问他，"你要不要买个粘毛器？"怕男人误会，她又特意补充，"是给你买的，不是给狗的。"

"好。"

两人转战别处。买好了粘毛器，黎冬想起被罐头呕吐物弄脏的门垫，又推着购物车朝商场的家具区走去，站在货架前挑选颜色、样式。没人能从商场里全身而退。黎冬怕祁夏璟会被烫到手，便买了隔热杯套，又想起他不爱开灯，还要买浴室的防滑垫。她拿起货架上的绿植仙人球，思考不爱开窗的男人是否需要时，余光瞥见满满当当的购物车，自省道："会不会买得太多了？"祁夏璟家走的是极简风，她出于好意购置物品，却不想勉强他换上，更不想买了闲置。

"买。"推车的男人这次倒是爽快答应，看着满车和家里格格不入的杂物，眼睛都没眨地散漫道，"用不上的给傻狗。"结账时，黎冬坚持要付款，祁夏璟也没多阻拦，只是默默拿出购物车里的围巾藏在身后。在黎冬清点物品时，单独结了账。

"走吧——"话音未落，黎冬只觉得眼前的光线被阻挡住了。柔软的针织围巾遮住她裸露的脖颈皮肤，将不断从领口钻进她身体的冷风阻隔在外。骨节分明的手耐心为她系好围巾，黎冬抬眸对上男人桃花眼，干燥温暖的大手抚揉她的脑袋。她茫然地缓慢眨眼睛，不知道围巾是从哪里来的。

364

"刚才买的，很配你。"祁夏璟替她拢好围巾，拿起购物袋笑了笑，"走吧，回家。"开车到家，祁夏璟一进玄关就接到了于邮的电话。他将东西放在门边，只拿了捧花就去书房接电话。开锁公司还没到，黎冬留在客厅照看罐头，给它试新买的衣服。书房门外，光亮大开，里面却安静昏暗，桌上那盏星月床头灯散发出唯一的昏黄光线。"快猜快猜，我和老陈现在人在哪儿呢？"耳边是于邮故作神秘而得意扬扬的声音。祁夏璟将手中的捧花放在桌面，背靠椅子，兴致缺缺地道："象记私房菜，明晚六点给你们接风。"他手上摆弄着花瓣，有意话语一顿，"就当你们以身犯险从祁家套取情报的辛苦费。"

"你小子连我们去祁家都知道了？老实交代，你到底有多少眼线？"于邮直呼没意思，被透露行程也不恼怒，笑呵呵道，"不过我们问到不少好东西。你小子心是真黑啊，对自己爹妈能这么狠心——你怎么知道他们会上当的？"祁夏璟用指尖轻点桌面，漫不经心地说着杀人诛心的话："因为能一招弄死我的办法，就算是陷阱，他们也会义无反顾地跳进去。"对面沉寂几秒，随即响起于邮尴尬的笑声，他打着哈哈转移话题："对了，明天吃饭的时候，带弟妹一起来见个面呗？我和老陈都好奇死了。"

祁夏璟嘴里淡淡应着："我问问她。"

"得嘞，那就明天见——老陈？"

"今天在公司见面时，你母亲多次问起黎医生的事情。"听筒里换成陈启沉稳的声音，"不清楚她的用意，但我想应该知会你一声。"

"知道了。"挂断电话，祁夏璟看着黑夜中依旧绽放的玫瑰，眼底最后一丝笑意退去。从昏暗的书房出来，又是一片光亮，祁夏璟看着几乎焕然一新的客厅、餐厅，有片刻愣怔，家具的位置分明没变，整个家却因为新出现的各色小配件，从杯垫到桌上的小仙人掌，不再是死气沉沉的黑、白、灰。十几分钟时间，就足以让她给他的生活添上无数色彩。

这种感觉难以用语言描述，他像是身处伸手不见五指、永无尽头的黑洞，只是因为一束光打落进来就感到截然不同，就能看到逃离黑暗的无限希望。那一瞬祁夏璟生出些疑惑，不禁自问，以前是如何忍受没有她的生活的？答案无从得知。

唯一能确定的是如果有人要破坏他此时拥有的温馨，他会不惜一切代价将对方摧毁抹杀。不论对方是谁，哪怕两败俱伤。

"刚才开锁公司的人给我打电话，说突然有急事，只能明天过来。"黎冬困惑的轻声拽回他的思绪，祁夏璟见女人坐在沙发上，手边是七八只高奢服装购物袋。"然后，李助理刚才把这些送来了。"女人迟疑片刻，还是问道，"你

第 13 章

刚才就在打电话……这件事跟你没关系吧？"

"刚才在和 S 市的同事聊天，他们明晚想见见你。"祁夏璟面不改色地拿出手机，主动递给黎冬，"不信的话，你可以现在打电话问——密码是你生日。"

"不用，我相信你。"黎冬连连摆手，为难地看着手边只在明星身上见过的名牌，委婉道，"其实没必要买这么贵的。"

"好，那就不买。"祁夏璟闻言只微微抬起眉，"衣服只是借给你穿，明天还我。"辩论上黎冬总是落下风的那个，半天想不出如何反驳祁夏璟，最后挑了离手边最近的购物袋起身，轻声道："那先借我这套吧。"害怕再次着凉，从周四凌晨的高烧到现在，黎冬都没洗过澡。现在身上黏糊糊的，难以忍受，不可能再将就一夜。

"等一下。"在黎冬要进入卧室时，祁夏璟忽地叫住她，迈着长腿径直走到沙发边，用修长的食指勾起一只衣袋。怕对方要将所有袋子都塞给自己，黎冬试图阻止："一套衣服就够了——"

"阿黎，"男人转过身来，将手中装饰着蕾丝带的购物袋递过去，俯身望进她双眼，低声道，"你忘记拿内衣了。"稍显急躁的关门声响起，黎冬急匆匆去拉卧室窗帘时，双颊和耳尖还泛着粉红。空无一人的偌大房间内，安静得只剩她一人呼吸声。黎冬依次脱下浅灰毛衣、白色长衫和长裤，几近未着寸缕地走进浴室时，心底升腾出隐秘的羞耻感。

整间屋子都是祁夏璟的味道，男人的牙刷、毛巾、剃须刀等随处可见，而她则被包裹在男人强势而霸道的气息中，每寸皮肤都沾染上他的味道。热水冲洗到肤色泛红都无济于事，黎冬顶着湿漉漉的头发，带着浑身湿意走出浴室，终于不得不面对静立门边的购物袋。黑蕾丝带装饰的袋子里面是祁夏璟亲手给她挑的内衣。

她深吸一口气，分不清是洗澡的热水，还是心跳过速导致了脸上发烫。黎冬微屏气息打开精美包装，入目便是和她原来穿的颜色、款式几乎一模一样的内衣。纯黑色的柔软布料上有黑色蕾丝游走，唯一的区别是手里的这款中间有一片纯白雪花造型的小吊坠，在空中轻晃着，看得人心猿意马。与它配套的三角裤上面同样有黑丝点缀，靠近肚脐的位置，也坠着一小片雪花。

当黎冬发现内衣意外合身时，滚上脸颊的热意已经要冲破天灵盖。她不敢多想，慌忙去拆另一只购物袋，幸好里面是一套款式简约大方的棉质睡衣，长袖、长裤连手腕和脚踝都遮住。将脏衣物放进阳台上的洗衣机里后，黎冬觉得肚子有些饿，半湿着头发走去书房，想问祁夏璟晚上要吃什么，走近才发现房

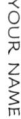

门半掩着，静坐在座椅上的男人丝毫没察觉到她靠近。

没开灯的书房一片昏暗，黎冬只能借透窗而落的月色观察他表情。不再是或散漫或疏冷，此时深陷于黑暗的祁夏璟同平日太不一样了。背靠软椅微微垂首，额前碎发遮盖眉眼，薄唇轻抿似是在思考。

黎冬说不出具体区别，若非要说的话，大概是面前的男人似乎少了几分生气，是她从未见过的模样。她下意识以为祁夏璟有事担忧，敲门进去，在男人抬眼时问道："是为了房子的事情吗？宣讲的时候我不小心听到的。"她轻声解释，在昏暗中慢慢走到祁夏璟身边，"是这个房子要到期了吗？"男人深邃的黑眸里有片刻意外，随即长臂一伸将黎冬拉至身前，微仰着头看她，勾唇低声道："是啊，房东说后天他亲戚要住进来，要求我和罐头明天必须搬出去。"

不知是否受了黑暗环境的影响，黎冬分明见着祁夏璟唇边带笑，语调也如常倦怠，却始终能感受到男人身上若有若无的不安感，好像他越笑得漫不经心，语气越懒散无谓，那点儿不安和惶然就越强烈。

黎冬想不通其中缘由。见她沉默，环住她腕骨的大手微微用力。在黎冬的轻呼声中，祁夏璟轻而易举将她拉进怀里，霎时间她的鼻尖满是乌木沉香。

"怎么办呢？"黑暗中，祁夏璟的薄唇贴着她的耳垂，滚热的呼吸紧贴她肌肤落下，"要无家可归了。罐头病才好，不适合折腾。"禁锢在她腰上的手用了力气，黎冬坐在男人腿上，使不上力挣扎，压下震耳的心跳和羞赧，长睫轻颤："要……要不你去我家住两天吧，等找到房子再搬出去。"祁夏璟似是对答案并不满意，微微眯起眼睛问她："那要是一直找不到房子呢？"

怎么会一直找不到房子？黎冬的话滚到嘴边，几欲脱口而出，对上男人深邃勾人的眼又失语，最后只得沉默着听祁夏璟问她："如果一直找不到房子，你会把我和罐头丢出去吗？"沾染情欲的沙哑男声字字贴着耳边落下。黑暗里不安分的大手游蛇般缠住她腰间，让她软不下又反抗不得。

黎冬努力忽略心中的异样，吸口气轻声回答："不会的。"像是引诱她答出想要的答案，祁夏璟一手环住人不让她掉下去，另一只手则轻一下重一下地捏着她腰窝，再次问道："怎么样都不会丢下我吗？"

祁夏璟今晚似乎一直在问他会不会被丢弃，黎冬恍恍惚惚地这样想着，只觉得身体如被丢进沸水的冰块，瞬间融化在过分炙热的怀抱中。两人身上的衣料材质轻薄，隔着两层也能清晰感知到肌肤滚烫的温度。

那个带着情动与欲念的吻，不知是谁开始的，而在衣衫褪去后，便是从未有过的体验。今晚的祁夏璟再无克制，比往日都要急躁。黎冬长睫沾满水汽，到后来连睁眼都做不到，完全如惊涛骇浪中的一叶扁舟随波逐流、予取予求。

"阿黎。"

当她以为自己要溺死在这场永无止境的掠夺中时，再度被禁锢的细腰传来刺痛感。她失神地跌进男人情热未退的视线里，听见祁夏璟问她："如果再给你一次机会，十年前你还会丢下我吗？"又是被丢弃的问题，刚才谈的分明只是房子到期的问题，为什么现在又说起十年前的旧事？

黎冬的胸腔急促起伏，她无力地环住男人脖子，想从方才的刺激中找回意识。祁夏璟执着地继续提问："如果我明确告诉你，无论出国与否，我都讨厌也不会选择家里安排的路，"祁夏璟掐着她的腰，像是想要黎冬快些清醒，黑暗中的视线滚热灼人，"如果再给你一次机会，颜茹再来找你，要我们分手，你还舍得丢下我吗？"黎冬终于听清问题。

她迟疑片刻，没有出声，她在犹豫要不要对祁夏璟说谎。了解她如祁夏璟，一眼便看穿黎冬那半秒的踌躇和动摇，也自然明白她潜意识里的答案。

这是两人最亲密无间的一晚，可听见祁夏璟那声低笑在耳畔落下时，黎冬却又觉得两人无比遥远。一直受照顾的她，好像错过了他心中很重要的一环。

"黎冬，"祁夏璟温柔地落吻在她唇边，随即又是同往常般低沉的笑声，语气中还是那份熟悉的漫不经意，"就不能说点儿好听话哄哄我吗？哪怕是假的。"

第 14 章

我只有你

※ 55

搬家的过程略显匆忙。祁夏璟周五下午接到房东通知，周末就必须搬出去，没有任何转圜余地。黎冬听男人面无表情地说着房东的驱逐令，感觉搬家刻不容缓。于是周六上午，开锁公司终于派人来开了锁后，两人就开始大包小包地转移物品。

说是大包小包并不准确，除却厨房用具、文件和书籍，祁夏璟的东西少得可怜，统共不过两个行李箱。箱子里还能塞下罐头的部分衣服、玩偶。黎冬本以为会是个大工程，结果不过一小时，就见祁夏璟推着两个箱子站在她家门口，左手还抱着她昨天送的玫瑰捧花，不由得愣了愣。四目相对后，男人勾唇微微一笑，语调带着点儿散漫："以后就打扰了？"

祁夏璟不是没来过她家，但每次都是吃完饭就离开，现在全副武装地走进来，让黎冬脑海不由得闪过一个词语——同居。两人分别在客厅和卧室忙碌。祁夏璟将书和文件摆放在客厅靠墙的半墙书柜上，黎冬则在卧室腾空衣柜。祁夏璟搬来得突然，她书桌上手写的告白小抄、衣柜里的黑色冲锋外套，以及夹在书里的照片，都还没来得及藏好。

祁夏璟的东西并不多，却存在感极强地出现在家里的每个角落。从玄关处的皮鞋、客厅的外套到餐厅的水杯，甚至连卧室的枕头和浴室的洗漱用品，都显示着他的痕迹。性冷淡风的物品和家里的温馨风格截然不同，却意外融合得很好。

　　黎冬将衣服收好后出来,就见祁夏璟正在客厅处理玫瑰。他用不知从哪里来的黑色小皮筋将几朵玫瑰的绿色枝条绑起来,五六束一起牢牢固定在衣架上。她昨天送的三十三朵玫瑰,已经有十几朵倒挂在衣架上,被晾在阴凉干燥的阳台。沙发上,男人正低头用纸擦去手中玫瑰花花瓣上的水珠,表情专注认真,只时不时抬手推开冲过来想吃花瓣的罐头。黎冬走近,好奇问道:"这是在做什么?"

　　"过几天你就知道了。"祁夏璟闻言抬眸,视线落在黎冬松垮的领口上,意味深长地笑了笑,"身上还痛吗?"男人如有实质的眼神暗示性太强,黎冬瞬间就想到昨晚书房那场荒唐,以及清晨在浴室对着镜子换衣服时,颈侧、锁骨和腰腹的斑斑红印。她发现,祁夏璟似乎格外喜欢她的痣,每一处都不肯放过。回忆让耳尖滚烫,这种问题黎冬不肯搭腔,只是转念想到昨晚祁夏璟一连串关于丢弃和选择的问题,又忍不住再次打量低头弄花的男人。

　　窗外的阳光打落在男人的发顶、肩头,大片的光圈照映在棱角分明的五官上。整个人慵倦懒怠,像是什么都不在乎,像是昨晚在黑暗中不安的逼问,都只是黎冬的臆想。祁夏璟上午还有远程会议,简单处理过玫瑰后,在客厅打开电脑要处理公事。黎冬在客厅陪罐头玩,等男人挂断电话后,抬头轻问道:"我在这里,会打扰到你吗?"

　　"没事。"祁夏璟从策划案中抬起头,疏冷黑眸在望向黎冬时转为点点笑意,勾唇明知故问道,"舍不得离开?"小心思被识破,黎冬尴尬地去拿茶几上看到一半的书和便携笔记本,随后就窝在祁夏璟对面的沙发角落。她拍拍腿,让穿着外套的罐头上来趴着,将书和笔记本都放在金毛背上,心不在焉地看书,耳边满是祁夏璟低沉稳健的声音。男人在说的投资的事她听不大懂,只能从其他人毕恭毕敬的语气中判断出祁夏璟应当是其中的决策者。

　　人对未知领域总有敬畏心,黎冬又鲜少亲眼看见祁夏璟工作,不由得觉得神奇。她偷偷拿出手机飞快拍照,然后放大照片,摊开笔记本就提笔在纸面快速排线。她画得专心,忘了一切,连祁夏璟会议结束,起身站在她身后都毫无察觉。"周屿川上次和我说你很会画画。"直到头顶响起低沉男声,黎冬才惊得抬头,默默坐在她身侧的祁夏璟伸手拿起笔记本,摊开的纸面上是她速写的男人工作时的样子。黎冬握着笔杆,有些紧张地等待评价。

　　"好看。"祁夏璟将笔记本还给她,桃花眼盯着画面,沉吟片刻,若有所思地朝黎冬伸手要笔,随口道,"什么时候学的画画?"黎冬摊开手掌,垂眸轻声道:"很早之前——"话音未落,男人温暖干燥的大手就包住了她的右手,牵引着黎冬在原本的画作旁添加新的——他在画她。

两人的画风迥然不同，黎冬垂眸看着她的脸逐渐成形，看着她和祁夏璟并肩出现在同一张画作中，忽地感慨出声："其实我以前也给你画过。"

祁夏璟手上一顿，似是有些疑惑："嗯？"

"当时没告诉你。"黎冬想起记录她高中三年爱恋和回忆的画册在分手后被母亲丢掉，眼底的笑意泛起点儿苦涩，"现在已经找不到了。"

"现在也不晚。"话落，她感觉到落在额前的轻柔亲吻，是祁夏璟俯身将她圈在怀中，低声稳如磐石，"只要我们不分开，就永远来得及。"

下午去赴约前，祁夏璟要先和于邮、陈启商讨公事。黎冬不便跟着去，午饭后就留在家里陪罐头休息。

"冬冬，你觉得我身上这件好看，还是刚才换下的好看？最初那件，是不是也可以加入考虑范围？"祁夏璟出门没多久，沈初蔓就打来视频电话，入目就是宫殿式的别墅里满床满地的各种礼服。

"都好看。"黎冬完全不懂礼服，只觉得对方提起的三件都差不多，"你又要出席媒体活动吗？"

"不是啦，明天徐老爷子办出院宴会，非要我去。"沈初蔓正对着镜子整理抹胸，大咧咧地道，"话说姓祁的一家子明天都要去，也不知道这次会打成什么样子。"祁夏璟明天也要出席宴会？一无所知的黎冬茫然眨眼，抚摸罐头脑袋的手都停住，被金毛舔了两下才继续顺毛。她问道："又？"

"以前怕你伤心，所以不敢和你说他的事。祁夏璟这十年不是和祁家断绝了关系吗？也就几年前因为外公病逝回过一次祁家。那次他爹祁承凯没让他祭拜，还在灵堂当着所有人的面甩了他一巴掌，说他是野狗闻着味回家讨饭。"沈初蔓虽然不待见祁夏璟，但说起陈年旧事，也只觉得祁家欺人太甚，"这件事当年在圈子里闹得沸沸扬扬。祁承凯打人时，祁家小儿子祁夏就在旁边——哦，对了，祁夏是祁夏璟离家出国的第二年生的，生怕别人不知道他就要取代祁夏璟的位置呢！你知道我一直烦祁夏璟，觉得他这人从不把别人放在眼里，做事说话永远漫不经心的。"沈初蔓回到镜头前，表情言语间满是厌恶，"但有时候想想，碰上他那对把孩子当产品培养的父母，也情有可原。"

良久，黎冬听见她紧绷的声音："什么叫'当产品培养'？"

"就是不把人当人呗，想尽一切办法要求他达标，要求他听话，不然就毁掉他喜欢或者拥有的。给你举个例子，你就懂了。"沈初蔓皱着眉，思考几秒钟后打了个响指，"祁夏璟是保姆带大的。我听说他上六年级之前见他爸妈基本都是通过视频电话。一年级有段时间，我们三个特喜欢抓娃娃。有次祁夏璟逃奥数课去玩被发现,他爸就让人把那家娃娃店所有娃娃都买来,大冬天让祁夏璟在门外跪了一整夜,第二天还要他亲手把娃娃一个个丢进火炉里烧掉。从小带他的保姆看不下去,晚上偷偷给他送衣服,结果被祁夏璟他妈抓到,第二天人直接被轰了出去。"沈初蔓恶心地"呸"了一声,"我知道这事儿是因为颜茹还特意找上我们家,希望我们家也不雇用这个保姆,为的就是让祁夏璟长教训——真是一对疯子夫妇。"

黎冬不由得想起祁夏璟自少年时期就对一切都兴致不高的模样,他是真的对什么都不感兴趣,还是名叫喜欢的软肋会让再无所不能的人都变得不堪一击,所以,不如不喜欢好了。

"总之,你们看祁夏璟和祁厦就知道。疯子夫妇生孩子像练号似的,这个练废了就丢掉换下一个,反正以祁家的财力背景,总能堆出来。"沈初蔓的话让黎冬记忆深处的声音响起,是那年颜茹平静的声音。颜茹告诉她——离开祁家,祁夏璟不仅一无所有,还一无是处。夫妻俩认为,祁夏璟的一切都是祁家给的,所以才有祁承凯在灵堂前的打人动粗,以及那一声发自肺腑的"野狗"。黎冬久久说不出话,直到昨天,她都坚定不移地认为当初放手让祁夏璟出国去读书,去见识更大、更广阔的平台不是错的选择。但现在,她好像不确定了。

五点半时,祁夏璟的保时捷稳稳停在楼下。黎冬接到电话准备下楼,离开前特意检查她新换的着装。在玄关处弯腰亲吻撒娇的罐头后,她才关门快步下去。

"哟,弟妹这一身,是特意和祁夏璟穿的情侣装吧?这一黑一白,配的哦。"未见其人先闻其声,黎冬打开车门,还没看清人,保时捷后排就响起一道调侃声。头发梳到后面、造型略显风骚的男人咧嘴笑得吊儿郎当的,自我介绍道:"于郵,叫我于哥就成。"话毕,他抬手指向旁边抬起眼睛的沉稳男人,笑嘻嘻地顺道介绍:"喏,这是陈启,随便怎么叫他都行。"

陈启推推眼镜,礼貌点头:"黎医生,你好。"

"你们好。"黎冬打过招呼回身系安全带,对上祁夏璟似笑非笑的眼神。就见男人勾人的桃花眸眼神意味深长,看着她出门前特意换上的乳白色针织衫。两人一人穿纯黑一人穿纯白,看着确实很像情侣装。

心思被窥探,黎冬避开眼神低头插锁扣。一双骨节分明的手接过她手中的安全带,稳稳按进孔内,发出清脆的声响。男人侧身靠近,薄唇堪堪贴着她耳垂,带着点儿沉沉笑意低声道:"衣服很好看。"于郵在后排连连啧啧出声。

去小洋房的路上,三人聊个不停。大多是于郵在说,陈启寡言,祁夏璟手撑着太阳穴懒洋洋地应付着。黎冬不太懂该说什么。她一路听下来,也基本能将情况理解个七八分。大概是祁夏璟三人的公司和祁家的腾瑞有利益冲突，腾瑞利用自身的雄厚财力，宁可赔本地支付高额费用，也要阻止其他公司和祁夏璟的公司签订合约。

祁夏璟的应对方法则是一次性向多家公司抛出橄榄枝。分散祁家注意的同时，暗中和另一家频繁互动。拟合同、谈条件等流程走完后，再故意放出消息，让祁家错以为另一家公司才是祁夏璟真正的目标。

"祁承凯和颜茹要是知道他们花了两个亿，从我们手里抢走的合作公司早就是个空壳子了，估计要气疯了吧？"于邮在后座哈哈大笑，再次对祁夏璟佩服得五体投地，"你小子可真是心黑，放一拨假消息还不够，鬼能猜到你每句话都是假的——骗人连环上套啊！"小洋房位于环山而建的小山庄中，保时捷稳稳驶上半山腰。相较猖狂大笑的于邮，陈启则冷静许多："先不说腾瑞会不会毁约，即便不毁约，两个亿也不会让祁家受到重创。"

"留下污点就可以。"车内是祁夏璟倦懒平淡的声音。男人单手打转方向盘，将车开进山庄大门："两个亿的大额合同毁约，先不说官司会赔多少，腾瑞作为新入行的公司，在第一单生意上就失信，近五年内，它只会被牢牢钉死在各大合作商的黑名单上。"于邮好奇道："那要是祁家认栽，咬着牙用两个亿打水漂呢？"

"两个亿的生意，却连最基本的公司调查都不做，"祁夏璟唇边勾起点儿冷淡的笑容，反问道，"你以为日后谁还敢跟它合作？"

"太可怕了，你小子。"于邮从车内后视镜里看着面无表情的男人，想起他比自己还小上三岁，竟然忍不住打了个寒噤，"按理说，祁家怎么都该做点儿调查吧！那公司明显是个空壳子，他们怎么就能直接上当了？"

"因为足够恨我。"祁夏璟踩下刹车，取出车钥匙丢给早早等候的门童，平静无澜的声音响起，"只要足够迫切地想弄死一个人，哪怕知道前方是陷阱，哪怕只有半分机会，人都会义无反顾地跳下去。很幸运的是，"男人在死寂一片的封闭空间内，露出一些漫不经心的笑意，"我所谓的'父母'，完美符合上述条件。"沉默一路的黎冬只觉得心微微一沉，祁夏璟现在的神态和昨晚连环逼问她时的表情，几乎如出一辙。

❄ 56

话题过于沉重，车内久久无人开口，连性格大大咧咧的于邮都尴尬得不知所措。反观当事人，祁夏璟倒是一脸无所谓，他下车绕过车头，给副驾驶座上的黎冬开车门。

即便是寒冬腊月，位于山腰的私人山庄也是被青葱的群树环绕，隐蔽性极好。人均过万的消费水平及每日不超过两位数的接客量，让来者非富即贵。此处空气新鲜，木砌而成的屋与横栏铺成的廊在幽静的环境中更显几分雅致高洁。由人引着，四人同往预先订好的包厢走去。

于邮背着手四处打量欣赏，嘴里啧啧称奇：“这里真不错，依山傍水又安静，在S市怎么就找不到这种地方——”话音未落，男人看着前方不远处拐角出现的一行人，不由得暗暗骂出一句话：“真是冤家路窄了。”

黎冬走在最后，隔着人看到多年未见的颜茹。岁月流逝让女人不再年轻，少去几分黎冬印象中的精干冷厉，却仍旧带着当年生人勿近的疏离。颜茹大概是来此谈生意的，身边站着几位满脸奉承媚笑的成年人。她身边还有一名约莫九岁的男孩，还没长开的五官和祁夏璟有几分相似。他的双眼澄澈乌黑，写满无邪童真。黎冬想，男孩应该就是祁夏璟离开后祁家为了接替他生的孩子，祁厦。

似是对注视有所感应，原本目不斜视的颜茹脚步一顿，转头，视线不偏不倚地精准落在黎冬身上。同十年前一模一样，女人审视的目光如剔骨尖刀，平静而锐利，只轻飘飘落下就能轻易将人看穿。黎冬正要同女人对上眼神，视线突然受阻。落拓不羁的男人站在她面前，宽阔肩背挡死了她和颜茹对视的所有可能。

"走了。"祁夏璟波澜不惊的声音响起，带着几分不容置疑的语气。黎冬还不及应答，手就被男人抓住往旁边带。干燥温柔的大手用了力，攥得她感受到疼痛。四人一进包厢，于邮脱下外套就忍不住道："我和老陈昨天才和她聊过，今晚就迎面撞上了。H市这么大，就真有这么凑巧的事？"

"私人山庄本就只为富人服务，祁家有眼线再正常不过。"祁夏璟进屋后仍牵着黎冬的手不放，连外套都不脱，语气、神态却一派云淡风轻，再怎么看都毫无破绽。黎冬垂眸看两人紧握的双手，掌心被男人手中的汗液打湿，触感黏腻。她倾身朝祁夏璟靠近，轻声问道："祁夏璟，你还好吗？"

"嗯？"像是终于反应过来他们还牵着手，祁夏璟放开她，又拿起面前卷起的湿毛巾，托着黎冬的手，细细擦拭她手中的汗渍，语气懒淡道："今天下午一个人在家做什么？"见他的笑容漫不经心，黎冬的心情却越发沉重。她能确定昨晚感受到的不安绝非错觉，没再回答男人问题，却道："你——"

"都见面这么久了，祁夏璟你小子别光顾着和弟妹说悄悄话啊，给咱正式介绍下弟妹呗！"于邮被对面小情侣的交头接耳腻歪到不行，用银筷敲两下瓷碗,"也给弟妹介绍下我和老陈,不然这饭还怎么吃啊?"祁夏璟放下毛巾,不紧不慢地掀起眼皮看人,轻启薄唇反问道:"她是我爱人,你还想听什么?"随即转头看向黎冬,言简意赅道:"对面两个,普通同事。"

"你这可就没意思了啊,兄弟同甘共苦七八年,到你嘴里,怎么好像路人甲似的?"不得不承认,于邮活跃气氛的能力确实强悍,四人进来时气氛还因为撞见颜茹犹如凝固,几个玩笑下来,彻底将话题引到三人的有趣往事上。

"刚在A国起步那会儿是真没钱啊!最窘迫的时候,我和老陈挤着一张床睡。祁夏璟嫌弃我们俩脚臭,宁可去实验室打地铺,也不肯和我们'同流合污'。后来终于有钱了,我们租了一间工作室,满心欢喜地搬进去,好家伙,隔音差得连对门的夜事都听得清清楚楚。哦,还有一次,祁夏璟为了谈合作非要上门找人,结果保镖根本不放我们进去。富人区附近的餐馆随便就几千刀,把我们三个卖了都没这些钱。你猜祁夏璟想了什么法子?"于邮神秘兮兮地看向黎冬,见她茫然就哈哈大笑,"他在路边找了个流浪汉问最近的救济点,领着我和老陈现场报名——因为志愿者都能领到一份免费午餐!"祁夏璟在旁笑骂:"还不是你非嚷嚷着要吃饭。"

"你以为谁都像你啊,三天三夜不吃不喝都赛神仙似的,我们可是凡人肉胎,好吧!"

后来连寡言少语的陈启都加入追忆话题,当年的艰苦对如今事业成功的三人,不过谈资而已。在场的只有黎冬笑不出来,在她的印象中,意气风发的少年永远高调恣意,一身铮铮傲骨该如寒冬松柏般屹立不倒,在最好的年纪里,该如夏日最炙热的烈阳,尽情燃烧,而不是那样,为了最基本的生计受尽委屈。

"怎么这个表情?"耳畔响起祁夏璟沉哑的声音。男人今晚喝了些酒,说话时带着淡淡的醉人酒气,唇边的笑容散漫,领口的衣扣敞着,颇有几分颓然的性感。见黎冬抿唇不说话,祁夏璟朝她凑近,低头同她咬耳朵:"嫌吵的话,我带你回去。"

"没有。"黎冬摇头,垂眸躲开对视,轻声低喊他名字,"祁夏璟,我好像错过了你很长一段人生。"如今他苦尽甘来,而她再也无法陪他走过最艰难的十年。"那十年没什么重要的。"祁夏璟温柔地抬手揉她的发顶,轻描淡写地道,"当个笑话听吧。"黎冬怔怔望着男人唇边的笑意。

"啧啧啧,看看祁夏璟这副信手拈来的撩妹模样,谁能想到他以前那副拒人千里的鬼样子?果然男人的嘴,骗人的鬼。"于邮举起杯,仰头一饮而尽,右手搭上陈启肩膀,话里带着几分醉意,"弟妹我和你说,以前向祁夏璟告白

第 14 章

375

的人可不要太多，什么样的美女没有？你猜他怎么说的？他信誓旦旦地告诉人家美女，"于邮没骨头似的瘫靠在椅子里，学着祁夏璟的模样挑眉，吊儿郎当地道，"'抱歉，我是单身主义者。'放屁你单身主义者！居然比我和老陈还先找到对象，有没有天理了？"

祁夏璟笑看对面愤愤不平的两人，骨节分明的手轻晃高脚杯，放至唇边轻抿一口，随即勾唇应下："怎么不能信？她不在时，我是单身主义者。她在时，我便是黎冬至上主义者。①"男人抬起眉，轻飘飘地反问，"有问题？"

"可以啊，兄弟！"于邮佩服地竖起大拇指，"情话一套一套的，你是真的可以。"祁夏璟风轻云淡地举杯回敬："过奖。"

席间又是一片欢声笑语，功成名就的三人笑谈过去往事。祁夏璟自始至终都是满不在乎地笑着。默默吃饭的黎冬只觉胸口闷堵，心上像是压着一块巨石，沉甸甸地不住往下坠。她终究还是匆匆起身，借口去洗手间，仓皇逃离包厢。

露天长廊外空无一人，凄清月色倒映在空地小池的清澈水面，波光粼粼。寒凉空气刺激肺部神经，倒是驱散些窒息的闷堵感。黎冬出神地望着天上月亮，思绪放空地靠着长廊的木柱子。

"黎小姐。"深埋记忆的陌生女声在耳畔响起。黎冬回眸看向长廊尽头的颜茹，就听女人礼貌而疏离地同她打招呼："好久不见。"时过境迁，黎冬再面对女人时，也不会是十年前的小心翼翼，微微点头："颜女士，你好。"

颜茹做事最讲效率，开口便直奔直害："你和祁夏璟在一起了，对吗？"

"是，我们在一起了，"黎冬口袋里的双手成拳，末了又添一句，"也不会再分手。"与人相争最忌讳自亮底牌，话出口的瞬间，她就知道这场角逐自己再难胜出。

"你就是把我哥哥抢走的人吗？"未等颜茹再开口，她身后的拐角处走出一名孩童，抬起单纯的黑眸直勾勾地望着她。八九岁的孩子什么都懂，穿着一眼便知价格不菲的西装，圆睁着黑白分明的眼，脆声问黎冬："你可以把我的哥哥还给我吗？"

"小宝。"见祁厦想要朝黎冬走去，颜茹皱眉忙将孩子拉回到身边，又爱怜地蹲下身，动作温柔亲昵地为祁厦整理衣领，轻声道："妈妈不是让你乖乖待在包厢里吗，为什么到处乱跑？"祁厦乖巧站定，笑容纯真，道："妈妈，我不想一个人和那些叔叔、阿姨待在一起，他们说话我都听不懂。"

"可这些你总要学会的。"颜茹揉揉男孩的头发，"小厦总有一天要长大的

---

① 化用自朱生豪"我是宋清如至上主义者"。

啊。"眼前母慈子孝的场景再完美不过，月色昏暗也难挡颜茹眼底的疼惜与宠溺。眼神永远骗不了人，黎冬清楚无比地在女人身上看到一种名为"母爱"的情感。

可这一刻，她只觉得讽刺无比，血液在这寒冬腊月中宛如凝固，手脚冰冷到没有知觉。不是说祁夏璟小学毕业前，见父母都只能通过视频电话？不是说他逃课就要在冬夜跪上一夜，就要亲手烧毁喜欢的娃娃吗？不是说孩子对他们来说，只是满足成就感的工具吗？

那她现在看到的，又是什么？这孩子取名为厦，夏上压着一个厂，又为何意？为什么要这样对祁夏璟呢？

"他不是你的孩子吗？"黎冬破碎颤抖的声音在死寂一片的走廊响起。她俯视着蹲下的颜茹，分不清她打战的牙关是因为寒冷还是愤怒。

"为什么要这样对他？"冲进眼眶的泪模糊视线，黎冬的话里甚至带上绝望哭腔，"你到底把他当什么啊？"她放在心口都只怕辜负的人，却被人当成垃圾一样随手丢弃，被人一声声"野狗"地呼来唤去，被背刺到伤痕累累，也只是风轻云淡地自嘲笑谈一句"当个笑话听吧"。

凭什么？

颜茹被她胡乱的指责问到沉默。鸦雀无声中，祁厦睁大纯净漂亮的眼睛，好奇地抬头问她："你要哭了吗？"黎冬垂眸看着五官和祁夏璟有着七八分相似的祁厦，平生第一次对不谙世事的孩子生出点儿恨意。

"黎小姐。"良久，颜茹略显艰涩的声音响起，她缓慢起身，人宛如瞬间苍老十岁，疲态明显，"你方便的话，我们可以找个时间，好好谈谈吗？"

"你想谈什么？"低沉沙哑的男声在身后响起，黎冬来不及收起眼中泪意，惊愕回头，四目相对时，她藏不住眼底的几分愤怒、几分悲凉。逆着凄清月光，祁夏璟迈着长腿径直越过她，站定在颜茹面前，面冷如霜。

男人居高临下地看着女人，张唇便是无尽嘲讽。"你特地带着替代品过来，是想做什么？耀武扬威，"话语有意停顿，祁夏璟勾唇凉凉一笑，字字清晰，"还是狗急跳墙？"

"祁夏璟！"颜茹脸色一白，扬眉厉声呵斥，"他是你弟弟！你怎么能这么说他？"或许小孩天生就对兄长亲近，祁厦在剑拔弩张中仰望祁夏璟，还抬手去拉他的衣袖，奶声地喊人："哥哥。"

亲昵的称呼才落下，男孩就被颜茹用力拽到身后。永远波澜不惊的女人眼里写满为人母亲的警惕，她在害怕祁夏璟会伤害她的宝贝儿子。祁夏璟一言不发地看着浑身防备的颜茹，半响忽地沉沉低笑出声，胸腔、肩膀都在颤动。

男人似是真的觉得好笑，连语调都不自觉上扬。"原来你颜茹，也会有软肋。"他的嘶哑低音如常般倦怠，一字一句无情撕毁黑夜的最后一丝平和，"怎么，是祁承凯到处撒种，你又生不出第三个，所以才把这个心肝宝贝看得这么紧？"不再是最初的"复刻品"，而是"心肝宝贝"，其实祁夏璟什么都懂，祁厦从来就不是他的替代品。他只是从未被爱过而已。事情就是这么简单。

黎冬站在男人背后，看不到他的表情，只觉得他后背绷紧，仿佛拉满的弓，再多用半分力气就会应声断裂。

"你叫'父亲'的人，可是口口声声叫我'野狗'。"祁夏璟漫不经心的声音响起，他双手插兜，不紧不慢地俯身看向颜茹身后的祁厦，残忍笑着，"叫我'哥哥'，那你又是什么东西？"

男孩愣愣盯着他眼睛，几秒后"哇"的一声大哭起来。一时间，嘹亮凄厉的哭声响彻整座山庄，足以让所有人清晰听见孩子的无辜。颜茹再也顾不上和祁夏璟吵架，再次蹲下身紧紧抱住祁厦安抚，嘴里一声声地喊着"小宝不哭"。作为在场唯一的恶人，祁夏璟只是冷漠地垂眸看着母子二人，无动于衷。

哭声很快惊动其他人，围观的人越来越多。黎冬看着背影僵硬而冷漠的祁夏璟，月光打落的身影孤寂而决绝。她的眼眶发热，走上前挡在男人面前，平视着颜茹，气息不稳地一字一顿道："你不配做他母亲。"随即她转身看向祁夏璟，伸手探进他的口袋里，用小手紧紧握住男人冰冷大手，用力拉着他头也不回地离开："我们走。"

再也不要回头。

两人回到包厢后，对刚才发生的事只字不提。于邮和陈启虽看出端倪，也十分默契地该吃吃该喝喝，没多问一句废话。

这顿接风宴结束得略显草率。于邮和陈启喝了酒，山庄负责叫车送两人回酒店，祁夏璟这边则由滴酒未沾的黎冬开车回去。晚上在盘山路上开车难免紧张，黎冬在驾驶座上背脊绷直地坐好，精神高度集中，生怕路上再出意外。

祁夏璟全程一言不发地坐在副驾驶座上，手撑着脸，面向窗外，起初是平静地看着灯红酒绿在眼前飞快倒退，到后来索性合上眼，薄唇自然抿直。

直到保时捷完好无损地开进地下停车场，一路沉寂的氛围终于被打破。

黎冬低头解开安全带，正想叫醒祁夏璟时，她以为熟睡的男人忽地出声问她："她今天和你说什么了？"

白墙背景下，透明车窗上映着祁夏璟平静的脸，五官深邃、棱角分明的面部宛如精雕细琢的艺术品。黎冬垂眸，思考几秒后轻声道："她问我，我们是不是已经在一起了，我回答她是的。"

她要不要说祁厦和颜茹的温馨互动和她质问颜茹不配为人母的那些话？她要不要亲手撕开伤疤，强迫祁夏璟面对血淋淋的事实——祁厦是在爱意的包围中长大的，至少被颜茹保护得很好？她要不要说，那个曾经困死祁夏璟十八年的原生家庭，从始至终，就只把他一人当成工具培养利用的事实？

"黎冬，看着我。"低沉沙哑的男声呼唤她姓名。黎冬抬眸对上祁夏璟深不见底的黑眸，被锐利目光刺中后细微地瑟缩一下。祁夏璟用漆黑的眸盯着她双眼，继续问道："就只有这些吗？"

半晌，黎冬点头："嗯，只有这些。"男人坐直，身体缓缓前倾，修长的手指轻抚上她左脸，掌心温热，可指尖却是微凉的，拂过她脸侧带起阵阵战栗。黎冬觉得呼吸都在发颤。

"阿黎，"祁夏璟又一次眷恋而深情地呢喃出声，薄唇爱怜地轻印在她双唇上，嘶哑的低声压抑着几分乞求，"这次你不会再骗我的，对不对？"

感受到对方强烈的不安，黎冬撑着车椅坐直身体，迎上祁夏璟欲落未落的唇，主动环住男人脖颈，生涩却虔诚地加深这个吻。察觉出她有话说，祁夏璟长臂一伸把她紧搂在怀里，抬手轻拍她的后背，耐心等她平稳呼吸。

"不要害怕。"黎冬依旧不会说安慰的话，更做不到亲手揭开他的伤疤，只能望进男人双眼，认真道，"这次我不会做那个放手的人。"她不知道这个答案能不能让祁夏璟满意。

"还有，"她抬手轻触男人薄唇，眼底闪过悲凉，"以后如果不是真的高兴，可不可以不要勉强自己笑？"谈起父母如何费尽心机害他，以及今晚面对颜茹时，漫不经心的笑容都是祁夏璟最完美的伪装，同时也是最称手的利器。

尖刀出鞘，刺伤敌人的同时，也将他自己捅得千疮百孔。黎冬不清楚原生家庭带来的阴影将伴随人一生多久，但至少希望在面对她时，祁夏璟不必再强颜欢笑。不算宽敞的封闭空间内，祁夏璟垂眸，长久地静静望着她。不知过了多久，他终于低头靠在黎冬纤瘦的肩膀，用有力的双臂紧紧环住她的细腰。良久，埋头在黎冬颈侧的男人低低道："阿黎。"

"我在。"

"她从来没叫过我小名，从来不让我叫'妈妈'，说这样的称呼太软弱。"

"嗯。"

"我从来不知道，她原来可以蹲下和她的孩子说话，也从来不知道，她原来能做到拥抱自己的孩子。"

"嗯。"

哪怕是祁夏璟，说起这些也困难艰涩。又是一阵窒息的沉默后，一道本能用于伪装的低笑声在车内响起,随即是男人嘶哑的声音:"我好像从来没有过家。"蓄满水汽的眼眶有大颗眼泪滴落,黎冬咬紧牙关不敢再出声。眼泪无声滑落,渗透进祁夏璟黑色的柔软毛衣。

这是祁夏璟第一次对她的情绪突变毫无察觉,男人再次用力将她抱紧怀中,如无助孩童般本能寻求温暖庇护,低低央求着:"阿黎,再多爱我一些吧。"他只有她了。

❄ 57

关掉吹风机,黎冬用毛巾擦着温热湿润的头发从浴室出来,看卧室一片空荡荡的。祁夏璟向来能将情绪快速收敛。他在停车场短暂地卸下防备,回家时又恢复如常,平静地洗过澡就去了客厅,甚至还能笑着陪罐头玩闹。

黎冬心中五味杂陈。虽说住在同一屋檐下,但两人都默认是分房睡。黎冬睡在卧室,祁夏璟就凑合睡在客厅的单人沙发床上。墙上钟表的表针走过晚上十一点,正是黎冬平时休息的时间。

见客厅已关了灯,她也熄了灯,在床上躺下,在黑夜中毫无睡意地看向天花板,缓慢眨眼。卧室房门敞着,却听不见客厅的任何声音,也不知沙发床上的男人睡着了没有。黎冬只知道她此刻睡不着,闭上眼,脑海便浮现长廊里颜茹刺眼的慈爱表情,耳畔满是祁厦的嘹亮哭声。窸窸窣窣的被子摩擦声响起,黎冬又在床上翻了个身,将额头抵在冰冷的墙上,也无法抚平她的烦躁。

五分钟后。

"阿黎?"沙哑低沉的男声在空寂的客厅响起,祁夏璟手臂枕着后脑勺,眯起桃花眼看不远处站定的纤瘦人影,撑着沙发坐起身,"睡不着?"

黎冬手里抱着枕头,闻言点头,心里祈祷发红的耳尖不会出卖她的羞赧。男人沉沉的笑声带着几分宠溺。祁夏璟掀开薄被,推开凑上前的罐头,拍拍身边的位置:"过来,一起睡。"

沙发床本不宽敞,祁夏璟一人睡都得收着四肢,现在还要再加一个黎冬。

黎冬停在沙发前考虑如何放枕头,祁夏璟却先一步抽走它放在旁边,长臂一伸搂住她的细腰,要黎冬枕着他胳膊睡。两人面对面侧躺,交织的呼吸难舍难分。黎冬睡在外侧,前额抵在男人滚热坚硬的胸膛,鼻尖满是令人心安的乌木沉香。恍惚间,分不清震耳的敲击声究竟是谁的心跳。

黑暗给她无限勇气,被褥里的她抬起手,埋脸的同时抱住男人瘦劲的腰,好像只有这样,心里的惶然才能被平息。随即有低沉的调侃声落在她耳边,祁

380

夏璟托着她后脑勺，低头落下温柔一吻："怎么突然撒娇？"

"没撒娇。"撒娇之类的形容同她木讷寡言的性格相差太多，黎冬拒不承认。她嫌闷，又抬头呼吸，闻见空气中丝丝的玫瑰香气，是家里阳台上倒挂的花卉散发出的。她想起母亲也晒干花卉用于泡茶，好奇地问道："你要用这些花瓣做什么呢，泡茶吗？"

"秘密。"祁夏璟的答案不变。黎冬听他故意卖关子便抿唇，半晌闷闷道："你好像对我有很多秘密。"

"那你呢？"祁夏璟笑着把玩她的柔软耳垂，轻重不一地揉捏着，倒打一耙式地回答，"你没有瞒着我的秘密吗？"黎冬在黑暗中沉吟片刻，不确定暗恋祁夏璟的事算不算秘密，就感觉身后的被子被一股力量拽着，是全程被冷落的罐头忍无可忍，急切地咬住薄被摇尾巴，也想要上床和抱抱。

不同于无情推开狗头的祁夏璟，黎冬对罐头向来有求必应。她转身抱住罐头安抚，亲了亲它的头顶，温声解释："床太小了，你不能上来。"罐头疑惑地歪头看她，几秒后，又欢快地在黎冬怀里扑腾。黎冬实在控制不了八十斤的金毛，只能后退。不知何时，软臀早已紧贴住男人。

"罐头，别闹了——"她正笑着躲开金毛亲吻，腰突然被扣住动弹不得，下一秒，耳垂倏地一痛。祁夏璟嘶哑干涩的低声响起："别乱动。"反应过来状况后，黎冬的大脑有片刻空白。感受着男人绷紧的手臂，黎冬的心口和呼吸都轻颤着，最终还是转过身，思绪滞停地问了个很蠢的问题："你还好吗？"她不敢抬头对视，鸵鸟似的又往祁夏璟怀里缩。在骤热加粗的呼吸声中，听男人从牙缝中一字一句咬出声："黎冬，你再乱动，之后的事我就概不负责了。"

漫长的几秒过去。

"可以的。"黎冬只觉得脸上阵阵发热，索性闭上眼，颤声道，"不负责也可以的。"话落的同一时刻，她的双唇就被无情封锁，男人不容拒绝的亲吻来势汹汹。骨节分明的手捏揉着她柔软纤细的腰肢，轻重缓急掌握得当，宛如正在弹奏一曲靡靡之音。黎冬很快便喘不过气，手脚发软地瘫在祁夏璟怀中，只觉得她的灵魂都要散开。

之后祁夏璟抱着黎冬去洗手间，怕人着凉，先用厚毛巾垫在大理石台上，再将女人稳稳放下。

黎冬愣愣看着清澈热水从指缝间流走。祁夏璟俯身轻吻在她唇角，声音沙哑，语气爱怜："手还酸吗？"黎冬眼尾泛起点点情欲的绯红，垂眸看着认真为她洗手的男人，半晌红着脸点点头。

祁夏璟用毛巾将她的葱白手指一根根擦干净，动作温柔，又替黎冬将大敞的领口理好，勾唇不紧不慢道："嗯，那下次你提醒我快一点儿。"

重点不是快一点儿，而是还有下次。黎冬自知上套，奈何手上软绵绵的没有力气，象征性泄愤地将头轻撞在祁夏璟肩膀，索性耍赖道："走不动了。"女人不自觉地撒娇，声音清哑绵软。祁夏璟从喉间哼出点儿宠溺笑意，抬起黎冬纤瘦的手臂挂在他脖子上，轻松将人抱回卧室，稳稳将人放在床上。

床面下陷，黎冬见男人抽出手像是要走，下意识抓住祁夏璟的衣袖，脱口而出道："要走吗？"话里浓浓的不安让祁夏璟有片刻愣怔。分明被丢弃的人是他，为什么黎冬看上去却这样难过？在黑暗中对上水雾盈盈的双眸，祁夏璟只觉心底一片柔软宁静。他抬起手，指关节轻扫过她吹弹可破的脸，低声道："要陪就不走。"黎冬顺势用脸轻蹭他手指，薄唇张合："不走。"

破天荒的，向来早起的黎冬第二日睡到十点才醒。一听见她翻身的声音，趴在床边的金毛就迫不及待地站起来，用舌头卖力地舔她的手掌。黎冬睡眼惺忪地坐起身，看着空荡荡的身侧出神几秒，要出声喊人时，余光瞥见床头柜上的便笺纸。纸面上是她熟悉的字体，笔锋苍劲有力。

宝宝：
　　白天有公事要忙，晚饭不在家吃，会尽快回来。
　　桌上是我做的早餐，厨艺不精，见谅。
　　最后和你说早安，醒来记得给我打电话。

——祁夏璟

黎冬垂眸看着"宝宝"的亲昵称呼，想起昨晚的荒唐就不由得耳尖发热。她起身去浴室洗漱，在镜子里看见自己颈侧满是牙印，下延直至锁骨位置。昨晚她反应不及，被抱上洗手台后又背对着镜子，哪里知道会被祁夏璟弄得这样糟糕。看来明天上班要穿高领的衣服了，黎冬在心中轻叹，去餐厅看祁夏璟亲手做的早餐——鸡蛋、培根和三明治，再配上牛奶，倒是一应俱全。至于味道嘛，只能说老天还是公平，在其他方面给祁夏璟开窗，也收回他在厨艺上的天赋。黎冬艰难咬着烤得梆硬的三明治，被苦味涩得微微皱眉，低头给祁夏璟打电话。

"醒了？"男人的沉声自听筒响起的同时，黎冬都没意识到自己眼睛微亮，柔声答道："醒了，在吃饭。"祁夏璟那边大概在忙，能隐隐听见于邮大声同人谈话的声音。

"罐头肠胃炎没好，不要让它吃早餐，尤其是盐分较高的培根。"

"好。"黎冬答应时，正好看见罐头好奇地凑过来，灵敏的狗鼻子在黢黑的培根上嗅探。几秒钟后它别过头，张大嘴伸出舌头响亮地干呕一声，瞪圆眼睛，恐惧地后退三步。

听力绝佳的祁夏璟警觉道："是傻狗的声音？它不舒服吗？"

"没……没有。"黎冬垂眸看着宛如炭烤出炉的鸡蛋和培根，果断地决定睁眼说瞎话，"它太馋非要吃，我不让，所以在发脾气。"

祁夏璟显然对他的厨艺有绝对信心，面对瞎话全盘接受。他又嘱咐一次晚上不回来吃饭，就被于邮、陈启匆匆叫走了。空荡的房间再度陷入沉静，黎冬尽力忽略直冲脑门的煳味。她默默吃完饭后，回卧房拿着电脑出来，窝在客厅沙发上继续写简历。上次的简单面谈后，即便她回复能接受协议，对方也迟迟没回信，不知道是不是因为她回复得太晚。

去S市果然比想象中难，内推虽是最快捷的方式，目前显然要行不通了，她就只能大海捞针地投递简历，总不能坐以待毙。

祁夏璟中午不回来吃饭，黎冬早饭又吃得晚，午饭随便用剩菜对付两口，余下时间就在专攻简历。写完后她挨家医院投递，同时打算周一再问问刘主任是否知道空缺的职位。以往周末时她都是自己待着，而祁夏璟不过才搬来两天，再不见人时，居然就已经生出想念。

黎冬无所事事地抱膝坐在沙发上，抬眸看向阳台，倒挂的玫瑰已消失不见，她后知后觉地想起祁夏璟晚饭不回来吃是为何事。沈初蔓在电话里和她说过，今晚徐老爷子要办酒宴庆祝出院，祁夏璟和祁家父母都会到场。想起昨晚男人紧绷的僵直背影，黎冬只觉得坐立不安，几次想打电话又放弃。

她没想到的是，比祁夏璟先回家的是周屿川。

"爸知道你和姓祁的旧情复燃了。"青年进来换鞋后，第一句话就直击要害，语气平静地传递噩耗，"他让你给他打电话。"

黎父不懂互联网，不代表他身边的人不会上网冲浪。黎冬和祁夏璟参演的医疗纪录片上线后频频上热搜，很快就有邻居认出来他们，告知黎明强。

邻居本是好意夸奖黎冬有出息。可黎明强越看综艺越觉得不对劲，为什么他见过的"夏医生"，在综艺里被人尊称成"祁副高"？

黎明强起初不肯相信，后来发现周红艳和周屿川居然都知道"夏医生"就是当年害黎冬名誉扫地、害他们家支离破碎的祁家小子，滔天怒火势不可当。在和周屿川的通话中，他就气得摔烂三只杯子。

纸包不住火，黎冬再清楚不过，祁夏璟的身份迟早会暴露。她在周屿川的注视下深吸口气，拿起手机给黎明强打视频电话。

第14章

迟早要坦白的。

"黎冬。"视频里男人苍老病态的脸黑沉沉的,黎明强对乖巧安静的女儿还抱有一丝希望,压着满腔怒火,道,"我不想骂你,你自己解释。"

"我没什么想解释的,事实就是您看到的那样。"黎冬直来直去的说话方式一成不变,她平静地看着怒发冲冠的父亲。"我和祁夏璟在高考前分手了,两个月前他来我们医院指导。现在我们是情侣身份。在这件事里我唯一需要道歉的,"她话语一顿,"是那次您来体检,我不想引起争端,隐瞒了他的身份。"

"你也知道你们高考前分手了?为什么分手,你自己心里没点儿数?"黎明强气得猛地重重一拍桌子,不顾周红艳在旁劝阻,破口大骂道,"我十年前没一巴掌把你打醒是不是!高中的事,你还有脸说——"

"我为什么没脸说?"事到如今不能再逃避,黎冬终于意识到时间无法消除偏见,直面愤怒的父亲,"那些污名,本就是别人强加的。"看着父亲因恨发红的眼,黎冬体会到小姑当年辩解的无力,"如果父亲宁可相信陌生人的臆断,也不愿意相信亲生女儿,那我无话可说。"

家人注定是大多数人一生的软肋,黎冬面对父母永远都在妥协。这是她第一次,也是唯一的正面反抗。连气势汹汹的黎明强都愣怔几秒,又用更高声吼她:"那你想没想过他家里人是怎么害我们家、害你小姑的——"

"所以呢?"祁夏璟的家人已成了黎冬不可碰的逆鳞,她甚至没意识到自己陡然拔高的音调让一旁周屿川的眼中都闪过讶异,"祁夏璟为什么要为祁家人做的事承担责任?因为当年的事情,他已经和祁家决裂整整十年。"她看向罕见的始终沉默的周红艳,"上次父亲来医院,全部的体检项目他都安排了最好的医生。他请人寸步不离守在你们身边,还去求昔日同窗特意跑一趟来给父亲看病——这些连我作为亲生女儿,扪心自问都做不到。"黎冬觉得自己像是不受控的脱缰野马,积攒的委屈、气愤都泄洪般轰塌喷涌:"你们还想要他怎么样?他到底还要做什么,你们才能满意呢?"说出去的话宛如泼出去的水,黎冬知道她或许言重了,埋怨的对象更是错上加错,滚到嘴边的话却怎么都停不下来。哪怕伤害已经造成,哪怕口头责备也于事无补,不论是面对颜茹,还是面对她的父母,她都要这样说,要这样质问——你们凭什么欺负他?

"凭什么?"

"凭我是你老子!"宫殿般金碧辉煌的徐家老宅,特用于宾客交流的包厢隔音极好,也让祁承凯为人父的优越感得以体现。港风的宽阔厅堂内灯火通明,主座上是刚出院不久的徐老爷子。祁承凯冷眼看着对面年轻的儿子,高高在上

384

道:"外面都在传我祁承凯的儿子为了个女人不回家,我可丢不起这人。"

背脊笔直的徐老爷子闻言沉吟片刻,不再一味附和,态度不明地道:"那女孩我见过,是个硬骨头,有脾气的,一点儿不怕人。"

"我不管你在外面找什么阿猫阿狗,也随便你在外面玩,但得趁早认错滚回来联姻。"祁承凯瞥了一眼身旁的颜茹,以及女人怀里八九岁还奶团子似的"废物",不满地皱眉,再度抬头看人,"以前的混账事,我可以既往不咎,该是你的还是你的——"

"你以为你在和谁说话?"随着高脚杯落在大理石台上发出的脆声,祁夏璟低沉的声音冷冷打断祁承凯的后半句。他深邃的桃花眼似笑非笑地看着对面一家三口,半晌勾唇,一针见血道:"是你在外面跟其他女人的私生子,还是旁边眼看着扶不起的阿斗?"祁夏璟用修长的指尖轻点在桌面上,见对面两人脸色皆是一僵,微微抬起眉,唇边的弧度扩大,一字一句道,"醒醒吧,现在是你求我。"

人终究不是产品,哪怕是堆砌了完全相同的教育资源和钱财,个体本身的差异注定了人类永远无法复制他人的人生。祁夏璟的成就无法复刻,这一点无论是颜茹还是祁承凯都无法否认——因为他们再也"实验"不出第二个如祁夏璟一般优秀的接班人。

"求你?"祁承凯闻言连连冷笑,"你以为你真有本事撼动祁家的根基?"

"我没记错的话,祁厦这几年参与了不少编程相关的比赛,也获得了不少奖项吧?很神奇的是,"祁夏璟从容不迫地弯唇笑着,"但凡他获奖的比赛,祁家都资助不少——你说,如果他在按照你们的计划申请藤校前,被爆出来成绩造假,还会有学校要他吗?如果这个孩子练废了,"长腿交叠,将双手平放腿面,祁夏璟以一副胜利者的姿态靠着椅背,微微一笑,"那么请问祁承凯先生,是打算让哪个私生子上位呢?"

他话是冲着祁承凯说的,目光却好整以暇地看着脸色发白的颜茹。祁厦年纪小且难当大任,祁承凯外室成群,全在虎视眈眈。从前祁夏璟的光芒让她高枕无忧,但事态早就今时不同往日。颜茹怀里抱着八九岁的单纯孩童,强作镇定:"我以为你有多大本事,也不过是利用你弟弟逼迫我们妥协。"

"怎么,这不是和二位学的吗?"祁夏璟深觉有趣,沉沉笑出声,右手懒懒撑着太阳穴,眼底一片冰凉,"十年前,你不就是用同样的方法逼她和我分手的吗?"

徐老爷子此刻实在听不下去了,左手重重拍在桌面:"祁夏璟,你怎么说话的?他们是你的父母!"

"你说我没本事撼动祁家根基,"祁夏璟不去理会徐老爷子的突然发难,语速不疾不徐,"但很凑巧的是,周时予的爷爷——周家老先生对生物医药这个领域也很感兴趣,需要我的人脉为他打开市场。"说到这儿,他转头笑看徐老爷子:"这些年徐榄帮我不少。如果他有意向,我不介意让徐家分一杯羹。"

生物医药作为全球近三十年最热门、盈利最可观的行业之一,高门槛让这个领域在国内的开发程度远不如国外。这也就意味着,越早打入市场,就越有机会抢得先机。

且不说三足鼎立的祁、徐、周三家都是靠地产发家,这几年都在向技术类新兴产业转型,单单是说祁夏璟在国内的金融中心S市早已打通人脉这一点,对三家都是无法拒绝的诱惑。徐老爷子知轻重,闻言果然不再多劝。

被亲生儿子威胁得屁都放不出一个,颜面扫地的祁承凯看着对面笑吟吟的祁夏璟只觉气急,抄起手边的高脚杯就猛地朝他脸上砸去,怒吼道:"为了一个女人和家里闹成这样!我祁承凯没有你这样的儿子!"

这话祁夏璟早就听厌,微微侧身便轻易躲开攻击,在玻璃器皿的破碎声中薄唇轻启,从喉咙里发出单字音节:"家?"话音满是讽刺。他居高临下地俯视自称他父亲的男人,唇边的笑意荡然无存:"我从来就没有过家——"话音未落,他丢在桌面的手机振动,余光瞥见熟悉的名字,男人寒凉如霜的黑眸泛起丝丝柔情。

"祁夏璟,"死寂一片的厅堂内,黎冬略显急促的声音自听筒响起,"你还在徐家老宅吗?"片刻诧异后,祁夏璟没纠结黎冬如何知道他行程的,和缓地道:"我在,阿黎。你还好吗?"

"我在老宅门口等你出来。祁夏璟,不要待在那里受委屈。"不知缘由,电话里女人的声音听上去那样难过,连尾音都轻轻颤着,语气却无比坚定,"我接你回去。我们一起回家,好不好?"

58

从沈初蔓那里问到地址,打车一路赶到徐家老宅前时,黎冬还没完全反应过来。同父亲的通话终以争吵收尾,黎明强性格强硬又固执,不然黎媛的事也不至于十多年都未解决。挂断电话,忙音自听筒响起的那一刻,黎冬坐立不安的情绪达到顶峰。她想见他,现在就要。思念不问缘由,却能叫人生出无底洞般的渴望,勇气与胆量在无限滋长。

天寒夜黑,卷席而过的凛冽寒风,沙沙作响地刮过她的脸,吹乱鬓角,带来几分生涩的刺痛。下车后,黎冬站定在宫殿一般的别墅草坪前,身上感觉到冷,抬手将衣服拢好。保安不许没有邀请函的人进去,将黎冬拦在门外,警惕地盯着面前纤瘦而衣着普通的年轻女人。

三层别墅气势恢宏,灯火自一扇扇落地窗倾泻而出。窗边人影绰绰,华服在身,倩影成双。童话般的梦幻场景美好到不真实,那是黎冬从未接触过也不曾了解的世界。她出门时走得急,抓了件羊毛披风就匆匆离开。垂眸看着身上内搭的常服时,她心底生出过片刻迷茫,却都被男人贴耳落下的低声打断。

"阿黎,"祁夏璟近来越发喜欢称呼她小名,"你还好吗?"那边的背景音嘈杂,隐隐能听见中年男子的怒吼声,显然正有一番争吵。黎冬抬起头,看向别墅二楼某间灯光大亮的透窗,不知道她的爱人是否在那里。凉风袭过,她的眼底发酸。

半晌,黎冬轻声道:"我接你回去,我们一起回家,好不好?"祁夏璟不问缘由,不问她如何会来,不问她为什么来——他什么都不问,只是在几秒后沉沉低笑出声,温柔应答:"好。我们回家。"

祁夏璟出现得比黎冬想象中要快上太多。男人今天穿着修身的高定西装,一身低调奢华的黑,在沉夜中却比辉煌的灯火还要耀眼百倍。身后的场景宛如被虚化,都因为祁夏璟的出现,沦落至黯然失色,只有他是真实的。

黎冬愣愣地仰着头,望着男人迈着长腿自大理石台阶而下,肩宽腰窄,心无旁骛地快步朝她走来,面带笑意。

"等很久了吗?"深冬寒风将熟悉的低声送到她耳边,下一秒便是西装外套落在她肩头,温热未退,能闻到独特而令人心安的乌木沉香。黎冬摇了摇头,任由祁夏璟替她整理衣服,最后抬手环住男人瘦劲的腰,轻声道:"我来接你回家。"

"好,"祁夏璟温柔地抚揉她后脑勺,不放心地问了一句,"今晚发生什么了?"

"没什么。"黎冬将人抱得更紧,绵软的声音仿佛下一秒就要消散在风中,"就是想让你知道,你不再是只身一人。这世上,一定会有人是只为你而来的。"

奇迹般地,去S市的事突然在周二有了转机。那天黎冬如往常一样去上班,上午问诊时突然收到S市一家三甲医院的面试通知。不仅如此,接下来短短两小时内,她又接连收到四五家医院的面试邀请。有家靠近郊区的小医院甚至直接告知她符合招聘条件,若有意向,可以直接约时间面谈薪资待遇。

机会来得猝不及防,有些措手不及的黎冬能确定并非她导师的作用,也不太可能是祁夏璟在暗中帮忙。那究竟是谁？

"黎医生，工作的事情请不要太担心，一定会是好结果的。"

不知为何，周时予不久前在病房前对她说的话毫无征兆地跳出脑海。以周家的影响力，替她要个面试机会再简单不过，所以，是周时予吗？

"黎医生，快别发呆啦。"此时忙碌的办公室里，杨丽边补妆边催促道，"马上要下去拍照了，我们赶紧走吧。"说着她匆匆打量小圆镜里的自己，抬头问跟拍小于的意见："我这唇色不会太艳吧？"

"怎么会？烂番茄色永不翻车。"小于笑嘻嘻地竖起大拇指，又转头看向黎冬，皱着脸佯装带着哭腔说，"黎姐，拍摄结束后，我还能来找你玩吗？"

眨眼间，综艺录制时间快满两个月了，拍摄即将结束，这几天黎冬明显能感觉到安装在医院角落的摄像头都减少了许多。

小于跟她关系算是熟稔，黎冬也有几分感慨，柔声安抚道："可以的。"

"我听陈哥说还能拍个十天左右，"小于一双黑眼滴溜转，忽地想起什么，又问，"姐，你生日是冬至，12月22号吧，应该能赶上给你庆祝吧？"

黎冬闻言微愣，她向来没仪式感，也不过生日，往年都是家人打电话祝福，外加沈初蔓会给她寄礼物。身边没几个同事知道她的生日。

小于笑眯眯地解释，生日是录制前看她的资料得知的。黎冬刚想说不必庆祝，旁边终于补妆完毕的杨丽就再次催促二人动身。三人往合照的一楼大厅走。到达时，同科室的医生、护士早到得差不多了，正在调整站位。

虽说合照是为了节目宣传才拍的，但基本的规矩不能坏，得是主任站在最中心，接着是副主任及往下的医生。几个年轻的姑娘、小伙好出风头，在第一排蹲下后就尽可能往中间蹭。黎冬则对拍照没兴趣，默默往最旁边站。

"小祁站中间吧，毕竟也是我们胸外的门面了。"相比于第一排往前凑的年轻人，后排中间的"老资历"们倒是谦让。刘主任旁边的陈副主任笑呵呵地让位，不在意这些："这时候不站中间，可真是浪费你一张俊脸咯。"旁边几位老人跟着哈哈大笑，刘主任主动招手让祁夏璟过去，笑道："你小子偷着乐吧。"高瘦的男人在人群中鹤立鸡群，被众人催促着往中间站也兴致不高，表情倦怠，双手插兜。

眼前的场景和黎冬的某段记忆重叠，大片的阳光自穹顶透明的玻璃窗洒落在祁夏璟的发顶、肩头时，她久违地想起十三年前那个炎炎夏日。空气燥热，蝉鸣不绝，来乡镇体验生活的少爷、小姐们即将离开，有人便提议拍照留念。

众星捧月的少年被簇拥在人群中心，对拍照全无兴趣，便全程冷着脸。直到快门被按下的瞬间，他才勉强给点儿面子，懒懒掀起眼皮。他浑然不知在

388

无人知晓的角落里，有个安静清瘦的女孩从始至终只顾着看他，全然忘记看镜头，满心满眼只有意气风发的少年。多年后，仍是他们。

幸运如她，依旧能远远站在人群外看他。黎冬弯眉，眼底浮现笑意时，就听人群中传来躁动，随后听见有人不解地出声道："哎！小祁你怎么要走？"众目睽睽中，黎冬看着挺拔落拓的男人目不斜视地朝她走来，桃花眼中沾染点点笑意。

"阿黎。"这是祁夏璟第一次在医院这样亲昵喊她。男人站定时，打落的身影将她包裹其中，低音沉沉落在她耳畔："我们还没有拍过合照。"

周围此起彼伏地响起起哄声。黎冬望进祁夏璟深邃含笑的眼，看他陪她站在角落，温柔地牵起她的手。那年酷暑仲夏，她在无人知晓处只远远望他一眼，便满心欢喜。如今严寒深冬，他在众人注视中，只坚定不移地朝她一人走来。黎冬垂眸眨眼，压下眼眶泛起的热意，随即感觉右手被男人轻轻捏了一下。

摄影师已在让众人摆姿势。倒数到一时，有人轻搂过她的肩膀，将她拥入怀中。"你说过这世上，一定会有人是只为你而来的。"在熟悉的独特气味中，黎冬听见祁夏璟磁性的低音在耳畔落下，"阿黎，希望我没有让你等太久。"

自上周急性肠胃炎后，黎冬怕罐头出门再受寒，之后的几天都没怎么带金毛出门。难得今天天气回暖，她又不用值班，准时下班后随便吃了点儿，准备带罐头出门运动一下。上周末为了方便搬家，祁夏璟将罐头的所有东西都塞到一起带过来，现在衣服、玩具和牵引绳都堆在客厅角落的纸箱里。祁夏璟今晚有手术，回家会很晚，又不是涉及个人隐私的物品，黎冬没提前问，直接去翻纸箱，拿出一件洗净的外套想给罐头穿上。

做彩超时剪掉的腹部的毛还没完全长回来，罐头倒地露出肚皮时，黎冬隐隐还能看见它腹上的三道疤痕。黎冬用指尖轻拂过旧伤，不禁皱眉，总觉得这伤有些熟悉——不是因为曾经见过，而是因为她早知道这里有伤。

被胡思乱想荒唐到，黎冬笑着摇一摇头，转身继续去翻找牵引绳，想给罐头系上："这个也不喜欢吗？"知道有人惯着它，罐头在黎冬面前总有些娇气，牵引绳选了几条都不满意，大脑袋疯狂左右摇晃。

黎冬无奈，低头继续翻找压箱底的绳子，有一条算一条都拽出来。翻找中，指尖碰到一块冰冷触感的椭圆金属片，她愣了一下，将它拽出来，连着的绳子并不长。

黎冬将绳子放在罐头颈边比试长度，发现长度不够。刻有图案的椭圆金属片表面起了锈，这一条挂绳像极了小时候给幼犬佩戴的脖环，长大后不能再

第 14 章

用了。

　　黎冬正要将挂绳收起来，却在看清金属片上的模糊图案时，手上动作猛地一顿。她认得这个图案，她不仅认得这图案，还记得第一次看见印有这个图案的泛黄牌子的地方——距离三中不过几百米的宠物店。

　　不少宠物店在出售宠物后，会象征性地赠予宠物的新主人一条脖环。所以，罐头是在学校门口的宠物店买的吗？黎冬的掌心一片濡湿，大脑飞速运转，假设年过十岁的罐头购于那家宠物店，而她手中挂绳的长度一看就是给幼年犬用的，再加上祁夏璟那年夏天就早早离开国内——罐头是在他们分手不久后买的吗？还有那三道熟悉无比却怎么都想不起原因的疤痕——

　　　　我能问问，你养狗的原因吗？
　　　　没什么原因，被骗了而已。

　　　　你还记得吗？我们读书的时候，这家宠物店就开在这里了。
　　　　十年都没倒闭，大概率是黑店。

　　"这位小姐，你自己也说了是十年前买的狗。我们就是一个小宠物店，怎么可能会留十年前的购买记录啊？"半小时后的宠物店里，两鬓斑白的老板不耐烦地看着黎冬，挥手要她赶紧走，"没事别打扰我做生意，快走快走。"

　　老板没换人，就连店里的陈设都和十年前相差不多。两侧货架上摆满狗粮、玩具和小衣服，只是换了用于展示售卖的小狗小猫的柜子。

　　黎冬转身从货架上拿起三袋罐头平日吃的狗粮，放在结账台上，再次将金属片往前递给老板，指着上面刻印的编号："您帮我查一下吧！"她声音恳切，出门时匆忙得连外套都忘记穿，这时正冷得尾音轻颤，"拜托您了。"

　　某个荒诞的念头在黎冬心头疯狂滋长，罐头最终还是被她丢在家里，而手里这条旧绳，已经被她攥到发皱。

　　真的是巧吗？罐头腹部过于熟悉的疤痕，从初次见面，就对她展示出的异常亲近，以及祁夏璟说起罐头的前主人时，总是闭口不愿多谈的模样……

　　"行吧行吧。"见她拿的是最贵的进口狗粮，老板斜眼瞥了一眼吊牌，勉强哼了声，唠唠叨叨地接过来输入编号，"事先声明啊，你这狗都买十年了，再出任何问题可赖不着我啊——"哔的机械声响起，黎冬的神经瞬间紧绷，匆忙去看电脑屏幕上显示的信息。看清后，她只觉得大脑里有什么东西轰然倒塌。屏幕上都是最简单的字，连在一起她却好像读不懂。品种那一栏写着"无"，服务项目是"寄养"与"购买"。购买日期，恰好是他们分手的第四天。那时她已不住在筒子楼，同父母回老家休养，彻底与祁夏璟断绝来往。

祁夏璟推门走进玄关处时，见安寂无声的家里几近漆黑一片，眼底闪过意外。和习惯身处黑暗环境的他不同，黎冬家里总是明亮而温暖的。鹅黄色的暖光落在身上，仿佛自带热度，最容易让人贪恋和上瘾。现在整间屋子却是冰冷、昏暗的，唯一的光亮是客厅正播放电影的电视机屏幕发出的。

纤瘦的人蜷着身体抱膝坐在沙发上，只露出小半张脸，目视前方，不怕冷似的光着脚。像是没听见关门声，女人只盯着面前的电视机，神情怔怔的。

> 我们分手的那一天是愚人节，所以我一直当他是开玩笑，我愿意让他这个玩笑维持一个月。
> 从分手那一天开始，我每天都会买一罐5月1号到期的凤梨罐头。因为凤梨是阿May最爱吃的东西，而5月1号是我的生日。
> 我告诉我自己，当我买满30罐的时候，他如果还不回来，这一段感情就会过期。①

熟悉的台词清晰响起。祁夏璟抱着怀中的物品，侧目去看电视机上演员英俊却沧桑的脸。画面里的男人狼吞虎咽地艰难吃着一盒凤梨罐头，手边是小山堆似的空罐。随着画面继续，久违的记忆接踵而来。

> 不知道从什么时候开始，在每个东西上面都有一个日子。秋刀鱼会过期，肉酱也会过期，连保鲜纸都会过期。
> 我开始怀疑，在这个世界上，还有什么东西是不会过期的？②

"阿黎。"

"当时你买罐头的时候，在想什么？"问题来得毫无征兆。黎冬仍表情平静地缩在沙发上抱着双膝，黑暗中的侧颜令人辨不清表情，只是微哑的声音暴露了她此刻的酸涩情绪。

祁夏璟走到客厅中央，将黑丝绒布包裹的物体轻放在沙发旁边。他垂眸看向茶几上老旧的挂牌，以及墙边突然多出来的几袋狗粮，无奈地轻叹，终归还

---

① 引用自王家卫执导的电影《重庆森林》。
② 同上。

是让她知道了。

男人脱下身上的黑色大衣，屈着长腿在黎冬面前蹲下，用仍有余温的衣服包住她的脚以防她受凉。男人抬眸对上她湿漉漉的眼，沉声和电影同步念出台词："如果记忆也是一个罐头的话，我希望这个罐头不会过期，阿黎。"祁夏璟抬手轻揉她顺滑的发顶，看了一眼不亦乐乎咬着他裤脚的金毛，不那么客气地拍了拍狗脑袋，勾唇笑着："我说过，我运气很好。"他的罐头，同样也是她最爱的罐头，直到现在也没有过期。

黎冬抬手拽住他的衣袖，刨根问底地追问道："十年前，宠物店的老板肯收下罐头，根本不是我运气好，对不对？"罐头不是纯种金毛。它是黎冬在高三放学时，意外在学校附近的废楼周围捡到的受伤小狗。

小金毛浑身是血，十分吓人。那时讨厌狗的祁夏璟为了不让她身上沾血，就用自己的外套将小狗包住送到附近的宠物店。拜托老板送医治好后，足月大的小金毛就此被寄养在宠物店。

她一直觉得罐头腹部的伤眼熟，却想不起她见过类似的血腥画面，可事实是那日抱狗的人是祁夏璟。她一直以为是老板人心善，愿意收养无家可归的弃犬，可事实是祁夏璟不知花了多少钱才把罐头寄养在宠物店，直到后来他买下罐头那天。她一直以为祁夏璟会很快忘记她，回归他原本的璀璨人生，可事实是祁夏璟在买狗后找不到她人，往后三天无数次跑回宠物店，连家都没回，所以总穿着同一件衣服。

文身、祈福、养狗，祁夏璟在这十年里用尽办法，只为了让她不要彻底消失在他的生活中——哪怕希望再渺茫。黎冬的眼底一片湿热，即便她早已知道答案，还是坚持要问："罐头就是当年的小金毛，对不对？"

"对。"从来居高临下的男人仰头看着她，语调温柔和缓，徐徐道来那过往的故事，"当时我就在想，你这么喜欢这条傻狗，就算你不要我，也不会不要你最心爱的小狗吧？"祁夏璟的唇边漾着淡淡笑意，只是沙哑的声音听着有几分无奈与苦涩，"你看，事实证明，我也有失算的时候。"伤痛永远会是伤痛，黎冬想，祁夏璟哪怕能再平静地笑着说出这些过往，也一定是委屈的。这十年，她欠他太多道歉。

黑暗中，她抬手捧着祁夏璟的脸，歉然而虔诚地俯身亲吻他微凉的薄唇，低低道："对不起。"回应她的是男人强势而温柔的亲吻。祁夏璟撑着沙发缓慢起身，托着黎冬柔软纤细的腰肢俯身一点点压下去，无声地掌控所有主动权。一时间，情动暧昧的亲吻声响起，夹杂着沾染几分痛苦的欢愉轻吟。

当后背抵在坚硬冰冷的物体上时，黎冬被陌生的触感惊得找回几分理智，气喘吁吁地偏头结束这个绵长的深吻。这时撑在她上方的祁夏璟已经掀开包裹用的黑绒布，露出里面巨大的木质相框。

透明的玻璃下，静静躺着那束校庆当日黎冬匆匆购置的厄瓜多尔玫瑰。

花瓣的颜色是温柔的红豆沙色，向内层层瓣瓣晕染成粉白，被挑去花刺的枝条根部有用绒丝带系成的漂亮蝴蝶结。除却花瓣较那日略显干瘪，玫瑰在几日过去后，瑰丽姿容分毫不减，大朵大朵尽力绽放着，甚至多出几分历经沧桑的厚重质感。黎冬发愣地看着相框中的干花，久久说不出话。

她倏地想起祁夏璟这几日又是将花倒挂在阳台，又是在半夜偷偷忙碌，问起来却总说是秘密。良久，她终于从美到令人心颤的花束中抽神，攥着男人的衣袖，紧张地轻声问道："这是送给我的吗？"

"嗯，送给你的。"身后的电影继续播放着，背景音与人声源源不断地响起，但祁夏璟却不再，也从未探究背后他人的故事结局。他只要同她在一起。他用手臂搂着她的腰，将人稳稳抱在怀中，震耳心跳与交缠呼吸难舍难分。

祁夏璟用额头抵着黎冬温热的前额，低声道："或许罐头会过期，甚至随着年岁渐长，人的记忆也会模糊不清，但我对你的爱不会。阿黎，我爱你，比你以为的要多很多。"

亲吻大概是世上最可怕的成瘾物，如何体验都永远不够。祁夏璟低头，再次吻上黎冬微张的红唇，接着身体后退半寸，久久欣赏着她怀中绽放的玫瑰，愿眼前画面能永生刻印在他脑海，被深埋骨血。

"你是我长盛不衰的玫瑰。世间唯一，永不凋零。"

第 15 章
不过如此

❄ 59

　　玫瑰最终被放置在卧室。倒不是黎冬爱不释手，是罐头对封印在相框里的干花表现出莫大的兴趣，整晚趴在玻璃上看，黑豆似的眼珠滴溜溜地转。晚上睡觉时，两主人要回卧室，金毛先是屁颠颠跟上，见新欢大相框还孤零零地留在沙发上，舍不得它寂寞，就立刻摊开肚皮躺下，在黎冬脚边撒娇。

　　黎冬本就宠它，今晚得知罐头就是那年她和祁夏璟救下的小狗，更没法拒绝它的任何要求。不仅把相框搬到卧室的懒人沙发旁，还不忘把狗窝带过去。等祁夏璟洗完澡出来，就见到满卧室都是罐头的东西。黎冬则蹲在地上陪它玩，满脸写着溺爱——人不如狗的情势越发明显。

　　直到关了灯，两人在床上躺下，黎冬仍侧身去看扒着相框打呼的金毛，头枕在祁夏璟手臂，轻声道："当初捡到罐头的时候，它才那么一大点儿。"

　　祁夏璟心不在焉地沉沉"嗯"了声，虚虚将人搂着，薄唇贴着她的后颈："吃得多，自然长得快。"

　　"第一次抱它的时候，你就总嫌弃它。"黎冬没留意某人不安分的手，转身对上男人黝黑双眸，勾唇道，"难怪它到现在还总咬你裤脚。"原先没注意，这几天她帮着祁夏璟收过几次洗净的裤子，发现条条裤脚上都少不了牙印，一看就是罐头的杰作。

　　"阿黎。"他在黑暗中对上女人澄净透亮的水眸，其中满是不谙世事的纯澈。他黑眸微沉，手臂用力扣着她的细腰，薄唇贴在她耳侧，低声呢喃："你打算一整晚都聊这些吗？"

"黎医生所说的道谢，"五楼病房里，恢复得十有八九的周时予将书放在床头柜上，转头温和地笑着看向黎冬，"指的是S市几家医院的面试机会吗？"封闭空间里再无他人，黎冬点点头："我已经收到几家医院的面试通知。"

昨天周时予在做出院前最后的身体检查，黎冬白天不好打扰，晚上又有事要忙，道谢的事只能推至今天。她和导师确认过后，能肯定"天降好运"的机会是周家给的。论专业能力她对自己很有信心，缺的只是一个展现的机会而已。

"举手之劳。"经过一个多月的休养，周时予脸上的病气消散，肤色不再羸弱苍白，笑容仍旧令人如沐春风，"再说，这份情谊早就该偿还给黎医生，终于找到机会而已。"少年身上有不符年龄的沉稳气度，哪怕仰头笑着同她说话，黎冬作为年长者也能感到隐隐的压迫感。周时予身后是周家，她不想掺和进权力纠纷，也不敢怠慢对方的好意："那就辛苦你替我向周老爷子传达谢意。"

"一定。"

两人能聊的话题不多，没多久黎冬便准备离开。她起身时，余光瞥见少年枕头下藏起的物品。虽只能看到一角，但熟悉的样式也让黎冬一眼认出那东西是盛穗赠予的平安袋。关于周时迟迟不肯出院的原因，她这段时间听过太多说法。她离去的脚步微顿，轻声道："你等到她了吗？"

"会有这样一天的。"沉着的少年温声应答。层层叠叠的光圈打落在他白到几近透明的皮肤，整个人宛若自带圣光。提起不过一面之缘的女孩，少年清俊的眉眼微弯，半晌薄唇轻启："我和她还有很多时间，不是吗？"

黎冬离开病房的时间正好赶上午休。她没让跟拍小于同来，准备打电话和几日不见的沈初蔓约饭时，口袋里的手机率先响起，是黎媛打来的电话。

"冬冬，你和夏璟的事让大哥知道了吗？"女人在电话里的语气满是担忧，急匆匆问道，"大哥有没有骂你？"说完又不住自责道，"是小姑连累了你。"

"没事，我们迟早要面对这件事的，和小姑没有关系。"父女俩周末晚上吵过架后，黎明强就再没打来电话，周红艳也迟迟不表态。黎冬琢磨不清父母的打算，只能以沉默应对。

"这次幸好有小川出面调解。"黎媛心事重重地叹着气，怅然道，"刚才我打电话给嫂子，听说大哥今天终于不摔东西了，真怕他身体又气坏了。"

周屿川出面调解？他不是周日晚来自己家时才和祁夏璟发生了口角吗？黎

冬皱眉，边往办公室走边不解地问道："小姑说的出面调解，指的是……"话音未落，正等候在她办公室前的高瘦青年，让未出口的提问自然有了答案。

周屿川一身简约的白衬衫、黑长裤，挺拔落拓的身材在人群中无比惹眼。他背着黑色电脑包靠墙等候，微垂着头，额前碎发遮挡眉眼，单单是棱角分明的侧脸就让人感到疏离。他面前站着短发及肩的年轻女生，一双小鹿般的圆眼，长相明媚，此时正鼓足勇气想说话："请问，可以留个联系方式——"

"抱歉。"周屿川冷漠拒绝，双手插兜，面无表情地道，"我拒绝。"青年说完，长腿几步走到黎冬身边，将手里袋子递过去："妈让我给你带的茶。"黎冬抿唇，接过东西，拧眉检查他的脸，见没有伤痕，终于松了一口气。

她挂断电话，将袋子放回办公室后，带周屿川去食堂吃午饭。父亲的性格黎冬再了解不过，对她还算温和，而周屿川自小到大只要不听话，就难逃被揍。

周屿川的出现引起不少注意，两人面对面坐下吃饭时，黎冬能频频感到好奇的打量目光。"下次别这么冲动了，"知道周屿川是好意，黎冬也不想对方因她挨骂，"这件事，我自己会想办法——"

"父亲答应我不会再插手你和祁夏璟的事。"周屿川平静打断，不紧不慢地夹菜放进嘴里，然后才面无表情地抬头，看向满面诧异的黎冬，"如果你认定是他，就可以是他。"周日吵到不可开交的场面还历历在目，黎冬无论如何都想不通黎明强怎么会同意不插手，而周屿川明显不愿多谈其中的细节，始终是波澜不惊的语调："以及，之后我会留在 H 市。爸妈那边我会照顾，你不需要有任何顾虑。"

坐在角落里的青年放下筷子，语气淡淡却无比认真，让黎冬恍然生出几分酸涩的陌生感。"姐，去做你想做的事情吧。想去的城市也好，喜欢的人也好，未了的心愿也好，只要是你喜欢的，什么都可以。"面前小她三岁的青年，身量早就高过她半个头，却仍旧被她当成孩子。可就在刚才，在周屿川安静地望进她双眼时，黎冬后知后觉地觉察到那个曾经打雷都要躲进她怀里哭的弟弟，早就成长为独当一面的成年人。眼底发热，黎冬发现她最近越发感性，抬手去揉周屿川的脑袋："会不会觉得委屈？"

周屿川默不作声地低头，方便她弄乱发型，半晌轻声道："我希望姐能过得幸福。"话说完没多久，青年抬眼时，余光不知瞥见什么，眼底的温热退去，只见一片冰凉，放下筷子嫌弃地轻喷出声。黎冬问他："怎么了？"

"有脏东西过来了。"

黎冬疑惑地回头，就见周屿川口中的"脏东西"走过来，抬手揉她的后脑勺,随后目光转移,似笑非笑地瞧着对面青年:"小舅子中午特地跑来,有事?"

水火不容的两人共处,空间里就满是火药味。黎冬连忙拉了下祁夏璟的衣袖,见四周座位都没人才仰头轻声道:"他才为了我们的事情回去和爸爸吵架,你今天别和他争了。"

周屿川为了他跟黎冬的事和黎明强吵架?祁夏璟稍显意外地抬起眉,和周屿川的恶劣关系让他说不出什么好话:"嘴里说讨厌,背地却维护——小屁孩,原来你是傲娇?"周屿川脸色冷得仿佛要掉冰碴子,努力忽略旁边的"脏东西",只是看向黎冬:"世上有三十五亿男的,一定要找这个老东西?"

黎冬嘴角抽搐两下,点了点头。彻底没了胃口的周屿川端起餐盘起身,道别的话也懒得说,只是在经过祁夏璟时,脚步微顿:"你听到了,她说要选择你,祁夏璟。"这是周屿川为数不多直呼男人姓名的时刻。他漆黑的目光停在对方脸上,用只有两人能听清的音量,一字一句道:"如果你对不起我姐,我一定弄死你,能听懂吗?"祁夏璟平视面前的青年,眼底散漫笑意不见踪影,半响沉沉道:"不用你多废话。"

"你们两个还好吗?"目送着周屿川的背影消失,再不用担心两人当众打架的黎冬终于松了一口气。祁夏璟在她对面坐下,男人衣着整洁,身穿白大褂,连衣扣都一丝不苟地扣到最上面。桃花眼自带几分漫不经心的浅笑,浑身透出斯文败类的禁欲感。不知是有心还是无意,平日拿手术刀几小时都四平八稳的人,偏偏给黎冬倒水时,将水洒了出来。顺着他骨节分明的手指,晶莹的水滴源源不断地流下。

祁夏璟垂眸,倏地沉沉出声:"啊,对不起。"

"咳咳咳。"猝不及防的回忆袭来,黎冬半口饭堵在嗓子眼呛咳出声。下一秒就见沾水的手伸过来,掌心里握着杯子。指尖还在滴答落水,祁夏璟却全然不在乎,另一只手撑着脸,好整以暇地笑望着黎冬:"宝宝,要不要尝尝?"

黎冬再次震惊于祁夏璟如此自然的流氓发言。见她接过水杯却不搭腔,祁夏璟也收敛些笑意,若有所思地垂眸看黎冬埋头吃饭,半响出声:"伯父什么时候知道了我们的事情?"

"上周末。"以周屿川的性格,事成前不会乱说,黎冬虽不知道他用了什么办法,心中大石也彻底放下,道,"父亲因为小姑的事,一直对祁家、对你有偏见,再加上我们高中的事情——"她抬眸对上男人深邃双眸,忽地反应过来男人为什么问,音量逐渐减弱,"不是故意瞒着你这些,对不起。"

她只是不想让祁夏璟再为这些事烦忧,只是想力所能及地为这段来之不易的关系，再多承担一些责任。

"阿黎，不用道歉。"祁夏璟沉沉柔声道，"我只是希望，不管你下次遇到多小的事，不论喜怒哀乐，我都是你唯一的分享者。我知道，这对你和我来说都并非易事，但至少我们该向这个方向努力，对吗？"

黎冬定定望进男人深邃的眼。算上不久前她发烧时那次，这是祁夏璟第二次认真提出，希望她不要把全部重担独自扛下。

"好。"她点头应答，思绪回到这段时间找工作的经历，不再犹豫地决定坦白，"今晚我要值班。明晚我们找个时间好好聊聊，可以吗？"祁夏璟眼底有讶异闪过，用仍湿着的手捏她脸，觉着稀奇："今天怎么突然这么听话？"

"你每次说的话，我都认真地听进心里。"黎冬不满皱眉，被湿漉漉的手摸脸，糟糕的夜间记忆又浮上心头，边避开边轻声抱怨着，"能不能不用手这样摸我？"

"不喜欢？"祁夏璟意外抬眉，懒散地笑起来，没个正形。

简直没法和这人说话！

两人简单吃过饭后同行回楼上。黎冬需要祁夏璟手里的一份资料，索性就跟着他一起去他的办公室。独立办公室在走廊尽头。经过其他办公室门前时，其中一间紧闭的房门打开，先后走出一男一女。

"冬冬？"沈初蔓的声音沙哑异常。黎冬闻声不由得皱眉，困惑地看向几日不见的闺密。沈初蔓不再穿着她熟悉的贴身短裙，而是破天荒地穿着过分宽松的外衣和松垮垮的裤子，款式一眼就知属于男人。

毕竟有相关经验，黎冬瞬间想到她高烧那晚睡在祁夏璟家，第二日醒来，就只能凑合穿男人的衣服。可现在青天白日、阳光正好的，沈初蔓为什么要穿徐榄的衣服，还反常地关上办公室的门……

"徐榄，这周第六条裙子了，你自己好好反省一下吧。"沈初蔓将手里的袋子塞进面带微笑的徐榄怀里，懒得去管祁夏璟，不由分说地拉过黎冬就走。细高跟急匆匆地踩在瓷砖地上，发出清脆声响。黎冬被沈初蔓一路拽去无人拐角处，轻声道："蔓蔓，你脖子上都是吻痕，要不要先遮一下。"

"我和徐榄没在一起。"沈初蔓转身后的第一句就是否认。在黎冬短暂的沉默中，她自觉出几分不打自招，精致的小脸垮着："好吧，我承认，可能是睡出了那么一点儿感情。但也只有一点儿！"话落她立刻狡辩，伸出食指、中指，只留下窄窄一道缝隙，怕黎冬不懂，还哼了一声，解释道："你肯定懂的啊，睡了之后就会对他的肉体有那么一点点留恋嘛！"在闺密的殷切注视中，黎冬沉默几秒，缓慢摇头道："对不起，我不太懂。"

398

"你们都在一起多久了?"沈初蔓不可置信地瞪大眼睛,惊呼出声,"不会是祁夏璟不行吧?"

黎冬从未和人讨论过这些,眼神茫然。就见同样单身十年的沈初蔓煞有介事地清清嗓子,板着脸,压低声音问她:"你和姓祁的至今做的最过火的事,是什么?"黎冬心中无奈,本不想回答,却被沈初蔓缠得紧。对方以为她是害羞,还要先大方分享跟徐榄之间的细节,黎冬连忙出声阻止。

妆容精致的女人穿着肥大的男式衣服,捏着下巴苦思冥想,眯着眼睛仔细将黎冬从上到下打量一遍,几秒后恍然大悟。"我明白了。以我的经验来看,"沈初蔓颇有经验地道,"要么是他不行,要么是缺少刺激。"

"其实——"黎冬正要解释,对面的沈初蔓已经不多废话一把将她抱住,以手为尺,不亦乐乎地在各个位置丈量尺寸。这套流程画面感太强,黎冬疑惑道:"你要给我做衣服?"

"宝贝你放心,检验的事交给我,"一时间,沈初蔓脑海闪过无数想法,心中感叹艺术灵感果然来源于生活,爽快地打了个响指,"你不是下周过生日嘛,我已经想好要送什么了。"哼哼,在刺激视觉的设计上,她还从来没令人失望过一次呢!

❄ 60

值班当晚并不忙,闲暇下来的黎冬就待在值班室里,思考明晚该如何跟祁夏璟说去S市工作的事。习惯成年人世界里的自我判断,久而久之,坦白成了件不太容易的事。不过就像祁夏璟说的那样,即便再难,她总要为了更久的将来努力尝试。黎冬仍旧表述困难,只能效仿上次失败的表白,把想说的话写在纸上。她提起笔,思绪却不受控制,没写几个字,落在纸面的就变成纵横交错的线条。

天寒屋凉,值班室暖气的供暖效果并不好。黎冬画了会儿就觉得手脚发凉,连看见手机屏幕上的来电通知时,都迟钝几秒才接起,是黎明强打来的电话。

印象中,父亲鲜少主动打来电话。黎冬忐忑地接通,两人生分地问候几句,就听黎明强直截了当道:"今年元旦放假,你回家的话,把人带回来看看。"

惊愕于父亲的态度剧变,黎冬沉默许久,小心翼翼地询问道:"爸爸,是弟弟和您说什么了吗?"又是一阵长久的无声对峙,她才听见黎明强苍老的声音响起,并未正面回应她问题:"你从初三毕业起,就喜欢上他了?"

深埋心底十几年的秘密被猝不及防提起,黎冬想不通父亲是如何知道这件事的，就又听对方沉声道："你妈都告诉我了，你还留着当年的合照，藏在衣服口袋里。"记忆走马观花般飞速回溯，黎冬想起母亲那晚抱怨她乱放衣服，她害怕藏匿在冲锋衣口袋里的合照被发现，慌忙转移阵地。合照至今还夹在客厅书架上的书中，同那张精心准备却不曾表露的告白便笺放在一起。世上果然没那么多幸运和巧合，她以为运气好，没被母亲发现，实则早已暴露。难怪后面的几天周红艳的态度突变，见两人同处就露出欲言又止的表情。

"父亲，再多给我们一些信任吧。"经历了上次吵架，如今心平气和的沟通就显得尤为难得。黎冬攥着手机，垂眸看纸面上的画影："事情没有您想象的那么不堪与糟糕，我们也是。"虽说到最后也没得到黎明强对祁夏璟的肯定，但不再严厉抗拒也算巨大进展。

黎冬如释重负地长舒一口气，心里仍好奇周屿川究竟跟父亲说了什么。但白天周屿川已经明确回避过这个问题，以他的性格，再问大概也不会回答。黎冬心不在焉地提笔勾画。很快，便携笔记本上又多出一张她日日都能看见的男人脸庞。最近她像是捡回了以前随手画画的习惯，新买的笔记本不知不觉就用掉大半本。画的十有八九都是祁夏璟，或精致或潦草。黎冬从头翻开笔记本，看着纸面上或正面或侧影的脸，不知怎么，又想起那本被丢掉的活页画册。

自那年仲夏起，那本画册被不断新添的活页塞得鼓鼓囊囊，有成百上千张少年意气风发的背影，完整记录了黎冬整个青春里所有不为人知的心事和暗恋。画册在分手那天被她狠心丢掉，当时她只想着彻底放下不切实际的喜欢，怎么也想不到，如今会成为终生难以弥补的遗憾。黎冬活动着冷到发僵的双手，后悔怎么没在办公室多留一件外套，桌面的手机再次振动。

"阿黎，在忙吗？"听筒里传来男人熟悉的低音，带着几分懒倦，"不忙就下楼，我在医院门口。"祁夏璟来得突然，黎冬接到电话匆匆往楼下赶，在一楼大厅远远见着身形瘦高的男人。他臂弯挂着浅米色大衣，手里还提着东西。

黎冬小跑上前："怎么突然过来了？"

"送衣服。"见她走近，祁夏璟迈着长腿上前，将外套披在黎冬身上，"科室群里有人说，医院这两天供暖不好。"他又将手里的布袋递过来。黎冬低头看，是家里的暖手宝、天蓝色的保温水瓶，以及几片暖宝宝。她垂眸静静看着躺在袋底的东西，倏地勾唇笑起来。祁夏璟抬手揉她脑袋："笑什么？"

"以前觉得你和这些日常小事特别遥远。"黎冬眉眼弯弯，亮晶晶的水眸宛若蕴含万千星河，"现在好像不一样了。"

年少时期总觉得遥不可及的神祇，在这样长久的时间流逝后，终于成为她触手可及的爱人。他们见过对方最狰狞可怖的伤口，陪伴彼此度过了那些酸

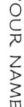

涩难眠的深夜，狼狈而笨拙地修补生锈的破镜，一路磕磕绊绊，好在始终不曾放弃。

祁夏璟不知道黎冬低头在笑什么，宽松的外套将她整个人如团子般裹起来，只露出修长纤细的四肢，配上此刻她脸上的笑容，尽显明媚娇憨。她最近的情绪比以往丰富许多，或哭或笑，抑或是抱怨和耍小性子，都不再是重逢时的疏冷。这样真实鲜活的情绪，能时刻令他感到安心。

黎冬晚上还要值班，不宜久留。祁夏璟俯身在女人额前留下一记亲吻，目送黎冬背影消失在大厅拐角，随后转身开车回家。祁夏璟推门走进玄关，低头穿拖鞋时，就见罐头朝他飞扑而来，嘴里叼着客厅电视的遥控器。

罐头在新家适应得很好，黎冬家里摆放着各种小东西，又溺爱地纵容它搞破坏，金毛这两天开启了无法无天的拆家模式。祁夏璟从傻狗嘴里拿过遥控器，随手放在客厅的书架高处，回到卧室脱去外套，又弯腰去拾起床上刚洗干净的几件衣服，准备挂进衣柜。衣柜的空间不大，加上他的衣服就更显拥挤。

祁夏璟双手抱胸，抬起眉观察，目光最终落在衣柜右下角的内置立柜，上下共有五层抽屉。现在挂着的衣服不少是春装、夏装，显然收进抽屉更合适。

昨晚，祁夏璟抱着黎冬去浴室冲澡，被她赶出去拿换洗衣服，便知道了抽屉上面的三层是内衣和内裤，后两层大概是收起的反季衣服。他拿出衣柜里挂着的短袖，拉开最底层的抽屉，打算将短袖放进去，结果有件衣服卡在了柜壁与滑轮之间。祁夏璟看着漆黑衣袖微微皱眉，用力将衣服拽出来。

原本在抽屉最底层的黑色冲锋衣此刻全然暴露在他眼前，一眼可知是男款。纯黑色的衣摆上有嚣张的骷髅图案，显然是年轻男孩喜欢穿的。型号看上去比祁夏璟穿的型号小些，但主人的身高一定有一米八。印在冲锋衣帽檐的标志很眼熟，是祁夏璟中学时常穿的牌子。均价大五位数，很有名的高奢品。

祁夏璟不由得皱眉，黎冬的衣柜里为什么会有显然不属于她本人，且价格昂贵到她平日不会购买的旧款男装？卧室的昏黄光线不适合拍照，祁夏璟走去餐厅拍衣服标签上的货号。他很快搜索到这件衣服的售卖时间大致是在十三年前。正是他和黎冬初中毕业、升入高中的时间。

不知怎的，祁夏璟又想起那次科室聚餐。玩游戏时，他和黎冬被问到各自的初恋时间。他记得很清楚，黎冬当时的回答是"初三毕业"。初三毕业……正好是他被送去乡镇做公益的时间，恰好去的就是黎冬老家所在的乡镇。

——你初恋长什么样？

——你和他很像，各方面都是。

第 15 章

401

那时的对话在他耳边回荡，太阳穴一下下被重重敲打，祁夏璟剑眉紧拧，荒诞的设想在脑海疯狂滋长——但他不记得自己那时见过黎冬。伴随着开锁声，罐头惊觉的犬吠声响起。祁夏璟抬眸看清门外的青年，沉声制止："罐头，回来。"

丝毫不害怕冲着他龇牙咧嘴的金毛，周屿川面无表情地进门换鞋，手里提着纸袋，径直走向厨房的冰箱。他离开家时，本以为母亲就在车里塞了花茶，下班到家才发现后备厢里的龟苓膏，通知过黎冬后就开车送过来。黎冬在电话里千叮咛万嘱咐让他不要跟祁夏璟吵架，周屿川便懒得开腔，就听懒懒靠着座椅的男人发话："你哪儿来的钥匙？"

备用钥匙自然是黎冬给的。周屿川冷冷一笑，将东西塞进冰箱后，转身居高临下地看着祁夏璟，冷嘲道："你一个寄人篱下的外来物种，有什么资格问我？"争吵一触即发，祁夏璟闻言微抬起眉，似笑非笑："小屁孩没谈过恋爱吧，不懂什么叫'同居'？"

周屿川冷呵出声，不甘示弱地道："吃软饭也能说得冠冕堂皇，你倒是很懂粉饰自己。"话毕，青年余光瞥过铺在餐桌上的冲锋衣，波澜不惊的脸上闪过讶异，转瞬即逝。

祁夏璟却精准捕捉到周屿川脸上一晃而过的表情，用深邃而直穿人心的黑眸盯着周屿川，眼底的散漫消失无踪，他不自觉坐直身体，沉声中的压迫感极强："你认得这件衣服。"用的是肯定句。周屿川眼底寒意更重，薄唇在压抑的情绪下抿紧绷直，就听祁夏璟沉哑的声音在房间一字一句响起："我和黎冬十三年前见过面，出于某种原因，"祁夏璟话语一顿，再出声时只觉嗓子干涩到发痛，"她喜欢上了我，所以留下了这件衣服——"

"祁夏璟，明明什么都记不起来，"周屿川宛若冰层下蓄势待发的火山，面若霜寒，"却能编出这种故事。你心安理得享受的样子，真令人作呕。"

"以黎冬的性格绝不会和你说这些。你认得这件衣服，甚至知道它背后的含义，说明你一定是通过其他方式得知的。"祁夏璟置若罔闻地继续推断，可怕的洞察力敏锐精准到令人心惊。他紧盯着周屿川每一丝微表情。"你可能还知道了一些别的东西，并且是足以说服黎父不再阻挠的东西，对吗？你说我不知道黎冬会画画，所以那件东西，是不是画有我们过去的画册——"话音未落，周屿川直冲过来，猛地拽住祁夏璟的衣领，挥拳要重击他面门。祁夏璟丝毫不躲，黑眸平静地迎上青年的视线，语调低冷："我要你手里的画册，周屿川。"对峙中，沙哑男声一字一句清晰响起，"我欠她的，只能由我来偿还。"

不知多久，在一道摔门巨响后，空荡的封闭空间彻底陷入死寂。祁夏璟久久静静望着餐桌上的黑色外套，只觉头痛欲裂——直到现在，他仍然想不起那年何时曾见过黎冬。直到现在，他仍然不敢信，在他无从得知的无人角落，黎冬曾那样长久地喜欢过他。

丢在黑色外套上的手机振动，屏幕上跳出再熟悉不过的姓名。

阿黎：衣服很暖和。

阿黎：谢谢。

再普通不过的对话，此刻却显得无比讽刺。祁夏璟眉头紧锁，将手机反扣在桌面，余光瞥见客厅里独自玩耍的罐头。金毛此时正鬼鬼祟祟站在书架前，费力地抬起前腿，用爪子扒拉祁夏璟随手放在架子高层上的遥控器，尾巴不停地欢快摇摆。

祁夏璟的太阳穴突突直跳，满腔烦躁在此刻彻底爆发，他低吼道："罐头！"做坏事当场被抓的金毛吓得一激灵，失去重心后，爪子直直向前划拉，不仅是架子边缘的遥控器，连同摆放在架子上的书都一起掉下来。

一时间，鸦雀无声的房间里，只剩下书册接连砸落在地的声音。书架旁一片狼藉，终于自知犯错的金毛嗖地躲到茶几下趴着，黑豆似的眼珠滴溜溜地转着，警惕地看着祁夏璟走向书架，而不是来揍它。

祁夏璟深吸一口气弯腰，压着火，拾起三四本书放在臂弯。他要去捡脚边的书册时，却被压在最底下的一张泛黄照片及照片下写着熟悉字迹的便笺吸引了目光。他第一眼便落在照片上最角落的稚嫩面孔。那时的黎冬已如现在一般疏冷，哪怕拍合照时也不看镜头，叛逆地扭着头，朝右上的位置看去——顺着合照中女孩直勾勾的视线，祁夏璟看见目中无人的少年长着和他一模一样的五官。心脏像是被无形的铁掌紧攥着不得呼吸，祁夏璟在那一瞬甚至生出怯懦，不敢再看黎冬那时的专注眼神。他匆匆反转合照，在背面又看见两行娟秀小字。那年水笔的漆漆墨色在十三年的无人问津中，褪去几分沉黑。

> You are my summer breeze（你是我夏日的风）。
> 你是我三十九度的风，风一样的梦。[1]

他几乎是急切地拾起便笺查看。

---

[1] 歌词引用自张小蜀作词、陈粒作曲并演唱的歌曲《种种》。

祁夏璟：

　　我是个太不善言辞的人，有些话如果不亲笔写下来，或许一辈子都没法说出口。

　　猝不及防的过往巨浪般将人卷席吞没。祁夏璟早已无法用言语形容感受，几近麻木地怔怔阅读着便笺上黎冬不知何时写给他的长长一段话。

　　我不知道事情该从哪里说起，以至每次下笔都大脑空空——晦涩的心事埋藏太久，成为身体的一部分。若再掏出来同人分享，会感觉到绵长的刺痛。

　　大概你不会知道，我们第一次见面不是在学校，而是十三年前的仲夏雨夜。7月2日的晚上，距离你十五岁生日正好过去十天。

　　大概你不会知道，我们第一次对话是你夸我名字好听，因为你喜欢冬天——这是我第一次喜欢自己的名字。因为我觉得冬季严寒，就像我这个人一样，冰冷无趣。

　　大概你不会知道，我们两人之间先动心的，其实是我。

　　大概你不会知道，这段话我写了三十三遍，修修补补，缝缝改改，只有一句话从未变过——祁夏璟，我是不是从未同你说过，我喜欢你。

祁夏璟深吸一口气，看着"我喜欢你"四个小字，唇边泛起苦涩笑意，哑声低低道："是啊，这四个字，我等了整整十年。"

　　那年还在一起时，我曾想过和你坦白，又害怕这份过于沉重的喜欢将你吓跑，直到分开也选择做个胆小鬼。但今天，那个胆小鬼想要勇敢一回，想要为分别的遗憾十年道歉，想大声告诉你，我喜欢你。

　　祁夏璟，我想我的人生将度过数十炎夏，但不会再有任何一个人，如你般惊艳时光、温柔岁月。你是我三十九度的风，风一样的梦。[1]希望这场如梦般永不停歇的夏日清风，经年不停、延绵远长，终迎来我们重逢相爱的寒冬。

娟秀字迹戛然而止。心跳震耳，血液奔腾冲击心脏，祁夏璟垂眸看向落款

---

[1] 歌词引用自张小蜀作词、陈粒作曲并演唱的歌曲《种种》。

时间，发现是去沈初蔓家聚会的那天。那天黎冬曾承诺过赠他一份礼物，希望他喜欢。那一晚，他同样等不及地在海边剖白心事。

好像他们在相互喜欢这件事上，总是有别样的默契。

便笺上的每个字都深深刻进骨肉血液，毕生难忘。祁夏璟将便笺和合照重新夹进书页，放到原位。夜深人静，长久恒远的沉寂。像是时间过去一个世纪那样久，书架旁站定不动的男人才终于沙哑出声："谢谢。"

这份礼物，他很喜欢。

❄ 61

苦于表达的黎冬又将要和祁夏璟正式谈话的内容修来改去到凌晨。第二日闹钟响起时，她只觉得困顿难醒。值班室里，她睡眼蒙眬地侧身去找手机。关掉闹铃，她眯着眼睛就见到屏幕上一条未读消息。看清发件人，黎冬清醒了几分。

祁夏璟：醒了吗？

发送时间显示为四点零三分，祁夏璟怎么会这么早发来消息，是又失眠了吗？黎冬微愣后缓慢眨眼，手从被子里伸出来后感觉到冷。她点开聊天页面，在床上换了个姿势，活动手指正要打字时，对面却先她一步打来电话。听筒里男人的声音异常沙哑："早。"

"早上好。"黎冬刚睡醒，说话也带着点儿软糯鼻音，人蒙得想到什么就直接问，"你怎么知道我醒了？"对面又是几秒沉默："聊天框显示'对方正在输入中'。"

可你是怎么看见这句"对方正在输入中"的呢？不等黎冬问出口，听筒里突然响起尖锐的鸣笛声。她皱眉，反应过来："你现在在外面？"

"嗯。"祁夏璟沉沉应下来，声音带着浓浓疲倦，"我在医院门口的停车场。"

终于后知后觉地察觉到男人的情绪不对，黎冬睡意全无，急匆匆坐起身，边穿祁夏璟昨晚送来的外套，边轻声问他："你什么时候来的，昨晚没睡觉吗？"是昨晚周屿川去她家送东西时发生了什么？可她问过周屿川，他回复说两人没打起来。

"阿黎，"祁夏璟在电话里艰涩出声，闷闷的声音宛如迷路孩童，听得黎冬心脏微微刺痛,"我想见你。"黎冬已经整理好衣服下床,随意拢起头发扎成高马尾,柔声对着电话道:"我不能离开医院,我们去食堂吃早饭,好吗?"

对面一顿:"不想去食堂。"

"那就带去茶水间吃。"黎冬对这副模样的祁夏璟简直毫无办法,心里疼惜又不知所措,只能好声好气地哄,"祁夏璟,先吃完早饭再撒娇,好不好?"

吃饭时黎冬越发觉得,今天的祁夏璟似乎格外黏人。平日里他有意无意的眼神追踪就存在感极强,吃早饭时像是全然不在乎任何东西,桃花眼恨不能粘在她身上,灼热到如有实质。

两人打包的早餐是葱油面。根根分明的面条上淋着色泽透亮的酱汁,拌上炸得酥脆发焦的葱白和洋葱,最上面还点缀着用于提鲜的细碎小葱,色、香、味俱全。知道祁夏璟难以忍受饭菜里有葱、姜、蒜,黎冬打开男人面前的饭盒,如往常一般,自然地用筷子挑去葱油面上的小葱。两人坐在祁夏璟独立办公室里的小沙发上,房门紧闭,只能偶尔听见木筷碰到塑料餐盒的声音。

祁夏璟垂眸,看低头挑菜的黎冬,神情专注。此刻窗外大片的晨曦慷慨地倾落在女人身上,她本就白皙的肤色在光下几近透明,吹弹可破的肌肤找不出一点儿瑕疵。过往的记忆浮上脑海,祁夏璟从没说过他的忌口,黎冬也从没问过。她为他挑菜的次数却多到无法细数,从高中一直到现在。

黎冬像是"天生好运"地知道他挑食,可这世上哪有那么多恰好?

"可以吃了。"黎冬浑然不知地放下筷子,抬眸就对上祁夏璟深沉复杂的目光,轻声道,"昨晚发生什么了吗?"祁夏璟摇头,抬手整理她散落鬓边的碎发:"你怎么知道我讨厌吃葱、姜、蒜?"黎冬高中时默默远观过上百次祁夏璟吃饭,别说知道他讨厌葱、姜、蒜,连他喜爱的菜品排序都摸得一清二楚。

"多观察就可以,不是难事。"她轻描淡写地一笔带过,侧脸蹭在男人干燥温柔的掌心,继续询问,"是和周屿川吵起来了吗——"话音未落,坐在她侧面的男人忽地倾身吻过来,用骨节分明的手捧着她的脸,薄唇印在她的下唇。这是一个虔诚到小心翼翼的吻。黎冬甚至能感受到男人屏止的呼吸。

她微微仰着头想配合对方动作,却感受到薄唇后退半寸。祁夏璟用前额轻轻抵上她的额头,呼吸交缠,歉然代替情动:"阿黎,对不起。"他一夜未眠,却无论如何也想不起何时见过黎冬。

道歉来得没头没尾,黎冬茫然看着祁夏璟同昨晚一模一样的衣服,目光停在男人明显被拽皱的衣领上,蹙眉:"你真的和周屿川打起来了?"说着要去检查他身上有没有伤,却被祁夏璟反握住手腕。心事重重的男人再度俯身封住她的双唇,掌握着轻重缓急一次次吻下来。

回到自己办公室时，黎冬看着墙上镜子里她肿起的唇，心里默默想着祁夏璟的确该道歉。

上午祁夏璟说他有场大手术，直到黎冬吃完午饭都没有结束。她就直接返回办公室，回复面试相关的邮件。

发来邀请的几家医院中，有两三家提出线下面试的要求，剩余几家则表示能接受线上面试。其中有一家就是祁夏璟所在的三甲医院，也是黎冬的不二目标。医院这边不好请假，黎冬优先回复能线上面试的几家，然后再回复线下的几家。如果线上的几家回复得快，她还能取消线下面试。没等到她回复完邮件，办公室门突然被敲响，抬眼见是刘主任站在门外。

"黎冬，出来一下。"刘主任朝她招手，还有意嘱咐道，"别戴麦了——下午没有手术吧？"黎冬摇摇头，跟着刘主任去了一间空会议室。她推门见到房间里的女人时，明白刘主任怎么会亲自来找她。一身干练职业装的颜茹坐在主座，见到她微微颔首，礼貌道："黎医生，好久不见。"上次在山庄见到颜茹时，她明确表示过想再见一面，没想到动作如此之快。

各种原因，黎冬在面对颜茹时，总要打起十万分精神。她和刘主任表示了感谢，关门走过去前，低头拿出手机发了一条消息，随后在颜茹面前坐下，背脊笔直，淡淡道："请问，你找我有什么事吗？"

颜茹看着面前疏冷的女人，再找不到十年前面对她时强撑镇定的模样，心底已经隐隐感到棘手。直到现在，她仍旧不认可黎冬成为祁夏璟的配偶——诚然这是个各方面都还不错的姑娘，工作体面，性格坚韧，样貌更是出挑，可也就仅限于这些。黎冬背后空无一人，无法给祁家带来任何益处。那么这桩婚姻对于祁夏璟来说，只会是毫无意义的。

"祁夏璟现在因为某些事情，和家里闹得很僵。"颜茹的语气十年如一日地公事公办，平静地阐述事实，"我相信，黎医生应该知道其中原因——"

"抱歉。"口袋里的手机振动，黎冬看了眼屏幕，指尖点击解锁后将手机放在桌面，再次抬头看向颜茹，"刚才你说，祁夏璟和家里有矛盾，我应该知道原因。抱歉，我不知道。"她字字清晰，声音温和却柔韧，"请你说得清楚些，你说的原因是这十年祁家对他的处处打压，还是祁先生对他使用的侮辱性称呼，抑或是颜女士对亲骨肉的区别对待？"

黎冬终究无法心平气和地谈起这些，语速微微加快，冷冷道："在苛责他人之前，颜女士就没从自身找过原因吗？"颜茹没想过，寡言如黎冬能如此伶牙俐齿，也不再客气："没想过。因为所有矛盾的源头，所有错误的开头，都只是你。"

第15章

"我当然有错。"黎冬早不是十年前贫穷的女孩,因为无法为言行负责,任人吓唬几句就自乱阵脚。"我错在十年前一声不吭就替祁夏璟做决定,错在从没给过他足够的信任,错在当他准备抛弃一切的时候,为了自我安慰,做了放手的懦夫。"不再退避,黎冬从始至终都直直望进女人双眼,"对他,我确实问心有愧,但对你、对祁家,我没有任何亏欠。"

"你说对他问心无愧,那你为什么不为他的以后着想?"意识到当年的女孩不再任人拿捏,颜茹的脸色一度变得无比难看,她直白地指控道,"他现在要为了你,放弃在S市打拼的一切!要为了你,得罪他父亲!他很可能会就此一蹶不振,你就能心安理得地眼睁睁看着?"

"那也是我们之间的事情。"颜茹话里有太多陌生信息,黎冬只能大致听懂要害,"你是这段关系里彻底的外人,又有什么资格多管闲事?即便是我,作为祁夏璟的爱人,也不能对他的决定指手画脚。"黎冬漠然看着女人脸上的自若一点点碎裂,一字一句道,"他有他的选择,我有我的坚持。我们作为独立的个体相爱,我不会再像十年前打着为他好的借口,擅自替他做选择。如果你想让我劝他回家,或是和他分手,对不起,我不能答应你的请求。"午休时间快结束,黎冬言尽于此,不再废话,拿起桌上的手机,"祁夏璟说过,他不希望我单独见你,所以我们刚才的对话,他在旁听。"话毕她点开免提,翻转屏幕面向颜茹,赫然是在和祁夏璟通话。颜茹的完美面具碎裂,瞪眼看她:"你——"

"这么着急找来,是因为终于发现签了两个亿的空壳子合同?"祁夏璟散漫的语气中满是嘲讽,"接下来,祁承凯大概不会再信任你了吧。怎么办呢?"男人在电话里冷冷一笑,"现在不仅是祁夏,连你也要成为废棋了。"

颜茹的脸色煞白,几近尖叫地怒斥道:"这么和你妈说话,祁夏璟,你到底还有没有良心——"后半句不曾说完,黎冬早已利落挂断电话,眼底一片冰凉。

"我要去上班了,希望颜女士尽快离开。"她冷冷看着眼前不配位的人母,"以及,请你不要再来找我,我是医生,不是假惺惺的你为了利益,用来修复母子关系的工具。"回应她的是气急败坏的离去脚步,以及一声摔门巨响。黎冬重新拨通电话,轻声道:"手术结束了吗?"

"嗯,我下午出门办事。"祁夏璟那边的背景音稍显嘈杂,"刚才怎么突然挂了电话?"

"我不喜欢她仗着身份欺负你,所以挂了电话。"黎冬说完就听对面传来一声低低的笑,自觉刚才行为幼稚,耳尖微红,"你别笑了,我知道很幼稚。"

对面果真不再开口,只剩平稳的呼吸声。黎冬垂眸去看脚尖,几秒后轻声道:"祁夏璟,我知道你在这段关系里缺乏安全感。这件事是我做得不好。"她吸吸鼻子,"以后我会努力改正,但你要给我一点儿时间。"

在她和祁夏璟这段关系中,不论是少年还是男人恨不得昭告天下的明晃晃喜欢,都让黎冬从未考虑过安全感的问题。哪怕是最艰难的时候,黎冬也清楚无比地知道她始终被祁夏璟稳稳疼爱着。重逢后,她却时而能感受到祁夏璟深埋在散漫倦懒笑容下的患得患失。后来她逐渐明白,越是缺乏安全感的人,越是会竭尽全力地给予爱人安全感,是她幸运,却不能当成理所当然。

黎冬话落许久,电话两端都没人再开口。保时捷驾驶座上,祁夏璟左手支在车窗握拳撑着脸,漆黑眼眸看向眼前新建成的工作室,耳边响起女人的柔声询问:"祁夏璟,你在听吗?"

"我在听。"面对黎冬恳切的道歉,他只是不知道如何,也不认为自己有足够的资格回复。

两人并没深聊,黎冬要去上班了,略显仓促地挂断了电话。车内回归一片寂静。祁夏璟的黑眸始终盯着不远处紧闭的建筑大门。这是间刚建成不久的游戏工作室,仍在修缮,不过已经能看出风格鲜明的雏形。

修长指尖轻点方向盘上,一夜未眠的祁夏璟抬手捏了捏酸胀的山根,瞥了眼屏幕上的时间。他上午并没有手术,已经在周屿川的工作室门前等待了足足三小时。以他和周屿川关系的恶劣程度,祁夏璟没把握对方会将东西交给自己。向来运筹帷幄的人束手无策,沦落到只能放手一搏。

"一分钟时间。"又是整整五小时过去,当正午烈日都转为火烧云时,姗姗来迟的周屿川终于出现在祁夏璟的视野中。白衬衫搭黑裤的青年打开车门,嫌弃地冷着脸在副驾驶座坐下,漠然出声:"一分钟说不清楚,我会喊保安把你轰走。"祁夏璟坐直身体看人,第一次心平气和地和周屿川交谈:"我要你手里的画册。"

周屿川想都不想,作势要下车:"建议回家睡觉,梦里什么都有——"

"周屿川,我需要那本画册。"祁夏璟在青年转身离去前嘶哑出声,他低下头颅,垂着眼看不出表情,只听得语气恳切,"算我求你。"祁夏璟这辈子从没求过人,哪怕是家里断绝他的经济来源时,哪怕是沦落到睡地下室时,甚至哪怕是黎冬那年和祁夏璟提分手时,他都没求过她一句。

他可以接受穷困潦倒,也可以接受众叛亲离,唯有那份根植在血肉的骄傲,让祁夏璟永远无法低声下气地去求人。但此时此刻,他自愿丢弃这份骄傲,也甘愿将仅剩的自尊踩在脚下。

尽管他早已知道，如此低三下四地乞求，大概率也不能换来对方的同意。他只是走投无路，别无他法，于是心甘情愿用那份现已破碎的骄傲，去换哪怕一丝希望。

　　周屿川沉默着，垂眸看眼前久久低着头的祁夏璟。漫长的时间一点一滴走过。终于，青年冰冷的声音响起：“给我一个理由。”

　　"因为不忍心。"许久，祁夏璟带着几分自嘲的嘶哑低声在车内响起，"我不忍心让她坚持十三年的喜欢落空，也不忍心让她觉得，爱一个人也不过如此。所以，求求你。"

第 16 章

那时我们

❋ 62

"她是在你们电话分手那天丢掉这些的。东西都放在一个纸盒里，人在垃圾桶旁蹲到天黑，之后我把纸盒捡了回来。我无数次想过丢掉它，但总会想起她那天空洞的表情，像是身体里有一部分被生剖出来。于是我决定留下东西，等她遇到下一个喜欢的人再丢掉。我说这些，是为了让你永远心怀愧疚，为了让你清楚，那些错过和破碎的时间，不是你嘴巴轻飘飘张合两下，就能够弥补的。祁夏璟，"周屹川收起眼底的冷漠与戾气，脸上仍旧面无表情，"我和你不同，你大可以随时放弃这段关系，一走了之，可以更换无数女人，但我只有一个姐姐。然而她喜欢上一个幼稚、自大且生性傲慢的男人。你招摇的性格注定无法给她安稳的生活，你锦衣玉食的生长环境，让你无法理解她的挣扎和辛苦。你曾经的忽视让她太容易在这段关系里如履薄冰——你连对她的好都带着强烈的自我中心主义，而从未切身考虑过她的感受，所以我从第一次见面起就无比讨厌你。但我不会阻止你们在一起，因为我更清楚地知道她很爱你，而我只是希望她可以幸福，为此我可以妥协。"谈话的最后，又一次从工作室里出来的周屹川将怀中的纸盒递过来，再度恢复平日的嫌弃，"话说完了，现在，带着东西滚出我的视线。"

夜幕低垂，气温低寒，保时捷停靠在时而有人经过的楼栋门口。车内并未开灯，驾驶座的车窗摇下。男人懒散地靠在皮质椅背上，左手撑着车窗，修长的指间夹着猩红光点。

祁夏璟上次吸烟还是回国之前,陌生的感受让他微微皱眉,夹烟的动作带来心理作用,压下心底几分躁动。烟燃尽,他垂眸看着怀中陈旧的纸盒子,虽然经过小心保存,十年时光磨砺的痕迹也依旧明显。硬纸壳褪色,软化的边角勉强支着。纸盒里的东西远比他预想的多。除却皮质封面的厚重活页画册,盒子里还塞满各种小物件。

摊开的半透明彩色糖纸、用过洗净的冰凉贴、小风扇,甚至还有叠好的零食包装袋、用掉一半的黑色水笔、写着两道熟悉字迹的泛黄字条……全都是丢在大街上,只会被人当成垃圾的物件。

四楼家里的灯光亮着,大概是先回家的黎冬在厨房准备晚餐。祁夏璟抬眼定定瞧了会儿,又低头将盒子里的零散物件一个个拿出来看。

——你锦衣玉食的生长环境,让你无法理解她的挣扎和辛苦……你连对她的好都带着强烈的自我中心主义,而从未切身考虑过她的感受。

开车回去的路上,祁夏璟耳边反复回荡着周屿川的冷言冷语,随后开始认真审视自己。周屿川说得没错,他确实从未站在黎冬的角度看问题。不忍心让黎冬吃苦受累,祁夏璟只恨不能把全世界最好的东西都送到她身边,宁可自己受尽狂风暴雨,也想将她供养在岁月静好的象牙塔中,不受世俗沾染,想让她成为任性肆意的小女孩,随心所欲。他一直认为这样对黎冬是最好的,于是总忘了问她一句,她想要的生活是怎样的。

不等他打开画册,丢在车门储物格的手机振动起来。他接通电话,听筒里传来黎冬的声音:"饭菜马上做好了。"温柔的女声在炒菜声中响起,他不难想出女人细腰上系着鹅黄色围裙在厨房忙碌的身影。

"你什么时候到家?"

直到现在,祁夏璟仍觉得神奇,这世上真的有这样一个能时刻牵动他情绪的人。哪怕只是一句问候,哪怕只是一桌热腾腾的饭菜,都让他觉得弥足珍贵,让他感到幸福与安心。

"在楼下。"祁夏璟小心将纸盒盖好,末了沉沉道,"阿黎,我很想你。"对面显然不懂他突如其来的表白,沉默几秒,也认真地轻声回应:"那就回家,我也想你。"祁夏璟走到走廊拐角时就隐隐听见欢快的狗叫声,站在门前找口袋里的钥匙时,已经能闻见屋里飘来的菜香。

他打开门,走进玄关换鞋,一日未见的罐头趴在脚边不亦乐乎地咬他的裤脚，半天等不到祁夏璟摸它的脑袋就抬起前爪，用力将脑袋往他手上送。

桌上摆着两荤一素一汤的家常菜，小炒黄牛肉上撒着艳红剁椒，合蒸的腊鸡、腊肉和腊鱼肉质晶莹，绿油油的空心菜淋上酱汁，还有砂锅里热腾腾的鱼头汤，飘着浓香白雾。目光所及，处处是家的味道。

"是路上堵车吗？"在料理台洗手的纤瘦身影转身，见到是祁夏璟，眉眼微弯，"去洗手吧，吃饭了。"

"好。"祁夏璟回卧室将大衣挂在衣架上，洗过手后回到餐厅，发现黎冬正反手要解腰上围裙的带子。软白细长的手指勾着细带尾部，指尖要去找尾端。她做饭前应当是洗过澡，换下了早晨上班穿的浅灰色高领毛衣，穿着米白色的半袖棉质长裙，露出半截细瘦胳膊，以及雪藕似的小腿。凝脂玉似的皮肤晃得旁观者心猿意马。

"你要不要先喝杯温水——"黎冬听见脚步声，边解围裙边转身时，感觉到束在腰上的带子松开了，随即有人将她搂住往怀中带，温热掌心用上几分力道。她没有反抗，乖乖任由祁夏璟托着她坐在他的腿上，为了稳住重心不仰倒，又抬手搂住他的脖子。四目相对，连呼吸都彼此交缠。黎冬已经不再为这样的距离感到惊慌失措，嗅到他身上淡淡的烟草味，微诧道："你抽烟了？"

她从没见过祁夏璟抽烟。

"嗯，以后不抽了。"祁夏璟搂着人，垂眸看她白裙的衣摆花边，指尖捻起布料一角，放在指腹间反复搓捻，"讨厌的话，可以现在推开我。"

黎冬摇了摇头，只是被男人的气息笼罩着，有些发晕，心不在焉地想着两人约好的关于未来工作、日后定居处所计划的谈话。白天颜茹找她聊天时，黎冬已经从碎片信息中得出结论——祁夏璟要为了她留在H市。他们确实需要坐下来，心平气和地好好谈一谈。

"颜茹今天来找我时，说起你要留在H市的事情。"黎冬稳了稳心神，水眸望进祁夏璟的桃花眼，"吃完饭我们聊一聊，好不好——"话音未落，她只觉得有冰冷的指尖在她两瓣粉唇的边缘游离，失声轻呼，"祁夏璟，凉。"

"你想聊什么，我在认真听。"祁夏璟的薄唇凑近，温柔亲吻在她颤抖剧烈的眼睫，"或是如果你现在想吃饭，我喂你吃。"亲吻分明是冰凉的，黎冬却觉得有火种在身体点燃。同居几日后，她早就不排斥祁夏璟的亲近，只虚虚环着男人脖子，战栗着："我要没力气了。"

"没力气就抱着我。"祁夏璟安抚地轻轻拍她，柔声询问她的意见，"你想先继续谈话，还是想先吃饭？"黎冬不清楚这样怎么吃饭，但吃饭、谈话两件事总得进行一样，只能将头埋进男人宽阔的肩膀。她的脑子逐渐混沌一片，恍惚中，她只知道昨晚费力写好的草稿又白费，心疼又无奈地说："你不要放弃S市的事业，可以吗？我已经在面试S市的医院。"男人再次推进，让她连话都说不清楚，含糊地道："如果顺利的话，这次我想陪你去S市。"

祁夏璟闻言皱眉，将第二根手指压在她急于闭合的软唇上。他没想过黎冬去S市的准备做得这样快，否决的话几乎要脱口而出。连他独自在S市站稳脚跟都要整整一年，黎冬放弃现在的一切陪他过去，在那里不知要熬多久苦头。他总归还是舍不得。

"去S市不是为了你。"黎冬被祁夏璟制住，不得逃脱，话里不由得带上几分哭腔，"你知道的，我高考的第一志愿就是S市医科大，后来放心不下家里才留在本地。我在H市除了工作，并没有需要舍弃的人际关系，父母也有周屹川照顾。S市的就业前景比H市好，我不想一辈子留守在这里，也希望看看外面更大的世界。"她自脖颈到脸庞都染上薄红，伸手想推人又没力气，只能毫无威慑力地瞪了祁夏璟一眼，嗔怪都像是撒娇，"我在很认真地和你说话，你……你能不能不要再——"

话音未落，男人抬手托住她的后脑勺，轻柔吻在她柔顺发丝："阿黎，我不想让你太辛苦。"

"可我不想躲在你怀抱里，永远做无能、怯懦的胆小鬼。"良久，黎冬沾染湿意的闷声响起。哭腔未退，她脱力地靠在祁夏璟肩膀，滚烫的脸无意轻蹭男人颈窝："我也想做那个能为你遮风避雨的爱人，就像现在的你之于我一样。"

黎冬听到男人的呼吸声骤停，更觉两道贴近的心跳声越发震耳，往后退了退，又低头亲在他唇边，额头相抵："你说过的，我是你携手白头的爱人。既然携手，我们就要共同前行，而不是你一个人扫清前方所有障碍，我只能跟在身后追你。"

祁夏璟显然不是黎冬三言两语就能说动的，但或许由于某些原因，这场谈话比黎冬想象中要轻松太多。尽管磕磕绊绊的，但她表达出自己的观点，祁夏璟也不再一味强调他的担忧。就像彼此信任需要时间，学会依赖亦是如此。对于两人的未来而言，黎冬去S市一定是最优解，她清楚祁夏璟不会想不通这些。

考虑到今晚有重要谈话，会很费神，黎冬又念着祁夏璟昨晚一夜未眠的黑眼圈，下班回家后，特地炖煮了一锅补身体的鱼头汤。没想到祁夏璟自己没喝两口，反倒耐心地一勺一勺亲手都喂给了她。

晚上，她困倦地倒在床上熟睡过去，昏沉中似乎听见关门的声音。不久后房门再次打开，好像是男人离开家又回来。彻底失去意识前，黎冬迷迷糊糊地想着，这样冷的天，祁夏璟还要下楼做什么呢？

接下来几天，黎冬总觉得祁夏璟有些奇怪。平日早起困难、起床气足以让罐头绕道走的人像是脱胎换骨，接连几个工作日，甚至连周末都天不亮就醒。有次黎冬腰酸背痛得起不来，男人还用温水沾湿毛巾给她擦脸，在床上给她换过衣服后，才抱人去浴室刷牙。

不仅如此，从前时时黏着她的男人又突然需要独立空间。为了准备不久后的线上面试，她这几天闲暇时间都在准备资料。祁夏璟虽没正式同意她去S市求职，但也会在必要时提供援助，比如十分好心地主动提出给黎冬模拟面试，以减少她在正式面试时的紧张。

只不过面着面着，有些事情就渐渐违背初衷。又一次模拟面试后，她汗津津地靠在床头，青丝凌乱沾在前额，白如雪的肤上漫起如血绯红，浑身透着几分破碎的美。她看出祁夏璟的高昂兴致后，道："你真的没关系吗？其实你不用总是委屈自己。"

祁夏璟细心给黎冬盖好被子，低头吻在她唇角："我去洗澡，你先睡。"话毕起身要走。黎冬想起沈初蔓那天的结论，抿唇沉默几秒，冲着男人高瘦的背影委婉道："祁夏璟，你……是不是不太行啊？"男人的背影肉眼可见地变得僵硬。黎冬精准捕捉到后心微微一沉，心想果然如此。"没关系的，我不是很在意这些。"怕伤害到祁夏璟自尊，她急急坐起身安慰，还贴心地提出解决方法，"现在医学技术很发达，我知道医院的孔大夫治疗这个很厉害——"

"治什么？"祁夏璟似笑非笑地转过身，居高临下地看着女人，声音冷得像是冰碴子，"你怎么会突然想这些，是有人和你乱说什么了？"男人的洞察力一如既往地恐怖如斯，黎冬瞳孔微缩，就听祁夏璟从牙缝咬出三字人名："是沈初蔓？"

黎冬轻咳两声，试图转回正题："你不要自卑，良好的心态对于疾病治疗也很有好处——"

"黎冬，"太阳穴突突直跳，祁夏璟唇边弧度加大，眼底的笑意却让黎冬打了个寒噤，一字一句地道，"希望有一天，你不会为你刚才说的话后悔。"

❄ 63

祁夏璟洗完澡从浴室出来时，卧室里悄然无声，鹅黄色的暖光成圈打落在床上熟睡女人的恬静睡颜上。黎冬睡着的模样和平日相差无几，蜷着身体尽力

第16章

减弱存在感。她额上还微微泛着细汗，红润的薄唇微张，肤若凝脂玉，清冷中带着几分楚楚可怜的易碎感。

祁夏璟在床边俯身吻她额头，听着她梦中无意识的呢喃，想起她刚才的荒诞想法，无奈地勾唇沉笑。作为男人，他太清楚有些事情一旦开始就再难停下来。且不说家里没准备防护措施，他现在还有更重要的事情要做。

如同过去的几天，哄睡黎冬后，他关灯关门，走进客厅，只打开一盏小夜灯，在昏暗的环境中从公文包里拿出陈旧画册。手轻抚过皮质封面，祁夏璟翻开画册，从手机相册里调出建筑图纸，用骨节分明的手转着笔，垂眸久久沉思。不久后他又关掉眼前这张图纸，在近千张图中挑出另一张。

十年时间足以形成物是人非的难越鸿沟，在这期间三中都重建了一栋教学楼，曾经的食堂和体院也经过翻修，更不用说各种小设施的改动。祁夏璟手机里的这套图是校方发来的十年前的学校官方资料图，拍着算不上清晰全面，也足以作为参考。只是他连着熬夜几天，还是觉得棘手——毕竟还原当年的场景就已经困难重重，仅仅依靠黎冬当时随手画下的人物背景，从而推断她所在的视角、位置，甚至动作，听上去就像是痴人说梦。大多数时候，祁夏璟只能凭空想象，想象十五六岁的少女当年是如何远远站在人群外，怀中抱着画册，校服衣摆随风摆动，在无人在意的角落遥望着他。

都说暗恋是寂寂无名的独角戏，那当时的黎冬是面带微笑，还是眼露苦涩？祁夏璟无从得知。这几日里，他将整本画册翻来覆去地阅读，难得闭眼睡去。连梦中都是画里场景，没有一次重样。他才终于明白，原来她的青春有那么多无人问津的遗憾。

又是夜深人静时，祁夏璟翻看着纸面上少年时的他，公交车窗边有空位子却不坐，非要站着抬手握住一只吊环；穿着蓝白色校服，吊儿郎当地竖起一半衣领，另一半耷拉下去；脖子上挂着耳机，桃花眼微垂，不知是在看窗外，还是单纯在走神发呆。漫不经心的少年被安置在相对吵嚷的环境中，靠近他右侧的是怀抱着哭闹小孩的母亲，向后两排位子上坐着的人正打电话。配角的线条明显潦草。

这张公交车图中，黎冬作画的位置不难判断，应当是车里最靠左后的位子，再加上车上的人都穿着棉袄、厚裤，季节应该是深秋初冬之际。印象中，黎冬一直喜欢浅米白色。高三那年他们做同桌时，祁夏璟就数过她穿过的外套，一共三件，都是白色长款。祁夏璟的大脑飞速运转，随后谨慎地在纸上作画，想象她那时目不转睛的专注表情，脸上也许还有几分小心翼翼的羞赧，心里疼惜又无比柔软。他和黎冬的关系早就是一面破碎的镜子，再怎么仔细黏合都会有疤痕,再努力都不可能重圆如初。他曾经耿耿于怀、曾经自欺欺人、自我折磨,甚至一度想让黎冬感同身受。爱之深,恨之切,他恨不能让她跳进自己的脑海,经历他这十年的迷惘挣扎,切身体会他每个或难眠或惊醒的夜晚。

只是各种纠结与不甘,最终都化为寥寥三字——舍不得。祁夏璟舍不得她伤心流泪,舍不得她因他毫无意义的痛苦而愧疚,甚至舍不得她去找两人之间那面碎裂之镜,怕她被尖锐的过往扎伤。于是他甘愿做那个弯腰捡拾碎片的人,哪怕手上沾满血液,他也愿意将碎片一片片黏合成圆满模样,再笑着向她展示,这面镜子或许不够完美无缺,却足够坚韧牢固。

时至今日他才明白,多年重逢就是这世间最万幸的浪漫。

"黎医生啊,你最近是不是胖了点儿哦。"又一天清晨上班时,准备查房的黎冬在离开办公室时被叫住,对上同事杨丽注视的目光,她疑惑地眨眼:"胖了吗?"

"脸上有肉了,"女人将她上下仔细打量一遍,惊叹不已,"变得爱笑很多——对对对,就是你现在的表情。"杨丽朝跟拍小于招手:"你给她看看之前的照片,或者视频,黎医生是不是温柔多了?"小于忙不迭地点头,夸张道:"黎姐,你可能自己不觉得,但变化真的超——级——大。"

黎冬上次称重还是在大半年前的体检时,她对体重没有概念。不过转念想最近为了给某人补身体,她没少做高营养的饭菜,只是最后大都被祁夏璟喂进她胃里,长肉也自然。她不由得朝办公室墙上的镜子望去,觉得脸上好像是养出点儿肉。肤色白里透出红润,总也疏冷的眉眼弯弯的。

"热恋中的女人果然不一样。"小于跟着感慨不停,又想起什么,询问道,"对了黎姐,明天制作组还是想给你庆祝生日,你就别推托了吧。"

近两个月的相处让制作组早和医生、护士打成一片。黎冬几次见小于整晚跟拍,睡在走廊,还特意和院方申请了给制作组的临时休息间,后来大家纷纷感慨小于运气好,能跟着她。现在正巧碰上黎冬过生日,制作组的工作人员自发要给她庆祝。

"谢谢你们的好意,但真的不用了。"黎冬摇头,态度不变,婉拒道,"这里是医院,庆祝生日实在不合适。"况且她今年已经得到最好的礼物,再无所求。小于还想劝,旁边的杨丽就连连冲着他挤眉弄眼,脸上写满"我们搞我们的,不用听她嘴硬"。

黎冬没留意两人私下的小表情,今天她有三台手术,忙完已经是晚上六点多了,早她下班的祁夏璟已经在停车场等着她一起回家。说来奇怪,前几天仿佛要自立门户的人，今晚又毫无防备地化身黏人精。黎冬洗完头，他就跟在她身后要给她吹头发，还一定要抱着她睡觉。身边不再空荡荡的，男人温实的胸膛怀抱令人心安。黎冬枕着祁夏璟的手臂，表达疑惑："你这两天好奇怪。"

"哪里奇怪？"祁夏璟将头轻靠在她发顶，握着她右手五指不亦乐乎地把玩，"比你怀疑你男朋友有问题，还奇怪吗？" 黎冬抬眼看向旧事重提的某人，嘴张开又闭上，最后将脑袋泄愤地撞在他胸膛："我那天的意思是就算你真的不行，我也不会嫌弃你。两个人总要一起面对困难。"她想起祁夏璟的患得患失，抱着男人瘦劲的腰，闷声道，"我就是想让你知道，不管怎样，我会一直陪着你的。"沉静的卧室内，灯光昏黄，良久，想起男人沉沉的低笑声。

"感谢女朋友的不离不弃。"祁夏璟低头亲吻在她前额，薄唇又向下依次落在眉骨、鼻梁、唇瓣。后来黎冬被抱着沉沉睡去，昏沉中又感觉有人在亲自己，迷迷糊糊从嗓子眼里哪哝出声，带着几分撒娇似的不满："怎么了？"

"没事，你接着睡。"把她折腾醒的罪魁祸首拍拍她后背，薄唇附在她耳边，说话时呵出的热气落下，叫她泛起点点痒感，"宝宝，生日快乐。"祁夏璟眼带笑意看着怀中人仍蒙着。她穿着奶黄色的睡衣，露出小片雪白的皮肤和锁骨，此时正睡眼惺忪地愣愣看他，娇憨而毫无防备的模样惹人怜爱。他抬手整理黎冬鬓边散落的碎发，低低道："阿黎，今年我终于可以亲口和你说一句生日快乐了。"不是依靠梦中幻境，不是点灯祈求神明护佑，而是躺在她身边拥她入怀，在她生日时的第一秒，成为世上第一个送她祝福的人。

"嗯，我听到了。"黎冬闻言沉默半响，眼底瞌睡睡清醒几分，抬眸定定望向男人，问他，"你有什么愿望吗？我可以做到的。"

祁夏璟微微抬起眉："你过生日，让我许愿？"

"是啊。"黎冬弯眉笑起来，"都说寿星有福气，我把福气分你一半，好不好？"抬手给她掖好滑落的被角，祁夏璟眯起眼睛沉吟片刻，最终化作一道沉沉轻笑："如果只能许一个愿望的话，那我希望能日日看着黎冬甜甜地睡觉，仅此而已。"

不出所料地，热情的制作组还是精心为黎冬准备了庆生派对。考虑到在医院不宜大张旗鼓地操办，制作组和院方协商后，将派对的时间定在六点下班后。

杨丽谎称临时开会，将黎冬哄骗到装扮好的会议室。黎冬心里只想着快开完会，好回去喂罐头，只疑惑了一瞬杨丽怎么突然化了妆，随后就不假思索地跟着她上楼。欢呼声在她推门进去的同一时间响起。

"冬冬宝贝！生日快乐！"率先迎上来的是几日没见的沈初蔓，她不再穿着贴身的包臀裙，而是穿了一件与个性违和的高领毛衣，露出的半截脖子上能隐隐看见齿状的红印。她热情地冲上来给黎冬一个熊抱，向她展示会议室的精心装扮，笑容明媚："这些都是大家为你准备的，喜欢吗？"

除了正中间摆放的三层奶油蛋糕，高挂墙边灯上的彩条气球，偌大的会议室里，处处贴着这两个月来黎冬和其他人的合照。

"黎医生，生日快乐！"

"黎姐，快来切蛋糕啊！"

"啧，现在切什么蛋糕，这还没唱生日歌呢——快快快，来个人，先把灯关了再说！"手忙脚乱中，会议室的顶灯被关闭。黎冬戴上沈初蔓送上的生日帽，闭眼在烛光下许愿后，鼓起腮帮子将蜡烛吹灭。她看向在场的科室伙伴和制作组的工作人员，真诚鞠躬："谢谢大家。"话落，又是一阵雀跃欢呼。

大家开始咋咋呼呼地催促黎冬切蛋糕，都嚷嚷着要分一点儿寿星的福气。分第一块蛋糕时，人群里不知是谁突然起哄："祁哥，今天嫂子过生日，你怎么都不表示表示啊？"

"就是，就是，怎么一直躲在角落啊？"

"祁哥平时恨不得时时刻刻秀恩爱，现在不得说两句？"

调侃声不绝于耳，低头切蛋糕的黎冬也看向角落里抱胸的男人。他闻言微微抬起眉，大度道："没关系，你们先。"懒懒靠墙的男人脸上的笑容漫不经心的，察觉到黎冬的视线后，和她四目相对，微微一笑："我们晚上还有的是时间。"话音落下，佯装嫌弃的吐槽声立即在人群蔓延开来："熟悉的配方，熟悉的狗粮。"

"啧啧啧，就知道祁哥不会放过一丝一毫秀恩爱的机会。"

"吃不下蛋糕了怎么办，已经被狗粮撑坏了。"在打趣声中，场面一片其乐融融。只是在场不少医生、护士要值班，又是下班时间，分完蛋糕没多久后，大家就自发收拾场地，不在医院多加喧闹。

"冬冬宝贝，"众人三两零散离去时，消失一段时间的沈初蔓突然冒出来，将手里珠光宝气的盒子递过来，挑眉笑得贼兮兮的，"送你的生日礼物——包你满意。东西都备齐了，各种意义上的。"妆容精致的女人压低声音，捏着下巴颇有经验道，"如果明早衣服破了也没事，我不介意的。"

衣服为什么会破？黎冬听得一头雾水，就见沈初蔓郑重地拍拍她肩膀，恳切道："姐妹为你，就只能做这么多了，再不行的话——"

"沈初蔓。"低沉的男声幽幽响起。沈初蔓吓得一缩脖子，回头就对上面无表情的祁夏璟，以及他身后笑容温和的徐榄，心虚地道："你们俩走路都没

第 16 章

419

声音的吗？吓死我了。"祁夏璟嫌弃地挑眉，看着黎冬手里黑白蕾丝点缀的礼盒，拉起她的手直接要走，好让她远离沈初蔓。

"姓祁的又莫名其妙地凶人，我这还不是为了他们俩嘛。"被丢在一边的沈初蔓气不打一处来，索性发泄在徐榄身上，"刚才的蛋糕怎么不给我留一份？我还饿着呢！"

"嗯，是我的错。"徐榄走上前，虚虚搂着沈初蔓的细腰，低头看向她脖子上若隐若现的红印，见印子消了些，又想张唇舐咬巩固标记，抚揉着她青丝耐心询问，"着急的话，我等下去车里多喂你吃一点儿东西，好不好？"

"我们不坐车回去吗？"保时捷停靠在医院停车场，黎冬见祁夏璟将精致的礼盒放进后备厢，将车钥匙放进口袋，丝毫没有开车回家的意思，不由得好奇道。

"嗯，不着急回去。"今晚的祁夏璟分毫不见平日的散漫，连声音也在寒风中温柔许多，"晚上陪我走走吧。"黎冬心里诧异，但清楚祁夏璟这么说一定有特殊用意，再加上她刚吃过蛋糕，有些撑，点了点头，乖乖由男人牵住她的手。黎冬想过祁夏璟会别出心裁，但和男人坐上陌生线路的公交车时，仍旧一头雾水。正是下班的高峰时期，车上却意外地没几位乘客。人零零散散地坐着，和不远处满载的另一辆公交车形成鲜明对比。

祁夏璟选定的座位在过道靠窗，右侧有位怀里抱着婴孩的母亲，向后两排的座位上，有男人正在大声讲电话。公交车即将发动，黎冬在靠窗的空位坐下，却发现祁夏璟站在她身旁，抬手握着面前吊环，从口袋里拿出早就过时的有线耳机，插进手机插孔，桃花眼微垂。

过膝的毛呢大衣下，男人今天穿了件蓝白色调的长衫，款式和他平日穿的大相径庭。配上那张老天眷顾的五官，乍一看倒像是年轻的男高中生或男大学生，在放学后乘公交车回家。不知为何，黎冬抬眸怔怔看人时，忽地觉得眼前的场景陌生又熟悉。四目相对，祁夏璟将耳机一端递给她："要一起听歌吗？"

"好。"黎冬满腹疑惑，还是接过耳机戴上，听悠扬舒缓的前奏响起，随后是低沉而有磁性的男声吟唱起英文歌。

    This winter, I am ready.（这个冬季，我已准备就绪。）
    For love and warm lights shining.（让蕴含爱意的温暖之光熠熠生辉。）
    So draw near, draw near to me.（所以请走向我，与我靠近。）
    The season colors my soul, I'm singing so everyone might know.（寒冬为我的灵魂镀上色彩，所有人应知我正高歌。）

Might know I'm here with you.（所有人都知道我正同你在一起。）①

"以前我不想回那个所谓的家，就会独自坐学校门口的公交车，绕一圈再回去。"黎冬望进祁夏璟深邃漆黑的桃花眼，就听他徐徐开口道，"后来发现有一路车绕的时间最长，就每天坐。"

"10路公交车。"黎冬低喃着接上他的话。和走读的祁夏璟不同，那时寄宿的她只能每周五回家。某次发现祁夏璟会乘坐10路公交车到终点站时，她往后每周回家都要晚上三个小时，因为她会陪着祁夏璟坐到终点站，错过折返的班车，下一班就只能等到三小时后。

但那时的黎冬只觉得幸运——因为这是她不必远远站在人群外就能看到他的唯一机会。听见她不假思索地回答，祁夏璟眼底浮现出复杂情绪，黎冬看不懂，只能解释道："我每周五也会坐这辆车。"她感觉到掌心在发汗，说话时声音都微微发涩，"其实那个时候，我在公交车上见过你。"话毕她转身，手越过打电话的大叔，指向最后排靠左的位子，艰难道，"我就坐在那里。"

时隔十余年，说起这些她依旧觉得艰难，或许有些爱慕永远难见天光。哪怕她清楚知晓祁夏璟爱她，再提起那年的小心翼翼，仍感到心酸晦涩。

And all I want this year is you.（我今年唯一的愿望便是你。）
Nothing else my love will do.（爱你却无能为力。）
It's something Old Saint Nick can't fit beneath.（圣诞老人也无法帮我了结心愿。）
My Christmas tree.（我的圣诞树。）②

良久的沉默中，当黎冬以为祁夏璟不会再回应时，男人突然用嘶哑的低声问她："那时的你，在想什么呢？"看清男人漆黑眼底蕴藏的惊骇波涛时，黎冬忽然懂得，为什么她上车后觉得眼前的场景熟悉又陌生。

熟悉是因为此情此景，她过去每周五都会见到，循环往复整整两年，而陌生是因为她只见过少年的侧影或背影，曾经的少年从来没有像今天这样主动为她低头，满心满眼都是她一人。

歌曲反复播放不知多少次，终于，平缓行驶的公交车停下。黎冬自车窗看

---

① 引用自歌曲 *This Winter*。
② 同上。

向外面熟悉的校园，脑海中突然有根弦就此断裂，大脑一片空白——从来没有一辆公交车，能从医院直达三中。渐响的心跳声开始震耳，她不由得抬手攥住男人衣袖，尾音发着颤："我们为什么要来这里？"恍惚中，黎冬感觉到温热干燥的大手反握住她冰冷手掌，随后是男人压抑的低声落在耳边："阿黎，为了弥补我们曾经的遗憾。"

❄ 64

不是你，不是我，而是"我们"的遗憾。走下台阶前，黎冬回头再看一次略显空荡的车体。视线扫过公交车里处处让她感到熟悉的场景，心中满腹疑团，杂乱的思绪宛若缠杂一处的线头。黎冬好像手握答案，却又隔着层层薄纸，看不清正确答案。

祁夏璟也没再多做解释，只牵着她的手向前走，宽肩背影在凄凄月色下予人无限安稳。时逢周五学生们放假，电动的伸缩校门半开着。两人的打扮显然不是学生，门卫大叔推开门卫室的小窗，粗着嗓门叫两人出示通行证。

"你这就一张啊？"大叔接过祁夏璟手里的通行证，看着下方的校长签名，抬眼看向后方的黎冬，努嘴，"你后面的人，谁啊？"

祁夏璟勾唇，沉沉低声响起，带着几分缱绻眷恋："我爱人。"

黎冬瞧见男人唇角微扬，散漫眼底沾染几分浅浅笑意，仿佛光是这再稀松平常不过的二字，都足以让他感到愉悦。这么多的爱称里，祁夏璟好像格外喜欢"爱人"。很早之前，黎冬就好奇过为什么，绕过校门口的许愿池，祁夏璟牵着她往操场走，耐心地解答她的疑惑："因为觉得神奇。居然有一个称呼，仅仅只用两个字，就足以表达情感。"

不必大段的繁杂表白，只是日常呼唤，都能让彼此感受到爱意。

祁夏璟先是牵着黎冬去了操场的演讲台。高中时，三中每周一清晨都会在此举行升旗仪式。暮色苍茫，一片昏黑，唯有皎白月色降落人间，洒下银光。周五晚上的操场再不见学生，眼前一片空旷寂静。

全世界只剩下他们。晚风拂面，自领口钻进身体，黎冬在宽阔的升旗台上轻轻地打了个寒噤，下一秒，感到沉甸甸的外套盖在她肩头。

"高一新生报到那天，我临时被教导主任抓上台，被迫念他提前写好的稿子。"男人用低沉倦怠的声音缓慢说起久远往事。他目视前方，深邃的桃花眼微微眯起来，遮眉的蓬软黑发被冬风吹动。

黎冬抓紧身上宽大的外套，抬眼怔怔看着陷入回忆的祁夏璟，看他身上宛如当年校服的蓝白色调的长衫，看他随风摆动的衣角，看他如那年一般高瘦挺拔的惊艳身姿。

她同样记得十三年前的入学仪式，往年的规矩都是让中考成绩第一名的新生发表新生演讲，而叛逆乖张如祁夏璟，不仅不写演讲稿，甚至连别人供写的稿件都不屑于完整念完。"那天你把演讲稿团成一团，"黎冬随着男人目光向下看去，十三年前的场景仍旧历历在目，"结束时教导主任要你分享学习经验，你就丢下一句'没什么经验，全靠脑子'。"话毕，她弯眉轻轻笑起来，"之后，学校就再也不让你在升旗仪式上演讲了。"

祁夏璟转头静静看着她笑，半晌轻声问道："阿黎，那时你在哪里，又在想什么呢？"男人深情地望进黎冬双眼，灿若繁星又温柔如水，叫人深陷其中，难以自拔。凛冽的晚风吹过两人头发。良久，黎冬抬手指着距离演讲台最远的操场右后方，空灵的声音下一秒便消散风中："当时我的大脑应该是一片空白，没想到还能见到你。"

她不清楚祁夏璟究竟想做什么，也没有再追问，任由男人从后面将她抱住，用温热脸庞贴上她冰冷的颈侧皮肤。他一字一句低声道："如果可以，替我和那天的黎冬说声抱歉，是祁夏璟太笨了，要她等了十三年才发现。"

"好。"黎冬垂眸，压抑着颤抖的尾音，"她也让我告诉你，没关系的，不要自责。"之后祁夏璟又带她去了演讲台背面的露天篮球场。篮球架旁孤零零地丢着一个篮球。黎冬站在球场内，看祁夏璟弯腰将篮球捡起，指尖把玩着找回球感，随后双脚点地高高跃起，连发丝都在空中腾跃。

男人身体微微后倾，篮球脱手的瞬间，黎冬看着再熟悉不过的身姿，"后仰跳投"四个字几乎脱口而出。时间过去这样久，他还是习惯同样的投球姿势。这是黎冬第一次离得这样近看祁夏璟打球，不必再远远隔着人群看他的背影，而是近到能看清男人击球时下意识的皱眉，以及球进筐后勾起的唇角。

篮球砸落地面，发出闷闷的声响。祁夏璟逆着月光转身看她，宽松的蓝白长衫随风鼓动，扬唇笑起来，眉眼间尽是畅快恣意。

四目相对，黎冬有一瞬的恍惚，以为她见到了当年意气风发的乖张少年。未曾经历过苦难磨砺，不必考虑未来艰险，举手投足都是年轻气盛的神采飞扬。少年风华正茂，不惧道阻且长，且自信矢志不忘，润物无声地占据她曾贫瘠荒寂的青春，如今竟也盛放出瑰丽绝艳的不败玫瑰。她的眼底不受控地泛起泪意，视线逐渐模糊，安静地看着祁夏璟一步步朝她坚定走来。他俯身用指尖轻抚她的眼角，轻声道："这么看着像是要哭了。"

黎冬只是摇头笑着，抬手抱住男人瘦劲的腰，喃喃道："谢谢你。"之后祁夏璟又漫无目地带着黎冬在学校游逛。他们牵手走过花坛，去了空旷无人的体育馆，甚至在学校里停业的小卖部前停留许久。每到一处，祁夏璟都会停下脚步，回忆他读书时在此处的经历，末了又要问当时的黎冬在哪儿，那时又在想些什么。十三年前的久远时光，就这样被两人一点一点磕磕绊绊地捡起，破碎却弥足珍贵。

祁夏璟身上有股永不服输的拗劲儿。十多年前的记忆太过久远，黎冬总有想不起的时候，每次忍不住想说"算了"时，就会对上男人温柔而专注的黑眸。他一次又一次地无声告诉她，不能就这样算了，他们不可以这样算了。

那一刻，黎冬忽然明白，祁夏璟究竟是怎样熬过他们分别的十年——这样漫长的时间，哪怕听着都只觉是危言耸听般荒唐。离开三中前，两人在校门口的布告栏前停下。这次是黎冬放慢脚步，长久地望着眼前成排布告栏中的第一块，半晌怔怔道："以前，你的每一篇考试作文都会被贴在这里，当成范文要我们学习。"今晚的一切发展早超乎黎冬预料，她不清楚祁夏璟带她来学校追忆往事的目的，更不清楚她此时坦白的理由。如果非要解释，大概是她突然想让祁夏璟知道这些，仅此而已。

"那时候我每天都会偷偷跑过来。"黎冬被握住的手在发汗，掌心濡湿一片，并未扭头去看男人表情，"一遍又一遍模仿你的字迹，所以之后帮你写检讨，才从来没人能认出来。"不想话题过于沉重，黎冬努力扬起声调，说完才敢转头去看盯着布告栏的祁夏璟，轻声问道："你在想什么？"

"我在想，如果那时的祁夏璟知道这些，他一定会在每篇考试作文后面都写上同一句话。"祁夏璟垂眸，眼神写尽爱怜。银月白光勾勒他修长落拓的身影，定格此刻，圣洁如神祇，他一字一句道："阿黎，我一直在等你。"等你向我而来。低凉的晚风拂面而过，少年青春逝去不复还。

黎冬眼眶再次湿润，她不知自己是哭着还是笑着，只是最后一次呼唤她曾经的少年，声音有几分哽咽："祁夏璟。"

"嗯。"

"我的青春好像结束了。"泪眼婆娑中，她扬唇仰头看向满眼是她的男人，真心实意道，"谢谢你，帮我圆满画上句号。"谢谢你，费尽心力为我弥补曾留下的遗憾，让那些尘封经年的晦涩爱恋，此刻终于得以窥见天光。

"阿黎，我是个不太懂浪漫的人。"本该在停车场的保时捷，不知怎么又出现在校门口。黎冬在副驾驶座坐下一会儿后才等到祁夏璟上来。他递过来手里的纸袋，随即想起什么，笑了笑。"表白的时候忘了送花，今天你过生日又忘记了。时间匆忙，礼物准备得比较潦草。"男人语调罕见地紧绷着，似是有

424

些紧张地解释,"你要现在打开看吗?"

"好。"黎冬还沉浸在告别青春的感慨中,她从纸袋里拿出沉甸甸的方形盒,心不在焉地摇头安抚,"没关系,你已经——"话音未落,她看着猝然出现的画册,大脑轰的一声炸开,当场罢工。指尖触碰到皮质封面,太过熟悉的感受让黎冬不可置信地呆愣几秒,才勉强压下的泪意再次涌上来。

今晚第一次,两行热泪滚下她的面庞,大颗掉落在画册封皮。她慌忙擦去,砸落的眼泪却越来越多。直到祁夏璟轻柔捧起她的脸,用丝帕擦去流不尽的眼泪,她才颤声问道:"你从哪里找到它的?"

难怪他会提起公交车的事,难怪他会在升旗台上问起她那时的位置,难怪他会在篮球场里朝她大步走来,这些一件件组成她青春暗恋的事,都曾被详细记录在这本画册里,十年前被她狠心丢弃,也一同消失不见。

"是周屿川那年捡回来的,一直保留到现在。"见黎冬的眼泪依旧长流不止,祁夏璟喟叹一声,倾身吻去她滑落的泪滴,额头相抵,沉声带着几分疼惜,"我在画里添了些东西,希望你不要介意。"

添了东西?泪眼婆娑中,黎冬指尖颤抖地翻开画册。渐渐地,她眼底的泪意被惊愕替代,一时只觉得头皮发麻。泛黄的纸页上有新旧两种笔迹,画风迥然不同的线条密密麻麻地排布。褪色的黑线绘出少年的挺拔修长,多年后再看,仍是意气风发的模样。而新添的墨线笔触细腻,勾勒出少女的亭亭玉立。

只是她总远远站在人群之外,遥望着几近褪色的少年身影。公交车上,站姿懒散的少年单手握着吊环,戴着耳机,低垂桃花眼,而在他身后,公家车最左后面的位子上,有神情略显羞涩的少女小心翼翼看过来。冬季厚厚的羽绒外套,将巴掌大的脸衬得更小一圈。

新生报到的演讲台上,乖张叛逆的少年站在台上手握麦克风。在他不耐烦地将演讲稿揉成团时,台下的茫茫人海中,纤瘦高挑的少女正目不转睛地看着台上,眼底光芒灿若星河。篮球场上,少年和队友挥汗如雨,投球的瞬间高高跃起身体仰。围起的人潮外,远远有少女久久驻足,疏冷表情如常,攥紧衣角的十指却暴露她此时的紧张。

记录她三年青春的画册上有近千张画影,并非每张都重现当时场景,更多的只是在少年身上着墨,甚至有大半是黎冬臆想时胡乱画出来的,却都无一例外地添上了她的身影。每一页画纸,每个少年身旁,都多了一个她。这本画满她经年爱慕的画册,如今也记录了她心爱少年的青春。

黎冬忽地想起这几天祁夏璟的异常行为:天不亮就醒,故意把她弄睡着后再去客厅,以及眼睑下总也不退的淡淡乌青,原来都是为了这份生日礼物,原来这才是他所说的"为了弥补我们的遗憾"。黎冬久久说不出话，只有泪水止不住地掉落，擦净又复来，像是要把这辈子的眼泪都流干淌净。

"这下真的要成'水宝宝'了。"祁夏璟本意并不想让黎冬哭，在月色下见她眼尾绯红，长臂一伸，将人抱在怀中，低声长叹，"其实看到画册末尾的话时，我很生气。"黎冬早想不起她在最后一页写过什么，低头想去看时，就听祁夏璟低声在她耳畔说话。"你写着，'就像盛夏和凛冬，有些人注定没有交集'。"不等她解释，男人就惩罚性地垂头咬在她柔软的耳垂上，声音沙哑，"事实分明不是这样。"哪怕只有短短一年时间，他们也曾勇敢而热烈地相爱过，怎么会没有交集？

黎冬后知后觉地想起来，尾页那句是在两人分手后，她准备将画册丢掉前写下的，不由得出声道歉："对不起——"后半句被男人绵长滚热的亲吻吞下。一双薄唇封锁她唇瓣榨取空气，直到黎冬感到缺氧，开始推人时，他才意犹未尽地放开。"阿黎，"杂乱的呼吸紧密交缠，黎冬的胸腔急速起伏，她听见男人沾染情欲的哑声，"我想听的不是这个答案。"她的双眼在深吻后泛起水汽，黎冬叫祁夏璟捏着下巴，被迫仰头，望进男人满是她身影的黑眸，长达十三年的恋慕终于能够亲口说出来。

"祁夏璟，"她弯眉嫣然一笑，在男人爱意盈满的眼神中，主动凑近吻上他的薄唇，一字一句道，"我爱你。"电光石火之间，黎冬见到祁夏璟眼底闪过太多复杂难懂的强烈情绪，像是经年蠢蠢欲动的火山终得以喷发倾泻。男人再度俯身亲吻而来。不同于刚才温水煮青蛙般的爱抚，这个吻带有太强的侵略与攻击性。黎冬能清晰地感知到，蛰伏在祁夏璟身体的野兽挣脱牢笼，恨不能登时将她一口吞入腹中。

他甚至分不出神回应她的告白，急切而躁动地想要取得她的一切。直到黎冬被吻得睁不开眼，颈侧与锁骨都因啃咬而处处泛起刺痛时，忍不住抬手去推男人的头："你——"

"阿黎，"祁夏璟哑声打断，薄唇尖齿从她锁骨离开，下一秒停在她滚热耳畔，蛊惑般的声音宛若诱骗，"要我吗？"

65

大约人的一生幸运与倒霉的总和是恒定的，从前错过太多，如今终于苦尽甘来。二十八岁的黎冬很快体会到事业、爱情双丰收的快乐，像是迟来的生日礼物，步入二十八岁第二日的下午五点，黎冬收到三封来自 S 市不同医院的面试通过的邮件，第一封就是祁夏璟所在的人民三甲医院发来的。

虽说还有最终一轮面试，但她先前询问过导师，知道只要提交的材料真实无误，在这家医院能进最终面试就基本等同于聘用，最终面试说是筛选人才，不如说是熟悉彼此的会面。

毕竟是去人才济济的S市医院，职位自然不如留在H市，但薪资待遇却优厚不少，且未来发展更光明。对黎冬来说，绝对是意外之喜。事情顺利到让人难以置信，以至于她一度怀疑是不是祁夏璟暗中帮助她疏通了关系。

"是你本身就足够优秀。"年底将至，天气一寒再寒。周五下班后，两人吃过饭就默契窝在沙发里看电视，罐头则抱着新买的小暖炉当新宠。说话时，祁夏璟正给刚洗完澡的黎冬擦头发，怕她着凉又捞过毯子盖在身上，脸上笑容散漫。"如果我真的帮忙，会立刻邀功了。"男人从背后将她环住，薄唇贴着她纤长颈侧，意有所指道，"比如会问你选择今晚在哪里，是餐厅还是客厅？"

骨节分明的手伸出来轻揉她的膝盖，祁夏璟又十分体贴地补充："在卧室也可以——怕你膝盖受不住。"黎冬想起她昨晚在软垫上跪了小半夜，现在膝盖还有乌青，扭头看向笑吟吟的某人，叹气："今天休息一天吧，明天还要早起去小姑的婚礼。"

"那我注意点儿，争取看不出来。"

祁琛与黎媛的婚礼规模并不算盛大，只邀请了两人最亲密的好友。在满场的祝福声中，众人见证这对不算新人却恩爱多年的夫妻携手走过婚礼殿堂。鉴于男女双方家里至今都不曾认同这桩婚姻，夫妻二人都是独身一人从门后出现，但总归是双向奔赴。

在台下听祁琛对着黎媛真心表白的那一刻，在看到身穿白色婚纱的黎媛笑中含泪地点头时，黎冬觉得小姑就是最幸福的新娘子。她不断用手机拍照，只感叹父亲无法亲眼见证这一幕。没人会不想在大喜之日得到家人祝福，黎媛曾给黎明强送去结婚柬和伴手礼，只是按照男人的脾性，十有八九不会到场，就像他们分别错过的那十年，祁琛与黎媛也有他们不得已的遗憾。

当祁琛跪下向黎媛求婚，要将戒指为她小心戴上时，黎冬在热泪盈眶中，听见身旁的祁夏璟问她："等到我向你求婚的那一天，你也会哭吗？"

男人的好胜心总出现得莫名其妙，黎冬破涕为笑地转头看他，对上祁夏璟认真的眼神，眼底忽地一片柔软。在浪漫的乐曲和众人的鼓掌、祝福声中，黎冬沉思几秒，抬眸朝着男人嫣然一笑："会的。"

如果求婚的人是祁夏璟，只要站在那里，哪怕是两手空空地向她张开怀

427

抱,她都一定会哭的。

不知道是否出现了错觉,婚礼结束散场时,送宾客离开的黎冬似乎在人群中看到一抹熟悉而略显苍老的背影。男人的着装普通且陈旧,在一众宾客中显得尤为突出。他步履蹒跚,双肩下垂,从上到下都与这盛大而圣洁的场景格格不入。黎冬的脚仿佛被铁钉焊死,最终没有追上去确认对方的身份。她说不清其中的原因,不知是害怕对方如果不是父亲,也许会冒犯到他,还是想给独自前来的父亲些许体面,抑或是自欺欺人如她,不敢认人群中那个瘦小而背影佝偻的男人,是她印象中顶天立地、无所不能的父亲。

大概人确实会越活越怯懦,不过八岁时,她就能坦然接受家里的贫穷。不满十八岁时,她就主动扛起照顾病中父亲的重担,自愿放弃去S市读大学的机会。可如今她已过二十八岁,在快要奔三的年纪,却胆怯地无法接受父亲终将要老去的自然现象。那晚她躲在卫生间偷偷哭过一回,最终被担心且始终守在门口的祁夏璟抱到客厅。她想起上次电话里父亲的松口,坐在沙发上轻声道:"元旦我想回家看看父母。"

"好。"祁夏璟毫不犹豫地一口答应,爱怜地轻拍她后背,"今晚收拾东西,我们坐明早的高铁回去,正好能赶上跨年。"黎冬知道家人对祁夏璟仍旧有偏见,贸然带他回去,大概率会让祁夏璟遭受不少冷言冷语,也清楚这对他来说并不公平。

"没关系的,他们是你的家人。"男人总能一眼看透她心底哪怕再微小的忧虑,安抚地亲吻在黎冬额头,"我爱你,也会同样敬爱你的家人。"

世人的原生家庭各有不同,哪怕感情再好也会有分歧和冲突。血缘最深的家人可能会用粗暴,甚至野蛮的方式对待孩子,孩子也无可避免会感到无奈、烦厌,以及无数次想要逃离深渊的冲动。但无论如何,人都无法否认或拒绝这份生来的血缘纽带。就像无论时间更迭多久,原生家庭的影响都一定会或多或少地体现出来。黎冬在祁夏璟的语气中听出几分落寞。她知道男人想起了他那个甚至称不上"家"的归处。她心里疼惜,主动凑上前吻住男人唇角。

"祁夏璟,"黎冬捧着男人棱角分明的脸,一字一句认真道,"你永远不会再是一个人,你还有我。"从今往后,我就是你的家人。"

元旦统共放假三天,黎冬想着第一天回家,第二天就回H市。父母上个月才来过,没什么需要再买的。黎冬简单收拾好行装,将罐头安顿给徐榄和沈初蔓,关上卧室的门给母亲打电话。趁元旦返乡回家的人不少,她只能买到明天中午的第二班高铁票。黎冬在电话里和周红艳说起回家时,心里终究有些忐忑。出乎意料的是,母亲对祁夏璟的到来反应十分平静,完全没有预料中的反对与歇斯底里。

"你已经是大孩子了,有些事情,你下定决心,我们也管不了你。"电话末尾,周红艳只是叹气,"我和你爸这辈子就你一个女儿,不管我们做什么,出发点都是希望你好,希望你能幸福。"

黎冬垂眸,轻声道:"我知道的。"再没话聊的母女俩挂断电话,黎冬本想喊祁夏璟休息,但一出卧室门就见到男人抱着电脑在客厅忙碌,又怕打扰到他工作,打声招呼就提前去睡。第二天醒来,她去客厅,就见到堆满大半客厅的伴手礼,从补品到过冬寒服,一应俱全。

"虽然不是第一次见家长,但我想还是要正式些。"祁夏璟带着鼻音的低声从身后响起。男人从背后将黎冬抱住,将头埋进她的颈窝:"我买到九点钟最早一班的票,要和叔叔阿姨说一声吗?"

黎冬抬手揉他蓬松的黑发,摇了摇头。按照父母的性格,家里来人怎样都会提前准备,现在临时告诉他们更改时间,估计又要手忙脚乱,还是不多添麻烦了。

出门前,黎冬还担心过两人要怎么将七八盒东西带回去,结果到了楼下有李助理帮忙将东西搬上车,到高铁站又有专人负责行李。直到两人下了高铁、开车一路快到黎冬家时,祁夏璟才亲自从后备厢拿出礼盒。

近十年经济飞速发展,当年的贫困乡镇早已变了模样。虽然比不上灯红酒绿的大城市,马路也修建得平整干净。为了不过分高调,祁夏璟特意开了一辆奥迪,没想到还是引来了周遭频频注视。

黎冬的家在山脚下,原本的矮平房这些年因为周屿川不断地强行打钱早换成三间气派的红砖瓦房,还有一个自成一派的小院子。将车子停在院子外的空地,祁夏璟提着礼盒下车进院。两人没见到周红艳和黎明强,倒是撞见在院子里弯腰洗菜的周屿川。

青年穿着灰色套头衫,在寒冬腊月里不怕冷地撸起袖子,坐在矮脚木板凳上打开水龙头,听闻铁门被推开的声音抬起头。黎冬几乎是下意识地往前一步挡在祁夏璟面前,问周屿川:"爸妈人呢?"

周屿川朝她点头算作问好,言简意赅道:"出去买菜。"话落青年的视线上抬,冷眼对上祁夏璟一双桃花眼,露出肉眼可见的嫌弃表情。

画册的事让祁夏璟决定大人不计小人过,将东西贴着墙根放好,主动上前握手言和:"上次的事情,还没正式和你说声'谢谢'。"

周屿川漠然地和他对视几秒,转身弯腰拾起装有洗菜水的盆子。下一秒,青年毫不犹豫地将盆中水冲着祁夏璟的方向泼出去,不少洗菜水直接溅洒在男人裤脚。黎冬忍不住皱眉，轻声斥责："你这是要干什么？"

青年冷漠地看着祁夏璟悬空的手，始终面无表情："家里进了脏东西，洒水除晦气。"

祁夏璟的太阳穴又隐隐跳动，似笑非笑地道："你小子又开始发癫，是吧？"

"那你就离我远点儿。"周屿川漠然如旧，毫不客气地下达逐客令，"至少现在别在我家里碍眼。"

考虑到祁夏璟和周屿川同处太容易打起来，父母一时半会儿又回不来，黎冬忙拉着祁夏璟离开家里院子，叫屿川等父母回来后给她打电话。两人牵着手在路上漫无目的地闲逛，时而有看着黎冬长大的熟人停下和她打招呼，得知祁夏璟是她男朋友后，感叹一句男朋友真帅。

散步到另一面的山脚下，黎冬准备打道回府时，祁夏璟却停下脚步，抬头若有所思地望向眼前的环山，忽地出声道："阿黎。"

"嗯？"

"要不要去我们初遇的地方？"

冬天的山，土块僵硬，此时又没有下雪，爬起来甚至比夏季的松软土地更容易些，再加上还有新修的石头路，两人一路向上，并没花费太多力气。左拐右绕的半小时后，黎冬最终在半山腰的某个歇脚处放慢步速，转头回望身后的祁夏璟："就是这里。"

眼前光秃秃的路面上铺满枯叶，唯有几步外的一棵两三人腰粗的高耸枯树非常惹眼。大概黎冬就是依靠这个确认当年位置的。

"那天傍晚下了好大的雨，我找不到地方避雨又崴了脚，就只能躲在这棵大树下。"再回忆往昔已不像从前一般艰涩，黎冬只微垂着眼，一点点放轻声音。"我本来打算等到雨停再回去，然而你先来了。虽然我知道是大人叫你们出来找没回家的孩子，"黎冬抬眸望进祁夏璟的深邃双眼，四目相对，弯眉轻轻笑起来，"但那日雨幕中，你成了我永远忘不掉的人。"

寒凉山风掠过光秃枝丫，拂动黎冬鬓角散落的碎发，连同她的声音也变得无比温柔："可能这份喜欢听上去很莫名其妙，但——"

话音未落，沉默许久的男人倏地背对她蹲下。不知是不是巧合，同十三年前一样，祁夏璟今日也穿着黑色衣服，后背较之曾经的少年要宽阔许多。

鼻尖被浓郁的乌木沉香勾得微微发酸，黎冬环住男人脖子静静趴在他后背。在呼啸的寒风中，能听见两人交织缠绕的呼吸声。时间终究改变了许多，她不再如那一年般心跳如雷，只能感受到安稳绵延的幸福。

430

如同当年那般，祁夏璟背着她一步一步地稳稳向山下走，在凉风习习中忽地勾唇问道："能不能问问，你叫什么名字？"

　　角色转换的对话太过熟悉，黎冬浅浅笑起来，配合地应答道："我叫黎冬。黎明的黎，冬天的冬。因为我出生在冬天，所以父母取了这个名字。"

　　"黎冬？挺好听的名字。"不再年少的男人沉沉低笑出声，"我的名字里带夏，因为我出生在夏至。你看，我们连名字和生日都是天生一对。"

　　黎冬才不会轻易被糊弄过去，笑着纠正："这是怎么得出的结论？冬与夏之间，可是隔着最遥远的一整个春天与秋季。"

　　祁夏璟闻言，脚步一顿，微微侧偏过脸，午后暖阳透过层叠的枝丫降落在他棱角分明的脸上，轮廓清晰，再不是那年雨中朦胧不清的幻影。

　　他想起几日前在那本画册尾页添上的最后一笔，勾唇缓缓道："没关系。哪怕盛夏与凛冬相隔万里，我们也要在初春相遇，晚秋私奔，剩下冬夏，都用来热恋。"

第 17 章
我的女儿

❄ 66

一顿四人晚饭比预想中平和许多。同样，也更加尴尬。黎冬和祁夏璟一出门就忘了时间，不紧不慢地边聊边往回走，回程路上又被几位路过的长辈拉住热情盘问，到家发现两位长辈不仅回来了，连饭菜都做好了。

黎冬本想问周屿川怎么不提醒自己，结果拿出手机一看，发现早就因为没电关机了，至于让周屿川主动联系祁夏璟——想想都知道不可能。

黎家四个人里三个不爱说话，唯一爱唠叨的周红艳也因为对祁夏璟的情绪太复杂，端菜上桌后催促几人来吃饭，随即陷入沉默。本该热闹的跨年晚饭寂然无声。半晌，周红艳还是忍不住道："小夏……哦，是小祁——"

"阿姨习惯的话，叫我小夏就好。"祁夏璟泰然自若地放下筷子，在座位上朝两位长辈微微鞠躬，"贸然拜访，没准备什么，还辛苦您和叔叔受累，实在不好意思。"伸手不打笑脸人，男人面上笑容得体，歉然语气更是拿捏到位。再加上此时堆在墙角快成灾的七八个礼盒、礼品袋，让本对他印象糟糕的黎家父母也不好再说什么。尤其是周红艳，她的偏见本就不如黎明强深刻，又和祁夏璟私下沟通过，听一表人才的男人连连道歉，心里的抵触早就消失大半。但架子不能丢，周红艳清清嗓子："反正都要做饭，也不多你一副碗筷。"

"阿姨说得对，是我沾了阿黎的光。"人精如祁夏璟怎么会听不出周红艳话里的接受之意，桃花眼扫过丰盛的饭席，微微一笑，"其实我很好奇，这些菜都是阿姨您自己做的吗？"

"是啊，怎么了？"

"只是感叹一下，原来这才是家的味道。"祁夏璟闻言摇头，恰到好处地怅然勾唇一笑，"很多年没体会过了。"昨晚才给某人做了饭的黎冬："……"

周屿川再次忍无可忍地直呼其名："祁夏璟，你要非卖惨才能说话，下次再来我家吃饭，我不介意在你饭里放点儿药。"再有偏见也不能这样，周红艳不满地皱眉轻呵："小川！怎么说话呢？"

"阿姨，没关系的。"祁夏璟反过来大度地宽慰周红艳，和善笑道，"屿川还是小孩子，您别生气。"黎冬眼看周屿川咬肌绷紧，只觉两人下一秒要打起来，眼皮突突直跳，忙起身给祁夏璟盛碗鸡汤，用眼神示意他不要再说。

鸡汤是周红艳中午就在砂锅里炖煮上的。白嫩的鸡肉口感软嫩，一清二白的汤汁色泽莹润，汤面上浮着细碎的青绿葱花。记得祁夏璟不吃葱、姜、蒜，黎冬盛出汤后，自然要用筷子挑走葱花，骨节分明的手先一步将碗拿走。她眼神微异地看着祁夏璟将碗递到唇边，眼睛一眨不眨地连带着葱花喝下去，疑惑轻声道："你不是不吃葱、姜、蒜——"

"很好喝。"祁夏璟适时出声打断，面露微笑地扭头看她，桌下的手悄然握住黎冬，"嗯，我不吃什么？"男人修长的五指不怀好意地直插入她的指缝，大拇指不紧不慢地在她掌心摩挲，像是亲密而无声的威胁，暧昧缱绻的触碰，却让黎冬应激反应般肩膀轻抖，立刻摇头："没事。"

"不爱吃就直说。"始终沉默的黎明强终于发话，鬓角斑白的男人身形佝偻着，头也不抬地沉沉道，"来家里做客不是让你勉强自己。"说是不再反对，倔脾气的老头心里还憋着气，冲祁夏璟说话自然没好气，"上次去体检受你照顾了，这顿饭虽然还不上人情，但也不是要委屈你。"

桌上的氛围霎时冷凝下来。

"叔叔言重了，上次的事都是我该做的。"祁夏璟面对黎明强时收起笑容，诚恳道，"您和阿姨对阿黎都是最重要的人。您允许我尽微薄孝意，是我的荣幸。况且，阿黎工作已经很忙了。"祁夏璟不放过男人脸上任何微表情，精准狙击道，"您和阿姨只有身体健康，她才能毫无顾忌地放手做事。"儿女永远是父母最大的软肋，黎明强闻言冷哼一声，倒不再对祁夏璟冷嘲热讽了。

饭后，祁夏璟拿出从国外高价购买的测压仪要送给黎明强，再次搬出一切为了黎冬安心的理论，黎明强沉默几秒还是收下。周屿川全程冷眼旁观，出门接电话前，冷冷地在门口丢下"道德绑架"的一针见血的评价。

黎冬和母亲待在厨房，准备收拾餐桌洗碗。转身去拿门把手上的围裙时，

第17章

433

黎冬背对着周红艳问道："父亲答应的理由……是那本画册吗？"周红艳没有正面回应，只是长长叹气："那天你爸一个人在床边坐了很久，问我打你的那天你哭过没有。"太过久远的事，连当事人也记不清了，况且人总不能永远活在过往的枷锁中。黎冬将围裙摊开，转身向母亲露出真心诚意的微笑："不管怎么样，妈，谢谢你和爸爸给我们一次机会。"她自问不能全然不顾家人感受，如果父母铁了心反对她和祁夏璟的关系，黎冬不确定她是否能坚定地走下去。

"我来洗吧。"低沉悦耳的男声在身后响起，黎冬正要扭头，就被人拿走了手里的围裙，抬眸对上祁夏璟一双桃花眼。和往常一样，男人吃完饭就会自觉来洗碗，还不忘问黎冬一句："要不要一起？"

"祁夏璟。"躲进独立小厨房，低头给男人系围裙时，黎冬想着一副臭脸接受礼物的父亲，不由得笑着感叹，"我发现，你好像特别会搞定我爸妈。"

"过奖。"暖光灯下，祁夏璟被女人唇边笑意勾得心痒，俯身亲吻她的薄唇，低低道，"大概从头到尾都让我束手无策的，也就你一个人。"习惯了亲吻，黎冬任由男人将她压在墙上，抬手搂住他的脖子，水眸亮晶晶的："东西费心了，谢谢你。"

"只是口头感谢？"厨房外的电视声掩盖住人声，祁夏璟垂眸看她笑意盈盈，挡在她后背的手指尖划过她背脊，意有所指道，"就没点儿别的实际奖励？"黎冬沉吟片刻，忽地想起什么，眼底亮起："家里就三间卧室，我爸妈不可能让我们睡一起的。"隐隐觉得不对，祁夏璟眼皮一跳："所以？"

"所以嘛，"想到今晚终于能睡个好觉，黎冬禁不住嫣然一笑，"今晚要委屈你和周屿川一起睡了。"话落，她还侧身从男人双臂桎梏中灵巧逃出来，因为短暂逃过一劫而笑眯眯地仰头看他。默默将黎冬弯眉笑得正甜的表情在心里算上一笔，祁夏璟似笑非笑地抬起眉，眼底满是无奈宠溺："这就是我良苦用心的'奖励'——"话音未落，眼底带笑的女人忽地攀在他双肩，踮脚粉唇凑近祁夏璟耳边，软着腔调黏糊糊地撒娇："委屈你了——老公。"黎冬没说完，脸和脖子先爬上羞赧粉红，转身欲走，下一秒又被坚实有力的手臂拽回拥抱，随后柔软耳垂被尖齿轻咬住了。她听见某人沙哑地道："再叫一遍。"

黎冬拒绝："不要。"

"宝宝，给你两个选择。"祁夏璟不为所动地将她拥得更紧，意有所指道，"要么现在再叫一次，要么明天回家叫。但到时候是叫几次，我就不做保证了。"黎冬不满地愤愤回头，控诉道："你这是威逼利诱。"

"嗯，我还卑鄙无耻下流。"祁夏璟欣然接受中肯评价，落吻在她白里透红的侧脸上，挑眉笑得漫不经心，不忘初心道，"那你到底叫，还是不叫？"

玩心眼儿黎冬哪里玩得过某人，叫肯定是要叫的。要不是周红艳好奇碗怎么还没洗完进来厨房，黎冬不知道还要被折腾多久。

周屿川今晚格外繁忙，电话一通接着一通地打进来，他也反反复复地进出家门。得知周屿川在做游戏工作室，祁夏璟早派李助理粗浅打听过情况，大致了解到青年目前正和一家老牌公司竞争投资，怕打草惊蛇，他也就没多打探，看周屿川跨年夜还电话不断，眉头时刻紧锁，恐怕形势不容乐观。

两位长辈等不到跨年便睡了。黎冬见父母房间的灯灭后，轻手轻脚去找祁夏璟，见周屿川仍旧不在，不由得皱眉："他一直没回来吗？"祁夏璟巴不得青年露宿街头，长臂一伸拉着黎冬坐在他腿上，抱着人给她暖手："这么晚过来，是想邀请我过去，还是想留这儿不走了？"

黎冬不理会男人的话，水眸亮晶晶地看着他："我才想起来，我们这里的滑冰场今晚不歇业，你想去看看吗？"说完她停顿片刻，补充道，"和城市里的滑冰场肯定没法比。但我小时候总偷偷溜进去，很有意思。"

祁夏璟印象中，黎冬要么在刻苦学习，要么全身心扑在工作上，这还是他第一次见她对于玩乐表现出兴奋雀跃的情绪，便道："好。"

十点钟对于许多年轻人来说是夜生活的起点。哪怕此时二人在屋里，也能偶尔听见院子外面传来年轻人的呼喊谈话声。敲定要出门后，祁夏璟怕黎冬着凉，又里三层外三层地将她穿裹成四肢瘦长的圆团子，才满意地牵着她的手出门。

"等一下。"刚出门，经过第一个路口时，黎冬忽地拽了拽祁夏璟的衣袖，不确定道，"你看对面那个人，是周屿川吗？"祁夏璟望过去，老旧路灯下，右前方街边商店的拐角位置，站着高瘦挺拔的周屿川，以及他对面足足矮他大半个头的娇小女生。她戴着酒红色贝雷帽，米白色的针织开衫下还穿着红色灯芯绒长裙。远看都知价格不菲的衣服，让女生和周围环境显得格格不入。她手边是巨大的银灰色行李箱，此时正费劲儿地仰着脑袋和周屿川说话。

两人的对话似乎并不愉快，周屿川双手插兜，一如既往地冷漠，而女生则气得脸颊圆鼓鼓，嘴里噼里啪啦地说个不停。青年全程闭嘴垂眸听她说话，淡漠得宛如化不开的寒冰。夜间的凛冽寒风吹过街角，吹走女生精心戴好的贝雷帽，软糯的轻呼声在风中响起。

贝雷帽最终落在周屿川手里。青年仍旧冷淡地单手插兜，另一只手将帽子扣在气鼓鼓的女生头上。在女孩正要低头整理帽子时，青年屈指不甚温柔地在女生额前弹了一下。黎冬听不清他们争执的内容，但周屿川对女生动手这件事就足够严重，忍不住要上前阻拦。祁夏璟却伸手拉住她，挑眉道："不用去。"

第 17 章

435

"为什么，"黎冬疑惑地看他，"你知道他们在做什么？"

祁夏璟懒懒地抬起眼皮，用漫不经心的眼神看着周屿川默不作声地站在挡风口，勾唇意味深长道："大概是冬天到来，春天也不远了。"

67

"你们怎么在这里？"黎冬和祁夏璟两道身影都太打眼，不多时周屿川察觉后大步走来，淡淡朝黎冬点头，"姐。"

"我们要去滑冰场。"黎冬简单解释，目光不由自主地看向拖着巨大行李箱的小姑娘，轻声道，"请问这位是？"

"不熟。"

"我是他的员工。"圆脸圆眼的小姑娘笑容明媚，眉眼弯弯，唇边有小小梨窝，扶好贝雷帽，大大方方朝黎冬伸出手，"你好，我叫姜柚。"女孩身量不如黎冬高挑，小小一只，单只手臂就能轻松圈进怀里。一双幼鹿般的圆眼亮晶晶的，好奇道："请问你是周屿川的姐姐吗？你长得好漂亮。"对上女生明晃晃的干净笑容，黎冬也跟着轻轻笑起来："谢谢你。"

不知道姜柚跨年夜跑来是为什么，寒暄两句后，黎冬和祁夏璟准备动身去滑冰场。就见姜柚悄咪咪地拽了下周屿川的衣袖，期盼的大眼睛忽闪忽闪眨着。

"不去。"周屿川面无表情地一口回绝，看见女生的脸冻得通红，皱眉道，"送你回家。"他说着要去提姜柚沉甸甸的箱子，又被女生眼疾手快地抢先一步，两人眼见着又要吵起来。

"时间很晚了，赶夜路回去也不安全。"黎冬适时站出来打圆场，笑着看向姜柚，"附近有家小旅馆。不嫌弃的话，你可以在那里歇脚一晚。"

"不嫌弃，不嫌弃！"姜柚忙不迭地说，精致五官和穿搭让她像是被等比放大的手办，礼貌地道，"谢谢姐姐。"

最终，四人还是一起来到滑冰场。相较于沉静漆黑的大街，冰场里放眼望去全是人，更显得格外热闹。小镇上的游乐设施本就少，开到半夜不歇业的更是寥寥无几。滑冰场上除了一大群从家里偷跑出来的少年，还有不少像黎冬和祁夏璟这样的年轻人。欢声笑语中，黎冬坐在角落的长椅上穿好冰鞋，抬眼去找靠着护栏外远望的祁夏璟。

"你会滑冰吗？"黎冬走到男人身边轻声问，后背靠着护栏，笑意盈盈，"不会的话，我可以教你。"祁夏璟看清她眼底一闪而过的狡黠，勾唇把人拉进怀里，用大衣裹着："发现我也有不会的，就这么高兴？"

心事被戳中，黎冬弯眉拒不承认："我没这样说过。"头顶的暖灯柔柔打落，倾泻在女人的发与肩上。祁夏璟发现黎冬最近的小表情越发丰富，总在不经意间流露出来，勾得人心痒难耐。他微微抬起眉，不动声色地答应："那就是我以小人之心，度君子之腹——黎老师教教我？"

黎冬佯装纠结几秒，勉为其难地点头答应："好吧。"说着伸手要去拉祁夏璟的手。男人右手从下方拖着她掌心，俯身行了个漂亮的王子礼，薄唇轻印在她白皙手背："荣幸之至。"大概天生聪明的人学什么都快，祁夏璟踩上冰面后晃都没晃，冰刃牢牢抓住冰面，用干燥温热的手掌包裹着黎冬。

惊叹他平衡力的同时，被牵住的黎冬感受到男人独有的乌木沉香越发浓郁。她抬头正对上祁夏璟笑眼，直接被宽厚的大衣包起来。看着祁夏璟另一只落在她腰上的手，黎冬隐隐觉得不对劲："你这样抱着我，我也动不了了。"

"那没办法。"薄唇落在她耳侧，男人蛊惑的低音带着几分漫不经心，沉沉道，"我害怕摔跤，只能这样。"习惯了某人蛮不讲理，黎冬也就任由祁夏璟半抱半搂着她在场边缓慢滑动，时而提醒他几句滑冰技巧。她是入门级水平，深奥的也教不了。自觉教学完毕后，黎冬决定松手让祁夏璟自力更生，于是挣脱他的怀抱向后退。

"欸欸欸，前面的——"惊呼声在黎冬身后猝不及防地响起，她还来不及回头查看状况，就觉得眼前一黑，手腕被温热的触感环住，带着不容拒绝的力道。只见上一秒还在学冰面滑行的祁夏璟，拥黎冬入怀后带着她在冰面轻盈滑了一圈，堪堪躲过冲过来的毛躁少年。

"实在对不起啊。"张牙舞爪的少年半天才费力站稳，窘迫地抓着后脑勺道歉，"我晚上刚学的滑冰，还不太会刹车。"少年关切地看着黎冬，"你没事吧？"

"没事。"黎冬目送少年的背影远去，回头看向悠哉自得的某人，幽幽地道："你不会滑冰？"祁夏璟仍虚搂着她，闻言抬起眉，语调散漫："是黎老师教得好，以及，"男人垂眸看她运动后微微泛红的脸颊，忍不住抬手揪了下她脸上软肉，勾唇道，"人要学会适当示弱。"黎冬心道：明明是不要脸。

半小时后，滑到大汗淋漓的两人离开冰场。黎冬在场外的长椅上脱下冰鞋，鼻尖忽地闻到醇香的热可可味道。接过男人手里的热可可，黎冬垂眸吹去袅袅热气，颇为怀念地道："初中时候每次考年级第一，我就会偷偷买一杯奖励自己。"她弯眉笑起来，"那时候总觉得，这里的热可可是世界上最好喝的饮料。"后来她才知道，冰场的热可可是粉剂冲泡的，成本不高，可眼前的旧物熟悉而亲切。

黎冬喝过热可可后身上微微发汗，拉开外套拉链，忽地自言自语道："希望下次回来，这里还在。"冰场老旧得早该被淘汰，再加上年轻人这些年都纷纷离开乡镇，遭废弃是迟早的事。

来时，她就发现东门原本的分场被拆除，主场的冰场面积也明显缩小，场馆的经营不善已是板上钉钉。更何况她日后要去 S 市定居，可能过年时才能飞回来，远不如现在买张高铁票方便。不知道下次回来，她还能不能见到冰场开业。该怎样形容这种感受呢？她理智上能接受事物更迭的自然规律，可心里不免还是会为物是人非感到遗憾。

"现在交通比你想的便捷，"沉思中，祁夏璟轻轻揽住黎冬的肩膀，让她靠着自己，"只要你想，我随时可以陪你回来。"男人不甚在意地勾唇笑了笑，"或者，我们不一定非要去 S 市，你也不用受累换职。"黎冬坐直身体，对上祁夏璟漆黑眼底，清楚男人没在开玩笑。

"别对自己的未来这么草率，阿黎。"男人抬手拂去她鬓角碎发，温柔低音在周围嘈杂人声中，依旧字字清晰，"我的未来规划里，从来就只有你一个人。"只要她安好，就是满分。

只几分钟的工夫，周屿川又找不到姜柚的人影了。女孩跳脱随性的性格令人头疼，一声不吭跟着他跑去 H 市，非嚷嚷着要免费给他打工，跨年夜又独自跑来偏僻乡镇。周屿川眉头紧锁，最终在冰场最角落的位置发现扶着护栏、步履蹒跚的姜柚。为了保持造型，姜柚任何护具都没穿戴，还时而停下来靠着护栏，小心翼翼地整理她的贝雷帽和精致造型。青年黑眸微沉，抿紧薄唇滑到姜柚身边，始终跟在她几步外的位置，像是在等着女孩摔跤似的。

果不其然，摇摇晃晃的姜柚只顾着埋头前进，根本没注意到前面有背对她玩耍的孩子。眼见着女生要迎头撞上孩子，周屿川长臂一伸将人拉住，面无表情道："看路。"

"咦……原来你在这里啊，"姜柚惊得跌进青年怀抱，捂着后脑勺惊喜地看着周屿川，笑眼弯弯，"我以为你早走了呢。"女孩翘挺的鼻尖上泛起细密的汗滴，巴掌大的脸白里透着一层浅浅粉红，专注盯着他看的清澈鹿眼不含杂质，一看就是一幅从不知人间烟火的模样。

周屿川不喜欢。他将矮他大半头的女孩轻松架起来，要她贴着护栏站好，自己站在外侧背对人流，冷淡道："这里不是你待的地方。"

"可我担心你呀，工作室融资的事，你是不是很难过？"姜柚苦恼地抿唇，随后又仰着头冲他甜甜笑起来，"我带了很多好吃的、好玩的给你，希望你不要这么难过。"周屿川想起他去车站接人时，姜柚正咬牙费劲儿地将巨大的行李箱抬下车站台阶，精致的小脸因为用力而皱巴巴的。可拖着行李箱朝他小跑过来时，她脸上又是那副不谙世事的表情，笑容甜得发腻。

周屿川同样不喜欢。他不理解为什么姜柚要放着家里锦衣玉食的日子不过，偏偏跑来这里吃苦？尽管他问过不下十次，还是双手插兜地俯视着她，语气微凉地旧事重提："为什么来这里？"

"因为喜欢你啊。"姜柚眼神和言语里的喜欢总是明晃晃的，哪怕知道会被拒绝，也落落大方地表明心意，"你不用有负担，等你什么时候想谈恋爱，或者是你喜欢上别的女生——"说着女生眼神黯了黯，脑袋耷拉着嘟囔道，"告诉我一声就好了。"

"姜柚，"周屿川淡淡出声打断，垂眸看着她贝雷帽下露出的一缕碎发，皱眉道，"我没有喜欢的女生。"喜形于色的女孩闻言，嘴角微微翘起，也不再缠着周屿川，自娱自乐地继续跟跄着滑冰。周屿川则全程面无表情地跟在后面，每逢姜柚疑惑回头，就平静地别过视线。姜柚被尾随一会儿后，实在忍不住心里疑惑，半晌眼底一亮地回头：" 你跟着我，是害怕我摔倒吗？"

"不是。"眼看女孩又要撞上人，周屿川伸手将她拉回来，冷漠依旧，"是为了你摔倒的时候取笑你。"姜柚被噎得说不出话，转身前，愤愤嘟囔一声："好好一个人，怎么偏偏长了张嘴。"接近十一点半时，黎冬和祁夏璟来到场边喊两人回去。姜柚见黎冬手上捧着一杯热可可，兴冲冲地问她在哪里买的。

"不许喝。"周屿川拎着衣领把双眼放光的女孩揪回来，不悦皱眉道，"上周才喝完可可就失眠一整晚的事已经忘了？"两人加上微信后，姜柚就每天记流水账似的，有事没事地就给周屿川发消息，一会儿不看就是几十条。

周屿川懒得去管，也从来不回复，开启免打扰后就任由姜柚发。

"你怎么知道我上周失眠了？"姜柚茫然地缓慢眨眼睛，几秒后反应过来，弯眉甜甜笑起来，"周屿川，我发给你的消息，你是不是都看过啦——"

"去换鞋。"周屿川面不改色地松手，看姜柚笨拙地走到长椅上坐下，收回视线，接着就对上黎冬和祁夏璟打趣的眼神。

迟钝如黎冬都察觉到两人之间的暧昧气氛，笑着直白问道："很可爱的女生，你喜欢她吗？"周屿川下意识地想反驳，转念又想清者自清，解释的话就懒得说出口了，转身去男生区换装备。黎冬看着高瘦青年背影走远，感叹道："原来连小川都到谈恋爱的年纪了。"弟弟在她眼里还像是没长大的小男孩。

"你也才二十八岁，"祁夏璟揉一揉她柔软的发顶，沉沉笑道，"怎么一副七老八十的口吻？"

归还冰鞋的姜柚很快回来，手里又拖着沉甸甸的行李箱，见周屿川不在便

第 17 章

439

张望着找人。

"走了。"青年不知何时悄无声息地出现在她身后，单手插兜，另一只骨节分明的手里握着一杯热可可。

见姜柚的眼睛噌地亮起来，周屿川不由得皱眉："只许喝一半。"

姜柚忙不迭地点头，周屿川这才将纸杯递过去，去提箱子时余光见姜柚站在风口就要喝，再次叮嘱："回宾馆再喝。"话音刚落，就听一道意味深长的轻嗤声。祁夏璟靠在黎冬肩膀上，半搂住人，别有深意的笑容懒散而讨打："我今天才知道，原来你话这么多。"

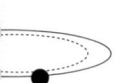

68

滑冰结束后，最终还是由周屿川送姜柚去附近的小旅馆。上台阶时，小姑娘不肯给别人添麻烦，坚持要自己提箱子。她把手里的热可可递给周屿川，挽起袖子就去拉长杆把手，还笑着婉拒提出帮忙的黎冬。

黎冬实在看不过去，正要走过去，女孩身后的周屿川已经上前半步。他微微俯身，默不作声地提起箱子侧面的把手，分去大部分重量。也就是姜柚神经大条，没察觉，还抱着拉杆扭头和黎冬笑着聊天，眉眼弯弯，笑容清澈，全然不知人间疾苦的模样。

黎冬和祁夏璟目送一高一矮的两道背影走远，也牵着手往家走。直到走近家，看见半敞的铁门时，黎冬心里不由得微微一沉。她记得很清楚，出门前明明锁门了。乡镇这些年已经少有盗窃事件发生，比起来了小偷，倒更像是——

"爸，您还没睡吗？"她小心翼翼地推门进去，向来九点钟就入睡的黎明强此时披着厚厚的外袄站在院子里，佝偻起的身形单薄，脸色不悦地看着脸上笑容未退，晚归的两人。老一辈恪守的念头根深蒂固，黎冬连加班晚归都会引起父母的不满，何况是和没结婚的男朋友深夜外出。果然，下一秒就听黎明强沉着脸问道："这么晚，出去做什么？"

黎冬轻声如实道："今晚跨年夜，去滑冰场。"

"滑冰非要这么晚出门？黑灯瞎火的，不怕危险？"寡言的人发火总是自带威压。黎明强沉重的责备目光压在黎冬身上，宛如千斤重铁："谈恋爱有的是时间，就这么着急，两个人非要大晚上也腻在一起？"

"叔叔，是我让阿黎带我去滑冰场的。"就在气氛肉眼可见地冰封凝固时，黎冬感觉到牵起的右手被轻握两下，眼前部分视野被遮挡，是祁夏璟站在了她面前。今晚的月色皎白，倾落在男人棱角分明的侧脸上，无声地将因为深邃而略显冷漠凌厉的五官变柔和。他将黎冬稍稍挡在身后,冲黎明强露出温和的笑容,语气谦卑:"平常也是我比较黏人,太久看不见她,容易有分离焦虑。"

黎冬:你要不要听听,你现在在说什么?

大概是祁夏璟收起吊儿郎当的脸太有欺骗性,声音的沙哑程度掌握恰好,用的专业名词听着很唬人,再配上带着几分落寞的笑容,黎明强扎扎实实愣住几秒。发火被打断就很难再起,他紧紧皱眉,冷淡催促道:"下不为例,快回去休息。"

"好。"祁夏璟微微鞠躬,自如换上乖顺语气,"叔叔您也早点儿休息。"话毕,他站在原地一动不动,大有目送老父亲回房,再趁机逃进黎冬房间作奸犯科的意图。男人最懂男人,黎明强哪能看不出祁夏璟的小心思?绷着脸也不肯走,非要亲眼见到祁夏璟回房。

僵持不下中,黎冬抬手轻拽两下祁夏璟衣袖,示意他不要惹父亲生气,先回去再说。祁夏璟也不再耍小心眼,顺从道:"那我就先回房了——阿黎和叔叔晚上好好休息。"说完,他转身走向黎冬卧房对面的那间房。

关门声响起后耳边再度安寂一片,周屿川一时半会儿应该回不来,独享房间的祁夏璟全无睡意地躺在硬板床上,头枕着手臂,目光望向天花板。周屿川平日很少回家,东西又少,让这间不算宽敞的单人房空荡荡的。萧瑟的寒风拍打着玻璃窗,呼啸而过的凄厉风声中,祁夏璟想起牵手时黎冬微凉的手,忽地思考她晚上的被子够不够厚。反正多出一床,等下去给她送被子吧。

如此想着,祁夏璟用左右手分别拿起两床被子,比较他和周屿川两人被子的薄厚,最后嫌弃地放下周屿川的那床,坐起身将他叠好,给黎冬发消息:"睡了吗?"

黎冬那边几乎是秒回:"没有。"他试探地问道:"那我现在过去?"

黎冬回了个猫咪害羞捂脸的表情包。猫咪的几根胡须随着扭捏动作一颤一颤的,手捂着也难挡脸上的羞赧粉红,让人不由得想到女人害羞时的脸红模样。祁夏璟勾唇,保险起见最后问道:"你拉开窗帘看一下,叔叔那边关灯了吗?"这一条回复得同样迅速:"关了。"

祁夏璟穿好外套,抱着被子下床,推门时听着干涩尖锐的吱呀声,不由得皱眉。"你又想做什么?"苍老虚浮的声音从身后响起,祁夏璟脚步一顿,笑容微凝。他调整表情,转身对上从卧室出来的黎明强。消瘦病弱的男人身上仍披着那件旧袄,内里的衣服妥帖穿在身上,像是他刚才回屋后就没上床,而是颇有先见之明地提前蹲守在门口等祁夏璟。

祁夏璟转瞬整理好心绪,当场被抓也丝毫不慌,掂了掂手里的厚被子:

第17章

"晚上凉，我给阿黎送床被子，怕她受凉。"黎明强不为所动，紧盯着人冷冷道："她房间有好几床备用被子。被子给她，你盖什么？"

"那就是我多虑了。"再度被无情戳穿，祁夏璟不动声色地转移话题，"不过这两天气温骤降，风又大，叔叔您出门也要多穿点。"话毕他语气停顿，贴心补充道，"要不我请人给家里铺上地暖吧，或者装暖气片。"

"不用，你管好自己就行。"几次出言嘲讽都换来笑眯眯的回应，黎明强觉得他像是拳拳打在棉花上，由此看祁夏璟更不顺眼，冷哼道，"花言巧语这么多，难怪孩子妈一提起你，就说你脸皮厚。"

祁夏璟闻言脸上笑容更甚，语气甚至还蕴含几分感慨触动："上次在高铁站请阿姨帮忙，没想到阿姨真的愿意在叔叔面前提起我。"男人再次微微欠身，诚恳道，"麻烦叔叔，替我向阿姨转达下谢意。"

"油嘴滑舌的小子。"黎明强的眼皮突突直跳，一时间拿不准面前的人是脾气太好还是故意装傻，再次强调，"回你自己的房间去。"

"我去看看阿黎就回房间。"祁夏璟不欲和老人家做口舌之争，忽地想起什么，出声确认道，"对了叔叔，写的时候没注意，药瓶上贴的字会不会太小？"他给黎明强买的保健品都是进口品牌的，时间紧急，他索性采用最笨的办法，将每种仪器及保健品的使用方法和用量都翻译成中文，在纸上写好后贴在最显眼的位置。怕黎明强不小心弄丢了，哪怕是重复的药品，祁夏璟都挨个详细记录用法，甚至还贴心地使用防水膜贴好。

当聪明又狡猾的人真心想讨好一个人时，后者被攻陷永远只是时间问题。黎明强不可能看不出祁夏璟的用心良苦，沉默片刻，终究从喉咙里吐出一句软话："不小。"

"那就好。"祁夏璟精准捕捉男人的松动语气，放心地微微一笑，旧话重提，"叔叔您快去歇息吧，我看看阿黎就走。"话毕再度向黎明强鞠躬，转身径直走向黎冬房间，推门进去将被子放在床上。

"是爸爸在外面吗？"黎冬不敢开灯，院子那边的推门声响起后，就听见了黎明强的冷呵，担心祁夏璟被骂，轻声问，"他骂你了吗？"

"没有。叔叔人很好。"祁夏璟轻揉她的发顶作为安抚，昏暗中第一次打量她曾经生活多年的房间，"放心，叔叔和阿姨都有夸我。"黎冬不可置信地微微睁大眼，"夸你？夸的什么？"见她非要打破砂锅问到底，祁夏璟收回视线勾唇，回忆片刻，懒散地沉沉笑道："大概是厚脸皮和油嘴滑舌。"

由于某人对"夸奖"的定义太过惊世骇俗，第二日早上吃过早饭后，当黎明强主动喊祁夏璟去集市买菜时，黎冬的担心一度攀升到空前绝后的程度，偏偏周红艳要她留下来包饺子。周屿川彻夜未归，现在联系不上也没办法指望，黎冬只能硬着头皮目送两人出门，包饺子时全程心不在焉。

"哎呀，你怎么又用两片面皮包饺子？"她出神得太明显，连周红艳都看出端倪，不满唠叨道，"你今天怎么回事，做事情毛毛躁躁的。"

"对不起。"黎冬连忙将另一层饺子皮扒下来，纠结片刻，还是忍不住问道，"妈，你知道爸为什么突然喊祁夏璟出门吗？"

"他不是向来想一出是一出嘛，我怎么知道？"周红艳正低头专心擀饺子皮，絮絮叨叨又念了一通后察觉黎冬没出声，补充道，"你爸、你妈年纪大了，人老了之后，以前认定的死理说改也难改。你总得给我们点儿时间。"

墨菲定律没有骗人，黎冬越害怕，最近就越发频繁地注意到父母衰老的问题。她难以形容这份恐惧是何时降临的，只知道它如影随形。或许是每次见到父母鬓角再难以忽略的白发时，或许是目睹小姑婚礼结束时父亲佝偻的背脊时，又或许是听见母亲以最云淡风轻的语气坦然而随意地说起她将老的事实时，黎冬内心五味杂陈。

母亲换过话题后又在黎冬耳边唠叨不停，她却有些坐不住。随意找了个借口回卧室，想喝些水压下翻涌情绪，却在桌上发现一张工整叠好的信纸，被稳稳压在水杯下面。祁夏璟和周屿川有事会直接发消息，母亲就在客厅，有话会直接跟她说，实在没必要写信，这封信的撰写者不言而喻。

看清书信上密密麻麻的小字的瞬间，黎冬不觉有难以抵挡的酸涩在心口炸开，一时间连呼吸都会痛。为了供养妹妹读书，黎明强中学时主动放弃读书，但从男人一笔一画的工整字迹中不难看出，他读书时应当是好学生。这封信比想象中长太多，让黎冬在哽咽中，几次以为自己永远无法读完。

致我的女儿黎冬：

　　我是个不善言辞的父亲，从小到大从没和你交过心，直到现在也只能用书信的方式与你沟通。

　　黎冬，你是个坚强又懂事的孩子。虽然我从来没有当面夸你，但作为父亲，我一直都清楚并以你为傲，同时也感到格外内疚。因为你太过善解人意，遇到矛盾总是选择忍让，让我总担心你日后在婚姻中受到欺负。尤其当对方背后的权势让我们无法想象时。

　　于是我时常感到愤怒，为对方曾给你带来的伤害，为对方本家破坏我们家的和谐，更为自己的弱小和无能为力。作为父亲，我时刻担心你会受人欺负，却也意识到我无法成为你在外的依靠，甚至反而会是累赘。

第 17 章

小冬，爸爸好像从来没给过你富足无忧的生活。我最后悔的事，是你三岁生日那天站在商店橱窗前，盯着那个不过二十五块的洋娃娃迟迟不肯走，拉着我说要买。

那天爸爸身上没有现金，回家取来后，娃娃已经被人买走了。你第一次哭得那么久，那么大声。也是我作为父亲，最后一次从你嘴里听说想要的礼物。后来，我病好些后想再给你买更贵的洋娃娃，你都摇头说不要，笑着让我给弟弟买新书包。

我的女儿，你成长得太快了，爸爸有时候甚至会感到害怕。仿佛不久前你妈妈才将你生出来，小小一团裹在襁褓中。你每次笑着用小手抓住我手指时，爸爸总觉得自己是世上最幸福的人。仿佛昨天你还扎着双马尾，步履蹒跚，上台阶就一定要牵爸爸的手，让我总希望那向上的路能再长一些。

当我们之间的话越来越少，沉默越来越多时，爸爸知道自己再也追赶不上你了。不过这样也好，我的女儿是要往上飞的，怎么能和她的父亲一样，永远困在这座小乡镇里？

冬冬，爸爸书读得不如你多，一辈子都在为了钱打拼，眼界注定狭窄迂腐。但希望你看在我和你妈也是初为父母，能够原谅我们过时老派的教育。

昨晚失眠起夜，看见你和那个人牵手回来，发自内心的笑容自然漂亮——我不禁问自己，上次见你这样笑是什么时候？我转念又想起小川带着画册来找我，只问了我一句话——所谓的面子和流言蜚语，难道比你的幸福还要重要吗？或许在那个时候，我的内心已经做出妥协。

你是我唯一的女儿，是爸爸从你出生起就恨不得捧在手心的珍宝，是爸爸愿意替你承担一切苦难的心头肉，是爸爸时刻感激上天能成为你父亲的宝贝。

我亲爱的女儿，爸爸永远爱你。

或许还需要时间，但我和你妈也在努力学习成为合格的父母，希望你能对我们多些耐心。所以，去追求你想要的、你喜欢的吧。爸爸无能，做不了你坚实的后盾，但每当你感到疲惫委屈时，记得回家。

爸爸会一直守在家里等你。

永远爱你的父亲
黎明强

❄ 69

黎冬家北面步行两里地的位置，有一处热闹集市。凹凸不平的黄土路面排起两列长长商贩摊子，有的架起铁台面卖新鲜肉类，有的就地铺布摆上瓜果蔬菜，还有极少数的在卖簸箕、布鞋、篮篓等小玩意儿。

乡镇里人口老龄化严重，集市上人来人往，来逛的大多是年岁已大的本地人。十有八九和黎明强年龄相仿，让身高、长相出众的祁夏璟在人群中越发打眼。

贫穷像是藏不住的咳嗽，富裕也是如此。尤其是自小养尊处优的祁夏璟，哪怕最窘迫的时候，只要他想，低头认错就能轻易获得大笔财富。他从未经历过普通或者说是底层群众的生活。黎明强看他买肉时不问价就直接买，更不会挑选，鼻腔中冷哼着："第一次来集市？肉也不会挑？"

"是，平时会去超市。"祁夏璟付钱后接过塑料袋，如实道，"家里也是阿黎下厨比较多。"

"这么大个人，一点儿自理能力没有。"黎明强不甚满意地斜了祁夏璟一眼，摇头道，"小冬六岁就会自己买菜，十岁就能烧饭。"话毕男人又想起这份过早的自理能力，正是家庭条件所迫，不免眼神一黯。

"阿黎确实很聪明。"见黎父情绪低落，祁夏璟不动声色地转移话题，笑着回忆过去，"高中读书时，成绩一直在年级前十。"实话实说，且不谈努力和自律本就是天赋的一种，单单说黎冬的记忆力和知识整合能力，祁夏璟都时而自愧不如。两人继续前行，见黎父抿着唇没有开口的意图，祁夏璟又讲了些黎冬高中时的趣事。男人听得异常认真，不曾出声打断。

"叔叔，阿黎真的很在乎您。"又经过一处蔬菜摊，祁夏璟将黎父用眼神挑好的菜拿起来付完账，转身对上男人双眼，低声诚恳道，"那天您去参加我小叔的婚礼，阿黎只是见到您的背影，晚上回来就哭了很久。"

黎媛永远是当哥的心头的一道疤，黎明强闻言竖眉瞪眼，立刻就要发作。

"叔叔，其实我人不烂，"面前的男人却突然改变话题，彬彬有礼地勾唇笑起来，"长得不丑，有正经工作，人也还算有钱，更没有任何不良嗜好。"话头微顿，他恰到好处地认真提问，"您要不要考虑一下接受我做您女婿呢？"

黎明强每每看着祁夏璟笑吟吟的脸，真正伤人的话又说不出口，最后只冷呵道："所以呢？你意思是我女儿还高攀你了？以前追她的，也不是没你条件好的！"

"阿黎当然值得最好的,追她的人的确很多。"祁夏璟只胸有成竹地微微一笑,颇为餍足地道,"但她从来只喜欢我一个。"谈起至爱,男人精于计算的完美笑容多了几分真心实意。晨曦照耀下,格外欠揍的脸也顺眼几分。

"脸皮比城墙还厚。"某人在嘴炮方面少有人能敌,黎明强忍着没翻白眼,半天憋出一句真心实意的话,"真不知道我女儿究竟是怎么看上你的。"

"或许正是因为脸皮厚吧。"对面有人匆匆走来,险些撞到黎明强,祁夏璟伸手将长辈拉到身边,在嘈杂乱嚷的集市里诚心道,"叔叔如果不相信我的人品,我可以回去后让律师拟协议,自愿将我名下所有财产都归于阿黎名下。"

黎冬发现,和祁夏璟去过集市的父亲,脸色比出门时还要臭,但又不再是冷冰冰的不屑搭理祁夏璟。父亲回屋前,还不忘回头恶狠狠地瞪了祁夏璟一眼:"再和你小子说一次,我黎明强可不卖女儿!"

"嗯。"左右手各拎几只大袋子的祁夏璟乖巧地笑着应答,只是表情十分讨打,"那叔叔您就让阿黎直接嫁给我——"黎冬甚至没听清后半句,男声就被父亲漫长的一声"滚"字怒吼覆盖。

等父亲走后,黎冬才来到院中,担忧地看着弯腰将菜拿出来的祁夏璟,轻声道:"你还好吗?"她看完信偷哭过,眼尾沾染些许绯红水汽,轻声说话时声音杂糅着鼻音。"没事,叔叔对我很好。"祁夏璟看她鼻尖红红的模样,眉头轻蹙,放下手上袋子去洗手,随后用微凉指尖轻抚黎冬脸上浅浅泪痕,柔声沉沉道:"怎么了,宝宝,是哭过吗?"

看信看哭的事实难以启齿,黎冬任由男人捏她脸,闷闷道:"就一小会儿。"男人敏锐地察觉她不愿多谈:"想晚点儿再告诉我偷偷哭的理由?"黎冬点了点头。

"好,那我们就晚点儿再说。"祁夏璟干燥的大掌揉她柔软头顶,再移至她后脑勺轻托着往自己方向送,低头薄唇轻启,唇瓣下一秒就要落在那处软热上。

"哎呀,周屿川你突然捂我眼睛干什么?"轻呼声自侧面卧房响起。祁夏璟在黎冬瑟缩前,先一步吻住她的红唇,顺势将人搂紧怀中的同时,挑眉抬眼看向对面的高瘦青年。周屿川不知道是什么时候回来的,此时正将姜柚半圈在怀中,用骨节分明的右手捂住女生眼睛。他面无表情地抬眸与某人对视,冷冷开口道:"少儿不宜的东西,少看。"

"哦。"姜柚不明所以,也听话地不再乱动,乖乖由周屿川捂着眼睛。几秒后猫咪似的耸耸翘挺的鼻子,在黑暗中好奇地眨眼睛。"周屿川,你身上好香啊。"说话时,她又想回头,"你用的是什么牌子的沐浴露啊?"

女孩卷翘纤长的睫毛鸦羽般扫过掌心，带来阵阵连通心脏的痒意，周屿川指尖微动，面容闪过一瞬无措，几乎是下意识地抽回手。姜柚转身看时，他的冷言冷语已经脱口而出："别乱闻，你是属狗——"话出口的瞬间，青年立刻意识到不合适，抿唇噤声几秒，垂眸道歉，"抱歉。"

"欸？你是说我像狗狗吗？"姜柚兴冲冲地道，亮晶晶的圆眼眨巴着，十分感兴趣，"你指的是什么品种呀？金毛、边牧，还是哈士奇？我妈妈说我很像家里养的萨摩耶。"说着她甜甜笑起来，露出一对酒窝："长得挺可爱，就是人有点儿傻乎乎的。"

女孩今天穿着奶黄色绒毛吊带裙，内搭乳白色衬衫，绒裙长至膝盖向上一些的位置，笔直细长的腿白藕似的裸露在空气中，远看活像只移动的小奶黄包。周屿川垂眸，对上女孩不谙世事的纯净鹿眼，就见姜柚眼底一亮，眼巴巴地等他答案，几缕碎发遮在眼前，看着比刚才更傻了。

他应该，也不喜欢。浅浅笑意自眼底闪过，周屿川抬手将她脸上碎发拨到旁边，屈指用关节在女孩光洁的额头轻弹一下，语气不似平日淡漠："你也知道自己傻乎乎的啊。"姜柚呆愣愣地任由周屿川给她弄好头发，回神后眼睛噌地亮起来，急匆匆地抬起胳膊去抓青年的手："周屿川，你刚才是不是笑了？"长辈在，她不敢大声，笑眼弯弯，兴冲冲地自我肯定道，"你都冲我笑了，你是不是有点儿喜欢我了？"

"没有。"

"你犹豫了！你肯定有一点儿喜欢我的！"

"再胡说八道，就把你从家里丢出去。"

"哎呀，好可惜，早知道我刚才就让姐姐帮我录下来，回家还能多看两遍。"

祁夏璟目送垂头丧气的女生和无声勾唇的青年离开，强行被喂了一嘴狗粮的他微微抬起眉，轻拍怀里人的后背："他就这么把人带回来了？"男人结实的胸膛温暖，黎冬贪恋地赖在怀抱中不肯出来，懒懒闷声道："姜柚说自己是小川的同事，工作室有急事才来找他。"

"阿姨信了？"

"嗯，信了。"鼻尖充斥着安心好闻的乌木沉香，黎冬抬手环住男人瘦劲的腰，忍不住用脸在坚硬的胸膛上一下下轻蹭着，"妈妈很放心，说就周屿川这个烂脾气，怎么会有女孩子眼瞎喜欢他？"

"嗯，咱妈说得对。"压下唇边翘起弧度，祁夏璟的注意力全然集中在肌肤相触的位置，再开口时声音微沙哑。

第十七章

"阿黎，"男人的胸膛颤动着，句尾沉笑更带上几分不怀好意的散懒，"你要再这么蹭，午饭前，我们俩在你卧室里就有的忙了。"

70

新年第一顿午饭，家里又难得来客人，黎家父母还是拿出相当的诚意。不大的木头转桌上满满当当摆着四荤四素两汤，无比丰盛，从院里都能闻到诱人的饭菜香。开饭前，姜柚偷偷找到黎冬。

"姐姐，"扎着双低马尾的女生站在门外轻声喊她，等黎冬走过去后，微微仰头礼貌问道，"请问你带多余的裤子了吗？"见黎冬面露疑色，姜柚贴心解释道："今早上周屿川来旅馆接我，说不许我穿裙子，因为天气太冷了。"小姑娘沮丧地垂下头，脸两侧的肉鼓鼓的，让人总忍不住想抬手戳一下，"我说我没带裤子，他就又生气不理我。"

"我带了。"黎冬怜爱地看着面前的妹妹，带人去自己卧室时，问出疑惑，"你刚才说周屿川早上去接你，你们……昨晚没在一起吗？"

"没有啊！"姜柚摇头，"他帮我把箱子提上三楼房门口，就说要回家了。"

黎冬从行李包里拿出一条紧身的牛仔裤，递过去："你试试，松的话可以用皮带。"

"好，谢谢姐姐。"

"没事，我在门外等你，有事可以叫我。"

新年第一天的正午，日头正烈。寒冷的空气中，冬季阳光倾落地面，稍显刺眼。黎冬守在门外，想着彻夜未归的弟弟，他应该是今早清晨回来迅速换了衣服，又没打招呼就匆匆离开了家。以周屿川的性格，估计是晚上不放心姜柚一个女生在外面小旅馆睡，男女又有别，干脆就在姜柚的房间附近又开了一个房间，避免出现意外。周屿川这个傲娇性格，也不知道像谁。念此，黎冬不由得无奈地摇头，等姜柚换好裤子去吃饭。

同样是客人，祁夏璟和姜柚的待遇可谓天壤之别。周红艳还说得过去，黎明强从头至尾都恨不能把祁夏璟当空气。老爷子对一夜未归的周屿川也没好气，当发现家里只有四把椅子，且不方便让黎冬和祁夏璟同坐那把宽椅子时，索性让两个年轻小伙都站着吃。

见祁夏璟从昨天到现在都不被待见，黎冬犹豫片刻，想劝，还没开口就有人悄悄在桌下轻捏她手掌，只有两人能听见的散漫低声贴耳落下："真心疼我，今晚我们早点儿睡觉。"屋外寒风呼啸，敲打着玻璃窗。吃到一半，黎冬忽地想起她卧室的房门似乎没关紧,要起身确认时,离得更近的祁夏璟先她放下碗筷离开,五分钟后才回来。

饭后,时间快到下午两点,家里四个孩子明天都要上班,两位长辈也不再挽留。周红艳又开始用大包小包装自制的食物,有姜柚作陪的周屿川被勒令洗碗,黎冬则回到房间整理行李。祁夏璟一头扎进了黎明强的卧室。两人不知聊了些什么,要离开时祁夏璟才迟迟从房间出来。

实在太过好奇,回程的高铁上,黎冬忍不住问靠窗边的祁夏璟:"你和爸爸今天都聊什么了?"加上后排靠着彼此睡觉的周屿川、姜柚,四人此时正坐在祁夏璟包下的车厢里。座位宽敞、空间安静,扶手杯槽里是触手可及的饮料。

凝眉思考的男人闻言,收回向外看的视线,对上黎冬求知的目光,眯起眼睛沉吟片刻,勾唇语调散漫:"告诉你也可以,但阿黎要拿出诚意和我交换。"祁夏璟不紧不慢伸出三根手指,"今晚三次,买一赠一。"某人笑吟吟地道,"我就告诉你我和叔叔早上、中午分别都聊了什么。"

黎冬在心里无声吐槽"奸商",定定望着男人含笑桃花眼,水眸轻眨,前倾身体,落吻在祁夏璟的薄唇上,又顺从地被男人托住后脑勺深吻。长达一分钟的亲吻后,她气喘吁吁地问:"我想知道你们早上的聊天内容。"话毕还不甘心地轻拽男人的衣袖。

"早上嘛。"祁夏璟垂眸看黎冬无意识的撒娇动作,微微抬起眉,附唇在她耳侧,"我和叔叔说,这次回去就把工资卡上交,让你掌管家里财政大权。"只是掌管不是赠予,黎冬倒没太多心理负担,好奇追问道:"然后呢?"

"然后叔叔让我滚。"想起黎明强当时的表情,祁夏璟也忍俊不禁,再看向黎冬时,眼底的懒怠散退几分,"我想既然这样的话,那不如先把女儿嫁给我吧。"

傍晚到家随意地解决晚饭后,吃饱喝足的两人就各自抱着电脑坐在客厅沙发上。平日黏人如祁夏璟一定要抱着黎冬,脚踩罐头肚皮。今晚或许是有紧急工作,他整晚凝眉坐在沙发角落,长腿自然交叠,难得脸上露出几分认真表情。黎冬见他忙,也不好打扰,心不在焉地想明天该如何跟刘主任交代离职的事,又忍不住觉得家里太过安静。

现在她终于理解为人父母怎么时刻对孩子放心不下,前天晚上她才将罐头寄养在徐榄那里,昨晚沈初蔓还给她发来了照片、视频,今天回家见不到热情的金毛,心里就惦念得不行。想起沈初蔓,黎冬忽地想起今天都快结束了,两人还没互祝新年快乐,于是弯腰拿起茶几上的手机,拨通电话。

"班长?"几道嘟声后,听筒传来熟悉的温和男声。黎冬听着徐榄的声音,微愣两秒，就听男人继续问她："班长你有急事找小七吗？她现在正在睡觉。"

睡觉吗？黎冬抬头看向表针直指七点半的时钟，忽地感觉最近沈初蔓的作息尤为养生。每次傍晚找她，她都在睡觉。以及，她最近和徐榄好像特别亲近。

"没有急事。"黎冬自觉放低声音，嘱托道，"等她醒了，麻烦你替我和蔓蔓说声新年快乐——"话音未落，只听听筒那端响起一道略显沙哑的少女音："老公，你在和谁打电话啊？"客厅本就安静，沈初蔓半嘟囔半撒娇的两字称呼清晰地响起，连向来波澜不惊的祁夏璟，都挑眉掀起眼皮。两人发愣诧异的空当，电话那端的人不知黏黏糊糊说了些什么，才接过电话。

"冬冬宝贝，我刚睡醒，怎么啦？"声音发哑的沈初蔓倒是很有活力，和黎冬招呼打到一半，还不忘支使徐榄，"老公帮我拿水，我嗓子好痛。"

"想和你说声新年快乐。"最近流感高发，黎冬放心不下，关切道，"你还好吗？嗓子哑成这样，是受寒了吗？"

"啊，你说这个，我没事啦。"沈初蔓笑嘻嘻地否认，一如既往地口无遮拦，"大概是这三天把嗓子喊哑了吧。"知道这话黎冬不会接，沈初蔓大发慈悲地一笔带过换新话题。两人聊天的短短十几分钟里，徐榄又是送水、送抱枕，又是送吃的，还时不时凑过来亲人，导致通话时不时被迫中断。黎冬自然也没机会问两人究竟是什么时候正式在一起的。挂断电话后，她看向对面若有所思的祁夏璟，感慨万千："你是不是也很惊讶他们两个居然在一起了？"

"还好。"徐榄那一肚子坏水，祁夏璟可比他本人还清楚，只后背懒懒靠着沙发靠枕，意味深长地用手撑着下巴，沉声道，"我只是好奇另一点——你什么时候才能喊'老公'也喊得那么顺口。"

❄ 71

"祁夏璟回 S 市的事情，老李头——就是把祁夏璟从国外带回来的那个人，元旦两天不知道和我臭屁多少次了。"主任办公室里，刘主任在座位上捧着保温杯连连叹气，低头吹开茶叶，喝完后满足地咂嘴。

"虽然舍不得，但 S 市确实更适合年轻人闯荡。"他惋惜又欣慰地看着对面的黎冬，"你虽然不是我门下学生，但这两年我也是一路看你过来的。相信以你的专业能力，去 S 市也一定能脱颖而出。"想起黎冬刚毕业进医院的青涩模样，现在已然能独当一面，刘主任仍是感慨万千，只不过想到她离开的原因，还是忍不住抱怨："不过祁夏璟那小子也真是的，一点儿也不知道心疼人，让你一个女孩子跑去受苦！"

"是我自己想去S市的。"黎冬清楚刘主任一方面是心疼自己，另一方面也不想让祁夏璟离开，柔柔笑道，"这几年，真的十分感谢主任您的照顾。"她性格直来直去，如果身后没人照拂包容，不可能一路顺风顺水地走到现在。

两人寒暄几句，各自有事要忙，黎冬很快就从主任办公室离开。关上门转身，她迎面撞上两道注视的目光。两个月教学指导时间弹指而过，早该回S市上岗的两人，此时却悠哉地站在对面。

"班长新年好！"徐榄照旧是笑吟吟的模样，只是浅灰色领口下的齿印明显，"我和老祁刚下手术，听人说你在主任办公室这边，就顺路过来了。"

黎冬正欲点头，就见徐榄身旁靠墙的祁夏璟直起身朝她走来，他靠近后微微俯身，薄唇轻启，含笑的沉哑低声贴耳落下："还顺利吗？"话落微顿，男人不紧不慢用仅两人能听清的声音补充道，"主人。"

祁夏璟不提这个羞耻的称呼还好，黎冬现在满脑子都是昨晚双手被缚的男人一声声呼喊她的样子。耳鬓厮磨中，男人一声声温柔地喊她主人，虔敬地吻她。他像是天生善于伪装的征服者与探索者，不知满足地索求、侵占与抢夺。

"顺利。"黎冬对上祁夏璟意味深长的桃花眼，耳尖泛红，斜人一眼后看向徐榄："蔓蔓还好吗？早上我给她打电话，是关机。"

"她七点去S市的飞机。"徐榄笑着抬手指了指左耳耳机，拿出手机点开免提，"班长要和蔓蔓聊天吗？她让我把电话给你。"

"好。"

"冬冬！"声音重新恢复清亮，沈初蔓那边的背景音稍显嘈杂，"我在S市看新工作室呢，过几天才能回来啦！"黎冬正要问她不是才在H市建工作室了吗，沈初蔓已经贴心解释，她新拉来的投资特意为她在S市又建了一间工作室，方便她在两边处理工作。"不瞒你说我本来想拒绝，谁想两边都受累啊！"女人的语气兴奋不已，明显对投资方再满意不过，"但对方给我看了工作室的装修风格，又给我开了条件。怎么说呢，我觉得我亲爹都没这么贴心。"

祁夏璟闻言挑起眉，懒懒掀起眼皮，似笑非笑地瞥了一眼旁边面带微笑的徐榄。黎冬由衷替闺密高兴："那你注意休息，别太辛苦了。"

"不辛苦，不辛苦。"沈初蔓笑嘻嘻地答应，知道开着免提也口无遮拦地随口道，"家里有那么大个老公，我养他得多多赚钱的呀。"养老公的话题对黎冬还是太超前，不过她想徐榄不像祁夏璟有副业，医生的收入肯定无法和沈初蔓比，两人的收入难免差距较大。

正巧走廊那边有人喊她过去帮忙，黎冬将手机交给徐榄，简单和两人打招呼后转身离开。目送高挑纤瘦的身影走远，祁夏璟眼底的温情冷淡下去，恢复

第 17 章

451

如常懒淡散漫的模样,垂眸冲着徐榄未收回的手机冷冷开口:"沈初蔓,东西问到没?"

"姓祁的你搞清楚,现在是你有求于我,好吧?"沈初蔓没好气地回嘴,"我托朋友去问了。对方说可以考虑,但价格不会低于七位数,且大概率开头数字不会太小。"祁夏璟眼睛都没眨:"可以,什么时候能交易?"

"看你呗,不过对方要求在S市面交,你可以先看货,满意后再付钱。"

"好。"

两人难得心平气和聊了几句,徐榄则在旁边安安静静地听着,直到祁夏璟挂断电话,才若有所思地朝人笑起来:"这是要求婚了?标准线拉得这么高,我以后很有负担啊。"

"彼此彼此。"祁夏璟掀起眼皮看人,勾唇意有所指道,"你比亲爹还体贴的工作室——因为段以珩?"

"强行处理掉姓段的容易打草惊蛇,不如要小七自己来找我。"徐榄早知道瞒不过他,无所谓地耸耸肩,"以及你不懂,吃软饭也别有一番快乐。"

祁夏璟双手插兜,难得虚心请教:"比如?"

"比如啊——"徐榄半眯起眼睛轻笑着,黑眸深邃,"比如可以身体力行地报答她,不是吗?"

黎冬要离职的事在医院掀起不小风浪。她和祁夏璟公开的情侣关系让大家都知道两人不可能永远异地恋,也清楚从长远发展看,大概率是黎冬去S市,唯独没想到的是黎冬居然这么快就闷不吭声地提了离职,连同办公室的杨丽都全然不知。

消息传出去当天,黎冬从早到晚都在应对各种问候,直到下班回家才得以喘息。晚饭后她窝在沙发上,给罐头看新买的玩偶。在绝育数年后的最近,罐头突然意识到它是个男孩,遂开始拒绝以前最爱的公主娃娃。黎冬新给罐头买的两个玩偶双双被冷落,实心金毛翻着肚皮在她怀里打滚,长长的身子摊在沙发上,屁股和两只后爪挑衅地搭在祁夏璟腿上。男人第三次面无表情地推开狗腿,挑眉将电脑放在茶几上,低声呼唤道:"阿黎。"

黎冬抬头:"嗯?"

"来。"在金毛警惕的注视中,祁夏璟拍拍自己的腿,有恃无恐地微微一笑,"工作累了,给我抱一抱。"话毕朝黎冬张开双臂。

鹅黄柔光落在男人的发顶、肩膀,将散漫笑容映照出几分温柔。黎冬在罐头的假哭声中起身过去,乖乖坐下,被祁夏璟圈在怀里。余光看见他屏幕上出现的人脸,黎冬吓了一跳:"你在和人视频聊天?"

"嗯,和梁律师商议财产转移事宜。"祁夏璟单手轻松环住黎冬细腰,指着图标示意没开摄像头和麦克风,搂着人沉声问道,"过几天去了S市,我们去签个赠予协议好不好?"

"不好。"黎冬果断拒绝,轻声道,"我不需要这些东西。"

"可家里总要有人管钱,这件事我并不擅长。"祁夏璟沉思片刻,抬手捏她脸,"我们总不能永远把钱分开,这和没在一起有什么区别?"

黎冬仔细想了想,莫名其妙地觉得祁夏璟说得有道理。受传统的原生家庭的影响,在她的概念里,夫妻的收入和资产的确要放在一处,且家里管钱的确实一直是母亲。

"以及,"某人依旧敏锐地捕捉到她的动摇,想起白天徐榄神秘分兮的语气,微微挑起眉,"我也想体会一下被女朋友包养的感觉。"男人骨节分明的右手把玩她手掌,语气懒怠地慢悠悠道,"不过考虑到目前我实在太有钱,只能先通过这种方式身无分文。"

黎冬:"……"她半推半就地答应,和祁夏璟请的律师聊了长达一小时,了解到男人在S市有近二十套房产、十几处投资店面,以及数不清的参与项目后,她头都快大了。

"想过你有钱,但没想过你这么有钱。"黎冬看着掌心里各种银行卡,如实和祁夏璟坦白心绪,又忽地觉得不对劲,"那你当初怎么会住到我对面?"明明这个小区都老旧到卖不出去。

"巧合。"祁夏璟风轻云淡地一笔带过,将头抵在黎冬的颈窝。鼻尖满是清淡柔和的雏菊香气,他懒懒地道:"我现在没钱了。"

"嗯?"黎冬先是疑惑出声,想起某人刚才强行身无分文的计划,无奈失笑着点开手机,从自己的银行卡里转账给男人一万块,还十分配合地凑过去亲亲他唇角,阔气道,"乖一点儿,不然以后不给你打钱了。"

"看来,我今晚要卖力为您服务了。"祁夏璟低笑着,挑唇咬在她下唇瓣,托着黎冬加深这个吻。他将人抱起来,步伐略显急躁地走向卧室,只是路上险些被疑似罐头蓄意丢在地上的娃娃绊住脚。黎冬惊得轻呼出声,后背就被男人安抚地轻拍,耳边落下他情热未退的低沉调侃:"家里已经快十几个娃娃,究竟是罐头喜欢,还是我们阿黎喜欢,嗯?"

一周后,黎冬在医院的工作交接得差不多,新工作的内容和人事等都需要提前熟悉,再加上祁夏璟那边已经一拖再拖,两人抓紧花费一整个周末将家里的东西打包好寄走,又暂时安顿好罐头后,第二日便飞去S市。

虽说高中时就向往经济之都，但仔细算起来，这还是黎冬第一次去Ｓ市，难免情绪兴奋些，飞机上频频望向窗外，满眼期待。

这段时间沈初蔓一直待在Ｓ市没回Ｈ市，徐榄前段时间也过来陪她。两人听说黎冬和祁夏璟今天过来，早早定下要去机场为两人接风洗尘。

"冬冬！"不见其人先闻其声，黎冬刚取完行李，从通道出来就远远听见沈初蔓呼唤她的声音。一阵细高跟踩大理石地面的清脆声后，妆容精致的女人匆匆从人群中出来，身后跟着身形高瘦的徐榄。

"宝贝，我好想你！"沈初蔓上来就是一个熊抱，脖子上戴着的黑色项圈上的饰品发出清脆的声音，"等下我带你去吃好吃的。"说着就要拉黎冬往外走。她今天仍是要美不要温度的修身短裙，吊带的两根细肩带贴着笔直的锁骨。细看过去，从颈肩到白皙胸口都有遮瑕液欲盖弥彰的掩饰，意图一目了然。

黎冬几次看向闺密修长脖颈上那条突兀的黑色项圈，不知为何，总觉得有些格格不入。不过沈初蔓作为新锐设计师，向来走在时尚前端，她也不是第一次无法理解闺密的穿搭美学。

几人乘车去预定好的小洋房吃饭。路上，黎冬接到姜柚的电话，家住Ｓ市的小姑娘听说她要来，这几天没事就叮嘱她一定要去找自己，非要尽地主之谊。周屿川和姜柚的事，沈初蔓早有耳闻，听见女孩在电话里细声细气地说话，八卦心起，热情地招呼姜柚也去小洋房。她忽地想起什么，眼睛噌地一亮，看向黎冬："我没记错的话，周屿川那小子是不是早来Ｓ市了？快快快，把人一起喊来。"徐榄负责开车，前排副驾驶座上的祁夏璟出声冷冷道："我拒绝。"

"拒绝无效。"沈初蔓半个眼神都懒得分过去，嘴上没个把门的，"姓祁的你别忘了，现在是你有求于我——"话说一半反应过来，她慌忙噤声，余光见黎冬在打电话并未察觉，暗自松一口气。

徐榄预定的小洋房地处Ｓ市最繁华地段，每日只招待十桌顾客，环境雅致幽静。每间厢房都有巨大的落地窗，外面还有丰茂的绿植装点。

距离取胜，姜柚比黎冬他们到得还要早。一行人到达小洋房，就见到身形娇小的可爱女生守在门前。她见到黎冬，立刻笑眼弯弯地打招呼。

自来熟遇上天然呆，沈初蔓和姜柚相互夸赞几句穿搭，没几句话的工夫就亲密如姐妹，在包厢落座后还聊个不停。徐榄在门口偶遇好友，难免要多聊几句。祁夏璟不知为何也起身离开，包厢里只剩三个女生。

"徐榄怎么还没回来？都没人点菜。"祁夏璟离开后，沈初蔓没聊两句就左右张望，匆匆起身向屋里两人道，"我去找他。"眨眼间，包厢里只剩下两个人，黎冬哭笑不得地看着空荡的房间，正要找话说时，桌面上的手机突然振动起来,是周屿川打电话来问她在哪个包厢,他绕了半天没找到。

难得能帮到周屿川,姜柚噌地从椅子上站起来,一脸期待地看着黎冬,圆眼闪亮:"姐姐,我们去接他可以吗?"黎冬本想说她独自去就可以,实在架不住小姑娘殷殷期盼的目光,只得一并离开包厢。

小洋房的路线复杂,两人七拐八绕才找到迷路的周屿川。三人打算原路返回,却在经过一处回环拐角时,听见两道压抑而熟悉的低声,似乎是在吵架。

"洋娃娃?用这玩意儿求婚,你脑子秀逗了吧,祁夏璟。"

"你废话很多。"

"你信不信,你再用这种语气和我说话,老娘不借你用工作室了,好吧?"

三人与对面二人的距离有些远,四周又有舒缓悠扬的古琴乐声,让他们的对话变得不大清楚。

"蔓蔓?"好奇水火不容的两人怎么会在一起,黎冬没想太多地出声打断。对面的两张脸上有慌乱一闪而过,她走上前,轻声问道:"我刚才听见你们在说'求婚'——"

"冬冬?你怎么出来了?"当场被抓包,担心计划败露的沈初蔓肉眼可见地仓皇失措,又不会撒谎,只能边打哈哈边疯狂和旁边男人使眼色。

"哈哈哈哈哈哈哈,你说求婚啊,求婚嘛——对啊,没错,就是求婚!"慌乱中的女人灵机一动,一拍手后大声地肯定道,"我打算和徐榄求婚了!就是这两天!"黎冬呆愣几秒:"啊?这么快吗?"

"你还不了解我嘛,向来都是快刀斩乱麻的。"沈初蔓语气恳切到几乎能以假乱真,还僵硬笑着看向身旁不中用的祁夏璟,强行解释,"你看,我为了求婚,都放下仇恨来找姓祁的了。"话毕她忍不住踹了脚祁夏璟,咬牙切齿道:"是不是啊,嗯?"祁夏璟双手插兜,微微抬起眉,似笑非笑道:"嗯,是,阿黎你别说漏了。"

黎冬:"……"

远远站着的周屿川冷眼旁观对面一男一女的蹩脚演技,将黎冬糊弄得团团转,抿唇不愿加入,突然感觉到旁边的姜柚忽地扯了扯他的衣袖。

他垂眸,道:"怎么?"

"我是不是该去和蔓蔓姐姐讨教经验?"姜柚若有所思地抬眼看他,难得一见地沉着巴掌大的脸,沉思几秒,认真道,"毕竟我们两个,以后应该也是我来求婚的。"

第 18 章
嫁给我吧！

❋ 72

徐榄进入包厢时，明显感觉厢房内的气氛不大对劲儿。众人表情各异，黎冬和姜柚满眼祝福地望着他，他的小七一脸尴尬，祁夏璟似笑非笑，以及剩下的周屿川是事不关己的漠然。

他勾唇微微一笑，回到位置坐下，问道："是我错过什么了？"

在场几人皆是摇头。强行拉男人当挡箭牌，沈初蔓在愧疚和心虚的促使下，破天荒地主动给徐榄夹菜："来来来，你看你都瘦了，多吃点儿——"

"小七。"桌下伸手覆上女人细软小手，轻拍两下，徐榄靠过去附唇在沈初蔓耳边，垂眸看她脖子上的黑色项圈，温声道，"你心虚得太明显了。"

沈初蔓装傻，听不懂似的继续给男人夹菜："别成天瞎想，我有什么好心虚的？"徐榄笑而不语，看沈初蔓喜欢的白灼虾已经上桌，默默夹到碗里剥好皮，再放进女人碗里。高中相识的旧人聚在一起，难免要提起旧事。尤其是难得周屿川也在场，大家自然而然就提起他和祁夏璟当年那点儿事。

"现在想想还是很搞笑，"沈初蔓侧头咬过徐榄夹来的虾仁，笑着和黎冬吐槽，"周屿川第一次来学校找你，某人还以为他是你在别校的男朋友，嫉妒得臭脸一天。晚自习还装模作样教育你——"

黎冬看着遥遥对坐两边的两人恨不得自动屏蔽对方，想起他们第一次见面，不由得弯唇轻笑出声。高二下半学期的寒冬，她和祁夏璟做同桌不久。气温骤降的某日，黎明强叫周屿川给黎冬送外套。

那时还在念初中的周屿川的身量已经超过大半高中生，仅仅是在门口送东西的空当，不知怎么就被人传成是黎冬的校外男友。八卦传播的速度堪比光速，祁夏璟很快也听说传闻，整个晚自习都臭起一张脸，直勾勾地盯着黎冬看。

少年趴在桌子上，脑袋枕着手臂，侧过头，炙热的眼神光明正大。乌黑柔软的发微微遮挡眉眼，黑眸深邃。黎冬被他毫不遮掩的目光看得心跳加速，红着脸挨到晚自习课间休息，校服衣袖却被男生轻拽两下。

"班长。"各种讨论和聊天声嘈杂喧嚷，少年散漫却也乖张的声音清晰落在她耳边，"你知道学生是不能谈恋爱的吧？"黎冬点头，知道祁夏璟误会了她和周屿川的关系，正要出声解释，就见领口凌乱敞开的男生朝着她钩钩手指，非要黎冬低头同他说话。

那年少年身上清冽好闻的淡香已忘却，黎冬却仍记得那天他懒懒撑起手臂凑近，薄唇贴在她耳边的样子。滚热的气息伴随着热气落下，少年道："以及，如果你非要谈恋爱的话，男朋友至少也要是我这样的吧？"

"真受不了，连人家亲弟弟的醋都吃。"沈初蔓喝了点儿酒就停不下地揭人老底，祁夏璟也只是微微挑眉："吃醋谈不上。"他给黎冬盛了碗汤，不紧不慢道，"当时只是单纯为阿黎的审美担忧。"

"是吗？"坐在男人对面的周屿川闻言，冷冷一笑，头也不抬道，"我现在都在为我姐的审美担忧。"剑拔弩张的气氛一触即发，黎冬不知该劝哪头。就见祁夏璟从容不迫地微笑，还将最贵的鲍鱼转到周屿川面前，友好地道："那你可能要担忧一辈子了——来，吃点儿鲍鱼，下下火。"

"祁夏璟。"周屿川面无表情地放下筷子，"如果脸皮厚度能申请吉尼斯纪录，我想你应该无人能敌。"

"谢谢小舅子谬赞。"两人在饭桌上你一言我一语地拌嘴。黎冬嘴笨，插不上嘴，更不懂怎么劝。周屿川旁边的姜柚倒是放下手里螃蟹，不断地左右张望，圆眼里写满新奇。半响，她轻声地由衷感叹道："你们感情真好——我还是第一次见周屿川说这么多话。"见小姑娘眼巴巴地瞧着周屿川，沈初蔓实在看不下去，出声问道："你这么可爱，周屿川这小子也不理你？"

"也没有一直不理。"喝了酒的缘故，姜柚奶白肤色上泛起点点粉红，眉眼弯弯地甜甜笑起来，语速变慢，"比如，第一次见面他就叫我滚远点儿。"

这可真是地狱级的笑话了。迟钝如黎冬也看出姜柚对弟弟有意思，清楚感情的事不好勉强，但"滚"的用词实在太过分，忍不住对周屿川道："怎么能这么没礼貌——"

"姐姐，这个不怪他啦！"姜柚轻轻打起酒嗝，笑眼都要眯成一条缝，"是我当时美术作业要画人像，就随便抓了个最帅的。我当时问周屿川多少钱一晚上，可不可以多包几天。"小姑娘软乎乎地解释道，"他可能误会我要包养他啦——虽然我后来确实有点儿想，嘿嘿。"

周屿川垂眸见小姑娘傻憨憨的嬉皮笑脸，平静拿起她手边的酒杯放到自己这边，又盛了碗热粥放在她面前，淡淡道："不想胃疼，就喝点儿粥。"

"好哦。"姜柚在微醺状态下也是乖顺听话的，捧着瓷碗闷头小口喝粥，吃得一干二净后，又静悄悄地等着青年给她夹菜，每次都不忘礼貌地小声说"谢谢"。要是周屿川半天都不理她，她就眨眨眼睛凑过去，薄唇凑到青年耳边，软声道："给我夹点甜的吃，好不好呀？"

周屿川鲜少会用言语回应，只默默无声地给小姑娘夹菜。在时钟走过晚上七点半，小脸通红的姜柚在座位上轻晃时，他提出要离开。

黎冬和祁夏璟滴酒未沾，今晚二人要去新家整顿，计划一会儿去商场随意逛逛，也不愿多留。至于沈初蔓和徐榄，一小时前就处在归心似箭的状态。除了迷迷糊糊的姜柚，剩下的五人都心照不宣地想离开。

起身离席时，周屿川看姜柚慢吞吞地跟在他身后。她穿着厚厚的羽绒服，像只摇摇摆摆的小企鹅，茫然的模样傻憨憨的，仿佛能被人轻易骗走。无声勾唇轻叹，青年在女生面前蹲下，要背人的姿态十分明显，却迟迟等不到姜柚上来。周屿川剑眉轻蹙，回眸看人："姜柚。"

"我可不可以要抱抱？"向来乖顺听话的姜柚抿唇一脸犹豫，婴儿肥未褪的小脸两颊肉乎乎的。犹豫几秒，她走到周屿川面前蹲下，哭丧着脸小声解释道："我今天垫了胸垫，背我的话就要露馅儿了。"

两人同时蹲在地上的姿势未免太过好笑。

周屿川发现他最近越来越拿女孩没办法，几乎是半架着把人扶起来。见她一双小手怕冷地缩在袖子里，他脱下外套，将人包粽子似的裹起来。

"站好。"寡言惯了的人开口就像是发号施令。纤瘦娇小的女孩闻言马上立正，胳膊紧贴在身体两侧。

周屿川问她："还冷不冷？"姜柚摇头，抬头撞见周屿川眼底一闪而过的笑意，被人轻松公主抱起来时都呆呆愣着，缓慢眨眼，道："我的手伸不出来，没法动了。"

"不会让你摔跤的。"怀里女孩轻得仿佛只剩下骨头，周屿川皱起眉头，垂眸和小姑娘四目相对，忽地问道，"工作室的饭不好吃？"

姜柚又是一愣，摇头："没有呀。"周屿川沉沉"嗯"了一声，不再开口，和在场几人点头算作告别，抱着姜柚很快消失。

除了祁夏璟一脸淡漠，余下三人都感慨地目送一对小年轻离场。沈初蔓随后钩住徐榄小拇指，笑着摆手和黎冬说再见。李助理早先就将马丁斯顿开到小洋房的地下车库了。上车时，黎冬边系安全带边回想着沈初蔓钩手指的动作，恍然大悟地扭头看向祁夏璟："你说，蔓蔓是不是在量徐榄的手指大小？好为求婚做准备。"毕竟每个人的婚戒尺寸都不相同。

祁夏璟左手撑着车窗，闻言抬起眉看人，勾唇不知在想什么："这么敏锐？"

"也不是。"黎冬摇头，回忆起这两天和闺密的聊天内容，"这两天蔓蔓总问我些很奇怪的问题，我就觉得有些不大对劲。"两人开车去祁夏璟住所附近的商场购买生活用品。考虑到某人"家徒四壁"的事实，黎冬各种物件都买了些，很快将购物车添个半满。

去结账时，两人路过玩具区，货架两侧琳琅满目，都是各种儿童玩具，从芭比娃娃、长毛布偶、各种乐高到玩具车都一应俱全。

黎冬在一处货架前停下脚步，若有所思地看着架子上的芭比娃娃，忽然想起父亲过年时写给她的那封信。现在娃娃的精致程度远不是她小时候能比的。金发娃娃表情生动、身材修长，各个关节都能轻松扭动。

"很小的时候，我有次和爸爸耍脾气，非要买橱窗里的娃娃。"感受到男人注视的目光，黎冬笑着回眸，轻声解释，"我其实想不起那个娃娃的模样了，只记得也是金头发。以及，那天我哭了好久。"直至今日，她早已想不起娃娃样子，只记得标签上写的名字叫作海洋精灵——那天父亲从家匆匆凑钱再回来后，反复和店员确认过多次，娃娃已经被买走。

祁夏璟搂着她的细腰，问道："既然喜欢，要不要买回去？"

黎冬笑着摇头："不是所有喜欢的东西都要得到，人生总归要有遗憾的。"失去娃娃是她第一次向现实生活妥协，并在逐渐长大的日子里反复巩固学习——黎冬始终认为这没什么不好。她和其他人唯一的区别，也不过是习得的时间要早些罢了。

加上行李箱，两人大包小包地回到祁夏璟家所在的高档小区。每层只有一家住户，且车库就有直达电梯，可谓下车即是家门口。金碧辉煌的厅堂宽阔气派，入目所见都是价值五位数以上的波斯地毯。黎冬踩上去都要小心翼翼提着气。哪怕早做过心理准备，在真正迈入近三百平方米的公寓住房时，她也短暂地产生不适应感。

好在身边是熟悉的人。

两人放下行李，就忙着将新添置的物品安放在家中各处，忙完已经是两小时后。公寓风格原本是祁夏璟一贯的性冷淡风，样板间一般简洁，像是从未有人居住过。而整理后的现在，祁夏璟看着沙发上的米色铺垫和抱枕，茶几、餐桌和窗台上新添的多肉、鲜花，以及随处可见的小物件，忽地勾唇笑了笑。

他回国后就一直住在这间公寓，于他来说不过是换了个地方睡觉。晚上他从不开灯，漆黑一片，睁眼后的白天又是无尽忙碌。这种感觉直到她踏进家门的前一秒，都未曾改变过。黎冬蹲在地上，正在给玻璃茶几的桌角装防撞贴，闻声抬头问男人在笑什么。

"没什么。"祁夏璟长臂一伸，将黎冬搂进怀中，亲吻落在她柔软的耳垂，"就是觉得，好像只要有你在的地方，于我来说就是家。"

两人坐的沙发面朝阳台，抬眸向外望去就是开阔景象。在这夜幕时分能一眼俯瞰整座华丽都市，灯红酒绿欲迷人眼。黎冬任由男人抱着，安静看了一会儿阳台外夜景，轻声感叹："这还是我第一次这样看海景。"祁夏璟低低在她耳边应声答应，沉默几秒，倏地问道："要不要我抱你去阳台试试？"

"试试？你是说去参观吗？"黎冬累得不大想去，委婉道，"明天吧，今天早点儿休息。"

"阿黎，家里的阳台很大。"拒绝时，男人已经不由分说将她抱起来，迈着长腿就朝客厅走，意味深长道。

接下来的一周里，黎冬都沉浸在沈初蔓即将求婚的氛围中。她还是头一次经历朋友求婚，提不出任何有用意见，偏偏沈初蔓还热衷于向她寻求看法。这一周七天下来，沈初蔓几乎是无时无刻不在找黎冬。

"宝贝，你喜欢什么颜色的气球呀？"

"冬宝、冬宝，你觉得墙上挂照片会不会有点儿太土了？换成玫瑰花海是不是会更浪漫？"

"冬冬、冬冬，你觉得求婚是不是得送个戒指哦？不送戒指未免也太逊了。"

"我的冬冬宝——"直到求婚前一天，沈初蔓还在孜孜不倦询问她的喜好。黎冬一连串问题听下来，甚至有种沈初蔓要向她求婚的错觉，忍不住打断道："蔓蔓，如果你是想和徐榄求婚，是不是要适当考虑下他的喜好呢？"

"是哦。"沈初蔓的表情有一瞬的茫然，随后满不在乎地挥手，无所谓地道，"他不重要，真要有那么一天，也还是看我喜欢的。"

黎冬隐隐觉得话风不对，一时又说不清哪里不对劲。她坐在沈初蔓在S市新购置的沙发上吃水果，想起沈初蔓已经大半月没回H市，不放心道："你一直不回去，工作室那边没关系吗？"

"没事吧，投资方请的专业团队在管，叫我不用有负担。"说起天降的神秘投资方，沈初蔓至今都觉得顺利到不可思议，坐直身体和黎冬道，"我还特意让徐榄去查了对方的业内风评。"

说起徐榄，黎冬终于想起问，两人究竟是什么时候在一起的。

"我觊觎他的肉体，他想要我负责，就稀里糊涂地好上了呗。"沈初蔓哼着歌打量黎冬，几秒后打了个响指，"明天这么重要的场合，要不要我给你做个发型，再设计下妆容什么的？"

黎冬正要婉拒，玄关处忽地传来开门声，原来是徐榄提着蛋糕回来了，见黎冬在便笑着同她打招呼："班长。"

"怎么又是吃蛋糕？"黎冬笑着问好时，就听沈初蔓无奈地叹息一声，语气倒是跃跃欲试的，"晚上洗澡又要很麻烦了。"

求婚的事不能再谈，黎冬起身准备回家，只是不明就里道："吃蛋糕为什么要洗澡？"沈初蔓见她一脸"纯洁"的疑惑，不好继续茶毒她，只笑而不语。将人送到玄关处的时候，她扑上来用力给了黎冬一个大大的熊抱，连声音都有些哽咽："宝宝，我明天一定会哭的。"黎冬同样用力回抱。

或许是沈初蔓源源不断的提问太有沉浸感，晚上，黎冬罕见地失眠了，在祁夏璟怀里翻来覆去地转身。

"怎么了，宝宝？"男人困倦沙哑的低声贴耳落下。祁夏璟最近忙得日日早出晚归，有时黎冬晚上睡下他还没回来，早晨醒来男人已经离开。骨节分明的手轻拍她后背，祁夏璟又将黎冬往怀中搂了搂，柔声问道："紧张得睡不着？"

黎冬惊讶于他这都能猜到，将头贴靠在男人坚实温热的胸膛，抱住人轻声道："可能这两天睡得太多了。"S市的新工作要在月底上岗培训，这小半个月她都属于待业休息状态，难得清闲下来。

祁夏璟闻言低笑一声，掀起眼皮，在黑暗中用修长指尖摸索她的粉唇，食指不紧不慢在皮肤上打转："阿黎要是实在不困，我也可以换种方式哄你睡觉。"

一觉天亮。

沈初蔓说她把求婚地点选定在新工作室，黎冬并没去过，直到沈初蔓的奔驰Mini开到现场才知道具体位置。分明自己才是主人公，沈初蔓却只挂念着黎冬打扮得不够隆重，一路上都碎碎念着要不要再去给她买条新裙子，将车停在工作室门口正对的街边时，还摸出口红要给她涂。

黎冬以为闺密是紧张，反过来耐心劝她，却被沈初蔓又一个熊抱后勒令下车先去工作室，她说把车停好后就过来。今天是工作日，徐榄要六点才下班，而现在距离上午十点还有很久，黎冬不清楚沈初蔓喊她来要帮什么忙，觉得傻站在外面太冷，便先推门走进工作室。

工作室共有三层，黎冬推门进去时，室内一片静悄悄的。落地窗被酒红色的遮光帘有意遮盖，偌大的空间里只有几盏落地小灯亮着，光线昏暗。或许是直觉驱使，黎冬的心脏没由来地跳快两拍，三个字的人名下意识地脱口而出："祁夏璟？"

无人应答的封闭环境里响起微弱的回声。心底某个荒诞念头疯狂滋长迸发，黎冬长袖下的双手攥紧，不自觉地屏息向前走。一时间，耳边只剩下她小心翼翼的脚步声。在她看清墙上合照时，大脑轰的一声宕机几秒，眼底几乎瞬间泛起泪意。那是一张她和祁夏璟的合照，拍摄于婚纱店。那天她穿着婚纱和祁夏璟在更衣室接吻。照片里的她远远站在试衣镜前，垂眸露出半张侧颜，而持镜男人的模糊身影只占据了角落，唇角带笑。

工作室显然经过清理，除却墙上合照外再无一物。黎冬缓慢看着照片往前走，眼底满是不可置信。一张拍的是他们在游乐场。那天她找回了遗失十年的史迪奇，毫无防备地笑着站在花车人群中。拍照的男人仍旧在照片最角落，身影模糊。另一张拍的是她给罐头洗澡。调皮的金毛伸长舌头非要凑过去舔她，弄得黎冬浑身是水。最后还是镜子里的祁夏璟冷脸教训狗，她才得以解脱。

原来在她不知道的时候，祁夏璟拍了这样多他们的照片。黎冬沿着楼梯走向二楼。这次白墙的两侧不再是他们的合照，而是两人错过的漫长十年中，各自的照片。左侧是他，右侧是她。

大学她在校内读书、参与社团、出去打工的那几年，祁夏璟也在做类似的事情，过着学校、实验室和实习公司三点一线的生活。

两人的生活各自忙碌而精彩。在她顺利进入医院，就此过上安稳生活的那段时日，祁夏璟则挣扎在潦倒与失意间。一身傲骨被打碎又重组，熬过四年又苦尽甘来，身披荣耀归国回乡。

两组照片按照时间线张张相对，仿佛他们只是暂时分开，而并非真正失去过彼此。踏上顶层，黎冬在远远看清背对她站立的挺拔身形时，忽地体会到近乡情更怯般的感受。祁夏璟身上那套黑色套装她再熟悉不过，连搭配的领带的颜色，都是她今早亲自挑选的。

男人肩宽腰窄的背影令人安心依旧。他背对着黎冬，专注地细细观赏面前的放大合照——近百人的集体照中,最角落的黎冬正一眨不眨地望向人群中重要的天之骄子。片刻后,照片里众星捧月的青年闻声转身,在昏暗静谧的封闭空间内,眼底含笑地看着她。

"这些照片,我整合在一个手机相簿中。"祁夏璟手里突兀地拿着一个做工粗糙的娃娃。四目相对,男人忽地勾唇笑起来:"名字叫作'我们'。"

泪意晃动着眼前的人影,黎冬出声就是哽咽:"我很喜欢,谢谢。"泪眼婆娑中,她不解地看着祁夏璟捧着娃娃走近,越看越觉得娃娃眼熟,就听男人接着沉声解释:"元旦那天,我无意中见到叔叔写给你的信。离开前我找到叔叔,让他尽可能详细地描述你三岁时想要的那个娃娃模样。"

说着,祁夏璟将娃娃递过来,随即抬手轻揉黎冬柔软发顶,温声道:"阿黎,我似乎一直运气很好。"幸亏黎明强对娃娃的印象深刻,样子、名称都记得一清二楚,再加之黎冬喜欢的款式在当时盛行一阵,祁夏璟花费近一个月的时间,终于还是弄到了当年她想要的娃娃。

"那天逛街你和我说,人生总归要有遗憾。"祁夏璟沉缓低哑的声音在空旷厅内响起。黎冬无措地抱着娃娃,在泪水中抬眼愣愣地看人,就听男人接着道:"但我不想。阿黎,我希望能圆你所有遗憾。"男人温柔而坚定地再次告诉她,"哪怕这份遗憾再微小,时间再漫长,希望再渺茫。"

祁夏璟将娃娃脖子上缠绕的项链摘下来,随后在黎冬面前缓缓单膝跪下。静静躺在男人掌心的项链的形状太过熟悉:晶莹透亮的蓝宝石被雕琢成六瓣雪花,裹嵌在云层和袅袅升起的晨曦中——这是祁夏璟刻在心口的文身。

"你曾说过,六瓣雪花代表冬,半轮太阳代表夏。"单膝跪地的男人温柔地笑着看向黎冬。"冬夏合在一处,就是我们,阿黎。"祁夏璟低低呼唤她的名字,向来胜券在握的人罕见地尾音紧张轻颤,"我很爱你。嫁给我好吗?"

"祁夏璟,"泪水顺着眼角滑落,黎冬在泣不成声中点头,倏地想到那日在小姑婚礼上曾对男人说过的话,"你知道答案的。"

——等到我向你求婚的那一天,你也会哭吗?

——会的。如果求婚的人是你,只要站在那里,哪怕是两手空空地向我张开怀抱,我都一定会哭的。

第18章

463

第 19 章

死刑宣判

❀ **73**

沈初蔓从未想过，她会在十年后的某天，在医院大厅与段以珩重逢。

鸣笛声自医院大门外不断响起，尖锐刺耳，一同吃饭的黎冬、祁夏璟和徐榄被紧急传唤，沈初蔓离开时，意外发现黎冬的员工饭卡忘在了餐桌上，起身准备送回她的办公室。

路上不断见到医护将人送进急救室，沈初蔓贴墙逆流而行，匆匆瞥见人群中某道高大身影时，脚步猛然顿住。身形高大的男人身上多处挂彩，贴身的纯黑衬衫隐隐透出血色，肌肉坚实而不夸张。段以珩正低头同人说着话，露出棱角分明的半张侧颜，剑眉紧皱，远远旁观都能感受到强烈的压迫感。

大脑是很神奇的器官，有些多年从不曾想起、自以为早就忘却的记忆，偏偏在不需要时浮现脑海。那一瞬，沈初蔓甚至连对方十年前某个晚自习被她拽出教室，一同逃到空旷天台上看星星的场景都清晰忆起。

目光只在男人身影停驻一瞬，她不多留恋地转身。

"沈初蔓。"刺鼻的焦烟味钻进鼻腔，沈初蔓感到腕骨被人猝不及防地握住，头顶传来男人嘶哑低沉的声音。多年未见，段以珩仍是高中时的漠然冷淡，五官深邃锋利，眉头永远紧蹙，不仅八棍子打不出一个屁，表情还活像是别人欠他几百万。

男人居高临下地俯视她，神色复杂。血腥味伴着腥臭味扑面而来，沈初蔓当时只听黎冬打电话时说有一批刑警命悬一线，弄不清到底发生了什么，也不知道面前的段以珩的受伤程度。她扭着手腕想要挣脱，手腕却被攥得更紧，随后就听见段以珩压低音量问她："你什么时候回国的？"

"和你有什么关系？"沈初蔓原本念着对方身上有伤，现在听他审问犯人似的语气，抬眸冷冷道，"请记住，我们不熟。"桎梏挣脱不得，她对上段以珩压抑的黑眸，忽地想起什么，扬唇讽刺道："或是说，你还打算揪着十年前那晚的事情不放？"

沈初蔓清楚得很，那晚的事是段以珩提不得的命门，无论是十年前，还是十年后的现在。锁住手腕的力道果然松懈，排山倒海般的压迫感退去。段以珩薄唇绷紧，静静垂眸望着她几秒，最终只说了一句"对不起"。

"用不着，当时我也有错。"沈初蔓不愿过多纠缠，只在心里感叹今天是走了什么霉运，"以后我们离对方远点儿，实在见到，就当作不认识。"话毕她转身欲走，余光瞥见男人腰腹渗出无法忽略的血色，还是出声提醒，"以及，你的伤口崩开了。不想死的话，记得去处理。"

"好。"

沈初蔓自问她是敢爱敢恨的性格。高一时对升旗手段以珩一见钟情，她不顾非议地追了整整三年，什么难听话都轮番听个遍，也仍旧我行我素。

在一起后段以珩其实对她很好，除了话少外，对她有求必应。沈初蔓现在还记得，只因为她随口说了一句想吃糖炒栗子，年级前三的优等生就大晚上翻墙出校，寒天冻地里把滚热的纸袋护在怀里带回来。后来她看见男生被烫红的皮肤，心疼得几欲落泪。

"既然他对你那么好，后来为什么分手啊？"好友的询问声自听筒中响起，沈初蔓坐在吧台上将酒一饮而尽，沉吟许久："因为我吧。"

事情说来再简单不过，快高考前她突然对摇滚乐感兴趣，非要和校外学生组建乐队，约定每晚在某个地下室排练，常常晚自习结束才回来。段以珩的远房表姐和他们同届，从一开始就看不惯沈初蔓，几次当面找碴儿还不够，见她每晚逃课出校和不三不四的人混在一起，就偷偷尾随沈初蔓出校，结果被几个社会混混缠住了。还好沈初蔓机灵，早就发现跟踪的女生，那晚察人跟丢后感觉不对劲儿，提前给徐榄打电话报信，又原路返回去救人，否则真要酿成大祸。

她第一次进警察局还是徐榄陪着，得知消息的段以珩最后一个沉着脸赶来。见她浓妆全花，远房表姐哭得梨花带雨，本就极力反对她晚间逃课的人终于发作，冷冷问道："现在这个结果，你满意了吗？"

不多废话,沈初蔓当晚就提出分手。

"别说你了,我听这话都得炸。"好友在那头忍不住吐槽,骂人几句后听沈初蔓这边的背景音嘈杂,担忧道,"蔓宝,你那边安全吗?要不要我过去陪你?"

"陪什么陪,谁还能把我怎么样啊?"沈初蔓独自在吧台前喝得晕乎乎,面上强撑镇定地拒绝又一位搭讪者。她靠着大理石台,透过欢闹人群看向窗外沙滩,漫无目的地晃着矮酒杯。十年过去,她早就对段以珩没想法,但不影响她见到人后想起那晚的糟心事。那晚如果不是徐榄及时出现,别说是段以珩的远房表姐,或许连她也——

思绪被口袋里手机的振动打断,沈初蔓看着屏幕上曾经的救命恩人的名字,一时只觉得头疼,怎么每逢她丢人现眼,徐榄都永不缺席?

接起电话,她没好气道:"干吗?"

对面的男人沉默几声,平静道:"你今天见到段以珩了。"

"是啊,我见到他了,怎么了?"喝上头的沈初蔓是一点即燃的炮仗,偏偏某人还哪壶不开提哪壶,"徐榄,我都二十八岁了,见个前任还要和你报备吗?"

"告诉我地址,"男人语气温和地发出不容拒绝的指令,"我现在过去。"

"我才不要——"

"小七。"徐榄的口吻并不严厉,久违的亲昵称呼让通话两端都陷入沉默。沈初蔓垂眸不满地嘟囔两句,还是乖乖报出地址。听筒里传来的男声温和依旧:"听话一些,待在原地等我,能做到吗?"

"哦。"

沈初蔓怎么可能乖乖听话?下了手术台就马不停蹄赶到的徐榄毫不意外地在酒馆找不到人。好在两人的通话未挂断,他没费太久时间就在酒馆外的海滩的无人处寻到一抹熟悉的纤瘦身影。女人坐在岸边不远的矮礁石上,面朝大海。

从沈初蔓去F国留学打拼起,两人这些年总是聚少离多。不知有多久了,他连这样远远遥望她背影的机会都鲜少有。踩在细软沙粒的脚步放慢,徐榄提着东西朝女人靠近,沈初蔓却心里感应般先他一步回头。

见来人是他,女人扬唇嫣然一笑。夜幕低垂,月色凄清,皎白银月与笑眼弯弯的佳人自成风景。如过往万千次那般,徐榄深深望进沈初蔓双眼。那双漂亮的眼也一眨不眨地望过来,眼底是不设防的放松、信任与亲近,唯独不见分毫爱意。

见徐榄走近,已然喝多的沈初蔓大咧咧地凑过去闻他身上的气味,小兽模样耸着鼻尖，皱眉："你身上是什么味道，好难闻。"

"血和消毒水的味道。"放下手里的东西，徐榄脱下外套披在沈初蔓的肩头。随后他蹲下身半跪在女人面前，看着她沾满细沙的脚，轻叹着从手旁袋子里拿出鞋盒，打开，是一双柔软精致的羊皮拖鞋，鞋尖点缀着一圈珍珠。

很早以前，沈初蔓就有喝醉后脱鞋到处乱跑的习惯，几次扎伤脚也不知悔改。好在今天是在沙滩边，她又幸运地没踩到硬物。鞋是她上周在朋友圈里嚷嚷着抢不到的限量款，可徐榄没想到会以这种方式送出去。用手帕耐心擦去脚趾间的沙子时，他听见头顶传来一道疑问声："欸？你怎么知道我想买这双鞋啊？"

醉鬼不拘小节，沈初蔓被徐榄擦着脚也并不躲，关注点全在脚上的新鞋上。她弯腰细细打量时长发垂落，几缕青丝恰好垂落徐榄脸庞，带着女人独有的淡淡香味。说来神奇，妆容明艳精致的人，身上的气味却十年如一日是清冽的甜橙味。混杂着酒味的甜腻香气席卷而来，徐榄喉结轻滚。他握着纤瘦脚踝的手不由得用了些力气，哑声道："别乱动。"

"我喜欢这双鞋好久了，一直没抢到。"沈初蔓才不管徐榄，自顾自地说话，弯腰拿起一只鞋看尺码，好奇道，"你怎么知道我的尺码——"后半句随着男人抬头的动作猝然消失，沈初蔓撞进徐榄平和却也深沉的双眼，大脑有一瞬的空白，莫名其妙的话脱口而出，"我今天见到段以珩了，就在你们医院。"

"嗯，怎么样？"

"不怎么样。"沈初蔓别开视线，撇嘴道，"脸没长残，混得人模狗样的。"

徐榄仍蹲在她眼前，闻言勾唇轻笑，轻声问道："需要我帮你解决掉他吗？"

沈初蔓被他流氓似的语气逗笑："其实也没什么，我就是又想起那天了。"长不见尽头的小巷、逼仄昏暗的角落、腐烂腥臭的气味，以及笑容肮脏猥琐的男人。沈初蔓讨厌显露软弱，深吸一口气，抛去杂念，反怪起徐榄："怎么我每次丢人，你都在场啊——"

"小七，我很担心你。"柔软的低声和温暖拥抱同时到来，徐榄身上带着代表死亡的血腥味道，让沈初蔓再次想到那晚小巷的腐臭，却莫名其妙地只感到安心。时至今日她仍旧记得清楚，拯救她的少年出现在小巷尽头，浑身沾染着铁锈味，怀抱却如同今晚一般坚实温热。不问缘由，不曾责问，徐榄只是一声不吭替她挡下所有后，动作温柔地将她抱在怀中，沉沉低声同她道："小七，我很担心你。"周围满是人声，喧闹嘈杂，可沈初蔓在那一刻只听见男人响亮的心跳声，忽然毫无征兆地感觉到难过与委屈。

她最讨厌在外人面前展露脆弱，因为无能的人才需要他人怜悯。唯独早见过她所有狼狈的徐榄，或许会是不同的。酒精叫人彻底失去思考能力，沈初蔓几乎是全凭本能行动，抬手从背后迟缓却用力地一点点抱住徐榄，将额头靠在男人胸膛，如那年那晚低低道："哥哥，你怎么才来？"她已经等了他好久。

74

在海边折腾一番后，将沈初蔓送回酒店时已经快晚上十一点，徐榄将背上半梦半醒的人放在柔软的大床上，看女人自觉地找被子、枕头调整睡姿，不由得摇摇头，无奈地勾唇。

醉中感受到环境变化，沈初蔓懵懂侧躺着用脸去蹭枕头。迷茫的双眼轻眨，视线最终缓慢落在徐榄身上。被酒精侵蚀的大脑运行困难，她看着徐榄将大衣脱下放在软椅，长长地"啊"了一声，慢吞吞道："你还在啊？"

"嗯，我还在。"徐榄见她对孤男寡女共处一室毫无防备，甚至不安分地蹬开被子，露出一双笔直光裸的长腿，不知该感到庆幸还是悲哀。他耐着性子将被子重新盖好，半蹲在床头和女人平视，抬手为她整理碎发，温声道："卸妆的东西在哪里？"她总不能带妆睡觉，否则肯定会闷出痘痘。

"唔……"沈初蔓沉吟片刻，抬手懒懒一指，"在浴室的洗手池的大理石台面上。"

"好。"

大理石台面上乱糟糟地堆满东西，眉笔、口红、粉底液。徐榄对此倒是见怪不怪，翻找出卸妆水和卸妆棉。口袋里的手机振动，是两人的共同好友杨翔打来了电话。"你已经接到蔓宝了吧？"杨翔那边刚忙完，背景音听着像是在开庆功宴，"她给我打电话的时候，我可是第一时间就给你发了信息。"

"谢了。"徐榄靠着洗手台双手抱胸，勾唇淡笑，"她最近在找房子的事，你知道多少？"

"好像就说要靠海吧？再就是不要太小。"

靠海吗？徐榄迅速在脑海清点他在H市的房产："我在白沙湾有套三层别墅。"他用修长的手指拿起化妆水，打量着道："明天我两百万挂出去，你想办法让她去看房。"

"白沙湾的房子怎么也要千万起步吧？"杨翔不由得在电话里啧啧感叹，"两百万就云淡风轻地卖掉，可恶的有钱人啊。"

徐榄闻言微微一笑："房子真卖出去，两百万归你就是。"

"哎，你可别，这钱我可不敢收。"徐榄的钱可不是好拿的，杨翔连声拒绝,还是忍不住道,"老徐,我有时候不太懂你。"

"嗯?"

"从一年半前你就在有意引导蔓宝回国,各种给她铺路找资源。现在好不容易等到她回国,连房子都要给她安排——你就打算一直这样下去?"

同处时尚圈的杨翔和沈初蔓早几年前在秀场上相识,后来因为兴趣相投成为"好姐妹",屁大点儿事都会相互分享。至于杨翔和徐榄的相熟,简而言之就是某人的蓄意接近,再用温水煮青蛙的方法,不断开出令人无法拒绝的条件。等到杨翔察觉出不对劲儿,男人早不知在他这里旁敲侧击出多少关于沈初蔓的消息。起初杨翔还气自己被骗了,后来了解到徐榄暗恋沈初蔓二十多年无果后,不由得开始可怜这个奔三的单身青年。痴情归痴情,他始终想不通,徐榄是怎么忍住喜欢这么多年不告白,还眼睁睁看着沈初蔓和别人谈恋爱的?

他再次感叹道:"你是真能憋啊,机关算尽就硬是不表白。现在蔓宝前任都找上门了,你就这么眼看着?"

"机关算尽吗?"徐榄的语气温和而平静,笑容有几分自嘲与无奈,"那我大概漏算掉'她没办法喜欢上我'这一点了。"这话杨翔实在接不上,絮絮叨叨几句挂断电话,留下嘟嘟忙音与徐榄做伴。

H市一共一千多万人口,偏偏是段以珩和沈初蔓遇上。徐榄抬眸静静望着天花板,细细品味着这点儿他求而不得的孽缘。

他是否要像十年前那样,再赌一次?当年早在出事前,徐榄就略施计策在段以珩心中种下不满的种子,让他对沈初蔓晚间离校的行为表示强烈反对,而徐榄自己冷眼旁观两人越发频繁地吵架。沈初蔓被带去警察局的消息也是他放出去的,添油加醋的说法半真半假,足以引爆导火索就已达到他的目的。

于是当段以珩按照他所预期的说出伤人的话时,徐榄就知道,两人分手已然是既定事实。他终于如愿见到两人分开,只是他费尽心思,却没算到沈初蔓会因此记得段以珩十年,令段以珩成为无法从记忆彻底抹杀的存在。机关算尽,可笑如他,仍旧满盘皆输。

徐榄拿着卸妆水和卸妆棉回到床边,任劳任怨地把人扶起来靠在床头。在和某醉鬼的斗争中艰难地帮人卸妆、洗脸甚至护肤后,衬衫早已被后背的汗水沾湿,贴在身上。放回瓶瓶罐罐的护肤品,徐榄从浴室出来,远远就听床头传来微弱的呼唤声:"我想喝水。"

沈初蔓磨磨蹭蹭地从床头坐起来。素颜的她五官精致依旧,只是看着比平日乖软许多,此时正眼巴巴地看过来,栗色的波浪卷披散在双肩上。徐榄将早就烧好的白开水倒进玻璃杯,用手背试过温度,端着杯子走到床边。

第 19 章

男人在床头坐下，沈初蔓用失去焦点的眼睛眯着看了他一会儿，忽地道："是你啊。"说着她伸手要接过玻璃杯，徐榄却将玻璃杯拿远："嗯，是我。"

他垂眸静静看向仰着头醉醺醺的女人，倒映着他身影的眼睛，眼底温和笑意退去："告诉我，我是谁。"平日笑容满面的人，面无表情时压迫感倍增。沈初蔓醉中都知道收敛，疑惑地眨眼，乖乖回答道："是徐榄。"

不是那个人的名字，徐榄眼底的凉意消融，将人搂在怀里一点点将水喂下去，等昏昏欲睡的人躺好时，俯身低低呼唤她小名："小七，真的不可以喜欢我吗？"哪怕一点点都不可以吗？印象中这是他第三次提出相同的问题，同过去两次一样，只敢在她喝醉后趁乱说出口。

自知结果，徐榄其实并不想得到答案，偏偏天不遂人愿。被酒精控制的人猝不及防睁眼，直勾勾地定定盯着他几秒，忽地勾唇笑了。男人的呼吸有一瞬的停滞，下一刻，就见沈初蔓从被子里伸出细瘦胳膊，不客气地一拳捶在他肩膀，语气亲近熟稔，唯独没有分毫暧昧缱绻。

"你是不是疯了？"在他喜欢沈初蔓的第二十一年，第三次得到她一字不改的死刑宣判，"谁会喜欢自己的哥哥啊。"

喝酒果然误事，在清晨头疼醒来，挣扎坐起身就见到徐榄睡在对面软椅上的沈初蔓如是想道。男人的左手支在软椅的扶手上撑着脑袋，闭眼沉沉睡着，挽起袖子露出一截坚实有力的小臂，此时背光而坐任由晨曦照射，勾勒出棱角分明的面部轮廓线条。

不同于祁夏璟的锋芒毕露，徐榄的气质更偏向温和内敛，平易近人到让人时常忘记他傲人的长相和背景。沈初蔓睡眼惺忪地歪在床头盯人，她还穿着昨天那套衣服，身上严严实实地盖着被子，脸上的妆被认真卸掉，连踩过海滩的脚都干干净净。不出意外，应该是徐榄的功劳。

或许是阳光角度正好，当晨曦照在对面大楼的玻璃上，被反射进她的房间，不偏不倚落在徐榄发肩时，沈初蔓忽地有一瞬觉得，徐榄这厮，好像，也许，可能有点儿帅。这个念头一冒出来，沈初蔓立刻在心里唾弃自己的堕落，并默念十次喝酒害人不浅。真追溯起来，她和徐榄算是穿开裆裤起就认识的关系。上初中前，她成天跟在对方屁股后头，"哥哥"长、"哥哥"短地喊个不停，哪怕现在对男人直呼其名，心里也始终把对方当作最熟悉亲近的哥哥。

二十多年自认为是亲哥的存在，突然在某个她酒醉后的清晨，在她衣衫不整地清醒后，显露出异性的帅气，听起来总有种诡异的背德感，简单来说，怪变态的。

470

"睡醒了?"熟睡的人毫无征兆地掀起眼皮,眼底看不出丝毫睡意。沈初蔓还来不及分辨徐榄是不是早就醒来,就听对方问她:"我昨晚叫人送了食材过来,早饭我下厨吧。"

说话时,男人坐直身子,活动着发僵的身体。他似是觉得不大舒服,骨节分明的手随意解开衬衫最上方两颗扣子,露出小片冷白皮肤,以及两根隐隐可见的笔直锁骨。才见色起意的沈初蔓见徐榄二话不说地就解扣子,眼皮一跳,又惊又心虚地脱口而出:"大早上的,你怎么就脱衣服啊?!"捕捉到男人皱眉的表情,她反应过来,自知离谱,当机立断地恶人先告状:"还有,外面明明有一间空客房。我们两个孤男寡女的,你怎么还睡在我的房间?"

徐榄好心照顾人一夜,快天亮才睡,现在莫名其妙地被呛也不生气,反倒随意笑了笑:"你现在又肯把我当异性了?"话毕,男人还顺着沈初蔓视线垂眸,瞥了眼自己敞开的衣领,表情若有所思。

沈初蔓心想:这不是废话吗?不当异性,难道还当好姐妹吗?

她愤愤的表情毫无威慑力,刚睡醒的脸红扑扑的。徐榄起身倒好水端到她的手边,习惯性地揉了几下她的发顶,勾唇道:"能被你当成成年男性,可喜可贺。不困就起来,我去做饭。"离开卧房前,徐榄在门边停住脚步,回头确认,"菲力牛排八分熟、日式溏心蛋、华夫饼微焦和牛奶,还要什么?"

人是铁,饭是钢,沈初蔓从昨晚起就没好好吃饭,现在正饿得发慌,闻言立刻提要求:"还想吃水果。"

"好,二十分钟后出来吃饭。"

去浴室洗澡时,沈初蔓才发现原本乱糟糟的洗手台已经被整理得井井有条。水、乳、霜按使用顺序摆好了,连口红都是照品牌色号规整排整坐。该说不说,徐榄在她这里最突出的优点就是贤惠,从小到大要么是在给她研究做好吃的,要么是在给她收拾东西,比家政阿姨还细心妥帖。简单清洗后,沈初蔓换上长袖睡衣从卧室出来。经过客厅去开放式餐厅时,她就听见了徐老爷子苍老的声音从徐榄的手机传来:"臭小子,你是不是要气死我?人家姑娘看了你的照片,对你印象那么好,你为什么就是不肯去见人一面?"

"因为懒。"随意应付着长辈,徐榄听见脚步声转过身,手里的瓷盘上是煎好的菲力牛排。随后他又依次将沙拉、水果及鸡蛋华夫饼端上吧台长桌,才抬眼看向沈初蔓:"过来吃饭。"

"我和你说话呢!"徐老爷子听他答非所问,气得在电话那头重重地拍桌子,"徐榄!你又在和谁说话?"知道老爷子前不久才生病入院,沈初蔓不想惹他生气,立刻乖乖应答:"爷爷,是我,蔓蔓。昨晚我在外面喝了点儿酒,

第 19 章

471

是徐榄送我回来的。"

"你一个女孩子晚上喝酒多危险，确实得让臭小子陪你。"徐老爷子一直最疼她，只是说起徐榄又变回暴脾气，"蔓蔓你在正好，快替我骂臭小子两句。安排好的相亲死活不去，老大不小的人了，成天还不着家地到处乱晃——"

徐老爷子的话没说完，徐榄已经利落将电话挂断，不紧不慢地拿出刀叉切煎好的牛排，垂眼的神情专注。或许是因为男人日日手握手术刀，哪怕切牛排时也和其他人不大一样，修长的十指操作灵活，指关节微微凸出。宽而薄的一双手同时极富力量与骨感，左手虎口内侧有一颗浅色的小痣，很是惹眼。

工作原因，沈初蔓也见过成百上千的手模，却觉得都不如徐榄。她不由得多看两眼，边吃水果边问道："你家怎么又要你相亲了？"

"或许是缺人继承王位吧。"毫不留情地冷嘲热讽一句，徐榄将切好的牛排递过去，见沈初蔓还有事没事地看他的手，意味深长地抬起眉，转身去水池洗手。

"你家那么多同辈比你年纪还大，怎么就抓着你一个人催啊？"沈初蔓尝了几口切好的牛排，拿起玻璃罐将枫糖淋在热乎乎的华夫饼上，无所事事地看着徐榄仔细洗过手后，抽纸慢悠悠地擦干手上的水珠，连指缝间的湿意都不放过，精细缓慢得仿佛开启0.5倍速。

终于等到男人擦完手转身，在她对面坐下吃饭。徐榄的笑容淡淡，道："大概是老爷子找人算过八字，正好女方又想见一面吧。"都什么年代还算八字？沈初蔓闻言撇嘴，将华夫饼叼在嘴里，朝徐榄伸手，吐字含糊地道："女生的照片，给我看看。"

徐榄将手机递过来，密码沈初蔓是知道的。解锁后，她轻车熟路地点开微信，找到和老爷子的微信对话框，翻出照片，认真打量。照片上的女生年纪二十五六岁，长相谈不上精致，也算小家碧玉，化着淡妆，看着很乖，是典型的最能激起人保护欲的温婉恬静类型。

沈初蔓挑剔地盯了一会儿照片，摇摇头给予否认评价："我觉得不太行。这姑娘看着太乖了。"她放下手机看唇边带笑的徐榄，"以后要是被你欺负，估计都不知道哭。"徐榄虚心请教："那你觉得，什么类型的比较适合我？"

"你？我还不知道你吗？就你这种整天笑呵呵的眯眼怪，实际上一肚子坏水。"沈初蔓又咬了一口满是枫糖的华夫饼，自顾自道，"找个泼辣点儿、厉害的，最好脾气蛮不讲理点儿，这样才能不被你牵着鼻子走——"

话音未落，对面的人毫无征兆地朝她伸手，用食指抹去她唇角沾上的枫糖，动作自然。男人指尖温度微凉，触碰的地方却诡异地带起一阵热浪。

以两人的熟悉程度而言，擦嘴的动作实在算不上多亲密——如果忽略掉徐榄垂眸看了会儿指尖的糖渍，又慢条斯理地放到嘴边，薄唇轻启，伸舌将指尖残余的枫糖舔掉的动作的话。不知是不是心理作祟，沈初蔓总觉得徐榄指尖的那点儿枫糖上，一定沾上了她的口水。她微微瞪大漂亮的眼睛："那是我嘴巴上的——徐榄，你是不是疯了？"

"尝一下新买的枫糖的味道而已。"相比于沈初蔓的惊愕不已，徐榄的表情倒是一贯的风轻云淡，弯眉笑得毫无负担，"我以前不也经常解决你吃剩下的东西吗？"他将双手交叉放在面前，笑吟吟地看着沈初蔓，反问道，"为什么今天早上就不行？"

这能一样吗？以前是她吃不完才丢给他，今天是他徐榄先来她嘴边抢吃的，他甚至都没提前知会她一声！如此想着，连沈初蔓都恍然觉出这套强盗逻辑太过蛮不讲理。对面的男人早已看穿她心理活动，深邃的黑眸一眨不眨地看过来，再度慢悠悠地开口："所以我们两个之间，只能是我吃你剩下不要的，但是不能主动向你索求，对吗？"微微停顿，徐榄又不紧不慢地微笑补充道，"哪怕这顿早饭是我买的材料，也是我做的。"

"是又怎么样？"沈初蔓差点儿被绕晕，理顺思绪后纠正道，"问题是抢东西吃吗？分明是你行为越线好吧！"

"哪里越线了呢？"徐榄再次"不耻下问"。"这件事我分明以前也常做，是你先说'哥哥帮妹妹解决掉各种麻烦，是天经地义的'。按照你的要求，"男人全程从容自若地温和笑着，"我只是做了身为哥哥的分内之事，也有错吗？"沈初蔓被徐榄接连几声的"哥哥"喊得头疼，反驳道："那都是多久之前的事了，我二十年前喊你'哥哥'，也不能代表现在还拿你当哥哥啊？男女有别，就算有血缘关系，有些事也不能做——"她越解释越觉得哪里不对劲，放下刀叉盯着笑容和煦的男人，狐疑道，"这点儿事你不可能真的分不清。徐榄，你是不是又耍我玩呢？"

"我真的不懂，所以才请教你。"徐榄浅浅笑着将温好的牛奶推过去，一字一句清晰反问道，"那你呢，你真的能分得清吗？"

"大早上净问些废话。"沈初蔓拿起玻璃杯喝了口牛奶，总觉得徐榄绕一大圈别有用心，无厘头地扯什么哥哥妹妹。就见男人忽地勾唇笑了笑，她没好气地道："你又笑什么呢？"

"没什么。"徐榄伸手想去拿牛奶杯，立刻被很懂男女有别的沈初蔓瞪了一眼。他收回手，不疾不徐地回答道："就是突然觉得，你的性格倒是很符合你刚才说的，适合我的类型。"

473

75

"怎么样？这个房子很不错吧，靠海，地段好。游戏房、露天阳台，连地下影院都是现成的。"白沙湾靠海的三层别墅内，受托带人来看房的杨翔环顾四周，也不由得啧啧感叹道，"你运气是真好，这房子真的绝了。"要不是知道这是某人的诡计，这别墅价格翻倍他都百分百要自己先下手。

沈初蔓拧眉在别墅一楼随意转悠，看着室内堪称完美的装潢设计，不由得狐疑道："这别墅……以前不会死过人吧？"不是她多疑，是这价格实在低得太离谱。别说白沙湾平均一栋千万的房价，单单说这套三层房子的装修，从地下影院到游戏房，再到户外泳池和花园，价格都比百万只多不少。除了这别墅里曾经死过人，她实在想不出其他房价大跳水的理由。

"我的大小姐哦，要是这别墅死过人，我还能让你买嘛，别胡思乱想好吧？"杨翔能不知道这房价离谱嘛，只好硬着头皮瞎编，"我一个朋友着急用钱，所以才不得不出手。你是我'姐妹'，我才第一个告诉你。"见沈初蔓神色松动，杨翔乘胜追击道，"到时候这房子挂在网上秒没，我可不陪你哭哈。"

沈初蔓和杨翔认识多年，当然知道对方做事向来靠谱。要不是这别墅便宜得像是白送，她肯定当场拍板买下。不过她转念一想，如今两百万在市中心连套一百平方米的新房都买不到，属实是买不了吃亏买不了上当的价格。于是她也不再犹豫，冲杨翔挑眉笑道："行吧，今天我叫律师来确认产权等问题，没问题的话就签合同打钱，谢啦。"

"得嘞，那我赶紧去联系我朋友。"杨翔兴冲冲去旁边发消息。沈初蔓则在别墅漫无目的地闲逛，走过几间房屋后，总觉得这别墅的设计风格别样眼熟，像是在哪里见过。她是搞设计的，难免对这些更敏感，正抿唇回忆时，口袋里的手机振动。校庆将近，最近沉寂许久的班级群又开始蠢蠢欲动，再加上沈初蔓这几年混得确实不错，自回国起，每天就有各种人以不同理由加她好友。数量在这几日一度达到巅峰。

看着通讯录里新跳出来的好友申请，沈初蔓以为又是哪位套近乎的老同学，点进去打算删掉，却在看清对方头像的一瞬间，神情有片刻呆滞。略显少女心的卡通布偶猫头像发来好友申请，备注言简意赅：段以珩。

布偶猫是她最爱的猫品种。高中时候流行微信情侣头像，她当时为了顺应潮流，就逼着段以珩和她用两只Q版布偶猫做头像。十年过去，她的头像不说换过几百次，大几十次绝不在话下，现在段以珩顶着那时的情侣头像加她好意,意图不言而喻。

"莫名其妙。"和对待其他人的态度相同,沈初蔓面无表情地果断删除好友申请。她和兴高采烈的杨翔确认好购房事项后,见时间还早,便打算开着她新买的宝马 Mini 去工作室,于是先给助理打了电话。

"蔓蔓姐——"听着助理小朱电话里的哭腔,沈初蔓眉头紧皱,立刻坐直身体:"我在,你先别哭。怎么回事?"

"我……我现在在警察局——"

十五分钟后,妆容精致、身穿包臀短裙的沈初蔓风风火火地踩着细高跟走进警察局。在一众注视中,她目不斜视地走向助理小朱,看着小姑娘眼圈红红的,路上才平息的心头火噌地重燃。小姑娘在 F 国就跟着她工作,性格软绵乖巧肯吃苦。这次要不是猥琐男及他的咸猪手在地铁上欺人太甚,绝不至于闹到警察局。事情恶心之处,就在于猥琐男没造成实质伤害。哪怕猥琐男被附近的好心人扣下送进警局后,结果也不过是两人私下道歉和解。

早晨的警察局忙碌异常,人来人往中,沈初蔓漂亮的凤眼先是扫过小朱,确认小姑娘身上没伤,才冷冷看向她旁边佝着腰背的瘦猴,寒声问道:"是他吗?"小朱愣了下,怯生生点头:"嗯,是——"

话音未落,只见沈初蔓啪地将手包丢在桌面,站在比她高出小半头的男人面前,面无表情地抬手一巴掌扇在男人左脸。清脆的巴掌声清晰无比,连负责调解的民警都没反应过来。

比起脸上火辣辣的刺痛,猥琐男更无法忍受被女人扇巴掌。呆愣几秒后,他的眼神瞬间变得凶狠,嘴里不干不净地说着脏话,就朝沈初蔓生扑过去:"你这个臭娘儿们,是不是找死——"猥琐男后半句被强行歼灭。高大的身影仿佛凭空出现,段以珩仅用一只手就轻松扣住猥琐男的后脑勺,咚的一声闷响,将猥琐男的脑袋直接重重砸在桌面。下一秒,杀猪般的尖叫声响彻整间调解室。猥琐男痛得五官扭曲,还知道扣押他的是警察,撕心裂肺地大喊:"警察杀人啦,我要去你们领导那里举报你这个狗东西——"

"段以珩,警号30××××。"段以珩的声音冰冷无波澜,居高临下地蔑视猥琐男,面无表情道,"你还想做什么?"段以珩身后的小年轻跟班忍不住道:"段哥,这事不归咱们管啊,你这……不太好吧。"

段以珩一个眼刀甩过去,在小跟班的噤声中,收回眼神看向沈初蔓。男人今天仍旧是玄色衬衫,肩宽窄腰,坚实肌肉紧贴着衬衫,极富有压迫感。其他警察见他来了,都纷纷起身规矩问好。

小朱虽然心里气极,但也不想见到目前的场面,抬手轻拽沈初蔓的袖子,

第19章

摇头表示不用再继续。

"渣滓，你记着，"沈初蔓垂眼冷冷看着猥琐男脸上的巴掌印，一字一句道，"再让我抓到你手脚不检点，以后见一次我抽你一次，听懂了吗？"

猥琐男痛得脸色发白冷汗直流，说不出话，只能疯狂点头。

"放开他吧。"沈初蔓重新拿回桌上的手包，朝着面前民警微微鞠躬感谢，拉着小朱目不斜视道，"请问人我可以带走了吗？"民警忙不迭点头："好……好的，您请。"闻言，沈初蔓拉着惊魂未定的小朱，转身欲走。

"沈初蔓。"沙哑低沉的男音在嘈杂人声中响起。沈初蔓心里一沉，回头对上段以珩黝黑的双眼，男人道："我加了你微信。"

沈初蔓神色未变："我看见了。"简而言之就是，她早看见了，但没打算通过，也不想和段以珩再有任何关联。沈初蔓相信她拒绝的意思表达得再清楚不过，果然段以珩抿唇不再出声，沈初蔓则带着助理离开警察局。只是在快出门时，她的脚步微顿，头也不回地挑眉冷笑道："就这个跟踪技术，你当年是怎么进刑警队的？"

刚才跟在段以珩身后的小跟班笑眯眯走上前，自来熟地冲着沈初蔓笑，果断出卖段以珩："姐，你别生气，我就是想看看我们老大钱包里照片上的人，到底长啥样。"

什么照片？沈初蔓不由得皱眉。小跟班想撮合两人的想法不能更明显，见沈初蔓皱眉，立刻神秘兮兮地凑上前道："前几天我们老大差点儿死在爆炸场里，清醒后的第一句话，就是问钱包里的照片还在不在呢。"

"是吗？"沈初蔓无动于衷，只微微一笑，"那你下次再见到照片，麻烦替我烧掉。"小跟班大概想不到她如此无情，傻呆几秒，后知后觉地发现沈初蔓的眼神是越过他向后看的。他表情一僵，转过头，果不其然见到死气沉沉的段以珩。他隐没在阳光不及的暗处，沉默不语，宛如一潭死水。

沈初蔓无暇去管他们的眼神交流，带着小朱回到车上。她低头系安全带时，感受到助理的打探目光，无奈地叹气。

"是前男友，分手十年了。"她抬头对上助理的目光，"还有别的问题没？"毕竟才被段以珩帮过，小朱对他印象很不错，明眼看出男方有意就忍不住为他说话："他看上去人挺好的。"

"嗯，但我们分手了。"沈初蔓打转方向盘，语调平静，"我没有吃回头草的习惯。"无论事业还是感情，人活着就必须往前走。不是所有人都有黎冬和祁夏璟的深情与坚持，对她沈初蔓来说，喜欢就一定会明确表达，尽全力得到，而她一旦下决心放手，就没有所谓回头一说。在她这里，破镜永不重圆。

购房顺利，值得庆幸，沈初蔓第二日醒得早，无所事事，就带着丰盛的早餐去找黎冬。在黎冬的办公室里，两人聊起一周后的校庆。沈初蔓不想自己去便撒娇，央求着黎冬陪同："来吧来吧，人家独自一个人好寂寞哦。"

"好好好，没手术就来——"

"黎医生。"熟悉的清冷男声响起，昨天才见过的段以珩站在门口，开门见山地表明来意，刑侦队有公务，他想要尽早出院。黎冬并非他的主治医生，当然不能让人离开。

沈初蔓不愿加入讨论，全程默默低头吃饭。只是段以珩显然没打算就此放过她，谢过黎冬后转向她，以沙哑的声音淡淡道："要聊聊吗？"为数不多的耐心被消磨殆尽，沈初蔓当着黎冬的面不好发作，深吸一口气，笑着说好，和男人前后脚离开办公室。

"说吧，你想聊什么？"鲜少有人经过的拐角，沈初蔓双手抱胸，做出防备的警惕状态，开口就表明态度，"希望是我自作多情，但如果你想要谈复合的事情，我只有一个答复——段以珩，我们没有机会了。"毕竟是年少时真情实感喜欢过整整三年的人，十年后再见也难以保持平静，沈初蔓抬眸撞进男人深邃漆黑的眼瞳，想起分手前永无止境的争吵，以及他那天晚上的责备，心头还是会泛起酸楚。

并未如她预想提起复合，段以珩滞重的目光黑沉沉压下来，哑声道："那件事后，表姐放弃高考选择复读。大学四年一直都在做心理疏导，三年前已经能重新和男性正常交流。"听男人用平静的低音撕开过往伤疤，沈初蔓又一次深呼吸，下意识地为自己辩护："所以，你想说什么呢，段以珩？"她表情冷静，声音却难以抑制地轻颤着："出意外不是我本意，那天你要我道歉我也说了，你现在还揪着这件事——"

"对不起。蔓蔓，对不起。"男人语气干哑地说着迟来的道歉，"是我当时没有问过你，你那晚是不是也害怕？"沈初蔓咬紧牙关，看着眼前诚心忏悔的段以珩，眼底不受控地泛起泪意。她再坚强，十年前也不过是个学生，面对五六个社会流氓，有且只有束手无策和被欺辱的份。直到现在，沈初蔓也清楚记得，那晚她赶过去时，那些流氓正用肮脏的手触碰满脸恐惧的女孩，七嘴八舌地笑谈起污言秽语。那些龌龊下流的话，那些肮脏的手、半露半遮的器官，女孩悲愤欲死的抗拒和恐惧，沈初蔓想她这辈子都难以忘记。那晚她大概用尽毕生胆量和勇气，用从路边捡起的砖头，恶狠狠朝流氓砸去，在骂骂咧咧声中抓起女生的手转身就跑，再寡不敌众地被捉住拖回来。

时至今日她仍不敢想，如果不是徐榄来得及时，如果不是他疯了一般将带

第19章

477

头的人打到鼻骨骨裂而昏厥,后果会是怎样。而当时作为她男朋友的段以珩,听闻表姐出事,不仅姗姗来迟,而且见到她的第一句是:"现在这个结果,你满意了吗?"

　　沈初蔓当然清楚错在于她。段以珩曾经无数次和她吵架,警告她不要傍晚逃出校外,她也无数次嫌麻烦地拒绝对方的接送。但在出事的那一刻,沈初蔓仍旧希望对方能察觉她的恐惧与无助,也曾渴望能得到哪怕一句关心,哪怕仅仅是无声的拥抱也好。十年前的段以珩给不了这些,所以她提出分手。十年后的段以珩要为此道歉,她不认为有这个必要,也并不打算接受。

　　噩梦般的回忆不断在脑海闪现,沈初蔓咬着牙不肯服输,眼泪仍不受控地滑落:"你要是真觉得抱歉,不如和我老死不相往来——"

　　"沈初蔓。"见她视线躲避,段以珩不许她逃地步步紧逼,喉中吐出每个字皆宛如泣血,"那天爆炸后我一度失去意识,眼前全是你的身影,以至于在医院遇到你,我的第一反应是大脑出现幻觉。"

　　滑落的眼泪撕扯在场两人的心脏,段以珩忍不住抬手,想替沈初蔓拂去眼角泪迹,嘶哑道:"当初先招惹的人是你,现在又不想要了,就弃之不顾吗?"

　　在段以珩指尖堪堪要触碰到地面颊时,沈初蔓应激般地挥手拍开,甚至因为动作太急而挥扇到男人脸上。她讨厌在外人面前表露软弱,也决计不当作茧自缚的人,为此不惜做恶人:"是,我不要你了。段以珩,你别太可笑了行吗?"泪眼婆娑中,沈初蔓抬眼看向段以珩,一字一句道,"十年都过去了,我们早就没有任何重来的机会了。"

　　绝情冷漠的话轻易将人刺得千疮百孔,果然段以珩如愿地不再开口。在沈初蔓长久地拒绝交流中,男人终于沉默着转身离开。沈初蔓靠着墙,久久难以平复情绪,艰难将过往重现的糟糕记忆从脑海排除,再一次警告自己不许哭,妆不能花,更不能在外面丢人。

　　"怎么又在哭?"无奈低叹和眼前笼罩的黑影同时落下,沈初蔓抬眼,在看清来人是徐榄时,清楚感受到熟悉的庆幸和心安,勉强压下的委屈和眼泪又复涌而上。大概只有徐榄,才能让她不怕自己的狼狈与软弱被撞见,也只能是徐榄,才能让她感受到永远被包容、被保护,不必时时刻刻强撑。

　　无缘由地泪水决堤,沈初蔓终于能放心地大颗掉眼泪时,还抽空发泄坏脾气,吸吸鼻子嗡声道:"你来干什么,看我笑话的?"

　　"是,你妆都花了。"身穿白大褂的男人身上带着不算好闻的消毒水味,声音温柔平和,只是寥寥几字,安抚着沈初蔓激动不安的情绪。徐榄微侧着身体,挡住埋头不想被人发现的沈初蔓,从口袋中拿出手帕,半弯下身和她平视:"这是我一周内第二次见你哭了。"男人的语调一如既往地温和,用柔软丝帕拭去她脸上未干的泪痕,再开口时有几分无可奈何,"你是水做的吗?"

沈初蔓吸吸鼻子,垂头乖乖任由徐榄给她擦眼泪。娇气又不甘心被调侃,她鼓起腮帮子,瞪着通红的眼睛看人:"谁要你看啊,走走走——"

"小七。"空旷走廊里,沈初蔓直直望进男人忽地黯然几分的柔和双眸,动作堪称温柔,他的声音微微发哑:"如果他总让你难过,那就不要喜欢他了,好不好?"不知为何,当看着徐榄眼底满是她的身影,熟悉的和煦笑意被复杂的沉痛替代时,沈初蔓无言愣住,心脏却忽地莫名其妙地刺痛着。印象中,徐榄永远是笑眯眯的,是危难时回头总见他站在身后的安心存在。

沈初蔓从没想过,男人也会流露出如此深切的脆弱与悲伤,一时甚至让他眼底的她都感同身受。直觉告诉沈初蔓,这份软弱的悲痛的来源近在咫尺。可一向伶牙俐齿的她却突然哑口无言,只能匆匆抓过手帕胡乱在脸上擦了擦,三两下后重新丢回徐榄怀里,随即落荒而逃。连她自己都说不清楚临阵脱逃的缘由,究竟是徐榄眼底的感伤,还是伤感背后的其他秘密。

"你今天怎么回事啊,都发呆多少次啦?"傍晚时分,火锅店的小包厢充斥着勾人的香辣气味。热气腾腾中,杨翔忍不住出声打断又一次出神的沈初蔓:"特意准备的接风宴,你这么不给面子,我可太有挫败感了啊。"

"没,我挺爱吃的。"沈初蔓心不在焉地用长筷夹起涮牛肉,满脑子都是白天徐榄的悲伤目光,越回想心里越发在意,整个人在座位上坐立不安。她是有心事憋不住的性格,忍不住扭头看向身旁的好友,委婉道:"小翔翔啊,我有一个朋友最近遇到点儿事。"

"啊,你怎么了?"

"都说了是我朋友,"沈初蔓不满地瞥人一眼,在对方显然不信的眼神中,继续道,"她有个从小玩到大的哥哥,或者是好朋友吧。最近不知道怎么回事,她突然开始在意起一些以前从不关注的方面。"

沈初蔓想反正杨翔不认识徐榄,就算认识跟她说的故事也对不上号。谁知杨翔一听这个突然不困了,兴冲冲地凑过来追问:"你指的是哪些方面?"

"嗯——比如他的手和喉结很好看,以及身材似乎也很不错。"回忆着过去两天经历的种种,沈初蔓眯着眼睛想徐榄身材,半响又发现思绪跑远,拽回主题继续道,"还会莫名其妙地在意他为什么难过。你懂吧,她以前从来不关注这些。"杨翔拼命在心里吐槽,面上倒是忙不迭点头:"我懂我懂,我可太懂了,姐妹。"

第 19 章

沈初蔓心想连她都没懂，杨翔究竟懂什么了？正要出声详细问时，丢在桌面的手机突然振动，是祁夏璟打来的电话。两人向来水火不容，她接通电话后，男人只言简意赅地冷冷丢下一句："徐榄在我家喝醉了，你赶紧过来把人给弄走。"随后利落挂断。

沈初蔓听着电话那头传来的嘟嘟忙音，忍不住骂了一声"有病"。犹豫片刻，她放下手机看向杨翔："我临时有急事，得去接朋友回家，晚饭估计只能吃到这儿了。"杨翔见她是真有事也不多挽留，更何况他此刻还有更要紧的事。送走沈初蔓后，杨翔立刻掏出手机给某人发消息："徐哥，我觉得你以前可能搞错了努力的方向。"

对面秒回："？"

杨翔一通打字输出："我觉得蔓宝对你应该是很有好感的。但据我最新了解的信息，她目前大概率不想走纯爱路线，而是很单纯地觊觎你的肉体。"

"我等一下有工作，你负责送这家伙回家，或者把他丢在马路边。"除了黎冬，祁夏璟面对其他人时，永远是提不起兴趣的懒散模样。他在家门口将浑身酒气的徐榄推出去后，毫不犹豫地关上了家门。

寂静空旷的走廊，灯光昏黄。紧赶慢赶开车过来的沈初蔓被迫扶着半醉半醒的某人，心情略显复杂。祁夏璟将人推出门时，她因为身高不够，就下意识地环着徐榄的腰。现在右手紧贴着男人瘦劲后腰，感觉上下怎么移动，都像在趁机揩油。酒精因子透过鼻腔侵入肺部，偏偏微醺状态的男人还将头轻靠在她肩膀，滚热的呼吸一道道扑落在她颈侧，耳鬓厮磨的暧昧姿势。

沈初蔓只觉得她右半边脖子阵阵发麻，忍不住出声道："你能不能站好？这有四层楼高呢，我怎么把你搞下去啊？"徐榄的眼神微微失焦，闻言沉思几秒，缓慢而顺从地站直身体，朝她伸出骨节分明的手："那就牵手吧。"

男人的声带被酒精浸染过，声音发哑。昏暗灯光下的双眸越发沉静深邃，如常一般静静望着沈初蔓，却看得她没由来地心头一跳。她松开虚虚托住男人腰的手，感受着掌心飞速退去的温热，压下心中异样将手伸出去："行，牵手就牵手——"话音未落，徐榄已先她一步握住她的右手，和她预想的姿势不同，男人修长灵冽的五指停在她的指尖，随后游蛇般攀附而上，最终不紧不慢地插入她的指缝，拇指有意无意轻抚过她掌心。

再简单不过的动作，却被男人做得莫名其妙地色气。沈初蔓心头一跳，正要出声。徐榄却毫无征兆地俯身同她平视，薄唇半贴在她耳垂，沙哑着低低抱怨："小七，你刚才弄得我好痛。"或许只是错觉，沈初蔓今晚忽地觉得徐榄向来温和带笑的眼多添几分蓄谋已久的引诱，每一秒都在诱导她跳进无法脱身的无尽深渊。好在牵手后某人再没其他小动作，两人意外顺利地牵手下楼回到车上，分别落座在正、副驾驶。

宝马 Mini 更适合女性驾驶，人高马大的徐榄一进来就使得本不宽敞的封闭环境更显窄小，一双长腿无处安放地屈着。考虑到男人前不久才照顾自己一整夜，沈初蔓此时也知恩图报地未表现出嫌弃。她贴心替徐榄调整好座位靠背，又自然地倾身要给他系安全带。可惜她个子不够高，拉安全带时无可避免要尽力凑过去。距离最近时，她的余光能看清男人根根分明的黑睫，更一度能感受到对方绵长灸热的呼吸。来自男性的独特气息扑面而来，不可阻挡地侵占空间里每一寸空气，叫人无处可逃，时间在这一刻仿佛被无限拉长。终于在几秒后，沈初蔓强撑的镇定被男人沉沉响起的低笑轻易地一击即碎。

"小七。"敏锐如徐榄，早早察觉到女人的动作僵硬，仅仅是抬手勾起沈初蔓散落鬓角的几缕碎发，就让她再无遮掩地暴露所有情绪。男人的动作堪称无尽温柔，在不过寸许的距离中，低声宛若诱骗："你心跳好快。"

四目相对中，不知是谁的呼吸骤停一瞬。沈初蔓跌进男人温柔却更危险的温雅黑眸，抿唇片刻，词穷地憋出不算文雅的回应："你放屁。"

徐榄被骂也不恼，借着打落而下的皎白月色，专注而深情地悠然打量沈初蔓已然涨红的耳尖，眼底笑意更甚："嗯，刚才是骗你的。"

男人大言不惭地承认谎言，不动声色地坐直身体，长臂悄然伸绕到沈初蔓盈盈一握的细腰后，以将人圈禁在怀中的姿势，无声阻断她所有退路。随后他从容不迫地微微一笑，薄唇轻启反问道："那现在呢，你现在在慌什么？"

❉ 76

慌什么？谁慌了啊！将半醉半醒的某人送回家后，沈初蔓躺在酒店大床闭上眼，脑海里自动回放起车里的情景，连男人抬手勾挽起她碎发时的动作、神态都历历在目，心跳不自觉加速两拍。时间已过晚上十一点半，她心烦意乱地从被窝里坐起身，烦躁地抓了一下头发，点开微信果断拉黑某人，再心满意足地躺回被子里。果然少了男人，她的世界立刻平和无比。

双手合十平放胸前，当沈初蔓准备听着《清心咒》入睡时，枕边的手机忽地振动两下，是杨翔发来的消息。也不知怎么回事，杨翔似乎对她今天讲的故事格外好奇，连着发来三四条追问。

你的小翔翔：你那个朋友和青梅竹马有什么后续没？

你的小翔翔：还有还有，你朋友觉得这位青梅竹马帅吗？身材如何？

你的小翔翔：要不你介绍我俩认识一下呗，我帮你朋友把把关也行啊！

沈初蔓手指翻飞，打字回复道："没后续，事实证明男的十有八九都是神经病。"她还选择无差别攻击："你今晚过于八卦了，亲。"

你的小翔翔：我就是不理解。按照你所说的，你朋友明显对这位青梅竹马有意思，所以为什么不下手啊？是嫌这个男的不够帅？身材不行？还是别的？

为什么一直没下手？长相嘛，徐榄无疑是符合沈初蔓各年龄段审美的，否则她也不会自小跟在男人身后喊他哥哥。身材嘛，虽然没看过徐榄脱衣服，但晚上刚搂过男人腰腹，分秒之间感受过他肌肉的沈初蔓表示，徐榄这厮绝对常年健身——不是，她为什么要考虑这些啊？

紧急刹住发散的思绪，沈初蔓侧身用力打字，屏幕倒映她此刻略微咬牙切齿的表情："什么叫为什么不下手？对方是她哥哥。"

——我只是做了身为哥哥的分内之事，也有错吗？

——那都是多久之前的事了，我二十年前喊你"哥哥"，也不能代表现在还拿你当哥哥啊！徐榄，你是不是又要我玩呢？

——我真的不懂，所以才请教你。那你呢，你真的能分得清吗？

几天前的对话倏地在耳边响起，沈初蔓愣愣看着对话框里她打下的"哥哥"，最终还是删除，草草回了句："困，睡了。"杨翔这时候又偏偏要做她肚子里的蛔虫，噼里啪啦地发来消息："你这犹豫也太可疑了。觊觎人肉体就上啊，这有什么不好意思承认的。再说了，说不定对方也对你有意思呢。"

忙于学业和工作的沈初蔓这几年鲜少回家，这次回来发现父母年迈了许多，白发掩藏不住，连身体也一年不如一年。她心里愧疚，于是在见到黎冬手上病人送的平安袋后，决定也要去寺庙为家人祈福。

那天在医院见过黎冬，沈初蔓忽地想起徐老爷子就在这家医院做的手术，目前已经休养了一段时间，听说再过段时间就能出院了。徐老爷子和沈初蔓爷爷曾经是同部队的战友，有过命的交情，所以在沈爷爷过世后，徐老爷子始终将沈初蔓视为己出。对其他人都严苛要求的老爷子，唯独对沈初蔓宠爱有加。

买好水果和补品后，沈初蔓决定再去趟医院看徐老爷子。她特意换上清淡妆容和知性长裙，满意地在镜子前打量今日一反往常的装扮。随后走到玄关处看着满柜子的鞋子，她发现除却门口徐榄最新送的羊皮拖鞋，放眼望去全是细高跟。

沈初蔓喜欢高跟鞋的事，周围几乎尽人皆知。唯独她一人知道的是，真正属于她的第一双高跟鞋，其实是徐榄托人定做的。十三岁的她还是个矮小豆丁，机缘巧合下对高跟鞋沉迷得无法自拔。无奈市面上找不到合脚的高跟鞋，再加之小孩穿高跟鞋太容易崴脚，在父母的反对下，沈初蔓当时只敢偷穿母亲不合脚的高跟鞋，怕摔跤还用塑料胶带绑住脚背。

那段时间，沈初蔓几次偷穿高跟鞋出门玩，回回都被祁夏璟冷嘲热讽小孩装成熟。气得沈初蔓拒绝再见他，他的好兄弟徐榄也被"连坐"。

一周后，数次按门铃都未得回应的男孩从她家后院的栅栏翻进花园，在露天阳台轻敲她房间的玻璃门。不顾沈初蔓的冷言冷语，进屋后，男孩弯眉笑着将手里的鞋盒打开。那是一双大小正符合她的脚，鞋跟仅3厘米，快称不上高跟鞋的尖头水晶高跟鞋。那天下午，大概是沈初蔓第一次觉得徐榄好看到让她目不转睛。午后的阳光正好，空旷的别墅里，男生半跪在她面前，动作生疏而轻柔地托起她脚踝，慢慢帮她穿上高跟鞋。少年抬眸看着气鼓鼓的她，眼底笑意温和，声音清润："果然，公主就该是穿高跟鞋的。"

时至今日，沈初蔓仍记得那天下午徐榄唇边漾着的微微笑意，在暖阳倾落下她几度晃眼。徐榄这家伙，小小年纪撩人就这么轻车熟路的嘛，她不由得回忆起那晚男人在车里撩她头发的场景，嘴里嘟囔一声，在心里默默给徐榄打上"轻浮"标签，心情不甚美妙地开车去医院。

"人啊，都是越躺越废。我这身体原本没事的，再躺几天，老头子的骨架子都要在床上散掉咯。"部队出身的老爷子不肯服老，自从沈初蔓进病房后，就一直絮絮叨叨着要出院。

"爷爷还是要听医生的，这样才能长命百岁。"沈初蔓坐在床边，忙着与水果刀和苹果作斗争，就听见病房门被推开。她手上的动作顿住，下意识抬头，正对上徐榄慢悠悠的目光。

面带微笑的男人穿着白大褂，肩宽腰窄长腿笔直，颇有几分和善纯良的良医味道。只是他含笑打量她切水果的眼神太直白，末了又勾唇轻笑。沈初蔓瞬间就看懂男人是在嘲笑她的笨拙。

不服气地从鼻尖轻哼出声，沈初蔓不理人，低头继续削苹果。听徐老爷子

483

照例训斥徐榄几句后,忽地话题一转问她:"蔓蔓啊,这么久没回国,找男朋友了吗?"

"没呢,忙着赚钱都来不及。"沈初蔓随口应答,见黎冬进来查房便笑着朝她打招呼,继续道,"爷爷别催啦,这不是一直没遇到合适的人嘛。"

"怎么就没合适的人了?"徐老爷子难得驳斥她的话,嫌弃地斜了旁边不争气的孙子一眼,"病房里这个臭小子不行?好歹知根知底的。"

"爷爷,您歇会儿吧。"靠墙始终沉默的徐榄终于开口,大概是实在看不下去,弯腰要去拿沈初蔓手里的水果刀,"您再说,小七要被吓跑了。"

磁性的低音环绕耳边,热气滚落在她的颈侧,沈初蔓手上的动作滞顿,侧身有意要和徐榄唱反调:"那爷爷您得先问问某人到底是不是单身。"她可记得清清楚楚,某人前几天还要去相亲呢。问话时,沈初蔓不动声色地悄悄用余光看人,分明再简单不过的提问,徐榄愣是几秒后才憋出一句:"是单身。"

单身就单身,有对象就直说,反应慢半拍是怎么回事?不大满意某人反应,沈初蔓只是冷淡地"哦"了一声,不再做任何反应。病房内的气氛一时肉眼可见的冷淡,徐老爷子骂了徐榄几句,又将火力转移到黎冬身上,冷言冷语,听得沈初蔓几次想要打断。好在黎冬早不像以前任人搓扁揉圆,全程不卑不亢回应。她离开后,连徐老爷子都意味不明地评价一句"小丫头看上去闷不吭声的,还是块硬骨头"。

担心闺密心里委屈,沈初蔓见人离开病房后连忙追出去。安慰的话没说几句,黎冬便偏头朝她身后看去,轻声示意:"徐榄好像找你。"

目送黎冬的背影消失在拐角,沈初蔓才慢吞吞地转身对上徐榄的注视——这是那晚过后,两人第一次独处。男人深邃专注的眼神像是能探知她的心事,沈初蔓没了病房里的气势,清清嗓子,扬眉别扭地道:"找我有事?"

"这两天为什么躲着我?"徐榄垂眸在她鞋面扫过,双手插兜迈着长腿走近,身高体型自带压迫感,声音仍是温润的,"是我那天喝了酒,吐你身上了?"沈初蔓忍不住在心里翻白眼,面前这人是真当她没喝过酒?徐榄那天顶多是微醺之上,走路都不怎么晃,甚至还能分神调侃她,怎么可能记不起自己吐没吐?现在分明就是在明知故问,想要套她话罢了。

正要戳破对方用意,沈初蔓就见徐榄先一步在她面前蹲下,从口袋里拿出创可贴,温声道:"你脚后跟出血了。"沈初蔓低头,看她为了见老爷子特意换上的新皮鞋,后知后觉她的右脚脚后跟已经被磨破皮,此时正微微渗出血。

新鞋不少要打脚一阵,她正要随口说没事,徐榄却伸出指尖轻触在伤口附近。比起可忽略不计的刺痛,男人突如其来的亲昵动作反倒让沈初蔓惊呼出声:"你干吗?"

"不疼?"徐榄反问,语气温和却不容置疑,"抬脚。"

沈初蔓闻言抿唇,看着徐榄面不改色地托起她脚踝,让她踩在他的腿上,又手法熟练地贴好创可贴。整套流程轻车熟路,给人感觉面前这人绝不会是第一次这样照顾女生。

她转念想起几次见徐榄和女性医生、护士说话时笑眯眯的模样。和不可接近的高岭之花祁夏璟不同,徐榄不常被人奉若神明般捧在神坛,却显而易见是更好的接近对象。以前读书时,沈初蔓就没少见女生和他表白。当然,这家伙每次都能圆滑而不伤感情地拒绝,一看就是对付女生极有经验。

关于这点,沈初蔓在那晚车内被撩过头发后,深有体会。

静静望着徐榄耐心帮她穿好鞋,沈初蔓回想着眼前这人没少掺和她的感情生活,她却对他的感情丝毫不知,忽地觉得很不公平,于是问道:"徐榄,你刚才和爷爷说你没有女朋友,真的假的啊?"见男人肉眼可见的动作停滞,她立即补充道:"别多想好吧,你要是有女朋友,我肯定要避嫌。"

"可以有,也可以没有。"徐榄起身,笑容淡淡,朝沈初蔓伸手将另外几个创可贴放在她掌心,"是不是单身,你说了算。"

听男人又开始云里雾里说着故弄玄虚的话,沈初蔓不想回应,转身欲走,却又被对方环住手腕,轻而易举拉回身边。

"我那天做了什么很过分的事情吗?"低沉声音自身后响起,带着几分难以察觉的低落,"如果有的话,我向你道歉。"

沈初蔓听他真心实意地道歉,一时间反倒不知该说些什么。因为徐榄那晚到底做了什么越线的事情,她怎么想答案都是没有。现在的尴尬气氛,反倒更像是她被戳破心事,不知自制才强行制造而成的。

沉默抿唇,沈初蔓转身,垂眸看着男人骨节分明的手握住她的腕骨,有意转换话题:"你知道我拉黑你了?"那晚她虽然意气用事地把人拉黑,但第二天清晨睡醒后又默默将他从黑名单放了出来——按理说,只有短短一晚上时间,徐榄又喝了酒,不应该发现自己被拉黑的事情。

"嗯。"或许是她的心理作用,沈初蔓总觉得男人说话时,拇指几次有意无意轻轻抚蹭过她内侧腕骨,动作有几分说不清道不明的缠绵缱绻。

"那天睡前想给你发晚安。"两人距离不过半步远,徐榄垂眸沉沉看着她,低声道,"发现被你拉黑了。"

"我那天晚上是手滑,第二天就把你放出来了。"听男人的语气可怜巴巴的,沈初蔓竟然心生怜意,忍不住反问道,"再说了,你为什么就不知道第二

485

天再发一条？"

"因为害怕被拒绝，更害怕被讨厌。小七，我好像拿不准该和你保持多远距离了。"徐榄自然垂放的手抬起，指尖却在要碰到她鬓角的发丝时停住，声音低沉柔和，"所以这两天我总在想，对你，我还能做到什么样的程度呢？"

❄ 77

你还想做到什么样的程度？望进男人深邃沉静的双眼，沈初蔓问话都到嘴边了，走廊那头却突然有人在喊徐榄名字，大概是有工作上的问题。

"马上来。"徐榄回头冲对面颔首，随后收回视线朝沈初蔓微微一笑，松手的同时询问出声，"所以，喝酒那晚的程度，可以接受吗？"沈初蔓隐隐觉得男人的提问方式别有他意，但单就事件本身，她选择点头："可以。"

"好。"徐榄闻言莞尔，转身离去前不忘抬手轻揉她发顶，温声道，"那下次我们再试试其他的。"

结束晃神时，沈初蔓已经回到 Mini 的驾驶座上。回想着某人揉头的神态，她拉下遮光板翻开镜子，盯着镜中人半晌后抬手整理发型，视线最终落在悄然发红的耳尖。随后恍然惊觉，她刚才好像被徐榄撩到了。

唇边哼出点儿荒唐笑意，沈初蔓从手包中拿出最常用的口红涂抹。再抬头时，她见镜中人又恢复平日的妩媚明艳，满意挑眉。

下午第一批男模要来工作室试拍，沈初蔓得回去监工。发动车前，她拿出手机点开朋友圈，最上面是杨翔一分钟前刚发的动态。看着图片上她最爱吃的栗子蛋糕，沈初蔓打字评论："给你一小时，速速送到我工作室。"

杨翔秒回复："我对象送我的，嘿嘿。你也快让你对象给你买去。"文字后面还跟着恶心的亲亲表情。

"杨翔这小子，什么时候又找到对象了？"沈初蔓嘟囔一声将手机丢回车门储物格，专心开车，很快回到工作室。她朝已经在一楼聚集等待的模特们微微点头，先上楼去三层办公室。正式拍摄有固定影棚，工作室一楼的各种场景大多用于试片，主要是让模特初试装来确认是否符合风格——这是沈初蔓在 F 国时一贯的习惯。只是她现在刚回国，人手缺乏，原先团队中只有不足一半人随她回国发展，现在连最新的时装展秀都要重新挑选模特。

不习惯知性典雅的素色长裙，沈初蔓回到办公室后，从衣柜中随便挑了一条酒红色吊带裙，走进小隔间里换上。她又顺手扎起栗色大波浪，对着墙上圆镜补妆涂唇，踩着黑色细高跟回到电脑桌前，查看最新邮件。

"蔓儿，人都到齐去换衣服了。"没过多久房门被敲响，沈初蔓抬头，见摄影师兰尼懒懒靠着门框。标准混血长相的人冲着她打了个响指，道："下面都准备好了，就等你了。要不要去把把关？"

"走。"沈初蔓合上电脑起身，随口问面前金发碧眼的男人，"依照你的审美，这批来试装的有没有看上眼的？"

兰尼的血统一半来自F国，自小在国内长大，直到十六岁母亲离婚，才回到F国。两人早年相识于某次秀场，那是沈初蔓的作品第一次登上国际品牌走秀，而兰尼当时已是时尚圈有名的摄影师。他对沈初蔓的作品赞不绝口，被骗到她的团队还不够，她回国时也没忘顺便跟着走。

兰尼的眼光比沈初蔓挑剔得多。两人沿着扶梯往下走，兰尼嫌弃得直摇头，道："身材还行吧，不过气质都太浮躁，拍不出我想要的感觉。"男人话语一顿，似是想到什么，忽地转头看她，"不过你推荐来的，那个叫……叫什么来着——哦对，叫徐榄。"他脚步停顿，捏着下巴露出满意笑容，"也就那一个，我觉得还不错。"沈初蔓脚步猛然停顿，徐榄？这个时间点他不应该在医院上班吗？来她工作室，还试装做什么？她皱眉问兰尼："他怎么说的？直接说我让他过来的？"

"他在门口说找你，小朱问他是不是来试镜的，他就答应了。"兰尼看她的表情不对劲，疑惑道，"我看他有你的微信和手机号就放人进来了。怎么了，有问题？"

"没事。"沈初蔓靠着楼梯栏杆往下看，一眼扫过去，确认下面的人中没有熟悉的身影，心里大概有了打算，和身旁的兰尼摆摆手，"你先带其他人随便拍两张，我马上回来。"

"行，你快点儿啊。"

拍摄场景在一楼，二楼则是供模特们换衣试穿的地方。沈初蔓直奔二楼最内侧的换装区。区域内静悄悄一片，如果不是沈初蔓有意倾听，几乎要忽略尽头小隔间的微弱声响。她出声问道："徐榄？你在干吗？"

"嗯，是我。"衣料的摩擦声再度响起，随即响起徐榄的应答声，"我在换衣服。"沈初蔓闻言，不由得在心里翻白眼，她又不是傻子，当然能看出男人在麻帘之后换装。行，徐榄这是故意装听不懂，非要和她装傻充愣吧？

沈初蔓是无法忍受被人拿捏、吃软不吃硬的性格。想到徐某人最近越发神神道道的行为言论，她也不再为过去几天的事害羞扭捏，双手抱胸站在帘外，等着看徐榄此行到底想做什么。

"小七，你设计的衣服，穿法似乎很复杂。"很快，帘子后面传来徐榄平和低缓的声音，他慢悠悠地征求她的意见，"如果你不害羞的话，进来帮我一下吧？"沈初蔓闻言，不由得哂笑一声，她害羞？开什么世纪玩笑。她参与的秀场没有上千场也有几百场了，哪怕有穿衣工帮忙稍作遮挡，后台的男女模特都是一起全裸着换衣，什么样的身材她没见过？区区一个徐榄还能让她害羞？

沈初蔓如是想着，抬手掀帘便昂首挺胸地走进隔间，雄赳赳的气势在同男人四目相对时荡然无存，眼皮不受控地轻跳。男人随意地坐在换衣小隔间的高脚凳上，微佝着身，背靠白墙，笔直长腿交叠伸展。黑裤黑衫的斯文打扮，却因为环绕前胸后背的皮质肩带，浑身上下透着股难以形容的禁欲感。

那一刻，沈初蔓忽地理解，为什么挑剔如兰尼偏偏会对圈外人徐榄满意。所谓人靠衣装，其实反过来亦如是，想将一件衣服的设计感完全展示出来，除了完美比例的身材，模特本身的气质也尤为重要。

沈初蔓的设计风格向来大胆，新的系列男款作品主打一个"欲"字，传统西装又给人以郑重严肃感。两种截然相反的印象如何通过一件衣服展示，是设计师和模特共同面对的难题。她找的那些模特虽然身材个顶个，但大多因为太符合模特标准，而无法体现她设计核心的"欲"感，这才导致试装人选一批接着一批换，而徐榄仿佛是为这套服装而生的。恰到好处的肌肉紧贴衬衫却并不夸张，肩宽腰窄。衣扣严丝合缝地系到最上一颗，微微凸出的前胸肌肉被黑衫包裹，皮质肩带松垮搭在胸前。单说身材还好——如果能忽略男人此刻脸上笑吟吟的模样。

徐榄清清白白地坐在高脚凳上，见沈初蔓进来后只是微微一笑，宛如绅士一般问她："可以帮我吗？"沈初蔓不动声色地抿唇上前，高跟鞋声止，她站在徐榄面前，垂眼帮他穿戴肩带，手指不可避免地触碰到男人的紧实肌肉。狭小空间里，相距不到半步的两人呼吸交缠，此刻不知是谁的心跳声，震耳欲聋。

"来之前，我看过你这次系列的所有作品。"沉静中，徐榄忽地不紧不慢开口，抬起手下一秒要将沈初蔓拥入怀的姿势，顺从地任由她帮忙穿衣，"肩带、腿环、臂环——"话语一顿，男人猝不及防坐直身体，低声和温热呼吸同时贴着耳畔落下，混杂着点点难言笑意，"小七，你似乎对束缚类元素情有独钟。"

好好的设计被徐榄说得莫名色情，沈初蔓再次隐隐感觉到被人牵着鼻子走，掀起眼皮居高临下地看人，手上用力猛地系紧皮带。随着男人低沉闷哼一声，皮带微微陷入皮肉，之后是她的回应："不喜欢？不喜欢就别穿——"

"这位新人，你能不能速度快点儿？"催促声打断小隔间的轻声对话。兰尼不客气地哗啦一声掀帘进来的同时，徐榄及时单手揽过沈初蔓细腰，以免她光裸的后背被麻帘蹭到。

双脚猝不及防地离地失去重心，沈初蔓还没来得及惊呼出声，人已经稳稳坐在徐榄大腿上。惹眼的酒红色及膝裙随动作摆晃，宛如风中摇曳的野生玫瑰，盛放在纯粹的渊黑中，正不自知地被一点点吞噬。

沈初蔓人生得娇小，被徐榄单只手轻松环住圈在怀里，手上还抓着男人胸前的黑色肩带，连同衬衫都被扯拽得发皱。暧昧亲昵的姿势，逼仄狭小的小隔间，实在很难让人不多想。沉寂无声的场面中，反倒是堪称作俑者的徐榄从容不迫地将怀里人托腰抱稳，抬眼勾唇平静道："你差点儿撞到她。"笑容一如既往地无害纯良。兰尼的视线流转在两人之间，不由得吹了一声口哨，反应过来情况后十分懂事地挑眉。

"那你俩继续，我先下去拍会儿。哦对了，"他转身走了两步，又转回来，还是没打算放过徐榄，"虽然你显然不是来试镜的，但衣服都换了，待会儿也来拍一组？"徐榄仍旧是笑："好。"

兰尼心满意足地离开。脚步声渐远，沈初蔓终于后知后觉地回神，率先感觉到紧贴在腰侧的温热大手。她只想着先脱离拥抱，双手往下撑要找着力点，右手手腕却先被环住，失去支点的她再度跌回怀抱："徐榄你——"

"小七，"徐榄笑容淡淡出声打断她。男人垂眸，慢条斯理将沈初蔓数次擦过他小腹的小手拿开："你确定还要再往下摸吗？"

"所以，你是替副院长出来办事，提前办好，在回家的路上先是路过新开的蛋糕店，又正好经过我工作室的？"一楼搭建的简易拍摄场地外，沈初蔓用塑料小勺挖出一块徐榄带来的栗子蛋糕，再说话时，吐字有些含混不清，"你是怎么知道我想吃栗子蛋糕的？"

她来工作室前才在朋友圈评论过想吃，徐榄就马不停蹄地送来了。虽然杨翔和徐榄不认识，但这事怎么想都太过凑巧。

"大概是巧合。"徐榄波澜不惊地回应，视线自然落在沈初蔓沾上蛋糕屑和奶油的唇角，从手边纸盒中抽取纸巾，抬起手。鉴于某人有前科，沈初蔓警惕地往后缩，盯着男人骨节分明的手，出声道："警告你啊，不许在这里动手动脚。"然后才从对方手里抽走纸擦嘴。

掌心空荡荡的，徐榄意味深长地微抬眉："好，那就不在这里。"

"别的地方也不行。"沈初蔓机敏地听出男人话里有话，余光见着徐榄还敢笑，"啐"了一声后扭身拽住男人胸前的肩带，微微眯着眼睛，"徐榄，我发现你最近很不老实啊。"徐榄被她拉拽得身体前倾,四目相对,施施然道:"现在来看,似乎不是我在动手动脚。"

两人的距离近得危险,沈初蔓正要挑眉反驳,耳边就听相机快门被按下的机械声。镜头对准桌边的两人,兰尼见两人转头看过来也不慌张,反倒忽略沈初蔓,冲徐榄抛媚眼:"帅哥,我这边忙完了,你现在来配合拍一组?其他模特为了凸显身材和配合主题,我都要求他们湿身上镜。不过鉴于帅哥你本身足够色气,湿身倒是没太大必要。"

兰尼指挥着徐榄坐进黑色布景下的白色浴缸,眯着眼睛看向散落地面的玫瑰花枝花瓣,打了个响指,扭头看向沈初蔓,朝她扬下巴道:"蔓儿,你也进去。至于姿势嘛——"他沉吟片刻,果断决定道,"你去跨坐在他身上,半回头地露出侧脸就可以。"

突然被点名的沈初蔓:"……"为达到最佳拍摄效果,加之身材和模样又好,沈初蔓以前没少为了示范来配合模特拍照,但对上徐榄,事情似乎就变得不对味儿了。短暂的犹豫后,沈初蔓掀起眼皮,正对上徐榄带笑的直视目光。

男人如常贴心地替她解释:"小七大概是害羞,还是我自己拍吧。"

很好,又是欲擒故纵、装大尾巴狼的那一套,沈初蔓无法否认这招对她永远好用。她挑唇冷笑,动作利落地扯下束发发筋,任由栗色的波浪卷披散在双肩上。确认红唇没有褪色,她踩着细跟蝴蝶结的黑色尖头高跟鞋走近浴缸。

酒红色的吊带裙轻薄,堪堪长过膝盖。徐榄又是半躺半靠在浴缸的姿势,若是她抬腿迈进去,裙底风光大概要一览无遗。沈初蔓思考进浴缸的方式时,仰视着她的徐榄朝她抬手,示意想要帮忙。沈初蔓正欲伸手握住他的手,却被人直接搂住腰,轻松抱进浴缸里。本就不宽敞的浴缸因为第二人的闯入,立刻显得拥挤狭窄。徐榄抱她进来后,环在她腰上的手便松开。而沈初蔓不得不双手撑着浴缸侧壁,才不至于让自己直接跌坐在男人身上。等候许久的兰尼实在看不下去,催促道:"蔓儿,你干吗呢,还能不能拍了呀?"

"小七。"徐榄低沉带笑的声音落在她的耳畔。沈初蔓抬头撞进对方的黑眸,就见男人双手极其绅士地搭靠在浴缸侧壁,弯唇柔声体贴道:"我现在不方便动,所以,你得自己坐上来。"

"我今天才发现,原来你沈初蔓也会露出这种表情啊。"半小时后拍摄结束。检查成片时,兰尼半蹲在显示器前一边上下翻动照片,一边随口道:"我看他对你也有点儿那种意思。你要是真顶不住,不如直接上了他呗。"

"他"指代谁,不言而喻,沈初蔓闻言皱眉:"你什么意思?"

"别和我说你对他一点儿想法没有,我干摄影十几年,要是连眼神的情绪表达都看不出来,要是看不出你那点儿见色起意,算是白干了。"时尚圈的人不少都比其他行业的人潇洒、玩得开,兰尼又最是心直口快的性格。男人指着屏幕上的照片看她:"你自己看看刚才的照片。这直勾勾的眼神,就差没用眼神把人家胸口直接看穿了。"话落他又耸耸肩道,"再说了,就算不谈感情,单看上他的肉体,你们也可以商量啊。你条件这么好,他有什么理由拒绝?"

沈初蔓不为所动:"商量什么?"

"不然呢?"兰尼答非所问,"我看他对你也挺有好感的。"两人此时交流用的是法语。小朱和团队的其他人还在二楼忙碌,虽然周围几步外站着徐榄和另外几位工作人员,但也不用担心这些人能听懂。这种事在圈内确实常见到见怪不怪,但沈初蔓没兴趣玩这些,也不想和兰尼再继续争论这个话题,敷衍着。她和徐榄的这套图的效果确实出乎意料地好,如果其他模特实在拍不出效果,后续在微博发的图可能还真得从中选用。

"小七。"身后再度传来徐榄的呼唤声,肩宽腰窄的男人迈着长腿而来,垂眸笑着看沈初蔓,"你现在忙吗?我可能要请你帮我脱下衣服。"

不等沈初蔓回应,兰尼吹了一声口哨,擅自替她答应:"她不忙,快脱快脱。"说完还嫌事不够大,凑到沈初蔓耳边挑衅道,"我说啊,你这么多年好不容易有个看对眼的,现在还自欺欺人地下不去手。你是不是怕自己搞不定他啊?"激将法虽迟但到,沈初蔓皮笑肉不笑地扭头看向徐榄,不再废话:"走,现在上楼。"

两人进入小隔间之前,徐榄在帘子外停下脚步,直到已经进去的沈初蔓不解地回头看人,才不紧不慢地开口:"我在想,我是不是该谨慎思考一下。"

沈初蔓不耐烦:"什么意思?说人话。"

"你现在的眼神,像是下一秒就要把我做掉。"徐榄活动着手腕,有意停顿几秒,微微一笑,"各种意义上的。"

两人平安无事地换过衣服后出来,在二楼就远远听见杨翔的大嗓门响起,听内容是在和兰尼聊天。时尚是个圈,性取向相同的两人早在F国时就是密友,私下关系甚至比和沈初蔓还要好些。杨翔平日没事也会来工作室玩,沈初蔓见到他来也不奇怪,随口问道:"你今天又没事做了?"

"你这话说得真没良心,亏我特意从蛋糕店给你买蛋糕带过来。"杨翔不满地看着她下楼,扭头冲不远处桌上吃剩的蛋糕撇撇嘴,"不过,我看你这好像都吃过咯——"后半句在看见沈初蔓身后的徐榄时戛然而止,他的笑容立刻变得意味深长:"难怪呢,这是早就有人送了啊。"

两道视线隔空对望，徐榄主动上前问好。他不大自然地活动两下手腕，随后伸手："你好，我是徐榄，是沈初蔓的——"他回头看人，似是在征求意见："哥哥？"

"别听他胡说，算是我竹马吧。"想着两人是初次见面，沈初蔓便互相介绍道，"这是杨翔，我在F国认识的朋友。"杨翔咧嘴笑得像是要开花，握手时道："蔓宝的竹马，那我肯定得叫一声'徐哥'啊，幸会幸会。"长着肱二头肌的男人眼珠滴溜溜转着，忽地想起什么，猛然转头看向沈初蔓："话说你这周末不是要庆祝工作室建成，喊上徐哥没有？"沈初蔓其实早邀请过徐榄，但杨翔的热情还是让她感到奇怪，狐疑道："我为什么要听你的？"

"你这个小没良心的，亏我今天还给你带蛋糕。"杨翔凑上前，又是抛媚眼又是撒娇，最后甚至不惜撒泼，"就凭我那天是寿星，寿星还不能许愿望吗？"沈初蔓顺势顺着台阶下去，佯装勉为其难地答应："那你今晚得请客吃饭，不然我得再考虑考虑。"

"请请请，您沈大小姐说什么是什么。"杨翔满口答应，不忘邀请旁边两人，"兰尼、徐哥，你们俩也一起来呗，正好人多热闹。"

兰尼晚上有约，徐榄办完事，下午本就不用再回医院，便跟着沈初蔓和杨翔离开。一时间，工作室一楼只剩下兰尼自己，他喝过水正要继续审片时，刚离开的徐榄去而复返，直奔遗忘在长椅上的外套。

以为男人拿完东西就走，兰尼象征性冲人笑了笑便要低头，余光却发现徐榄直直朝自己走来。这男人是要做什么？想不出对方找上他的理由，兰尼正要出声询问，就见对面的徐榄先笑着温声感谢："今天的事情，谢谢你。"并非普通话，男人开口便是母语般流畅标准的法语，让兰尼都震惊得有一瞬说不出话。徐榄熟练掌握法语，这也就意味着刚才他和沈初蔓的对话，不远处的男人不仅听得一清二楚，还完美理解了。

徐榄笑吟吟地将兰尼所有面部表情尽收眼底，从容不迫地道："艾利克斯半月后受邀在S市开个人展，我有幸能够和老先生单独见一面。不知道兰尼先生是否有兴趣一同前往？"

如果说兰尼算是圈内新星，那么他的榜样艾利克斯就是当之无愧的业界大拿。艾利克斯是公认的踪迹难寻，鬼知道圈外人徐榄怎么能和这样的大咖单独会面，可不管如何，兰尼无法拒绝眼前这份天降大饼。只是对方上来就精准拿捏了他的喜好，让他不由得警惕道："你想做什么？"

"目前只需要交换联系方式就可以。"徐榄将手机递过去，看着面前如临大敌的金发男人，好心地柔声安抚道，"不用怕，你是我筛选后留在她身边的人。况且你对我还有用,我不会对你做什么。"

这话等同于自曝,兰尼不由得想起几分钟前杨翔再明显不过的撮合,唇角微微抽搐,倒是没那么紧绷了,只是仍有一点不懂:"你要是喜欢沈初蔓,你就直说啊。明知她对你有好感还拖着,你累不累啊?"

徐榄对此并未打算深谈,只是脸上笑容淡了些:"大概有些事情,我赌不起。"兰尼正要再问,在车上迟迟等不来徐榄的沈初蔓已经回来找人,催促道:"有话下次再说,仁都打电话催了。"

"好。"徐榄微微颔首,迈着长腿走到沈初蔓身旁,将臂弯里的外套递过去,"外面冷,披着吧。"

"我不是很想穿你的外套。"沈初蔓果断拒绝破坏她搭配的毛呢大衣,眼尖地注意到徐榄第三次活动手腕,不由得皱眉,"你手怎么了?"徐榄闻言将手放进口袋,还欲盖弥彰地用大衣遮盖住,平静道:"没事。"

"什么没事啊?"手对医生的重要性连沈初蔓一个外人都清楚。她一把抢过大衣,不许男人回避地追问道:"你老实交代,快点儿!"

徐榄停下脚步转身,垂眸静静看着沈初蔓。

"行行行,我穿,我穿衣服还不行嘛!"沈初蔓简直拿这人没办法,胡乱穿上毛呢大衣,心急得忍不住骂人,"徐榄,有一天我真得叫你坑死——快说,手到底怎么了?"

"真的没事。"半晌,徐榄勾唇轻轻笑起来。他抬手将沈初蔓压在大衣里的长发拿出来,抿唇思考片刻,俯身在她耳畔低低道:"应该是你第一次坐上来没找好位置,我手撑在边上,不小心扭着了而已。"

❄ 78

沈初蔓顺利在周末的宴会前搬进新别墅。律师确认过,产权没问题,她隔日二话不说就交钱签合同,请家政阿姨简单打扫后,又联系搬家公司将她的大包小包运过去。整个过程简直一气呵成,比预想中轻松太多。

搬进来的当晚,沈初蔓罕见地失眠了。说是失眠也不够准确,毕竟平常十二点时她的夜生活才刚开始。若不是想给搬进新家开个好头,她绝不会这个时间点就上床。鉴于晚饭才和亲近的朋友们庆祝乔迁之喜,现在有局的早就自己开玩,有对象的又和对象去玩了,唯一的正经朋友黎冬在值夜班,沈初蔓一时不知该找谁来分享她此刻的深夜感慨。

毕业多年,沈初蔓在业内也混得小有名气,不靠家里也是小富婆的她并不缺钱。但这幢别墅是她真正拥有的第一处房产，总而言之，和过去租房的感受截然不同。沈初蔓侧躺在床上，无所事事地翻着通讯录，依次滑过最近和男朋友夜夜笙歌的兰尼以及杨翔，指尖最终在徐榄的头像上停顿了。自从上次她把对方拉黑又放出来后，两人就没在微信联系过，有事都是直接打电话。

想着这人前两天拍摄时扭到了手腕，沈初蔓心里多少有些过意不去，主动发信息问候："这位同志晚上好，手好些了吗？"随后附赠一张她的宝贝猫咪的歪头表情包。消息发送出去，聊天界面顶端很快显示"对方正在输入中"，沈初蔓抱着手机等，却迟迟不见对面的消息。

足足有五分钟，徐榄才言简意赅地回复道："疼。"沈初蔓还没来得及追问严重程度，对面又迅速撤回，下一条倒是来得飞快："已经没事了。"

沈初蔓想：这是在做什么？徐榄为了不让她担心，故意谎称自己手好了？回忆起那天徐榄转动手腕时不自然的动作，沈初蔓腾地从床上坐起身，脸上的悠然表情消失得无影无踪，直接一个电话拨过去。

"你的手真的没事了吗？没事你撤回什么，真当我傻的啊？"听筒内沉默几秒，之后是两声贴耳落下的低笑，徐榄的语调温和依旧："所以，你刚才是一直在等我回消息吗？"沈初蔓隐隐觉得自己又被耍了，就听男人出声道："小七，恭喜入住新家。这套房子，你还喜欢吗？"

"喜欢啊，这房子便宜得像是白送的一样。"沈初蔓闲得无聊，徐榄又恰好问到点子上，不由得打开话匣子，"虽说是二手房，但这片的别墅本身很新，不仅是精装，据说还没人住过呢。"她兴冲冲地自顾自说了好一会儿，才意识到根本没给徐榄插嘴的机会，想确认人还在听，就喊了一声对方的名字。

"嗯，我在。"徐榄那边的背景音没一会儿就变，时而有风声时而有人交流，低缓男音在杂乱音中仍旧清晰，"你喜欢就好。"

两人有一搭没一搭地闲聊着，绝大部分时间里，是沈初蔓忍不住炫耀这房子有多称她心意，徐榄则默默倾听。无法实地给男人展示让她略感遗憾，道："我和你说，整栋房子里，我最满意的就是床——"

"小七。"这是徐榄今晚第一次打断她说话。沈初蔓愣了一下，就听对方轻笑出声："开门，外面好冷。"

"徐榄，你怎么过来了？"沈初蔓意外地看向深夜提着奶茶、甜点拜访的男人。连她的宝贝布偶猫抱抱都好奇地踱步过来，躲在客厅楼梯后探出头，蓝宝石般的眼睛眨巴着看向门口的男人。沈初蔓回国后去过徐榄的公寓，距离这里至少有半小时车程，接过他东西时问道："你从公寓那边过来的？"还有一句她没问：大半夜跑过来，就是为了给她送奶茶和甜点？

"嗯,从家那边过来。"徐榄脱下大衣挂好,弯腰抱起蹭着他腿的抱抱,让小家伙舒服地趴在他的肩膀,朝略显兴奋的沈初蔓微微一笑,"我以为你今晚会想要人陪。"其实他一眼看出沈初蔓的欲言又止是为什么,无非是高兴有人陪她说话,但又没想好该怎么问他深夜拜访的理由。以前沈初蔓住在酒店没办法,现在她住的地方离徐榄的另一处房产只有步行十分钟的距离。他折腾半小时才来,也是因为要给她买甜食而已。不过这一切,她没必要知道。

布偶猫是天生亲人的品种,被徐榄抱着就舒舒服服趴在男人肩膀呼噜不止,毛茸茸的雪白长尾轻扫男人胸口。沈初蔓注意到徐榄今天穿了一件黑色的衬衫,下摆扎进裤子,勾勒出瘦劲腰身。仔细看的话,还能注意到男人大腿偏上、靠近腿根的位置,有纵横条形状的凸起。其他人或许不熟,但身为设计师的沈初蔓瞬间就辨认出,长裤遮掩下的东西,是防止衬衫起皱的衬衫夹。

"小七,你似乎对束缚类元素情有独钟。"不知为何,沈初蔓耳畔忽地跳出徐榄那日在小隔间同她说的话,眼皮轻跳。

将奶茶、甜点放到茶几,不爱坐沙发的两人就在柔软的地毯上坐下。沈初蔓迫不及待拆开包装看蛋糕的种类,徐榄则若有所思地看着抱抱。没有科学依据,猫咪大概天生就喜欢扒拉桌边的东西,抱抱也不例外,自从被放在玻璃茶几上,肉爪子就不消停地一直扒拉塑料袋和蛋糕塑料盒。

"家里有热水喝吗?"

沈初蔓正低头给奶茶插吸管,闻言头也不抬道:"厨房有能出开水的净水器,你自己调温度就行。"

"好。"男人应答后起身,随后响起玻璃器皿碰撞的清脆声响。沈初蔓手上的动作微顿住,忽地觉出些不对劲儿,她刚才告诉徐榄玻璃杯放在哪里了吗?徐榄端着玻璃杯折回来,说要喝水的人只接了不足二分之一杯容量的水。滚热水汽让透明杯壁泛起白雾,显然没法直接喝。

沈初蔓正想让徐榄去重新接,男人已经在她对面坐下,随手将玻璃杯放在眼前桌边,不经意地问她:"乳酪蛋糕在保温袋里,还冰着吗?"

"嗯,还冰着呢。"狂热的乳酪粉沈初蔓满足地笑着,嘴里叼着塑料勺,决定先吃徐榄说的这一块儿,同时建议道,"等会儿你要不要去顶层的阳台看看?是玻璃房——"话音未落,只听玻璃杯倒在茶几的清脆声响,罪魁祸首抱抱还镇定地留在现场,保持前爪抬起的动作。见桌面洒了些水,它甚至还伸舌头凑过去舔。水温过烫,不适合猫咪喝,沈初蔓正要出手,距离抱抱更近的徐榄先她抱起猫咪,任由热水洒在他的裤面,大腿的位置早已淋湿一片。

能起雾的水有多烫不必多说,沈初蔓余光见男人裤面上的大片水渍,心下

第 19 章

一沉，没想太多，匆忙从手边抽出纸巾就帮他擦，皱眉问道："烫到了吗？"她低头，不得章法却用力认真地胡乱擦着，半晌头顶传来男人微哑的低声："没事。"

擦了两下，沈初蔓突然觉出不对劲儿。热水洒到的大腿位置倒算不上敏感，只是偏偏在衬衫夹那处，让沈初蔓每擦一次就要被迫摸一回衬衫夹。几次下来，她连男人衬衫夹的脉络走向都摸清楚了，情急之下，甚至还不小心连同裤子一起将衬衫夹拽起来了。这下好了，倒显得她像是月黑风高夜里想揩油的变态。

"小七。"大脑飞速运转，沈初蔓直勾勾盯着男人裤子想解决对策，就听某人笑吟吟地喊她名字。她抬起头，四目相对，后知后觉反应过来以徐榄的视角，刚才的场面和体验估计更劲爆。而徐榄只是抱着猫咪微微一笑，亲昵地给抱抱顺毛后松开手，面色平静如常，显然没有任何烫伤迹象："你果然对束缚类的元素很感兴趣。"沈初蔓哽住，一时不知如何回嘴。愣神时，就见男人视线在她薄唇扫过。下一秒他就抬手伸过来，像是要替她蹭掉嘴角的草莓酱。

温软皮肤相碰的瞬间，太过熟悉的场景触发记忆，沈初蔓脑海中倏地闪过男人那日清晨舔食她嘴角枫糖的场景。脑子一抽，身体快过脑子的她伸出舌头一卷，迅速将唇角的草莓酱吃掉，当然不可避免地舔到了男人食指。

女人的舌头比想象中还要柔软，徐榄微微抬起眉，看着沈初蔓悄然爬上粉红的耳尖，弯眉凑近盯着她："甜吗？"

最终还是仁的电话拯救了尴尬局面，沙发上的手机铃声作响，接通后传来男生年轻欢快的声音。鉴于杨翔的生日宴和庆祝工作室开办的宴席在同一天，仁便特意来问沈初蔓能不能在那天先故意冷落杨翔，最后再揭露给他准备的惊喜："我们先都不告诉他，庆祝到一半时突然断电，然后趁黑找人把蛋糕推出来。"

"我来推蛋糕吧。"沈初蔓侧身避开某人的目光，将注意力全集中在身后，说话再一次不过脑子，"到时候你负责稳住杨翔，把他带到既定位置就行。"

仁在电话里虚心请教："他是个活生生的人，我怎么能控制他去特定的位置啊？"

"断电的时间那么长，月黑风高的，什么'作奸犯科'的事儿不能做啊，"见他不开窍，沈初蔓不由得轻喷出声，"我教你，最简单的就是直接把他嘴巴堵上，再把腰一搂，去哪儿不还是你决定吗？"

仁小鸡啄米似的连连应和，不住感叹沈初蔓是恋爱大师，一通狂夸，反把某位十年没谈恋爱的人说到不好意思。沈初蔓挂断电话，抬眼就对上徐榄意味深长的目光，嘴角还勾着点儿弧度。男人怀里抱着惬意躺姿的猫咪，微微眯起眼睛。

"月黑风高的,什么'作奸犯科'的事儿不能做?"徐榄重复她的发言,后背半倚在沙发底座,垂眸看了一眼他裤面晕开的大片水渍,坐直身体微微往沈初蔓的方向。两人本就挨着,现在因为男人的贸然靠近,彼此距离瞬间压缩到近乎无。沈初蔓甚至能感受到男人的呼吸,似乎都带着蓄谋已久的意味。下一秒,只见男人薄唇几欲要贴在她耳垂,倏地低低笑起来:"小七刚才拽我衬衫夹的时候,也是这样想的吗?"

跌进他深邃的笑眼,沈初蔓听见心跳错乱半拍,桌下的右手悄然成拳,发现她竟然无法否认这个问题。既然如此,不如索性认了,于是她挺直腰背,挑眉反问:"所以呢,随便想想也不可以?"

徐榄眼底笑意更深:"当然可以。"是他荣幸之极。

周末的庆功宴比想象中还要热闹。这是沈初蔓在外漂泊多年后,归国的第一次正式庆祝。国内密友早就空出时间,再加上今天又是杨翔生日,身在外地的人还为此坐飞机赶来H市。

除了圈内好友,沈初蔓还邀请了黎冬、祁夏璟和徐榄三位,周屿川是被临时叫来的。祁夏璟几人不认识杨翔,没带生日礼物。其他人除了庆祝工作室开办的礼物,都另带了份生日礼物,偷偷藏在某处不让杨翔发现。

直到庆祝会要开始,刚下手术的徐榄才姗姗来迟。同过去一样,相比于锋芒毕露的祁夏璟一进屋就受到万众瞩目,徐榄挑着没人注意时进来,也就送沈初蔓礼物时,引起短暂的小范围轰动。

"天,这不是蔓蔓你前段时间天天念叨着抢不到的高跟鞋吗?"杨翔又是第一个凑上来大呼小叫,满眼羡慕,"这可是限量款啊!"

实物的美貌远胜过官网图片。尖头水晶鞋在冷白灯光下越发惹眼,以至于沈初蔓穿上后就不舍得脱下,还打算等会儿回房换一套新买的高定裙来配。周围人离开后,她踩着大小正好的高跟鞋转了一圈,抬头看人时难掩眼底欣喜:"我托关系问都说没货,你怎么买到的?"有钱能使鬼推磨,熟练运用金钱力量的徐榄只勾唇微微笑道:"大概是运气好。"

本就是值得高兴的日子,再加上收到心仪的高跟鞋,锦上添花,沈初蔓晚上情不自禁地多喝了两杯。其实她的酒量很不错,除了在沙滩酒馆那晚心情沉重喝醉了,平时一年到头也难得有一回喝到烂醉,大多是微醺刚上头的状态,兴奋但理智尚存。

朋友聚会,开心尽兴是最大的规矩。饭后,十几人围坐一桌就要玩游戏。黎冬和祁夏璟消失不见,周屿川则早早离席告别。沈初蔓今晚运气不佳,连输几把,被朋友起哄着喝了好几杯,最后摆手摇晃两下站起身,胸闷脸热就打算去顶楼阳台吹吹风。在一楼震天响的欢呼喊叫及音乐声中,沈初蔓新欢——细高跟的踩地声都被尽数吞没。她晕晕乎乎地往三楼走,却在经过走廊拐角时,远远看见尽头靠墙的两道熟悉身影。

"真的不考虑一下?"开口的女人是沈初蔓认识几年的朋友。她白手起家,目前是国内时尚集团总裁及国际知名时尚杂志的总主编,简单来说就是富得流油。此人性格豪爽不拘小节,对朋友仗义得没话说。沈初蔓此次回国能掀起大水花,这人有至少大半功劳。富有、貌美且性格爽朗,若说这人有什么争议点,大概就是沉迷于男色,各种各样的都要收集上一款。就好比此时,妆容精致的女人双手抱胸,以上位者的姿态看向靠墙的徐榄:"我听蔓蔓说你是医生,工资应该不高吧?"两人距离不过一步之远,女人说话时,身体慢慢前倾,"我不会亏待你的,要不要考虑以后跟着我?"

沈初蔓望着不远处姿态宛如调情的两人,一时间,只觉得被一只无形的手扼住喉咙。徐榄略显懒散地靠墙站着,白衣、黑裤让他手臂上的臂环格外打眼,肩宽腰窄长腿笔直。他垂下眸,静静看着面前提出邀请的美丽女人。

男人今日反常地戴了眼镜。笔挺鼻梁上架着金丝框眼镜,连接镜腿的细链在空中轻晃,又给唇边带笑的男人增添几分斯文败类的意思。沈初蔓头脑晕晕乎乎的,像是踩在云端,眼睁睁看着女人在徐榄的默许中一点点凑近,香肩半露,事业线展露无遗。终于随着一道低叹响起,女人再无法朝徐榄靠近半分。沈初蔓看得清楚,进门时别在男人胸前的钢笔此时被他握在掌心,另一端则抵在女人右肩手臂,有效阻止她进一步靠近。

"抱歉。"徐榄温和而明确的拒绝在走廊内响起,"目前为止,我不接受强买强卖的交易。"女人倒也不生气,站直身体挑眉问:"目前为止?"

徐榄余光扫过始终傻站在几步外的某人,勾唇笑容平和浅淡:"简单来说,我接受强买强卖,只不过对象不是你而已。"

强买强卖?这几个字沈初蔓倒是听得清清楚楚。好友转身,见她傻站着,走过来问:"你站在这里干吗?喝多了?"女人表情坦然,丝毫没有被拒绝的恼怒,明显全然不将这件事放在心上。

"没事。"送走好友,沈初蔓回身就见徐榄将碰过女人的钢笔随手丢进了走廊的垃圾桶——那根钢笔她见过,价格至少在六位数以上,就这么被男人轻易地丢掉了。

"其实我刚才在赌。"飘远的思绪被低沉男声拽回,沈初蔓抬眸,对上徐榄的深邃黑眼,听他继续道,"我在赌,你会不会出声阻止。"

大概今晚又一不小心喝多了，沈初蔓甚至能闻到自己身上的酒气，吐字不甚清晰地道："她平时性格就这样，也不是针对你。"

"什么性格？首次见面就要包养我的性格？"徐榄居高临下地垂眸看她，似是想要将她眼底每一分情绪看透，"听说你们关系很不错，你就一点儿都没有近墨者黑吗？"

"你为什么不觉得我是没有看上你，才不下手的？"酒精让人变回单细胞生物，全凭直觉行事，沈初蔓轻轻打了个酒嗝，挑眉再次反问道，"还有，不是你自己说，你不喜欢强买强卖吗？"

"我也说了，目前为止。"徐榄倏地俯身一眨不眨紧盯她微微失神的双眼，一字一句道，"你没试过，又怎么能确定自己不是那个例外呢？"

沈初蔓闻言，缓慢眨眼。男人微微偏头，薄唇有意无意蹭过她耳垂，压低声音宛如在种下蛊术，字字清晰地教唆她道："小七，没关系的。今晚你喝了酒，即便乱性也是情有可原的，不是吗？"

大脑迟钝如沈初蔓，平日听完这一通狗屁不通的教唆必然会出声痛骂。现在她深陷于男人温柔如水的眼神和语调，最后竟然顺从地点点头。是的，因为酒精的驱使，她今晚可以理所应当地对徐榄做她想做的事情。

正当她要抬手拽住男人的衣领时，就又听一阵渐近的匆忙脚步声，是仁迟迟不见她回来，又快到给杨翔惊喜的时间，只能着急忙慌地满别墅找人。

不知在心急什么，沈初蔓从下楼安排断电和推蛋糕出去的整个流程中，都只感觉一股前所未有的欲望与焦灼。它们在胸口不断蔓延长大，仿佛下一秒就要炸开，而徐榄全程只安静地站在她身侧，笑容如常平和温柔。直到断了电，灯光全灭，在视觉被夺而其他感官变得成倍敏感时，熟悉而滚热的气息再次悄无声息地缠绕上来。

"小七，"黑暗中，男人用骨节分明的手轻撩起她鬓角发丝，字字皆是轻言柔语，"我刚才教你的话，还记得吗？"

断电不过短短三十秒，浅尝辄止的吻还没叫她品出滋味，就被周围此起彼伏的起哄声打断。胸腔积累的情绪彻底将人吞没，她记不得自己是如何语气烦躁地甩开其他人，不容拒绝地拉拽着徐榄去了三楼卧室。

"小七，不要着急。"徐榄手移至她细密颤抖的肩膀，沉沉柔声道，"我今晚只属于你一个人。"

第 20 章
忠诚骑士

❄ 79

　　靡靡灯光昏暗，封闭空间闷热，湿咸气味似有若无。一整夜的时间，徐榄几近迷恋地望着沈初蔓的如瀑青丝散落肩头，又随着快慢的摆动而晃颤不止。女人肤白唇红，一颦一笑、一举一动皆妖媚宛如千年海妖，现在坠入他布施的天罗地网，情动而不自知。痛苦欢愉的吟叹与啜泣交叠，夹杂着几道低沉闷哼。

　　于徐榄而言，他更喜欢由沈初蔓来主导他们的关系——虽然是按照他所希望的那样。无人知晓，她是他的多年沟壑难填。如今终于得偿所愿，他却偏偏要捉弄她，叫她也尝尝求知若渴、如饥似渴的味道。徐榄在黑暗中深深望进她迷离的双眼，轻声问："今晚的事，你明日酒醒后还会记得吗？"

　　沈初蔓水盈盈的眸露出迷茫："记得什么？"

　　余光落在女人随手丢在桌面的手机上，徐榄长臂一伸捞过抓在手里，随后点亮屏幕打开相机，选择摄像功能后，将手机递给沈初蔓。他再清楚不过，今夜过去，她一定会将两人的亲密彻底遗忘。没关系，他会帮她记得。

　　沈初蔓想，她这辈子都不要再喝酒了。天光大亮，晨曦普照，柔光轻落进房间。沈初蔓坐在床头，指尖轻颤，深吸一口气，不信邪地第三次点开手机相册里的视频，又在听见那道熟悉而性感的男声闷哼时，心猛地一跳，仓皇关闭。

直到现在酒醒了，她都不敢相信，只是短短几小时过去，她和徐榄的关系竟然发生天翻地覆的改变。

记忆以碎片形式呈现在脑海里，沈初蔓只记得她昨晚晕乎乎地在二楼遇到徐榄，后来不知怎么兽性大发，先是趁黑揪住男人的衣领乱啃一通，后来还把人抓到卧室，丢在床上跨行而上。天知道她一个平日行李箱都提不动的人，昨晚是怎么把身高一米八五的徐榄拖拽走的。

总之，半小时前在男人温暖怀抱醒来的沈初蔓，看见枕边的手机时，心里先是一沉，隐隐有不祥预感。她和徐榄用的是同款的机型，她本以为是男人趁她酒醉拍摄视频，谁知道点开锁屏却发现是她手机，甚至连相册里的小视频都是出自她之手。近三分钟的画面里，从始至终都只有徐榄一个人，连她半根发丝都看不见。

第一视角的画面先是剧烈晃动两下，镜头缓慢聚焦后，屏幕上徐榄的脸逐渐清晰，深邃而棱角分明。男人情动的模样仍旧沉静而温柔，迷离的眼神对上镜头时有几秒愣神。他在压抑嘶哑的闷哼声中抿唇偏过头，连接镜腿的细链无力地在悬空乱颤。直到结尾，徐榄还在试图挣扎，央求般低低唤她小名："小七——"

随着更沉的一声闷响，视频戛然而止。不难想象男人之后又受到了何种屈辱压迫。沈初蔓呆坐在床头几欲石化，陷入震惊，久久不得回神。她……她她……她她她怎么会做出这种事情啊？幸好睡的人是徐榄，要是随便换在场任何其他人，她真的要上吊自尽——等一下，为什么睡了徐榄就是"幸好"？

"早。"沉哑的男声自背后响起。沈初蔓身形一滞，僵硬地转身，就见徐榄手撑床面起身，蚕丝薄被自他的肩头滑落。宽阔双肩至胸前，密密麻麻的全是指甲挠痕，顺着紧实肌肉蜿蜒向下。只能说，好一幅春光美景图。

四目相对，沈初蔓哑口无言地面对被她轻薄整夜的男人。徐榄朝她靠近，低低问她："你已经连着听了六次视频的结尾了。小七，好听吗？"

眼皮和太阳穴同时狂跳不止，沈初蔓被男人平和目光盯着，只觉心脏要从嘴边跳出来，口不择言道："我是昨晚喝醉后不小心拍摄的，不是故意的！"经典的渣男语录脱口而出，她甚至顾不上穿衣服，面对徐榄举起手机，正要当着男人面将视频删除时，骨节分明的手先一步阻拦她按下删除键。

"删除后，'最近删除'还能保持三十天，云端会在你按下拍摄键的同时开始备份。就算你删除所有备份，当事人的记忆也不会消失。"男人定定望着她几秒，垂眸，唇边再不见笑意，发紧的声音带着点儿不易察觉的艰涩，"我明白了，你打算当作事情从来没发生过。"

酒后乱性的沈初蔓自知闯祸，一时语塞的同时还不忘眼神往下扫，只见徐榄浑身狼藉。耳边响起的压抑痛哼拽回她的思绪，沈初蔓又抬眸，徐榄撑着腰坐起身，拧眉表情瞧着不大好。她下意识问道："你的腰怎么了？"

徐榄头也不回地朝室内浴室去，淡淡道："小七，你体力很好。"

直到哗啦啦的水声响起，沈初蔓才终于反应过来她身上还未着寸缕，连忙起身要去拿衣服换上，掌心里的手机忽地振动不止。

你的小翔翔：蔓宝咋样，给你的东西用上了没？

沈初蔓不明所以，打字道："你给了我什么东西？"

你的小翔翔：嗨呀，你喝酒喝得人都傻了，还能是什么东西？不是你把人拽走前，特意和我要的？还问我是不是最大尺寸，我说是你要我才给的！

喝断片的沈初蔓脑子里根本没有这段记忆，一头雾水地看着满屏的对话，反应过来后忍不住在心里骂自己浑蛋。她才不过二十八岁，仅仅只是十年没谈恋爱，没有性生活，竟然都如狼似虎到这种程度了吗？

在她久久的自我检讨中，从浴室传来的水声渐止。推拉门被打开，沈初蔓在雾气腾腾中看着徐榄围着白色浴巾出来，浑身抓痕狰狞，心底越发愧疚。

沈初蔓又忍不住道："你……腰还好吧？"徐榄仍是缄默不语。

无限长的分秒时间漫长难熬，最终沈初蔓赤脚只着上衣走到徐榄面前。等人抬头时抬手拿起男人脖子上的毛巾，动作轻柔地细细为徐榄擦头发。她知道此时自己必须说些什么，踌躇片刻，垂眸道："徐榄，我——"

"小七。"微哑男声贴耳落下，不等沈初蔓抬头就感觉到右肩微微一沉，男人带着几分委屈的闷闷低音响起，一字一句重击在她心上，"我腰疼。"

道歉的话停在嘴边，沈初蔓面对着如此模样的徐榄，最后踮起脚轻拍他的后背，轻声问道："今天周一，你是不是还要去医院上班？我开车送你去上班吧。"

"嗯，已经迟到了。"埋在她颈窝的男人无意识轻蹭着，柔软黑发摩挲过他脖颈，带来阵阵痒意，"你昨晚用我用到凌晨四点，所以今早睡不醒。"

静静望着仓皇逃进浴室的倩影，徐榄眼底的黯然退去，重新浮现点点笑意。男人慢条斯理地拿起皱巴巴的衣服穿好，连最上方的衣扣都系紧，这才弯腰查看起放在床头柜上的手机。最新的消息来自杨翔，发送时间就在五分钟之前。

杨翔：徐哥，事已经按照你要求的说了，蔓宝没怀疑。
杨翔：不过你俩真那啥了吗？是我们家蔓宝终于想明白了吗？

勾唇哼出点儿笑，徐榄没再多废话，找到助理昨天上午受命买好的电子票转发给杨翔，打字回复："上次四人聚餐时，仁提过想去看的音乐剧的票。在一楼前部中央的导演位置，记得带他去看。"

上午送徐榄去医院上班后，沈初蔓就开启长达一整日的深刻自我反思。人活一世，做事就该敢做敢当。酒后失态就是她有错在先，不论事情缘由如何，她都应当负起责任。痛定思痛后，沈初蔓下定决心要补偿是因为她醉酒而失身的徐榄。

她睡前想起男人早晨的腰痛，第二日破天荒地起了个大早，给老妈打了二十几个电话，就为了给男人熬一锅补肾强腰的冬虫夏草羊肉汤。为此，她还特意派助理去买了五六盒单价五位数的冬虫夏草，废了两口炖煮砂锅和三个瓷勺，终于在午饭前弄出一锅勉强像样的汤水。

盛装热汤时，小朱几次欲言又止，最终看着浑浊汤面，抽了抽嘴角，道："蔓蔓姐，这个汤……你要不要自己先尝一下？"

"不用，我一共都没熬出多少，再喝就不剩几滴了。"沈初蔓自信摆手，"卖相这么好，味道肯定不差。"话毕，她不再给小朱说话的时间，带着保温桶便匆匆出门赶往医院。徐榄大约在忙，没接电话，好在沈初蔓这段时间找过他好几次，打听到他今天不在办公室坐诊，就提着保温桶去住院部碰运气。

医院里不少的医护人员早就认识她了，一路上不断有人同她打招呼。只是沈初蔓没想到她还没找到徐榄，却先好死不死地再次撞见段以珩。

"姐，你怎么来医院了？"经过住院部三楼时，沈初蔓忙着找人，还没注意到不远处病房门口的两人，其中一个就转过身，满脸惊喜地看向她。说话的人是那日在警局见过的小跟班，他二话不说冲上来，看着沈初蔓手里的保温桶大呼小叫："哇，姐你今天是特意来看我们队长的吗？好贴心！"

感受另一道沉默的注视目光，沈初蔓知道小跟班所言不关段以珩的事，却不打算再惯他的毛病，直言道："这位同志，你是不是有臆想症？"她话说得太直白，小跟班足足愣神几秒，才尴尬地连连抓后脑勺，干笑道："我们队长昨天伤口裂开，姐你今天就带着慰问品来，我就不小心脑补了，哈哈哈哈哈。"

第20章

503

沈初蔓闻言，不由得皱眉，抬眼仔细打量几日不见却明显消瘦许多的段以珩。虽然对方的确是她前任，他们分手时也着实闹得很不愉快，但错又不在段以珩，再加上对男人从事的工作，她也发自肺腑地敬佩感激，无论如何，她都希望段以珩健康安全。

想起上次见面时段以珩想擅自出院，沈初蔓便踩着细高跟上前，在重逢后第一次主动搭话道："你们单位是少你一天就会倒闭？非得不要命地现在回去？"段以珩紧盯着她，目光沉沉，眼底复杂情绪澎湃翻涌，良久沙哑道："为什么不通过我的好友申请？"

"因为没有必要再成为好友。"身体是他段以珩自己的，沈初蔓见他冥顽不灵，也懒得再劝，"我走了，你好好休息。"话毕她转身要走，手腕却被不容拒绝的力道握住。与此同时，两人耳边响起小跟班的问候声："徐医生，您又来照看我们队长的伤势啦？"

"我说怎么徐医生比我们队长的主治来得还勤呢，原来你们三位是高中同班同学啊，真的太有缘分了。"偌大宽敞的病房内，只有小跟班一人在喋喋不休。段以珩靠坐在病房床头，徐榄垂眸看他的身体数据报告，沈初蔓则若有所思地站在徐榄身后。

直觉告诉沈初蔓，徐榄此刻的心情不大美好。男人过来时仍是平日笑吟吟的模样，目光先是精准落在段以珩紧握着她腕骨的手上，半响才抬眼看她打招呼，眼底带笑，表情如常。即便如此，沈初蔓仍旧坚定不移地相信，徐榄现在的笑绝对不是发自内心。无人出声时，是她忽地开口："你好点儿没有？"

段以珩猛然抬头看过来，反倒是一步远的徐榄的背影微微僵硬，继续保持方才垂眸低眼的姿势。

"徐榄，我问你话呢。"沈初蔓不耐烦地轻嗔出声，"我炖了羊肉汤大老远跑过来，你就打算一直不理我吗？"话毕意识到自己语气太冲，沈初蔓终于想起她此行是来道歉补偿的，揉揉脑袋瓜放弃道，"你先给他看吧，我在外面等你一起吃午饭。"

"好。"这次徐榄倒是应得快，抬眼冲着沈初蔓微微一笑，看得她短暂地晃神。沈初蔓离去后，小跟班也被段以珩找借口支使出去。一时间，病房只剩下各怀心事的两人。段以珩率先打破沉默："你们在一起了？"

"我只知道，"将资料放在一旁，徐榄直起身体守好听诊器，笑容温和，"你们永远不会在一起了。"

"徐榄，你倒是度量很大。你骗不了我，你从高中起就喜欢蔓蔓。"段以珩黑眸沉沉盯着徐榄唇边笑意，冰冷的语气带着讽刺，"如果我是你，我会巴不得当年的情敌当场毙命。"

"恰恰相反,我比所有人都希望你好好活着。"居高临下地俯视病床上的男人,徐榄冰凉的笑意不及眼底,温和的声音不紧不慢地在病房内响起,无波无澜,"毕竟如果你真的死了,她就永远也忘不了你了。我还不至于蠢到想要和一个死人争高低。"

❋ 80

"段以珩到底是怎么回事?"隆冬时节,医院繁忙,宽阔的走廊里人来人往。沈初蔓见到徐榄从病房出来,提着保温桶走上前。想起小朱那次出事时,本该待在医院的男人却出现在警局,她随口问道:"这人又擅自从医院跑出去了?"徐榄双手插进白大褂的口袋,高瘦的人挺拔落拓,闻言垂眸看人,唇边带笑,只淡淡吐露一字问句:"又?"

沈初蔓望进男人笑眯眯的双眼,心里咯噔一下,偷腥被丈夫抓包似的连声解释:"你可别误会,我上次见到他是因为助理有事去警局——本人才没有主动联系前男友的习惯。"大概是做错事没底气,沈初蔓自己都说不清缘由,被徐榄温和的笑眼看着也只觉心虚,又补充道:"你要是介意,我下次再见到他,第一时间就给你电话汇报,好吧?"徐榄静静看着眼前轻轻噘起嘴,半嗔嚷半撒娇着同他妥协的沈初蔓,眼底的笑意越发浓厚。若不是这场他精心策划的睡局,以沈初蔓的个性,怎么会跟他说一句服软的话?

幸好,她性子单纯,某些方面算是相当好骗。幸好,他们自小亲近,她也从不对他多加防备。幸好,至少从那晚的反应来看,她很喜欢他的身体。幸好,这场长久到他快算不清时间的晦暗喜欢,终得一丝一毫阳光照耀。

"没关系。"徐榄抬手轻推金丝镜框——上次他发现沈初蔓近来有让模特戴眼镜的癖好——贴心道,"我们都是成年人,我不会限制你的社交。"话头微顿,只见男人微微一笑,"即使你前天才刚睡过我,今天就关心前男友,我也完全不会介意。"

周围不断有人经过,徐榄说这话时也丝毫没想过避讳。音量不曾刻意压低,像是生怕旁边路人听不见他刚被睡过一样。沈初蔓其实不喜欢徐榄这样说话,可毕竟错在自己,她只得安抚地举起保温桶,换话题道:"我炖了冬虫夏草羊肉汤,补肾强腰的,趁还没凉,你喝一点儿?"话毕还不由朝男人的腰看去。

"补肾强腰?"徐榄重复念出她的话后,无所谓地笑笑,温声道,"走吧,现在去食堂吃。"

"我和你说，这可是我第一次下厨给人做饭。打电话的时候我妈都惊到了，砂锅还摔了两口——"沈初蔓忍不住炫耀她今早的战况，话还没说完，身旁的男人长臂一伸，揽过她的肩膀。紧接着有宽壮男人从两人身后快跑向前，神色匆匆的，一路上又撞到两三人。她的鼻尖传来独属于男人的淡淡幽香，夹杂着些许刺鼻消毒水味，闻得人的心跳倏地错乱半拍。

"砂锅摔了两口？"和缓低沉的男声唤回她的思绪，徐榄自然地拉起她的右手，放在掌心细细打量，"扎伤手了吗？"男人骨节分明的手指根根修长，弯折时指骨突出。指尖轻触到她皮肤时带来的若有似无的痒意似曾相识——那晚徐榄似乎也是用这双手在她身上作画轻抚。眨眼的片刻间，沈初蔓突然尝出点儿食不知味的意思，像是希望有新的刺激能滋润她的干涸。

"没事。"摇头摒除心底欲念，她抽回手在口袋里蜷了蜷，加快语速，掩盖心事，"哎呀，快去食堂吧，我都饿了。"

端着餐盘去角落桌子的路上，不断有医生护士路过和两人打招呼，其中不少人的目光暧昧。同高中一样，她、黎冬、徐榄和祁夏璟就连体婴儿似的天天一同吃饭。两男两女的搭配，再加上其中一对是公开的情侣，剩下的两人也自然会被人当作情侣——就好比现在的她和徐榄。

沈初蔓以前总见怪不怪，今天却因为自己做错事，反而不好坦然面对别人别具深意的目光，仿佛会被人一眼看穿心事，无处可逃。两人落座后，急于展示厨艺成果的沈初蔓迫不及待将保温桶打开，将滚热羊肉汤倒进空碗，双眼发亮地看着徐榄接过喝下："怎么样，怎么样，好喝吗？"

老谋深算如徐榄，也万万没料到羊肉汤能做出刷锅水的味道，常年勾起的唇角不由得颤了颤，微笑着睁眼说瞎话："好喝。"话毕又面不改色地喝掉一碗，眉头都没皱一下。

"原来我还是有做饭天赋的。"见徐榄一碗接着一碗停不下来，沈初蔓都眼馋，吞咽后忍不住道，"也给我尝一口呗？"

"不给。"徐榄动作麻利地将桶内仅剩的小半碗全倒进自己碗里，仰头一饮而尽，和煦笑容也有些绷不住了，"下次吧。"

"小气鬼，下次再也不要给你做饭了。"没吃到自制美食的沈初蔓不满地小声抱怨，拿起筷子气鼓鼓戳盘中大米饭时，徐榄放在桌面的手机忽地振动。她下意识瞥了一眼，就见屏幕上清晰显示着来电人姓名——相亲杨小姐。

杨小姐？没记错的话，她在海边酒馆喝醉的次日早上醒来，听见徐老爷子安排徐榄去见的相亲对象似乎就姓杨。上次他不是都说了不见吗，怎么两人还是有联系。

"小七。"食堂环境嘈杂，说话声不断，徐榄的低声却仍旧清晰，字字入耳。男人从容不迫挂断电话，沉默半晌，忽地问她："睡我的感觉还好吗？"

沈初蔓刚吃进嘴的饭菜险些喷出来，眼皮狂跳时，就见男人骨节分明的手递来一张纸。四目相对后，男人朝她微微一笑。

"别怕，只是需要你帮我做一个选择而已。关于睡我这件事，"桌面上的手机再次开始振动，这次徐榄由着它响，深邃温和的目光看过来，"你想以后继续睡我，还是想以别的女人们睡我？"

沈初蔓看着男人一副"我的贞洁由你操控"的笑眯眯的模样，正极力忍下朝他脸上泼水的冲动时，徐榄已经施施然接起电话。

"徐先生，您好。"听筒那端传来的声音如照片长相一般柔柔弱弱，细声细气的谈吐最是大众男人喜爱的娇弱款，"很抱歉在工作时间打扰您——"

"杨小姐，您确实打扰到我了。"徐榄低柔有磁性的声音打断女生，彬彬有礼地道，"我这边在等人答复，请问杨小姐可以稍等我十分钟吗？"

"啊，好的好的，徐先生您先请忙。"

"谢谢您，十分钟后我会主动给您回电话。"

相敬如宾的对话三两句就结束了，沈初蔓目瞪口呆地看着男人接起电话又挂断，目光再次落在她身上，弯眉徐徐道来："老爷子出院后给我下达了最后通牒，要么我下周带女朋友回家，要么我去和杨小姐联姻结婚。小七，我的时间不多。"徐榄手托着脸撑靠在桌面："如果你不想再睡我，我也好早做打算——"

"我睡。"事到如今，连徐榄都能坦然接受既定发生的事，沈初蔓自觉她实在没必要再忸怩作态。况且就算她没有了那晚的记忆，身体也不会骗人，他们的身体是无比契合的，她也的的确确爽到了。

只不过粗神经如她，也难像某人般大庭广众下张口闭口谈睡人，言语略显委婉："我的意思是，我们继续这样的关系吧。"徐榄闻言，眼底的笑意更深，手撑着脸不过多问"这样的关系"指代什么，浅浅一笑后，抬手伸出三个手指。

"那我有三个请求。"周围人多眼杂，男人却熟视无睹般，自顾自说道，"第一，其间你不许找别的男人。"

"我有没有过别的男人，你还不知道吗？"沈初蔓不满地轻哼一声，知道这人又在计较她撞见段以珩的事，嘟囔着，"知道了，以后一定和他保持五米远的距离——真是无妄之灾。"

"规矩而已。我说过，我不会插手你的社交。"徐榄微微前倾身体，另一只手早悄然在桌下轻碰沈初蔓膝盖，游蛇般贴着光裸皮肤向上，面上的笑容分毫不变，"第二，我需要我们是公开的情侣身份，否则老爷子依旧会强迫我去相亲。"徐榄找她睡本就是为了推托联姻，公开关系听上去是合理请求，且无论是从人品、相貌，或是财富、地位来看，他配沈初蔓都是郎才女貌。

"可以。"沈初蔓没多犹豫就一口应下，被温热大手触揉得心猿意马，甚至主动附加条件，"如果你需要的话，我父母那边也会统一口径。"

"第三，"男人显然被她的答案取悦，手慢条斯理地缓缓向上，满足她的需求，"我需要一个住处——准确些说，我希望我们能同居。"

"需要住处？"为男色所惑的沈初蔓终于恢复些理智，皱眉疑惑道，"徐家不是在H市遍地房产？你堂堂徐少，还能缺房子住？"

"那是徐家的房子，不是我的。"徐榄面不改色地说谎，有理有据道，"独立需要彻底的经济自由，医生的工资远不足够购置房产。无功不受禄，按理说，睡我只能换取我们公开的情侣关系。"见沈初蔓面露犹豫，徐榄便慢悠悠补充道，"同居又是另一回事。"只见向来斯文温和的男人，终于在此刻显露狐狸的一面，笑容勾人：“如果你想，我可以陪你玩很多新花样。"

青梅竹马一夜之间摇身一变，自小被她当作哥哥的人现在三句不离调情。面对徐榄的丝滑无缝切换，沈初蔓总隐隐觉得不对劲儿。更不对劲儿的是，她似乎适应得很好，并且对徐榄的提议十分心动。将别墅备用钥匙交给徐榄的那一刻，沈初蔓突然莫名其妙地觉得满足。

"你说的要求我都能保证。"身份变换后，沈初蔓觉得她也得拿出些架势，学着男人刚才的样子，也伸出三根手指，"公平起见，我对你也有三个要求。"

徐榄垂眸把玩着别墅钥匙，闻言抬头，一副悉听尊便的样子："你说。"

"第一，不许再去相亲，什么杨小姐的赶紧给我断干净。"沈初蔓眯着眼睛看人，"男人不自爱，就像烂白菜，懂？"

"在你之前，我没有过任何情感经历。"徐榄笑眯眯地回应，"同样，也只被你一个人睡过。"

"你最好是没有。"沈初蔓第一反应又是不信。然后转念一想，她确实没听说过男人谈恋爱，便继续道："在我家住的时候，你得负责一日三餐，每月我会转给你一万块买菜。"

"好。"

"至于最后一个条件嘛，"沈初蔓沉吟片刻，忽地挑起红唇妖艳一笑，坏心作祟地伸手勾挑起徐榄下巴，刻意压低些声音，"除非特殊情况，不然一周至少四次。"开玩笑，她可不花钱养闲人。既然是徐榄主动提出同居的，她也二话不说答应把人带回去，怎么可能把人放在卧室里当吉祥物摆着？当然得好好

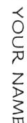

"利用"起来啊。徐榄倒是没有异议:"如果我超额完成任务呢?"

"表现得好,当然还有额外奖励。"沈初蔓俨然已经适应新的身份,桌下用高跟鞋尖轻踢男人的小腿,"放心,我不会亏待你的。"说着她都有些迫不及待,身体微微前倾,"没事的话,你今晚就搬过来吧。其他东西周末我给你找搬家公司送过来。"

徐榄深深望进她的双眼,似是审视她是否真心,半晌倏地轻笑出声,遂即握过覆在他脸庞的小手放到唇边,低头亲吻在她的手背上。男人垂眸,勾唇在笑,沙哑的低声却听着发涩:"小七,你不知这些话我等了有多久。"

环境太过嘈杂,沈初蔓没有听清:"你说什么?"

"没事。"再抬头时,徐榄又变回那副笑容浅淡却蛊惑的模样,薄唇轻启,"我说,早点儿回来。今晚我在家里等你。"

因为徐榄最后的话,沈初蔓一整个下午都有些心不在焉。尤其是当她看着男模们身穿西装拍摄时,脑海就不住浮现出庆祝宴那晚徐榄一身正装的模样。昏暗中,男人靠着墙的身形挺拔,慵懒禁欲中又不失蛊惑。

哪怕后来在床上,她剥去他所有身外之物,急不可待地想一探全貌,男人似乎都未曾表露过失控。在三分钟的视频里,他也仅仅是偏头抿唇,至多再低低闷哼粗喘一声。想起那副不能看符合她审美的金丝眼镜,以及悬空轻颤不止的眼镜细链,沈初蔓只觉心底阵阵发痒,几次想给男人发消息,叫他回家后抓紧打扮好自己,乖乖等她回来。算了,他的腰痛还没好,再加上反正人都弄回家了,她想干什么也不着急今天晚上。

"蔓儿,你怎么又在发呆了?"头顶上方传来摄影师兰尼的呼唤,沈初蔓收回神思,随意敷衍应了一声,就见她丢在桌面上的手机屏幕亮起,跳出徐榄发来的消息。

徐榄:已到家。

徐榄:等你回来。

"你突然要干吗?还没选片呢,你现在就要走?"兰尼的大呼小叫听得沈初蔓耳膜疼,她草草扫过屏幕上的几组成图,言简意赅道:"1、4、5、7可以考虑。你从中再挑两组人拍下一套,原图晚上发我审。"

沈初蔓手边就是挎包,她背上起身就打算走人:"家里有点儿急事,先走了。"平日她是最不愿回家的,她孤家寡人一个,每天下班就喊各种朋友吃饭去玩,直到深夜筋疲力尽才回去。但现在一切都不同了,家里有人在等她,在

第 20 章

殷殷期盼她回去。而想到这个人是徐榄，她忽地便对回家多了几分期盼。

徐榄买了沈初蔓爱吃的草莓蛋糕。去蒂的草莓颗大、汁水甜多，伴混着颜色艳丽的草莓酱将白色蛋糕装点。奶油丝滑却不腻，松软蛋糕中夹裹着酸甜的橙子果粒。一口咬下去，层次分明的几重味道同时在口腔爆开，各自鲜明又融合得极好。

餐厅里，沈初蔓用勺子吃着徐榄买的蛋糕，心猿意马地时不时偷偷抬眼打量男人装扮，回回都被当场抓包。两三次下来，她也不再难为情，勾勾食指叫徐榄从对面坐到她旁边，探究的目光反复流连在男人身上的衬衫肩带。

如果说上次她设计的款式能挑起人兴趣，那么现下徐榄穿的这件，毫无疑问是勾引欲望的情趣款。她回家不乐意穿鞋，赤着脚轻踢在男人的脚背，随后沿着小腿一点点摩挲向上，意图显而易见："腰还没好？"

"试试不就知道了？"徐榄长臂一伸，搂住女人的盈盈细腰，将人稳稳抱在怀里，侧目看她唇角奶油渍，勾唇笑，"甜吗？"

后背抵着男人坚硬胸膛，沈初蔓被他的笑容勾得有一瞬晃神，用手拽着那根衬衫肩带，调情的话随口而来："试试不就知道了？"

望进女人水盈盈的眼，徐榄低低笑了笑，俯唇贴上软嫩湿润的红唇，舔去奶油后却不再更多动作。在沈初蔓不甚满意的目光中，他低低道："小七，我也想吃蛋糕。"

沈初蔓不假思索："想吃就吃啊，我又没不让你吃——"话音未落她便双脚腾空，被人轻松打横抱起来往楼上走，同时头顶响起男人沉沉笑声："好，那我们去卧室吃。"

之后，徐榄抱她去浴室。偌大的浴缸容纳十人都绰绰有余，两人偏偏要挤在一处。沈初蔓累得眼皮都抬不起来，十分矫情地哼唧着使唤徐榄，从始至终都得叫男人抱着，脚就没沾过地。

吹头发时，她已昏昏欲睡，东倒西歪的，最终埋头靠在徐榄小腹，听男人在机器嗡鸣声中沉声道："周末不忙的话，和我回徐家见见老爷子吧？"

"行啊。"硬邦邦的腹肌触感相当不错，沈初蔓抬手抱住男人瘦劲的腰，喊了一整晚的声音又哑又软，"老爷子知道我们真的在一起了，估计要吓一跳吧。"

怀中人温软肤香，徐榄抬手轻揉她的发顶，指尖穿插过她青丝："嗯。"毕竟连他都会在午夜时分惊醒，原来他们真的已经在一起了。

其实对于沈初蔓而言，不管身份是不是"徐榄女朋友"，回徐家都没太大区别。徐老爷子对她近乎纵容的宠爱，让徐家其他所有人都对她不敢懈怠。一

510

家人从上到下，见到她都是笑脸相迎的。

周末徐家人照例要回老宅用饭。沈初蔓和徐榄为了早起，前一天凌晨两点就睡下了，隔日中午起床后就开车去往老宅，到的时候才不过下午三点，正巧是老爷子用茶晒太阳的时候。两人将外套交给管家，共同经过长廊，前往后院花园的玻璃茶室——老爷子都是在那里喝下午茶。

认真说来，徐家也算得上人丁兴旺。徐老爷子膝下育有三子，其中大儿子和小儿子都是儿女双全。剩下的二儿子，也就是徐榄父亲，有一个儿子。更不用说徐榄的五个表堂兄姐妹，各自也都已经成家生子。徐家的产业是徐榄父亲一手发扬光大的，再养着等同废物的两位兄弟，以及他们的草包儿女。

这样看来，徐榄倒是子孙辈里，唯一拿得出手的。但他同样是子孙辈里唯一没结婚生子的。对很多老一辈而言，孩子再年轻有为，只要年纪上来还没结婚生子，那就是罪不可赦的。很不幸的是，徐老爷子就是这样的人。徐榄读书时还好，近几年老爷子是越发看徐榄不顺眼，找个机会就要骂上他两句。

"是蔓蔓和小榄来了？快快快，这边刚泡上一壶上好的新茶呢！"闻声赶来迎接的是徐榄的三婶，她热情地赶上前邀请两人落座，"你哥他们带孩子在高尔夫球场呢，估计还得等一会儿才回来。"

旁边的大婶也连忙为两人端上茶水，脸上堆着笑："可不是，大家都没想到你们这么早来——要不我现在叫你大哥他们回来？"

"不用。"徐榄淡淡笑着敷衍，手探上紫砂茶杯试温度，确认不烫才递给沈初蔓，"要尝尝吗？"

"行。"沈初蔓不动声色地观察旁边两位女性长辈对徐榄的态度，心里隐隐觉得惊奇。这几年她都在F国，没来过徐家，可印象中以前这两位婶婶对徐榄说话可都是趾高气扬的。怎么才几年过去，态度就掉了个儿？

"臭小子一如既往没礼貌，看见人也不知道打招呼，这是当我老头子死了？"主座的徐老爷子重重将茶杯在桌面一放，习惯性地又想骂人，见沈初蔓在旁只好忍下去，和蔼冲她笑道，"蔓蔓啊，你都好久没来老宅了，是不是都要记不起样子了啊？"

"怎么会呢，我对老宅可是比自己家还熟。"沈初蔓想讨好人时嘴巴最甜，几句话就把徐老爷子哄得哈哈大笑。后来连两位女眷都加入话题，唯有旁边的徐榄始终沉默，含笑地看着她侃侃而谈。

只是不知怎的，话题一转突然变成孩子。两位早当上奶奶的婶婶又被打开话匣子，说起孩子就半天停不下来，眉飞色舞。徐老爷子满意地听了一会儿，余光扫过徐榄又开始嫌弃，懒得再说他，便看向沈初蔓，道："蔓蔓啊，你看你和徐榄都确定关系了,我们两家长辈就尽早约个时间见面,早早把婚期定下来。我说你们俩今年也二十八岁了,都是老大不小的年纪,结婚后赶紧把孩子生了,也算圆了我和你爷爷的遗愿,你说是不是?"

随着年龄渐长,结婚生子的话题也越发频繁地在沈家被提起。沈初蔓知道自家父母已经算开明,不着急她非要几岁结婚,但估计也接受不了她不打算生孩子的事。生育对于女性而言,在身体和心理,甚至在职场等方面都有不同程度的损害,且沈初蔓对孩子并没有太多喜爱。再加上她自认为不够成熟,所以至少在近十年内,绝对不会怀孕生小孩。这也是她这么多年始终没有投入恋情的原因之一——当然没看上眼的人是主要因素。她认为大多数男性无法接受伴侣拒绝生育的选择,不过显然这话不能明说。

"商量结婚可以,但我们不打算要孩子。"正当沈初蔓绞尽脑汁想委婉措辞时,沉默许久的徐榄突然淡淡出声,面对发愣的老爷子微微一笑,"如果您实在想多抱几个曾孙,可以催堂兄他们再生几个。"

偌大茶室有片刻死寂。唯独发言人面不改色地倒茶喝水,还不忘温声问沈初蔓茶水会不会太烫。几秒后,脸色涨红的徐老爷子再也不顾外人在,破口大骂道:"不生孩子?徐榄你有种再说一遍?看我不叫你爸扇你!"

老爷子刚出院不久,忌讳动气。两位婶婶纷纷打岔劝和,努力帮徐榄打圆场:"小榄肯定是年轻,还想再多忙两年事业。等人过三十岁又不一样了,老爷子别生气。"

"可不是嘛,我家女儿也是,几年前说什么都不想要孩子,你看现在,二胎都要上幼儿园了。"

"不用替我圆场。"徐榄放下茶杯,脸上的笑容淡了些,"和年龄、工作没关系,我就是单纯不想要孩子。"

"徐榄!"这天简直没法往下继续聊,在徐老爷子一声高过一声的怒骂中,连沈初蔓都觉得这样下去不行,匆匆拉着徐榄从茶室离开。

空旷露天的长廊中,有暖阳洒下,照在人身上暖烘烘的,甚是温暖。沈初蔓还保持着将男人带出去的挽手姿势,随口道:"你话说得那么直白干吗?随便糊弄老爷子两句不就得了。"

徐榄侧目看她一副没心没肺的模样,勾唇笑了笑:"这次敷衍过去,就一定会有第二次、第三次,以后只会没完没了。关于生育的话题,向来施加压力的对象都是女方。如果我不挑明态度,只要我们还在一起,你随时随地都要面对类似刚才的逼问和道德绑架。我不喜欢这样,小七,我希望你能一直无忧无虑地做你自己。"

四周的环境寂然幽静,让男人低沉和缓的声音一字一句清晰落入沈初蔓的耳中,也字字句句敲击在她心上。原来刚才那番话,徐榄是为了她才说得这样决绝且不近人情。没由来地,她的心跳先是倏地漏跳两拍,紧接着又开始狂跳不止。沈初蔓一时竟忘了他们的情侣关系只是谎言,在震耳心跳中停下脚步,抬眸定定望着男人,轻声问道:"那你呢?徐榄,你真的不想要小孩吗?"

　　徐榄垂眸,眼底宠溺笑容依旧,半晌"嗯"了一声:"你喜欢就要,不喜欢就不要。"两人说话时,恰好有暖阳从云层中探头,洒下层层光圈,铺落在男人的发顶与肩头,碎金般耀眼夺目。

　　"至于我嘛,"徐榄深深看着面前他惦念二十多年的女人,最终只抬手轻摸她的发丝,柔声告白道,"我的人生里,只需要一个公主就够了。"

❋ 81

　　即便早就知道徐老爷子风风火火的行事风格,沈初蔓也没想到老人家动作能如此迅猛。原本定好的徐家家宴,直接变成双方父母的会面。要不是徐父在国外赶不回来,今晚也得出现。在玄关处见到父母时,沈初蔓实实在在地被打了个猝不及防,看着管家接过父母的见面礼的场景,她有一瞬恍惚。

　　见女儿呆站旁边,沈母不由得嗔怪地瞥女儿一眼:"傻愣着做什么呢,不认识你爸你妈了吗?"沈初蔓忍不住道:"老爷子让你们来,你们还真来啊?"

　　"这孩子怎么说话呢?"沈父闻言浅浅皱眉,语气倒是听不出责备,"徐老先生特邀我们过来,你记得要礼貌些。"

　　"知道啦,老爸还是这么啰唆。"

　　不同于经商的徐家,沈家是最正统的书香门第,说话做事都是一板一眼的,也不知道怎么养出沈初蔓的跳脱性子。好在沈家父母倒也开明,从小因材施教,见女儿不爱读书,喜欢艺术,就送她去学绘画、音乐。之后出国学设计也是顺着她的心意,大有几分溺爱意思。

　　"叔叔阿姨,一路辛苦了。"身后的徐榄适时迎上前,同两位长辈说话时不忘微微俯身,举手投足间的斯文教养都叫人挑不出错处,"老爷子想一出是一出,实在辛苦你们特意跑一趟。"

　　"哪里的话。"沈母笑着看向徐榄,"对了小榄,上周你怎么又叫人送燕窝过来?阿姨叮嘱你很多次,家里的还没吃完。"

　　"好,都听阿姨的。"徐榄闻声答下,在沈初蔓困惑的注视中微微一笑,"其实送东西是蔓蔓的主意,我只是帮忙联系人去买。"

没搞清状况就猝不及防被拉入对话的沈初蔓心想：什么情况？听上去徐榄这厮私下里还没少给自家爸妈送东西？

"她哪里有这么细心哦，我当妈的还能不知道嘛。"沈母才不会被糊弄过去，笑着拍了拍女儿的脑袋，"你出国的这几年，人家小榄可是每年都来看望我和你爸好几次，隔三岔五就叫人送东西来呢。说出去叫不知道的人听了，都要以为小榄才是我们亲生的，你是从外面捡来的呢。"

送东西这事，沈初蔓从前就有所耳闻。只是她忙于工作又神经粗，如果不是今天场合特殊又被提出来，她或许永远不会放在心上。仔细想想，徐榄回国后的这两年，她家里哪怕出了再小的事，都是由男人出面照拂，等到事情得以解决才通知她。

徐榄每每都只让她放心在外面忙工作，注意身体，其他所有事情都有他在这边兜底，也难怪徐榄在自家总被徐老爷子和亲爹嫌弃，却意外招沈家父母喜爱和满意。沈初蔓还记得她二十五岁那会儿，因个人问题被家人问到极度不耐烦。推拒十几次相亲邀请后，她忍不住发火道："问我择偶标准是吧？我要长得帅、身材好的有钱帅哥，精通厨艺，擅长家务，不要孩子，不妨碍我工作。哦，要是能帮我顺便照顾家人就更好了。"

罗列出堪称找全职保姆的条件，沈初蔓准备好迎接狂风暴雨，谁知母亲只沉思几秒，忽地道："那你要不要考虑一下徐榄？他应该会对你很好。"

沈初蔓从小不缺人追，家里又事事顺着她。和这样泡在蜜罐长大的孩子谈对她好，她当然只会嗤之以鼻。然而她今天却忽地觉得，母亲当年的话其实说得很有几分道理。大概再没有人能像徐榄那样，只要存在便能给予她安全感，也再没有人能像徐榄那样，永远允许她时时刻刻做自己。

此时，她看着男人微微俯下身，耐心询问自家父母近来的身体状况。午后暖阳透过顶窗倾落而下，静谧而美好的画面太过温馨，让沈初蔓忽地生出一种"不如将错就错，谎言成真也不错"的想法。

是啊，徐榄有什么不好的？长得帅、身材好，家务样样精通，从不用她动手，平日一个电话随叫随到还附带甜食。重点是，在他们为数不多的几次体验中，男人的服务意识可谓是相当好，简直是"二十四孝"男友。想到这儿沈初蔓忍不住又问自己：以前都在做什么，放着身边现成的理想款不下手？

想一出是一出，沈初蔓最是一拍脑子下决定就立刻要行动的性格。当年选专业都是一拍脑门定下的，感情的事更是如此，一旦认准人，执行力就会特别高。

徐老爷子那巴不得两人明天就结婚的人不用谈，在搞定徐榄，让两人的谎言成真之前，她还得先探一探自家父母的口风。沈初蔓知道母亲满意徐榄，却没想到当她表示她想和男人以结婚为前提，继续现在的情侣关系时，母亲的反应会如此平淡："这么多年，也该有个结果了。"还没等沈初蔓理解"这么多年"的意思，母亲就又爱怜地拍拍她手背，感叹道："既然两个人在一起了，还打算结婚的话，你要记得对人家小榄好一点儿，不要总欺负他。听到没？"

沈初蔓想：面前这人真是她亲妈？不等她出声反驳，口袋里的手机突然振动。见屏幕上显示着摄影师兰尼的名字，她解释一句就去远处阳台接电话。

旁边的沈父和徐榄也聊完了，沈母将刚才和女儿的闲谈笑着同徐榄概括。她无奈而宠溺地摇摇头，看向徐榄："这么多年，叔叔阿姨也知道你的心意，只是感情的事，我们还是希望她能自己选择，所以也没帮上你什么。"

徐榄笑容温和："阿姨，我很感激您这样的做法。"

"不说这些了。"沈父抬手拍拍徐榄宽阔肩膀，感慨道，"总之，我和你阿姨都很高兴那个人是你。"这时徐老爷子派人请夫妻俩上楼喝茶。

徐榄目送二位离开，就默不作声地移步到阳台拱廊。恰好沈初蔓刚打完电话，转身就见男人笑吟吟站在她身后。午后不算严寒的冬风拂面而过，裹挟着丝丝男人身上沉静清淡的味道，莫名其妙地叫人安心。

见男人的衣领有些歪，沈初蔓便靠着白玉石栏，朝人勾勾手指："徐爷爷就算了，你给我爸妈灌了什么迷魂汤，我怎么感觉他们比我还满意你呢？"

徐榄弯腰方便她动作，勾唇笑道："你呢，目前为止还满意吗？"

"满意啊，你说不生孩子那会儿要不是看爷爷生气，我都想直接亲你。"整理好衣领后，沈初蔓顺势用纤细手臂搂住男人的脖子，笑嘻嘻地投怀送抱，继续刚才话题，"你不知道沈女士多满意你，说话酸溜溜的。明明我们刚在一起，她倒像是早就知道你喜欢我一样。"

垂眸见女人精致的小脸红扑扑的，动作亲昵地挂在他身上，徐榄抬手轻刮沈初蔓翘挺的鼻尖，眼底笑意浮动，最终只揉了揉女人柔软的发顶。他的喜欢早就尽人皆知，全世界唯独她一人不知道，他深爱了她多久。

晚上两家人吃饭时，沈初蔓再次隐隐感觉到不对劲儿。饭桌上除了徐老爷子和沈家父母，不论是徐家里同辈的兄弟姐妹，还是长一辈的叔伯婶婶，都对徐榄恭敬有加，甚至一度到了讨好的程度。

这种态度令沈初蔓十分费解。按理说，徐榄就是名救死扶伤的医生，也没接手过徐家产业。就算他爹在家里的话语权再大，他自己也做不了什么。徐榄起家是靠房地产，近两年才开始接触光纤通信，目前仍处于刚入门槛的级别，投资远远大于收益。可这些亲戚谈起的话题很杂，各个领域都有，比起让徐榄

第 20 章

直接帮忙,更像是打听门路和询问人脉。徐榄就一个医生,能打听到什么消息?沈初蔓胡思乱想地闷头吃饭,徐榄只淡淡笑着敷衍良久。

徐老爷子对这些不感兴趣,全程光顾着和沈家父母聊天。直到饭后送走沈家父母,他还不忘留沈初蔓在老宅过夜:"时间都这么晚了,你们再开车回去多危险。家里给蔓蔓留的房间还在,今天留宿一晚,明天吃完早饭再回去。"

家眷们围坐在客厅饭后小憩,曾孙辈的孩童叽叽喳喳玩闹不停。徐老爷子接过管家递来的药片服下,瞥了一眼身旁的孙子:"徐榄在这点上倒是上心,每次回来都叮嘱人打扫你的房间。"

老宅不远就是沈家的住址。小时候沈家父母常去外地演讲授课,徐老爷子就揽下照顾沈初蔓的任务,还专门为她弄了间公主房,没想到过去十几二十年,房间还留着。

之后两人去阳台吹风的空当,吃饱喝足的沈初蔓懒懒地靠在徐榄怀中,感受着男人胸膛的温暖:"房间的事,有心了。"

从父母的到来、亲属态度到打扫房间,每件事无一不让她隐隐觉得不对劲,整个人有些心不在焉。

"想住在这里?"温暖干燥的大手抚揉过她头顶,随后耳边有温热呼吸落下。徐榄薄唇堪堪贴在她耳垂,温润的声音听着颇为惋惜:"可惜老宅的隔音不好,房间里也没太多能玩的。"

沈初蔓回头对上男人含笑双眸,微微眯眼沉思片刻,反问道:"开车回去要一个半小时,你能忍得住?"徐榄闻言低低笑出声,骨节分明的手又开始不安分,挑眉道:"试试便知道。"

半小时后的高档公寓内,随着沉闷的关门声响起,昏暗无光的卧室内有两道交缠身影难舍难分,缱绻缠绵的亲吻声中夹杂着粗重呼吸,俨然情动难抑。

不知多久,在接连的娇吟声中,有男人闷闷的笑声响起。亲密无间时,沈初蔓第一次以仰视的视角望着徐榄。看见男人额前泛起的细密汗滴、凸出滚动的喉结,以及宽阔的肩膀和瘦劲的腰腹,她在心里仍不住地感叹性感。

在床架不知多少次晃动出声响时,沈初蔓神志不清到眼前人都看不清,她微微抬起头,一口咬在徐榄的右耳骨,哑声道:"抱我去洗澡。"

床头时钟显示时间凌晨三点半,也确实到休息时间了。徐榄拉过薄毯将人包裹其中,温柔亲吻她前额:"等下洗过澡就给你涂药。"

习惯被照顾,沈初蔓只树懒似的挂在徐榄身上,被抱进浴室的路上嗅着他身上的味道,随口道:"你说,我以前都在干吗?放着身边一个香饽饽不下手。"温暖的怀抱叫人成瘾,她将脸埋进男人颈肩,拖着尾音嘿嘿笑道,"不过幸好我下手了，否则你迟早得叫别人睡了。"

徐榄正弯腰用手试水温，确认不太烫才将沈初蔓抱进去，闻言勾唇低笑，用双手耐心地将她披散的长发拢起扎好。

"不会的。"男人薄唇一下下反复啄吻在沈初蔓纤长颈侧，"不管是过去、现在，还是长久的未来，我全身心都只属于你一个人。"

被抱回床上盖好被子，已经睡过一觉的沈初蔓反倒没那么困，乏乏地裹着被子等徐榄洗完出来抱着她睡。浴室里的水声淅淅沥沥，沈初蔓百般无聊想着洗澡的人身形轮廓。

她正心痒痒时，床头柜的手机的屏幕倏地亮起，不断显示有消息进来。两人手机的机型相同又都不带壳，沈初蔓拿过来才知道是徐榄手机。余光瞥见是杨翔发来了数条消息。

杨翔：今晚和仁去了音乐剧，谢谢徐哥的票，嘿嘿。

杨翔：你和蔓蔓进展如何，她没怀疑你吧？

杨翔：其实我感觉吧，你不如直接告诉她真相，她这人最讨厌别人骗她的。

徐榄这小子还有事情瞒着她？屏幕倒映着沈初蔓的精致侧颜。她轻车熟路地输入密码，点进聊天界面却发现除去刚才杨翔发的消息，聊天记录被删得干干净净。她脑中一片空白时推门声响起，身体的本能反应，她迅速地将手机放回去，闭眼裹紧被子，假装已经熟睡。

徐榄擦着湿漉漉的头发从浴室出来，悄然走近，垂眸一眼看出装睡的人此时长睫轻颤，余光瞥见明显位移的手机，末了化成一道无声长叹。心知肚明的两人不约而同选择对此闭口不谈。第二日徐榄将沈初蔓送回家，接下来的几日甚至没有再见面。

细细审问过杨翔后，沈初蔓也算是大致了解事情的来龙去脉，以及她步步掉入某人陷阱的全过程。被人蒙在鼓里耍的感觉绝对不好受，可当沈初蔓听杨翔一件件说起徐榄在她看不见的地方，默默无声替她打点的一切时，心底一边痛骂自己不长记性心疼男人，一边又忍不住难过。

之后几日入睡前，她脑海里都浮现出曾经徐榄那些被她打哈哈忽略的示好，想起不论时差，只要她打过去男人就永远秒接的电话。她甚至不敢想，如果这份暗恋能追溯到十多年前，徐榄当时又是以什么样的心情面对她和别人在一起的？每每一想到这些，她的心脏都会密密麻麻泛起刺痛。

第 20 章

517

只是即便想通这些，沈初蔓也没有主动联系徐榄。一来是她的确介意被算计，二来她也必须摆明态度——哪怕他们两情相悦，她也不喜欢男人步步为营的行为。

令她没想到的是，徐榄自那天后竟然也没主动找过她。不仅晚上不来别墅过夜了，甚至连信息也从每日的早中晚主动问候改为每日只一句的"早上好"。于是沈初蔓真的来了大小姐脾气，好，你不找我是吧，那我也不主动找你。

直到S市那边新的投资方邀她过去，沈初蔓都别扭着不找人，坐飞机过去的前一晚，都窝在工作室里废寝忘食地工作。虽说她对外一直宣称是投资方条件好才考虑去S市，暗地里则是为两人今后做打算。

若是打算维持长久关系或结婚，沈初蔓并不想异地恋。徐榄以后必定要回S市，而她的工作相对自由，去S市显然最适合两人发展关系。只不过现在徐榄不给台阶，她要是眼巴巴凑过去，倒像是她迫不及待一样。

"哼，我才不要。"傍晚时分的工作室一楼，在不知沈初蔓第几次自言自语地嘟囔时，旁边的兰尼终于看不下去，直言道："虽然是他骗你有错在先，你骂他、揍他都合情合理，但如果你对他还有点儿意思，且打算继续这段关系的话，劝你们不要冷战。"

沈初蔓可早知道兰尼初次见面就被收买了，斜眼看人，没好气地道："你又帮他说话？他这次给了你什么好处？"

"你这个小没良心的。"兰尼气得要拧她的脸蛋，"你以为我和杨翔真是为了那点儿小恩小惠？还不是因为他人不错，你又对人家有意思，我们才帮忙，好吧？再说了，"兰尼撩了下及肩金发，垂眸看了一眼趴在桌上的沈初蔓，似是漫不经心地随口道，"要不是可怜姓徐的才做手术，我才懒得帮他说话呢。"

"做手术？"上一秒还无精打采的沈初蔓噌地坐起身，漂亮的眼睛瞪着，"徐榄做手术了？什么时候的事，我怎么不知道？"

"昨天打电话时知道的，据说不严重。"兰尼被她的大嗓门吓了一跳，嫌弃道，"再说连你都不知道是什么手术，我怎么会知道啊？"

沈初蔓没工夫和他多扯，抓起拎包就匆匆离开工作室，开车出发前才想起给某人发消息："你人在哪儿？我们见个面。"

对面一如既往地秒回，看文字都能感受到语气温柔："我在家，需要我来接你吗？"

人在家的话，情况应该不太严重，否则医院不可能放人。沈初蔓放下心长舒口气，将手机丢进车门储物格没再回复，手忙脚乱就要开车过去。跑了一半她才想起徐榄根本不住在原先的住址，又掉头朝另一个方向开。

杨翔告诉过她徐榄新家的具体位置。可当沈初蔓站在男人家的别墅门前，发现隔着空旷柏油路面和排列整齐的树木就能见到她家时，嘴角还是忍不住抽动两下。徐榄这人为了近水楼台先得月，倒是真舍得下血本啊！两千万的精装别墅两百万送她，也难为他一个商界搞风投的，还在她面前装穷困小白兔。

"小七？"推门声和熟悉的男声同时响起。徐榄穿着柔软的灰色高领毛衣站在玄关处，见沈初蔓贸然来到他从未告知过的住址，脸上也丝毫不减笑容淡淡，侧身邀请她进来："外面风大，不要感冒。"

你就不好奇我怎么知道你住这里的？不等沈初蔓的话问出口，徐榄已经接过她身上大衣挂上衣架，语调温润和缓，和平常一般无二："晚上吃饭了吗？没吃的话我现在做饭——"

"徐榄。"沈初蔓提心吊胆，一路大气不敢喘，现在见男人若无其事地又要习惯性照顾她，类似后怕和委屈的情感混杂让她不由得鼻尖一酸。再开口时，她的语气自然就有些发冲："是不是我不来找你，你就永远不会来找我？还背着我偷偷去做手术？"

两人站的位置就在客厅的沙发旁边。徐榄见沈初蔓眼眶发红，正弯腰想去看她有没有哭时，反倒被女人不客气地直接推倒在身后的沙发上。

徐榄的表情有片刻愣怔，坐直身体仰头看她，柔声道："小七是在担心我吗？"男人长臂一伸，搂过她的盈盈细腰，见沈初蔓没表现出抗拒便顺势将人搂进怀中，低头将脸埋进她颈窝，沉沉道，"几天不见，我很想你。"

熟悉而令人心安的体温与气味，让沈初蔓到底没舍得再将徐榄推开。她吸吸鼻子，瓮声瓮气地道："我才不想你。徐榄你能不能把话说清楚，别总是让人乱猜——"

"结扎而已，很小的手术。"风轻云淡的语气响起，沈初蔓傻愣愣地看着笑容平静柔和的徐榄，足足三秒才终于反应过来男人在说什么，脑海轰的一声巨响。即便猜到缘由，她还是忍不住问道："为什么？"

"因为避孕措施并不是百分百保险。"难得见到她娇憨的一面，徐榄撩起她鬓角碎发拢到耳后，眼底的宠溺笑意更深，轻声道，"如果意外来临，对你的伤害很大。"男人落吻在她额头，"小七，哪怕概率只有万分之一，我也无法承受这样的冒险。"

跌进男人深邃沉黑的眼，沈初蔓反驳道："那你为什么不告诉我？我……我起码——"她起码还能来照顾他。

"因为我们心知肚明，我并非真的是你男朋友。"徐榄直直望进她眼底，

第 20 章

519

语调轻柔，犀利的目光却能洞察人心，"在你眼里，我应当满足你的需求——"

"徐榄，我不喜欢你这样说话。"不知为何，男人分明是笑谈自己是她的消遣，沈初蔓却感到心脏阵阵刺痛。她不由得用双手抓住对方衣领，眼眶却再次泛起湿气，音量逐渐减弱："你明明知道你说这些话，我真的会难过自责。"

徐榄仍不出声，只静静望着她。他想要亲口听她说那三个字。

"我承认我最初动机不纯，确实是贪图你美色。"沈初蔓彻底会错意，勾着男人脖子开始说个没完，"但我突然发现，你除了老谋深算外没什么不好的。"

二十八年头一回要她表白。在毫无准备的情况下，她难免会语无伦次："我不是说要凑合跟你过，就是你哪里都很让我满意——"

"小七。"徐榄低笑打断她的长篇大论，微仰着头笑容温润，"其实你只要说'我爱你'三个字，我就会明白。"

"是哦。"沈初蔓被自己的糊涂傻气逗笑，垂眸双手捧着男人棱角分明的脸，一字一句郑重道，"徐榄，我爱你。"尽管这份告白迟到太多年，幸而他没有放弃，才让他们在八十亿人口的茫茫人海中，不至于错过彼此。

偌大空旷的客厅一时安静无声，许久才响起徐榄低哑的回应。他的声音里带着些难以察觉的压抑哽咽："嗯，我也爱你。"

我的公主，我将永远效忠于您，一如我对您延绵不绝的深沉爱意。

第 21 章

人小鬼大

❄82

  如果要用一个成语来形容筹备婚礼,黎冬大概会毫不犹豫地选择"鸡飞狗跳"。或许是要弥补潦草告白的遗憾,祁夏璟在婚礼的准备上就显得格外慎重。新年求婚成功后,两人第二日就去民政局领了证。现在时间已过了足足几个月,居然连婚礼场地都还在挑选。

  理想丰满,现实骨感,见祁夏璟在国外的两处结婚胜地之间苦苦纠结,黎冬只能委婉告知,他们职业特殊,是腾不出这样久的时间举办婚礼的。

  只是祁夏璟没有停止折腾,既然场地不允许发挥,他就将大部分精力放在婚纱和婚戒上——虽说专业的事该交给专业人士处理,但男人仍坚持不懈地事事都要插一脚。

  那段时间,家里书房桌上堆着的满是废弃的手稿图。每每黎冬夜间醒来听见男人打电话,内容从先前的商业工作变成了和海外设计师的商讨。

  黎冬自问是对浪漫毫无追求的人,但从身边人经历中也知道,婚礼大多是由女方负责。像他们家这种全权由男方包揽操办,女方甚至对进度都毫不知情的情况,她也是头一回遇上。关于婚礼,祁夏璟从头至尾只同她说过一句——他会提前至少一个月告知黎冬具体时间,好让她提前请假。

  某晚,祁夏璟拿着软尺要为她量婚纱的尺寸时,黎冬忍不住问道:"我听说通常都是女生操办婚礼,像我这样不闻不问的,会不会不太好?"两人此时对坐在躺七八人都绰绰有余的宽阔软床上，床头摆满大小不一的史迪奇玩偶。

黎冬话落便感到胸前微凉，是软尺贴在她皮肤上的触感，就听对面的男人出声道："我希望婚礼的一切对你来说都是崭新惊喜，而不是用来向外人证明我们的结合而你需要受累走流程的一天。"

祁夏璟拿着软尺的双手从黎冬腋下穿过，又环绕回来，垂眸读着数，忽地挑眉，勾唇懒懒笑道："果然我的手感不会错。"黎冬显然更在意另一件事，看着墙角的体重秤就要起身，喃喃道："我最近好像真的胖了。"

她从小就是高挑清瘦的健康体型，在长期自律的健身下，从未考虑过节食减肥。只是来S市后，她被祁夏璟用各种美食投喂，再加上祁夏璟精力充沛，她第二天早晨实在起不来去晨跑，这才破天荒地长胖几斤。

从前她可能不在意，但婚礼就在眼前，她再不解风情，也想以最好的状态身披白纱，而不是吃胖后再慌里慌张减肥。黎冬正低头找鞋穿时，细腰便被祁夏璟从身后轻松搂住。

男人单手轻松将她圈在怀中，下巴抵在她白皙细瘦的肩膀上，滚热的呼吸扑落："哪里胖了，明明是以前太瘦。"话落他将黎冬转过来，又拉过黎冬细白软嫩的手，哑声压着几分情动，"阿黎……"

黎冬任由手被握住，脸热又害臊地埋头靠着祁夏璟，轻声道："你每天这样……不累吗？"祁夏璟闻言沉沉低笑一声，温柔吻在她额头："不过是把过去欠下的补回来。"

黎冬最听不得男人提起十年分别，即便知道祁夏璟是故意惹她心疼，也束手无策地只能顺着他。她额前附着一层细汗，轻声商量道："明天我还有三台手术，今晚你……可以快一点儿吗？"话落，她甚至还讨好地蹭了蹭男人。

"快一点儿难说。"祁夏璟平日事事都顺着她，唯独在这件事上格外难说话，"不过可以欠一次，等到周末补回来。"

黎冬正诧异男人居然这么好说话，下一秒祁夏璟不紧不慢地俯身，从容不迫地在她耳畔补充道："只不过我要收取一点儿'小小'的利息。拖欠一日，就只在原基础上加一次，不过分吧？"

黎冬心道高利贷也不敢这样开价，正要出声就先被袭来的浪潮击溃，斥责转为欢悦痛吟，最终也只能恨恨咬在男人下巴。她担心咬得太痛，末了又伸舌轻舔在下巴的牙印周围，宛若乖顺的猫咪一般。

柔软湿热的触感抚平下巴的阵阵刺痛，却无形撩拨起蛰伏在祁夏璟骨血里的野兽。黎冬蓄着泪的通红眼里写满不可置信，声音都染上哭腔："你不是刚刚才——"

"嗯，我的错。"祁夏璟的道歉永远都利落迅速，只是行为上屡教不改。他抬手随意将黑发捋到后面，嘶哑声音性感又蛊惑人心，"宝宝不哭，这次我们换个不受累的位置好不好？"

毫不意外地，黎冬第二日又没按时早起晨跑。她像是被卡车来回碾过几次，连半个手指头都抬不起，瘫倒在柔软大床上放空大脑，不知多久，鼻尖飘来丝丝食物气味。

"早。"见她醒来，祁夏璟先去拉开遮光纱帘，才端着餐盘回到床边坐下。晨曦倾落中，男人支起小桌将早餐放好，半搂半抱让黎冬靠在床头，揉揉她略微凌乱的黑发："先吃早饭，困的话等下去车上再睡。"

婚后都是祁夏璟包揽早餐，厨艺也从最初的惨不忍睹到现在难看却能吃的程度。黎冬刚睡醒，人还蒙着，闻到男人熟悉的淡淡冷香就本能凑过去，将脸埋进对方胸膛，声音闷软："再这样下去，我肯定要被你养成废物了，什么都靠着你。"

祁夏璟反而勾唇低笑出声，用手轻拍她后背，懒散的声音听着倒是很满意："那看来，我还要再接再厉了。"

来新医院上班已将近四个月，黎冬的行事作风注定她无法完全融入原来的职工圈子，患者都对她赞不绝口，医护同事的评价倒是褒贬不一。不过她步入社会后，再很少在意他人评价，事事只求"问心无愧"四个字。即便当面撞上恶言冷语，她也当废话，听过便忘。

"胸外那个新来的叫黎冬的女医生，你们都知道吧？"

"这怎么能不知道？不是祁副高的老婆嘛，今早我还看夫妻俩开车一起来医院呢。"

"我也看到了！我差点儿不敢认，那个满脸幸福笑的男人居然是祁副高，平日和他打招呼都不理人的。"

"你说祁副高都那么有钱了，她还跟我们一样成天值班熬资历干吗？生个孩子，过清闲的贵妇生活不好吗？"

"人家有职业理想不行吗？也不是所有人都想靠老公生活啊。"

下手术路过茶水间时，黎冬听见里面议论纷纷，正打算当作没听见直接路过时，身后却有人先一步替她打抱不平："你们可真够闲的。怎么，自己科室的八卦还不够嚼，主意都打到我们胸外来啦？"

说话的人是跟黎冬同办公室的齐爽，人如其名，爽朗外向。她远远见着黎冬正追上要打招呼，听见闲言碎语就出声反驳。八卦的三人，黎冬都不认得，被撞破只尴尬地冲她讪讪一笑，匆忙端起茶杯离开。

第 21 章

茶水间只剩下她们两人，一时间静悄悄的。泡茶时，黎冬顺手为齐爽冲了一杯，递过纸杯时又朝平日并不大熟的同事感激一笑："谢谢你。"

"没事。这些人也就随口八卦一嘴，没什么恶意。"齐爽道谢后大方接过茶杯，忽地补充道，"不过他们有些说得倒也没错。你和祁副高过日子的话，有些事确实得提早做准备。"

黎冬不解。见她面露疑色，年长几岁的齐爽作为过来人，好心给她提建议："咱们职业特殊。办婚礼、旅游度两天蜜月还好请假，你们要是打算要孩子，后期的手术和值班安排都是要考虑的问题——"齐爽滔滔不绝说个不停，黎冬愣愣听着，不知怎样打断，忽地意识到一个她从没和祁夏璟谈过的问题，他们以后会要小孩吗？

就黎冬而言，她非常喜欢小孩且对生育年龄没太多顾虑。如果祁夏璟没有偏好，从科学的角度考虑，她倾向于能在黄金生育时期的三十岁之前怀宝宝。

生育问题于他们这对新婚夫妇而言，的确称得上是大事。于是晚饭时，黎冬第一次和祁夏璟谈起孩子的问题。今晚仍旧是两荤一素一汤的家常菜，在男人将清蒸鲫鱼一点点挑好刺后夹进她碗里时，黎冬轻声问道："你想过，我们什么时候要宝宝吗？"

祁夏璟的原生家庭并不算幸福，从他对弟弟的态度上来看，他似乎也不喜爱孩子，所以黎冬才认为这个问题有必要严肃谈谈。

"是爸妈那边在催？晚饭后我打个电话过去。"祁夏璟夹菜的手倏地顿住，半晌神情如常地懒散挑眉，漫不经心地说，"你自己都还是个宝宝，着急什么？"话落微停，男人又勾唇看她，桃花眼底染上点点笑意，"至于我嘛，家里有一个宝宝宠就够了。"

回应虽说得好像调情，但黎冬也听出拒绝的话外之音。她不想再强人所难地继续追问，却听男人似是不甚在意地随口问道："你现在就想要孩子吗？"

"我只是不介意现在要宝宝。"黎冬思考几秒后慎重回答，想到什么又忽地笑笑，"况且，如果是个长得像你的男孩子，我还能看看你小时候是什么模样。"祁夏璟闻言也只默不作声地微抬起眉，除了欠收拾的罐头几次跑来咬他裤脚时冷呵两句，整晚的话出奇地少。

这种强装满不在乎的状态，一直延续到两人睡前。不似平日黎冬要落泪央求才肯停止，今晚显然兴致缺缺的祁夏璟草草结束，抱着她洗过澡再回到床上时，又一次话题重提。男人侧身躺着，用骨节分明的手钩起她一缕打湿的碎发，沉哑声音压着几分微不可察的试探："阿黎，你对我们现在的二人生活有什么不满吗？"

自从婚后，黎冬就鲜少有晚上十一点还清醒的情况。她蹙眉望进男人黑眸，几秒后如实道："非要说的话，你的精力太旺盛了。"

"除此之外呢？"

"我对你没有不满。"黎冬伸手环住祁夏璟的脖子，闻到熟悉的冷香气味才安心合眼，"没关系的，如果你不想要孩子，只是我们两个也很好。"话落，只见男人微微眯起桃花眼，深邃目光似是在判断她话的真假。

良久，空旷卧室才再响起祁夏璟的沉低声音："阿黎。"

"嗯？"

轻薄羽绒被下的手悄然揽过她细腰，黎冬眼见着面前男人的脸靠近放大，额头相抵时，又听祁夏璟一字一句沉声问她："如果以后我们真的有了孩子，你还会最爱我吗？"

提问来得突兀又猝不及防，黎冬听完足足几秒才反应过来，没忍住地无奈轻叹，只觉心疼又好笑。祁夏璟因为和未出生的孩子争宠而患得患失，说出去大概没有人会信吧。只是其中，她当年提出分手后一声不吭消失，以及祁家迫不及待生二胎都有多少影响，恐怕没人能算清。

"其实在你出现之前，我从没想过自己会拥有婚姻，也从不认为有朝一日能拥有母亲的身份。"黎冬侧身同祁夏璟对视，清淡声音细听满是柔和。"作为医生，我比大部分人更知道轻飘飘的'生育'二字，有可能给女性带来多少不可逆转的身体和心理伤害。所以每次在医院看到辛苦的准妈妈们时，我总会忍不住想，她们一定很爱她们的丈夫吧，否则怎么会愿意冒着生命危险，也下决心要生孩子呢？"说起这些时，黎冬脸上神情平静温和。她能感受到被子下男人搂着她的大手微微用力，温热掌心带着几分不舍的疼惜。

祁夏璟俯身落吻在她饱满的额头上，低低地道："但我不想你以自身承受痛苦为代价，来证明或是满足世俗对女性、对你的要求。阿黎，我不希望你经历这些。"

两人窝在一处，身体紧紧相贴。似是觉得她的脚凉，祁夏璟说话时又让黎冬蜷着腿，好用腹部为她焐热。心底一片柔软，黎冬摇头不认同男人观点，轻声反驳道："以前我也不理解。但遇到你之后，我曾经所有的顾虑似乎都迎刃而解了。"婚后她的情感表达已经比以前坦然顺畅太多，勾人的水眸亮晶晶的。

"你刚才问我，是否因为对二人生活不满才想要宝宝——至少对我来说，事实恰好相反。正因为现在的婚后生活太圆满，我才会时而感叹，如果家里能再多一个我们同时珍爱的小生命，如果能与他分享我此时的幸福，该是件多么美好的事情。"

第 21 章

光是简单设想,就足以让黎冬面露笑意。她看清祁夏璟眼底涌动的触动,抬手轻捧男人的脸细细亲吻,继续道:"于我而言,如果能养育一个生命,来纪念我们有多深爱彼此,又该是件何其幸运的事情。"

83

那晚夜聊后,两人都没再特意提起生孩子的事情。直到某次黎冬下班回家做饭,发现餐桌上突然出现的叶酸等补品,才确认祁夏璟对怀孕的态度。

黎冬十年如一日的自律不必多说,祁夏璟平日极少会碰烟酒,那次夜谈后连熬夜都尽可能避免。尽管没正式提过,两人都不自觉进入备孕状态。安全措施也不如从前严谨,处于心态相当随意平和的放松状态。

如此就显得怀孕发生得比二人预想的猝不及防。说来有趣,黎冬怀孕被察觉的契机,竟然是她雷打不动的生理期和两人过于规律的性生活。

六月初的某天晚上,忙碌整日的黎冬洗漱后侧躺在床边陪罐头玩耍,顺便等祁夏璟洗完澡出来。然而男人今晚一反往常,水声止后擦着湿漉漉的头发从浴室出来,吹干后就躺下,从背后将她搂进怀中。

他用大手覆在她平坦的小腹上,掌心温热隔着轻薄的真丝睡衣阵阵传来。等待许久也不见祁夏璟有所动作,黎冬回身,见男人合着眼正闭目养神,表情却不像是疲惫,疑惑道:"你今晚……"

祁夏璟闻言勾唇,抬起眼皮,拉过滑落的被角为她盖好,又将人往怀中抱紧了些:"阿黎累傻了吗?你的生理期快到了。"

最近忙医院的工作忙昏了头,祁夏璟提起黎冬才反应过来,后天就该是她的生理期了。平时特殊时期的两三天前,祁夏璟都会自觉暂停亲密行为,好让她能充足地睡个好觉。

往常黎冬的生理期都是每月十三号,这次却过了月中都不见红,甚至连祁夏璟都察觉到她生理期推迟了。晚饭时,男人将泡好的红糖温水倒进瓷杯,递过来时问她:"你以前,生理期也推迟过吗?"

两人自重逢到现在结婚也不过大半年,祁夏璟不可能完全了解她的生理期规律。黎冬接过杯子轻声道谢,用红糖水压下晚餐吃的白灼虾勾起的阵阵反胃。思考片刻,她含糊其词道:"好像也有过推迟一周十天的,再等等吧。"

"你们不是才结婚没多久吗,居然这么快就怀上孩子了?"第二日午休时,黎冬捧着一杯温热的纯牛奶坐在咖啡馆靠窗边的位置,看着比她还激动的沈初蔓，无奈笑道："只是验孕棒测出两道杠，还要等下午的检测结果。"

黎冬的生理期向来准时，异常的延迟和反胃让她昨晚心中警铃大作，今天就买了验孕棒，果不其然是两道红杠。备孕开始不过一个多月，宝宝来得如此之快，让事先就有心理准备的黎冬还是有了短暂惊讶。

"你现在怀宝宝的话，那我岂不是马上要做干妈了？"沈初蔓兴冲冲地自顾自地说了好半天，倏地意识到忘了什么，猛地看向黎冬，"等一下，这件事你告诉祁夏璟了吗？"

"确认后再说吧。"黎冬右手不自觉地捂着平坦的小腹。从测出两道杠后她就常是这个姿势，脸上笑意止不住："马上就是他生日了，也不知道宝宝的到来，对他是惊喜还是惊吓。"

"别管他，你喜欢就够了。"沈初蔓自己不要小孩，却对当干妈无比积极，眉飞色舞道："你说哦，我现在是做男宝宝的衣服，还是女宝宝的啊？算了，一起做吧，或者你干脆生个龙凤双胞胎算了……"

两人叽叽喳喳又聊了许久，直到时间将近下午一点，徐榄才姗姗来迟。男人自然在沈初蔓身边落座，才冲黎冬礼貌微笑，道："老祁的手术还没结束，等送小七回工作室后，我顺路带班长回去吧。"话毕拿起沈初蔓吃剩的大半个三明治，简单填补因未进午餐而空荡荡的胃部。

"好，谢谢。"

三人也不再废话，简单整理后起身要离开咖啡馆。从小楼梯下来时，有打电话的男人低着头行色匆匆地走过，肩膀猛地撞上黎冬。

右肩有刺痛传来，黎冬踉跄着后退半步，还没站稳就听前面的沈初蔓怒斥出声："你这个人没长眼睛吗？走路这么着急，是要赶着去投胎？"

打电话的男人显然不是善茬，露出满脸凶相，正要吼面前比他小几圈的女人，余光先对上沈初蔓身后笑眯眯的徐榄，身体本能地打了个寒噤，甚至还很有眼力见地鞠躬道歉："对……对不起！"

"走走走，赶紧走，别碍眼。"沈初蔓不耐烦地挥手轰人，神色紧张地扑向黎冬那边，反复确认道："宝贝，你还好吧？"

"没事，你别太紧张了。"黎冬摇头笑笑，柔声安抚道，"走吧，先送你去工作室。"

徐榄默不作声地扫过黎冬刚才被撞时下意识捂住的小腹，想起早上听她同办公室的齐爽说起她下午要请假，若有所思。

"怀孕的事，班长如果想当生日礼物，暂时瞒着老祁，我建议不要在自家医院检查。我可以现在帮忙联系一家可靠的私人医院。"等两位女士在宝马的

527

前后排落座，徐榄低头系好安全带，语调如常一般，柔和平缓地说。封闭的空间有几秒死寂，随后响起副驾驶座上沈初蔓的惊呼："你怎么又知道了？"

"刚才还不确定。"徐榄抬手揉身边人柔软的发顶，微微一笑，"现在确实知道了。"

黎冬正犹豫着，就见前排的徐榄借着车内后视镜看她："老祁应该会很喜欢这份生日礼物。这段时间，我总能看到老祁跟妇产科和儿科的主任专家聊天。"徐榄温声解释，话落礼貌微笑道，"我想，他应该会是位很负责的父亲。"

黎冬朝着徐榄投去感激的目光，不再犹豫："那联系医院的事，麻烦你了。"

十五分钟后，目送黎冬高挑清瘦的背影消失在私人医院门口。沈初蔓手靠车窗懒懒托腮，沉吟半晌，扭头问身旁男人："老公，你会不会羡慕？"

徐榄单手持方向盘，闻言应了个单音节："嗯？"

"就是别的男人都能有孩子啊。"路上在车里听两人谈起怀孕的事，沈初蔓忽地觉得擅自剥夺了徐榄成为父亲的权利，对他来说会不会太残忍，垂眸自责道，"这样的话，这辈子都没人喊你'爸爸'了。"

"我对养小孩没什么兴趣。"徐榄用修长的食指不紧不慢轻点方向盘上，侧身微微朝沈初蔓凑近些，附唇在她耳畔，慢条斯理道，"如果你想弥补我，从别的方面来，我或许会更高兴。"

孕检结果和黎冬预想的一样，宝宝和母亲都非常健康。现下她眼前唯一的难题，是如何将怀孕的事作为生日惊喜瞒到祁夏璟生日那天——尤其是在孕初要注意规避性行为的情况下。

祁夏璟生日在今年的六月二十二号，她得知自己怀孕是在十七号上午。也就是说，黎冬至少要为接下来的五天想好推托的借口。前两三天她还好用生理期、工作疲惫做借口，直到祁夏璟生日前一晚，黎冬已然再想不出其他理由。

好在她决定在零点宣布消息，离现在也不过两小时。罐头已经睡着了，两人洗过澡后相拥着躺在床上。

黎冬抱着男人瘦劲的腰昏昏欲睡，隐隐感到有不安分的手开始作祟。自破戒后，除却她生理期时，两人从没超过三天还不同房。现在七八天过去，被冷落许久让感官都变得数倍敏感。

黎冬在半梦半醒中感受到异样，睡意瞬间清醒大半，慌慌张张地推拒："等一下——"婚后她第一次用这样严肃的语气说话，意识到自己的语气不好，她从被子里伸手将人抱住，乖软道："最近工作太累，先休息一下——唔。"

话音未落,她的唇被封住。祁夏璟单手抬勾起她下巴落吻,男人独有的幽幽冷香铺天盖地,将人笼罩得无处可逃。

唇齿相依,黎冬伸舌应和,轻易沉沦。直到口腔内氧气被尽数剥夺,她不得不后退急促呼吸时,才听祁夏璟沉沉唤她小名:"阿黎。"男人的声音嘶哑性感,蛊惑中带着几分漫不经意:"才结婚不到半年,就已经厌倦了?"

"别瞎说。"说疲惫不是扯谎,这几天黎冬确实困得厉害。哪怕祁夏璟晚上不折腾她,次日中午她都要小憩半小时,晚上洗漱后也早早睡下。黎冬撑起眼皮看人,将头埋进男人胸膛取暖,声音软乎乎地撒着娇:"再等一等,好不好?"

难得听她撒娇,祁夏璟见她真的累也不再勉强,虚虚搂着人轻拍后背:"睡吧,有事明天再说。"

睡下就再醒不过来,黎冬还想准点祝祁夏璟生日快乐,不肯睡,只倔强地找话题:"今天儿科王主任来找我,说你这段时间没事就找他,要我叫你不要太焦虑。"

习惯男人事事漫不经心的模样,平日话都不见祁夏璟说几句的儿科和妇产科同事最近都被男人频频地拜访吓到。不仅如此,从家里日益增多的补品和书籍,都不难看出祁夏璟对即将到来的小生命相当重视。偌大卧室一片静悄悄的,六月酷暑的时节,床上的两人也不嫌热地紧紧抱在一起。

"阿黎,其实直到现在,我都对生小孩这件事没太多概念。"额头有薄唇落下的温热触感,在听男人说话时,黎冬还能感受他的胸膛正微微振动。

"但那晚你说话时的表情,很让我心动。我能清楚感受到,你真的很希望我们能有孩子。"黎冬抬头,对上男人深邃笑眼,随后被修长的指轻刮鼻尖,又听祁夏璟道,"所以我想,我愿意为了你的喜欢,努力去成为一个合格的父亲。"

"你会的。"没人听到这些会不动容,黎冬忍不住攀着男人的肩膀,亲在他双唇,想着再过不久的好消息,莹润的双眸弯弯的,"那你要不要开始想宝宝的名字?"

"这么早?"祁夏璟闻言抬起眉笑着看她,配合地沉吟片刻,给出答案,"孩子跟你姓,取名'初霁'吧。雨后初霁,'霁'意为雨雪后天气放晴。"

黎冬的手被男人握住摊开,他用修长手指在她掌心写字:"雨过天晴,希望我们的女儿能一生光明平顺、健康常乐。以及,我们初遇是在下雨天,自此各自的人生不再孤单湿冷,雨后初霁,天幕放晴。"

黎冬立刻便喜欢上这个名字,只是有一点还是疑惑,道:"我们的女儿,如果宝宝是个男孩呢?"

"那就叫'黎一'。"祁夏璟眼底刚泛起的触动光亮霎时熄灭,随口丢了个名字,又觉得和"离异"谐音,嘴角的弧度落下,随口道,"随便起个吧,我无所谓。"感受到强烈的区别对待,黎冬无奈地摇头扯唇。她眯起眼睛认真思考,又寻求祁夏璟意见:"男孩子的话,要不要叫'清和'?"

首夏犹清和,芳草亦未歇。①初夏时节清爽暖和,花草生长一派欣欣向荣,放眼望去满是生机与希望——正如初见祁夏璟时给她留下的印象。男人闻言只喉咙里懒懒应一声,显然兴致缺缺:"都可以。"

两人随后就着小孩的事有一搭没一搭地聊天。直到黎冬困得眼睛都要睁不开,墙上时钟终于划过凌晨十二点,放在床头柜的手机闹铃声响起。这是十年分别再重逢后,她陪祁夏璟度过的第一个生日。黎冬挣脱怀抱,在男人注视中,拿出藏在柜子抽屉里的情侣项链和孕检结果单,又转身交递过去。

"我想,我应当是今年第一个和你说'生日快乐'的人。"黎冬将祁夏璟接过检测结果单的表情尽收眼底,在男人鲜少能见到的惊诧表情中,将红唇贴附他耳畔,轻笑道,"老公,生日快乐。孩子爸爸,新的一年,还请多多指教。"

❄ 84

因为新生命的到来,祁夏璟原定的许多计划都被打乱。她怕黎冬中暑受累,婚礼场地从露天草坪转移室内,怕她闻海鲜荤腥会呕吐,策划小半年的菜单彻底作废,甚至怕她穿细高跟崴脚,还特意高价从国外购回定制的矮跟水晶鞋。

好在婚礼时间定在七月,怀孕不足六十天也并不显怀,否则连婚纱他都要退回去重改。

"我还是头一回见有人在婚礼上明令禁止烟酒的。"两个多月后,沈初蔓想起那场盛大的婚礼依旧深有感触,在黎冬家客厅抱着果盘感叹,"禁烟禁酒还禁止大声喧哗,不知道的还以为你家祁夏璟不是办婚礼,而是强迫人去上课呢。"嘴里吐槽个不停,沈初蔓也知道某人的良苦用心,笑嘻嘻地靠着黎冬聊了会儿,忽地凑到她耳边,"不过我是真没想到,姓祁的居然真的很会照顾人。"

闻言,黎冬朝开放式餐厅的方向看去,修长挺拔的男人系着围裙在厨房忙碌,弯眉柔和笑道:"其实他一直很会照顾人。"

---

① 引用自谢灵运《游赤石进帆海》。

得知她怀孕，甚至还是双胞胎后，祁夏璟以往身上那股漫不经心的劲儿就再难见到。从桌角防撞垫到婴用湿巾，宝宝还要足足几个月才降临，家里就早早出现越来越多儿童相关的物品。

光线最好的电竞房被改造成婴儿房还不够，最近祁夏璟正考虑在医院附近购置房屋，好让黎冬早上能多睡半小时，午休也方便送她回家休息。最重要的是，如果真的遇上紧急情况，哪怕他步行抱人去医院，也只要十五分钟。

起初黎冬还担心过男人的压力会不会太大了，直到某个周末下午她从婴儿房路过，透过半掩的门见到祁夏璟正轻摇着第六次给女儿新换了床单的粉色婴儿床，万年淡漠的神情无比柔和，唇角的笑意洋溢着幸福，才终于放下心来。

包括母亲在内，许多人都在不断地告诉她孕期有多辛苦，黎冬却觉得祁夏璟才是包揽一切的操心人。反倒是她，自从切水果不小心伤到手，不被允许再进厨房后，彻底过上衣来伸手、饭来张口的日子。

"再等十五分钟，就可以吃饭了。"头顶上方的低沉男声拉回思绪，黎冬回神，就见男人在她面前蹲下，手里拿着护腰的软垫，柔声问她，"腰还疼吗，要不要抱你去床上躺着吃？"

三个月后孕妇开始显怀，黎冬又是双胞胎，肚子更大。胎儿迅速发育的同时，子宫的负担明显加重。上次产检时，医生就建议她尽量多卧床。前两天做手术站了太久，黎冬晚上就腰痛得睡不好，被祁夏璟搂着哄了整夜，到天快亮才昏沉睡过去。

"不疼，你先去忙吧。"闺密就在身旁不好抱怨，黎冬坐在丈夫怕她着凉而特意去买的厚厚羊绒地毯上，轻拽男人的衣袖，弯眉安抚着他。随后她扭头看向沈初蔓，笑着提出邀请："蔓蔓，你晚上想留下来吃饭吗？"

"她不想。"祁夏璟先一步抢答，对频频出现且占用黎冬休息时间的某人表示嫌弃，"家里只做了两个人的饭菜，也没有多余的碗筷。"

"大哥你可别自作多情，你倒贴钱我都不吃。"沈初蔓不屑地翻白眼，心里直后悔刚才夸过某人成熟。她离开前小心抱了抱黎冬，甜甜地笑道："我老公晚上带我出去吃，宝贝，我就先走啦！你好好休息哦！"

"好，路上小心。"送走沈初蔓后，家里瞬间安静许多。趁祁夏璟去看炖汤时，黎冬转身去客厅给罐头喂饭。自从黎冬怀孕后，金毛就再没往她身上扑腾过。在她打开柜子拿狗粮的时候，罐头已经自觉乖乖叼来饭盆放到她的脚边，用狗头亲昵蹭她脚踝。

黎冬弯腰倒狗粮时，有大手稳稳托住沉甸甸的袋子，耳边随即是熟悉的声音："我来喂罐头，你先去吃饭。今天炖的是鲫鱼汤，试试味道。"

和许多孕妇一样，黎冬在孕初期也出现遇荤腥就反胃的情况。无奈医生又多次建议她多吃鱼类，祁夏璟只能换着种类和做法尝试。最近半个月里，光是鱼的种类都试过十几种，鲫鱼算是为数不多黎冬爱吃且不反胃的。

"嗯，我先去盛饭等你。"黎冬笑着将东西交过去。来到餐桌前看热腾腾的两荤一素一汤，连三种水果都切好摆盘，不由得想起半年前男人的黑暗料理，心里感慨万分。

她怀孕后，祁夏璟就包揽起做饭洗碗的重任，只要人在家就是泡在厨房钻研厨艺。为了让黎冬能尝到家里的口味，还不厌其烦地给黎母打视频电话请教。后来周红艳私下给黎冬打电话，叮嘱道："你怀孕确实辛苦，但也要适当体谅他。我看小祁最近那个黑眼圈重的哦。"

等祁夏璟喂好狗后回到餐桌前坐下，黎冬先是给男人夹菜，几秒后才慢吞吞道："明天我自己值夜班，你就别陪我了。"

祁夏璟次次陪她值夜班的事，最近俨然成为医院最为人津津乐道的八卦。平均每天两次，黎冬会被不相熟的女同事攀谈，羡慕她嫁对了老公。

一来不想引人注目，二来更心疼祁夏璟太辛苦，黎冬见男人默不作声只给她夹鱼，再次尝试道："最近你太累了，明晚好好睡一觉吧。"怕对方不答应，还撒娇似的拽他袖子，"好不好，老公？"

祁夏璟立刻被这个称呼取悦，闻言只微微挑眉，一如反常地好说话："可以。"成功来得太轻易，黎冬甚至一时不敢相信："真的？"

"嗯，骗你是小狗。"祁夏璟牵过衣袖上的手，放到唇边轻吻，又盛汤给黎冬，"妈妈说西红柿烹煮能中和去腥，你多喝点儿。"

隔日晚上，祁夏璟果然如约没再来医院陪她值班。晚上十点半，一同值班的护士长在走廊恰巧遇到黎冬，便停下和她闲聊两句："祁副高今晚居然没来，有其他事要忙？"两人平时关系很不错，黎冬笑着摇头："我叫他在家休息。"

"他成天这么忙，也是该好好休息了。"护士长赞同地点点头，看着和她女儿年龄相仿的黎冬，爱怜道，"老公晚上突然不在身边，会不会很不适应？"

"没关系的。"黎冬无奈想怎么都把自己当小孩，正好有病人按铃，礼貌告别道，"我先去忙了，再聊。"

"快去快去，有事电话找我，别不好意思。"

按铃的病人突发胸闷，老人上了年纪，性格又奇怪，见黎冬年轻得像个大学生就非要换医生看，折腾到凌晨才终于配合。黎冬在家属的连连抱歉声中离开病房，疲惫地揉着眉心返回值班室。她和衣盖上薄毯在床上躺下，想小憩一会儿。

532

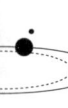

值班室的空调损坏失修，让九月初的秋老虎格外难熬。黎冬在床上辗转反侧毫无睡意，没过多久，人就汗津津的。

毫无征兆地，她开始想念祁夏璟，想他是否已经睡下，想他睡前会做些什么，想他以往躺在她身边的模样、气味和体温。习惯被疼爱是件很可怕的事。它会让再稀松平常的小事都变得难熬，也会让无坚不摧的人变得软弱无能。

黎冬从枕头下拿出手机，发消息试图缓解思念："睡了吗？"

对面秒回："没睡，等我十五分钟。"

之后再没新消息发来。黎冬以为祁夏璟在忙工作，不再打扰，捧着手机默默等待，盯着时间一分一秒挨过一刻钟。几乎是数字跳转的同一时间，她掌心的手机响起，一接通便传来男人熟悉的沉沉低音："阿黎，开门。"

推开门见到身穿家居服出现在值班室门口的祁夏璟时，黎冬先是愣怔几秒，然后用力扑上去，紧紧抱住男人瘦劲的腰。

眼底是藏不住的笑意，她偏偏还要明知故问："怎么突然过来？"话音刚落，下一秒她被男人稳稳搂在怀中，从门边带进值班室里。封闭的空间昏暗极了，唯有桌灯勉强照明，让余下感官变得更为敏锐。

"找自己老婆要什么理由？"耳畔落下祁夏璟宠溺的笑音。黎冬被他拥入怀，感觉到祁夏璟温柔干燥的手轻揉她后脑勺，以及男人说话时的胸膛振动："非要说的话，大概是——阿黎，我也想你了。"

最后，两人在不算宽敞的值班室床上紧紧相拥。伴随着熟悉而令人安心的气息，疲惫一日的黎冬很快昏沉睡去。她侧着身半窝在祁夏璟怀中，连在睡梦中都不忘拽着男人衣袖。

值班室的空间不算大，再加上又没空调，待久了甚至有几分蒸桑拿似的闷热。黎冬在梦中无意识地微微皱眉，挺翘小巧的鼻尖泛起点点细汗，睡得不算安稳。不想把人吵醒，祁夏璟小心翼翼地转过身去拿上次来时他特意留在桌上的圆形纸扇——据他亲自测试，用这种材质的扇子扇风，风大柔和，且发出的声音最小。祁夏璟抬起压在他胳膊上的纤细小臂，放进薄被。他左手执纸扇，手腕晃动，垂眸看黎冬鬓角的碎发在柔风中轻轻晃动，目光平静柔和。

所有人都说，他兼顾工作和照顾孕妇会辛苦加倍。其实只有他心里最清楚，比起说是黎冬需要他疼爱，他才是那个需要被她需要的人。一日的繁忙过去，每晚将她搂入怀中，看着心爱之人恬静地甜甜睡去，再多的疲惫和辛劳都不值一提。

现在的日子，他每日都由衷地感激不尽。直到他挥扇的手臂感到酸痛，黎冬脸上鼻尖的细汗也消失不见，秀气细眉舒展，呼吸绵长，睡得香甜。

第 21 章

黑暗中，祁夏璟眼底泛起点点笑意，打算稍作休息再继续扇风。枕头下专门用于科室通信的手机突然响起："黎医生，703的6床病人又在闹事。其他病人被闹得睡不着，你能不能现在过来解决一下？"

祁夏璟轻手轻脚从床上坐起身，压着声音回答："好，我马上过来。"

对面显然不是头一回遇到这种状况，分辨出他的声音，语气变得恭恭敬敬："请问是祁副高吗？辛苦您跑一趟了。"

"嗯。"面对外人永远寡言冷淡，祁夏璟挂断电话，迅速披上白大褂，又折回床边，如常一般地俯身亲在熟睡的黎冬的额头，低沉却也温柔地道："阿黎，祝你今晚做个好梦。"

离开值班室前，门边的男人又走到角落的书桌旁，抽拿出纸和笔，弯腰在便笺纸上留下苍劲有力的寥寥几字。

乖，我很快就回来。

他怕她梦中惊醒，睁眼却看不到他时会感到害怕。

85

平心而论，黎冬的整个生产过程十分顺利，没有任何惊心动魄的时刻——前提是，得排除某位准父亲的过激反应。

都说孕后期孕妇容易失眠，黎冬倒还好，反倒是祁夏璟，从临产期前一个月起就常常整晚睡不着觉，三天两头就提议去住院。建议被屡次拒绝后，他只能频繁去各处踩点，包括但不限于医院的病房、周边适合的粥店和母婴店以备不时之需。晚上如果实在睡不着，男人要么就重整待产包，将东西用新袋子装好，要么就翻出分娩课的笔记复习，态度比备战高考有过之而无不及。

相比之下，当事人黎冬就显得无比镇定。直到生产前一天晚上十一点见红和出现宫缩时，她都记得在出门前和罐头告别，要祁夏璟给金毛准备充足的粮食和饮用水，以及联系徐榄明天来遛狗。弯腰倒狗粮时，手术台上四平八稳的男人指尖都在颤，最开始的一小堆狗粮直接倒在了瓷盆外面。

祁夏璟没心情管这些，匆匆扶着黎冬离开家上车，保时捷发动前侧身吻在她额头："别害怕，我会一直陪着你。"

"我不害怕。"疼痛尚能忍受，黎冬看丈夫两次车钥匙都没插进孔，无奈地摇头轻笑，握着男人的手开玩笑道："你要是实在紧张，要不我来开车吧。"

祁夏璟："……"

从见红的那一刻起，祁夏璟的低气压就仿佛万年咒怨，盘旋在所处的空间，除黎冬外无差别地攻击每一个人。这就导致分明是黎冬生产入院，却变得好像是祁夏璟去检查督导工作，人人自危。

打留置针时，连打针的年轻小护士都被男人的幽深目光盯得迟下不去手，年轻的男孩颤颤巍巍地僵硬转身，脸上堆着讨好的笑，舌头都捋不直了："这……这位先生，请问您还有什么需求吗？"祁夏璟不悦地眯起眼睛。

"他只是紧张，对你没有意见。"黎冬眼神示意丈夫别吓坏人家，伸出胳膊柔声安慰道，"我血管有点儿细，麻烦你了。"

"不麻烦，不麻烦。"

伴随宫缩不断加强，疼痛也随之升级，止痛针从注射到起效又需要时间。不过五分钟，黎冬已经满头大汗，几次出声想安抚床边比她还焦虑的丈夫，都以失败告终。

疼痛让生理性泪水接连滑落，偏偏大脑在深夜还异常活跃，连床边男人压抑的呼吸声都清晰可闻。黎冬知道，祁夏璟最近一周都没怎么好好睡过。每次她夜醒睁眼，下一秒丈夫的关切问候就会在耳畔落下。就好比现在，已是凌晨三点，她只是抬手扯了一下被角，布料摩挲发出了声响，然后就听祁夏璟哑声问她："又痛了吗？"说着就要起身。

"没疼，你放松一点儿。"黎冬出声制止，趁着止痛针起效了，疼痛有所缓解，有件事她终于想着要提起，"有件事，你可以答应我吗？"

男人反握住她右手，毫不犹豫："可以，你说。"

"如果宝宝是男孩，或者两个宝宝都是男孩，"想到家里全是给女孩准备的婴儿用品，黎冬忽地觉得第二种设想对祁夏璟太过残忍，不由得握紧丈夫的手，"你不要嫌弃他们。"祁夏璟尝试想象家里多出两个男孩，随即陷入可疑的沉默，半晌终于道："都是我们的孩子，男女都会一视同仁。"

由于小家伙们迫不及待地想面对世界，黎冬在第二天清晨就顺利生下两个宝宝。那时她还不知道是一男一女，龙凤胎，人迷迷糊糊地被推出来，睁眼就见到祁夏璟的身影，男人眼底蓄满泪意。黎冬的混沌深思有片刻滞顿，印象中，这还是她第一次见到丈夫流泪，连婚礼那日都只是红了眼眶。

"你还好吗？"她弯眉发出气音，等男人俯身将耳朵凑到她唇边，才小声问道，"宝宝的性别是什么？"

"还没问。"回想过去一小时的惊心动魄，只觉得劫后余生的祁夏璟亲吻在妻子额头，尾音不稳，"还难受吗？"黎冬虚弱地笑着摇头，对上丈夫疼惜

第 21 章

又爱怜的目光,抬手轻捧着祁夏璟左脸,身体很轻地挣了挣。祁夏璟以为她又想说话,连忙将头压得更低,下一秒就感受到柔软温热的薄唇印在他的唇瓣。

"我答应过你的。"晃神时,他听见黎冬低低出声,语气中满是幸福笑意,"就算现在我们有了宝宝,全世界我也最爱你,没有之一。"

家里有了孩子之后,话题重心难免会围绕着宝宝的生活起居。起初黎冬还担心祁夏璟不适应,直到见到丈夫给妹妹买的玩具、衣服堆满了沙发,除了喂奶外全亲力亲为后,才稍稍放下心来。

只是有一件事,她觉得要找时间和祁夏璟认真谈谈。

两个宝贝四个月大的某个周末,夫妻俩邀请好友徐沈夫妇,以及终于修成正果的周屿川和姜柚一对儿小情侣来家里做客。客人一进门就吵着要看小孩,沈初蔓更是反客为主,将大包小包的火锅食材放在餐桌上,还不忘一边指挥其他三人一边催夫妻俩去抱孩子。

黎冬回到婴儿房,正打算将宝宝抱出去,就见到祁夏璟又在给妹妹挑衣服。男人右手握拳,放在唇边,眯着眼睛打量面前塞满的硕大衣柜,几秒后睁着眼说瞎话:"阿黎,我们明天去给妹妹买新衣服吧,感觉这些都旧了。"

"不要再给妹妹买衣服了。"黎冬语气无奈,"衣柜里的已经够她每天换三套,还能一个月不重样。况且,现在正是宝宝长个子的时候,买太多真的浪费。"看男人表情她就知道劝说无用,弯腰将哥哥率先从婴儿床上抱出来,忍不住亲他软乎乎的脸蛋,宠溺地笑道:"非要买的话,下次也不要忘记哥哥呀,是不是?"

双胞胎也有大小之分,由于黎清和比祁初霁早出生半分钟,顺理成章就成了哥哥。 兄妹俩各自完美继承了父母的长相,哥哥清和的眉眼五官像是和祁夏璟用同一个模子刻出来的, 妹妹初霁则和小时候的黎冬简直如出一辙。这也就更加导致了某人毫不遮掩的偏心。

祁夏璟认真地听完黎冬的建议,英挺剑眉缓缓皱起,语气疑惑地道:"一岁前孩子的衣服,还分性别?"说着男人又冲着衣柜扬下巴,让哥哥直接捡妹妹衣服穿的意图十分明显。

黎冬心道:给妹妹挑衣服时,你可不是这个态度。她垂眸看着安静窝在怀里不吵不闹的清和。四目相对,小家伙微微歪头,用小手抱住黎冬的大拇指,沉稳而可爱地用肉乎乎的脸蛋轻蹭她手背,让黎冬的心脏几乎要融化。

"你也多抱抱清和。"黎冬抱着哥哥走到祁夏璟身边,低头用鼻尖轻碰孩子的小脸,语气亲昵地说,"你看他和你长得多像啊。"其实就算是哥哥,平时也是被祁夏璟照顾得多,只有在和妹妹比起来时,才稍显被冷落。

祁夏璟刚手法娴熟地从黎冬怀中接过黎清和，就看自家小子恋恋不舍地回头找妈妈。几秒后，像是接受只能被爸爸抱的事实，小清和妥协地扭头垂手，被迫和父亲对视后就索性闭上眼，大有几分眼不见心不烦的意思。

明知道四个月大的小孩思维尚未成熟，黎冬还是从父子俩短暂的对视中，感觉到空气中弥漫着难以言喻的对对方的嫌弃。

"嗯，是像我。"祁夏璟果断将假寐的哥哥塞回黎冬怀里，面无表情道，"但众所周知，我小时候是个万人嫌。"黎冬无语凝噎，男人已经将宽阔婴儿床里的妹妹抱起来，态度是截然相反的宠溺无边："宝贝睡醒了吗？"

小姑娘半梦半醒地睁开眼，玻璃珠似的双眼乌黑透亮，懵懵懂懂睁大眼睛眨巴着。通过气味感知到来人是爸爸，她先是弯眉开朗笑了一声，又举起小肉手在空中挥动，最后还一个劲儿地将软嫩的肉脸往祁夏璟怀中埋，惹得男人忍不住抬手，在妹妹脸上轻戳出一个个小肉坑。

抱孩子出去后，男士们在开放式厨房里准备鸳鸯火锅，女士们则围在餐桌旁边的婴儿车旁，叽叽喳喳地聊个不停。

"兄妹俩的性格真的差别好大哦，哥哥成熟沉稳，妹妹开朗活泼。人类幼崽可真神奇。"身为孩子干妈，沈初蔓兴致勃勃地用相机拍摄照片，看着两个小家伙连连感叹神奇，忽地又好奇另一个问题，"为什么哥哥的婴儿床比妹妹的大这么多啊？放三个孩子都够了。"

黎冬拿着玩具在哥哥面前左右晃动，一边进行追视训练一边回答："因为妹妹自己在车里躺一会儿就会哭，要抱到哥哥身边才好。"说完她侧目看向婴儿车里正和姜柚对视的妹妹。两个小姑娘不熟悉彼此，突然就听一声嘹亮的哭泣。切菜的祁夏璟立即放下刀转身，皱眉："怎么回事？"

"没事，你先去做饭。"黎冬从婴儿车里抱起妹妹，起身安抚地拍她的后背，柔声给被吓到的姜柚解释，"妹妹从小就黏哥哥，分开一会儿就哭个不停。"随后她将粉嘟嘟的小家伙放到哥哥身边。只见小丫头闭着眼睛耸耸鼻尖，鼓着脸蛋眨巴眼睛，半响又开始咯咯地笑起来。见妹妹不再哭，姜柚也终于放心笑起来，弯眉如两弯月牙，嘴角的一对酒窝浅浅。怕再吓到宝宝，说话时她还有意压低音量："宝宝们都好可爱哦，等下我可以画个Q版吗？"

黎冬不懂什么是"Q版"，只听出是和画画相关，点头微笑："好啊。"

很快，火锅食材和汤水都备好了，番茄和麻辣锅底的汤汁香味相互交织。白雾袅袅，满桌子肉类、丸子和各种菌菇豆腐等，看得人直流口水。落座时，还在哺乳期的黎冬在番茄锅对面坐下，沈初蔓则自然地挨在她旁边。姜柚本想去黎冬旁边，同样对着番茄锅的位置，见祁夏璟已经拉开椅子，默默打算换个

第21章

537

位置。

"姐,让柚子坐你旁边可以吗?"自进门后,这还是周屿川第一次主动开口说话,语调清清冷冷的,"她不能吃辣。"姜柚不想搞特殊,悄悄从后面拽周屿川的衣摆:"没关系的,坐在哪里都能夹到菜——"

"柚子快过来。"沈初蔓直接起身招呼姜柚过去,见祁夏璟的手还搭在椅背上,不满地嫌弃出声,"你怎么还木头似的愣在这里?赶紧让开啊!"

祁夏璟闻言微微抬起眉:"你在教我做事?"

"柚子来坐我这里。"黎冬在战火燃起前及时出声阻止,她起身坐在祁夏璟在的位置,让男人和姜柚分别坐在她的两侧,最后再让沈初蔓和徐榄挨着坐。折腾了半天众人才落座,好脾气如黎冬都忍不住摇头感叹:"幸好今天小川没跟着拌嘴,否则也不知道要吵多久。"

"我不会当着孩子的面吵架。"周屿川拉开椅子在姜柚身边坐下。在女孩伸筷子夹菜前,他先替她挽起过长的袖口,头也不抬地面无表情道:"毕竟关于他们父亲自大且愚蠢这件事,孩子们长大就自然深有体会。"

"愚蠢?"祁夏璟从牙缝中咬出一声冷嗤,吊着眼皮似笑非笑地看人,"小屁孩,我在你这个年龄,公司已经在A国上市,你梦里来的资格评价我?"

"上市又怎么了?"周屿川不紧不慢地淡淡回应,"如果我没算错,你老人家那年赚得并不多。"

"作为首轮投资过两位的过来人,我能做证,数值上确实是小周要多。"黎冬正不知怎么劝,全程旁观的徐榄还看热闹不嫌事大,笑眯眯地火上浇油道,"但说句公道话,考虑到通货膨胀、生物医药和手游行业的发展前景不同,两位谁更年轻有为,估计还要多比几项再得结论。"

"愚蠢的和财富无关。"周屿川波澜不惊地继续道,"单从某人唯一拿得出手的高考成绩都不尽如人意,就足以见得。"在场除了祁夏璟,还有一位省理科状元周屿川。好死不死,周屿川的高考成绩还比祁夏璟要高出三分。话落,男生见姜柚眼巴巴地看着够不到的腐竹,长臂一伸夹起一大把放进番茄锅,丝毫没意识到他刚才的发言已经无差别攻击到在座除了参加M国高考的徐榄之外的每一个人。祁夏璟懒得用他在M国高考的满分成绩驳斥,不屑勾唇:"比较选用相同参照都不会,你高中物理怎么及格的?"

"技不如人时只能找借口。"周屿川又给姜柚见底的玻璃杯倒上她最爱的苹果汁,平静冷呵,"老人家挽尊嘛,我理解。"余光瞥过俨然放弃劝架的黎冬,祁夏璟黑眸微动,揽过妻子的细腰,抬眸对上周屿川陡然冷锐的目光,懒散抬起眉,勾唇不紧不慢道:"我结婚了,并且儿女双全,小屁孩,至少在这一点上，你永远也不可能赶上。"

包括黎冬在内，这还是在场人第一次见证周屿川被噎得无法反驳。连埋头专注吃饭的姜柚都察觉不对劲，板着精致小脸沉思几秒，忽地偏头看向周屿川："其实我们今晚回去开始努力，说不定还有机会赶超呢。"

一片寂静中，只见她又是一番认真思考，苦恼道："不过三年抱俩，还必须是一男一女，还是很有难度的。"

"胡说八道什么？"周屿川脸色沉下去，见女孩光吃肉，就夹起几根青菜放进她碗里，"吃饭。"

"那你这样不是要输了嘛。"

"嗯，那就输了。"

"两个实际年龄加在一起四舍五入都要埋入土里的人，心理年龄总和还没有三岁。"沈初蔓用看傻子似的眼神瞥过对面俩男的，又忍不住批评起自家老公道，"你们男的就是麻烦，要是今天只有我们三个女孩，才不会这么吵。"

"小七说得对。"徐榄永远无条件赞同沈初蔓，只笑呵呵地凑到她耳边低语，"不过男人平时麻烦没关系，只要关键时刻能让女人满意就好。"

沈初蔓妖精似的红唇一勾，反问："白日宣淫？"

徐榄笑着点到为止："我想吃完早点儿回家。"

考虑到黎冬还要给两个宝宝喂奶，再哄他们睡午觉，这顿午饭并没有吃太久。不到两个小时，四位访客都纷纷起身离席。

"宝贝，我给你买的补品一定记得吃哦。"离别到玄关处时，沈初蔓又一次指着门口她送的昂贵补品，叮嘱道，"你可千万别为了着急恢复身材不吃东西。圈子里我认识好多人这样，都留下病根了。"随后她抬头看向黎冬身后的祁夏璟，没好气道："你老婆已经算产后瘦得很快的了。多夸夸她身材好，听见没？"

祁夏璟只想着哄妹妹睡觉，闻言不耐烦挥手："徐榄，快把她弄走。"

关门声响起，家里终于安静下来。黎冬转身要去收拾狼藉的餐桌，余光就见祁夏璟还站在门边，若有所思地看着那一堆补品。几秒后男人抬起头，显然是经过深思熟虑，开口时语速较平常缓慢："沈初蔓说得或许有理，但我依旧并不想在身材上多夸奖你。"黎冬一时间没反应过来："什么意思？"

"现代对女性的审美已经足够严苛畸形。我认为哪怕不断夸赞你苗条和纤细，从某种程度上都表明我对你的身材依旧有相当的注意力。"祁夏璟转身朝她走来，耐心的解释声低沉而和缓，目光温柔又坚定，"可我不想让身材这件事本身，成为你觉得会影响我们感情的一部分。"

再寻常不过的下午，却因为男人面带笑意地朝她走来，而变得幸福温暖。

"阿黎，"他又一次满含爱意地低声呼唤她姓名，"我希望你能知道，不论如何，我永远爱你如初。"

❄ 86

关于妹妹第一次说话喊的是"哥哥"而非"爸爸"这件事，祁夏璟始终耿耿于怀。那天，晚饭后的一家人围坐在客厅享受亲子时光。祁夏璟抱着妹妹初霁坐在正中央的羊绒毯上，手里拿着儿童图书讲故事。

哥哥清和性格独立，不喜欢总被抱。黎冬只弯腰亲亲他小脸蛋，在他身旁坐下。小家伙一板一眼看着面前的宇宙星球图卡，表情严肃。小孩的书都是祁夏璟买的。黎冬没想到七个月大的宝宝爱看这些，弯腰轻声问："清和喜欢这个？"

清和四平八稳地扭头看她，眉头微蹙像是在思考，半晌点点头，又稳重地回头，垂眸继续看图卡。哥哥不爱出声，不喜交流，这个阶段的孩子又最需要互动。黎冬正想陪儿子再说说话，就听耳边传来稚嫩嘹亮的哭声。

"哥……哥哥！"妹妹第一次说话，吐字含混不清。黎冬起初甚至只当女儿在咿咿呀呀，直到祁夏璟沉着脸，将努力向哥哥爬的初霁抱回怀里。老父亲的表情是前所未有的凝重，最后挣扎道："宝贝，你刚才喊的什么？是不是'爸爸'？"

初霁被爸爸抱着，逃脱不得，几次回头看向安静投来目光的哥哥。几秒后她委屈地小嘴一瘪，眼泪唰地大颗掉落，喊得更大声了："哥……哥哥！"

这次连黎冬都听清了，她轻声劝丈夫放下妹妹，就见女儿立刻收止哭声，咧嘴笑着朝哥哥身边爬去。小丫头像个永动机似的围着哥哥转，看得祁夏璟忍不住连连皱眉。男人在黎冬身旁坐下，随意舒展长腿，伸手搂住妻子的细腰："怎么就这么黏她哥？"

"双胞胎都这样吧，心有灵犀？"黎冬也不懂这些，靠着丈夫胸膛弯眉笑，忽地想起什么回头问，"话说，清和第一次说话，先喊的是谁？"

哥哥说话比妹妹还要早上大半个月。那天两人刚进门，请的阿姨就抱着清和从屋里出来，和蔼地笑着说宝宝好像会喊人了。黎清和被三人围观也没太多情绪起伏，先是对上母亲期待的目光，脸蛋乖巧地蹭蹭黎冬的下巴，童声淡淡地说："妈妈。"然后才完成任务似的转向老父亲，垂眸，面无表情又一次喊人："爸爸。"

发音之清晰，表情之平淡，让两位新手父母倒显得反应过度，连祁夏璟都诧异几秒。不过从那次之后到现在，黎清和一直很少喊人，"妈妈"和"妹妹"还会说，"爸爸"两个字几乎就没再从他嘴里冒出过。

"应该是一起喊的。"头顶丈夫低沉的声音唤回飘远思绪，黎冬见祁夏璟又要去逗妹妹，被冷落的哥哥则继续低头看图卡。

见哥哥始终无动于衷，初霁就非凑到黎清和的面前。一趴一坐的两人四目相对，妹妹下一秒便甜甜笑出声，嘴里"哥哥"喊个不停。黎清和静静看着妹妹笑个不停，心爱的图卡被来回压碾也没有哭闹。见状，黎冬忍不住自省："我总觉得清和性格有些沉闷，是不是我们平常对他关注太少？"祁夏璟淡淡看了一眼儿子，倒是并不忧虑："话少而已，我小时候也这样。"

黎冬又要出声，余光就见哥哥忽地弯眉笑起来，随后抬手揉妹妹的小肉脸，沉默几秒，道："你小时候，也是这样吗？"

"没有。"祁夏璟怎么会听不出妻子话中的深意，低笑着亲在她的唇角，当机立断和儿子撇清关系，"我和他不一样，小时候从来不和其他女生说话。"

黎冬当然对丈夫百分百放心，只佯装在意地搂住他脖子，反问："真的？"

"严格算的话，确实有一人例外。"祁夏璟就势吻得更深，用大掌轻托住黎冬后脑勺，在亲吻声中低低笑着，"所幸的是，那个我唯一主动招惹的女孩，此刻正在我怀中。"

时间过得飞快，转眼一晃五年过去。当初只会坐爬和翻身的两个小家伙，眨眼都快要上小学了。某日晚，突然狂风暴雨、电闪雷鸣，黎冬在睡梦中被轰鸣雷声吵醒，一睁眼就见半掩的纱帘外，有闪电撕裂寂静夜空。

在某人强烈要求私密空间前提下，家里的小孩三岁后就跟大人分房睡。黎冬听见雷声，放心不下，正要起身，就见祁夏璟已经坐在床头。

"我去吧，你快睡。"丈夫温柔地揉揉她的发顶，带着刚睡醒的鼻音，"昨天值夜班一晚没睡，明天还要早起。"

"没事，一起去看看吧。"两人披上外套从主卧出去，十几米外的走廊尽头两边是两个宝贝的睡房。祁夏璟以半步之差走在前面，先打开祁初霁的公主房，发现偌大的浅粉色房间里空无一人。夫妻俩也不着急，轻车熟路地就转身去对面卧室。寂静的走廊内发出细微的推门声——果然又和往常一样，只要妹妹不在自己卧室，肯定是擅自偷偷跑去哥哥那里。

窗外雷电交加，昏黄的廊灯光线随着门开而斜斜落入卧室内，映照出床上两个小家伙的稚嫩脸庞。相比于睡相安稳的黎清和，睡姿堪忧的祁初霁倒更像是卧室的主人，树懒似的双手双脚挂在哥哥身上，窝进男孩怀里还不够，微微

541

张开的小嘴还流着口水,非但不害怕,还睡得无比香甜。

反观睡衣都被妹妹拽到发皱的黎清和,门一开就立刻警惕地抬眼看过来。见父亲走近,右手食指先一步压在唇边,示意父亲不要说话。五岁的男孩已然很有几分小大人模样,五官精致,眉眼深邃,怕吵醒妹妹只用气音说话:"她刚哭过,才睡着。"

借着昏黄的光线,黎冬低头看着女儿因哭过而微微肿起的眼睛,爱怜地摸摸她的发顶,看向黎清和:"妹妹是害怕才过来找你的?那清和呢,清和害怕吗?"她欣慰地看着自小早熟懂事的儿子,疼惜道:"男孩子也可以害怕的。"

"还好,只是自然现象。"面对母亲的悉心安慰,黎清和的回答倒更像成年人。他感觉到怀里小人不安分地动了动,抬手轻拍妹妹后背,平静道:"我可以哄好她。"简而言之,此刻稍显多余的爸爸妈妈可以安心回卧室睡觉了,这里有他带祁初霁。

夫妻俩无奈对视时,只见被子里有小小一团动了动,随后响起软糯乖软的奶音:"爸爸,我想要抱抱——"祁夏璟对女儿向来有求必应,闻言大步走到床边,弯腰俯身,宠溺地将祁初霁抱在怀中,柔声问道:"宝贝要和爸爸妈妈回卧室睡吗?"

"不要哦,我想在这里睡。"祁初霁亲昵地用小脸去蹭父亲的下巴,双颊还有微微鼓起的婴儿肥,一字一句认真道,"哥哥说,如果我过去睡的话,会让爸爸妈妈晚上睡不好,影响明天工作。"

很难相信这番话出自五岁孩童之口,祁夏璟终于抬眸看向儿子。自妹妹被抱起,黎清和就不再出声,昏暗中目光沉沉。分明是同样大的孩子,他却只因为被叫作"哥哥",就只能不吵不闹看妹妹被宠爱。

父子俩的目光在空中相碰。半响,黎清和平静地移开目光,最后索性闭上眼。祁夏璟微微皱眉,之后黎冬抱女儿去洗手间,偌大卧室只剩下父子俩。面对儿子,祁夏璟显然不会走温情路线。沉默无声中,他见儿子合着眼,黑睫轻颤,低声问道:"真的不害怕?"

"嗯。"黎清和转身背对着他,语气冷淡,"如果我害怕,妹妹只会更害怕。"不知是解释还是说服自己,他又补充道,"以及,打雷和闪电都是自然现象,和下雨一样。"

"人不大,懂得倒不少。"祁夏璟闻言沉沉笑出声,在床边坐下,抬手不算温柔地揉了揉儿子的后脑勺,"比你爸强,你爸五岁时遇上打雷,还会躲在被子里偷偷哭一晚上。"

又是一阵无言沉寂,许久后黎清和才微不可察地轻笑一声,一针见血道:

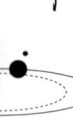

"你好幼稚。"

"没大没小。"祁夏璟并不介意地道,"那请问不幼稚的黎清和同学,要去主卧睡吗?"

"不去。"黎清和毫不犹豫拒绝,这次倒是解释一句,"不习惯。"

祁夏璟也不再勉强。等黎冬牵着妹妹回到卧室,给两个宝宝盖好被子,男人便搂着妻子关门离开。房间里只剩下两个五岁的小朋友。

祁初霁窝在哥哥怀里,转着乌黑透亮的眼睛,拽了拽哥哥的衣袖,软糯糯地问:"哥哥,妈妈说你晚上也要睡觉,让我以后害怕就去找她和爸爸。"小姑娘将头缩进被子,声音听着可怜巴巴的,"那我以后不可以来找哥哥睡觉了吗?"

"你想来就来。"黎清和才攒出些睡意,这下又彻底睡不着了,闭着眼冷静补充道,"六岁之前都可以。"祁初霁不懂这些,闻言生闷气地鼓起腮帮子,紧紧将哥哥抱住,耍无赖道:"那我不喜欢六岁,也不喜欢长大。"

黎清和无奈睁眼,掀开被子看着"缩头乌龟":"睡不着?要听故事吗?""小乌龟"立刻伸出脑袋,化身小鸡,不住地点头:"我想听上次人鱼的故事,哥哥你还没讲完。"

"好。"虽然稚气未脱,黎清和的语调却是平静柔和的,最适合哄睡。果然故事还没讲几分钟,祁初霁已经昏昏欲睡,一下下轻点着脑袋。

黎清和要给妹妹盖好滑落的被角,就见眼睛快睁不开的祁初霁握住他的衣袖,半梦半醒中喊哥哥:"哥哥,妈妈刚才说,我和爸爸以后都要对你更好一点儿。"

黎清和动作微顿,就听妹妹一字一顿地迷迷糊糊说梦话:"妈妈说爸爸对我更偏心,如果我们不对哥哥更好的话,哥哥会很难过的。"

小姑娘在睡梦中还知道委屈,不由分说地抱住黎清和,又一次挂在哥哥身上,委屈巴巴地道:"可是初霁不想让哥哥难过,初霁最喜欢哥哥了。"说完,又小兽似的用脸蹭哥哥脖子。

习惯妹妹随时随刻地撒娇,黎清和只是将滑落的被子帮她盖好。直到怀中人呼吸平稳,他也感受到阵阵困意来袭,才无意识地低喃出声:"嗯,我也希望最喜欢的妹妹永远被宠成公主。"

第 21 章

特约番外

烟火人间

结婚第七年，扪心自问，不论是对婚姻，还是对家庭生活，黎冬都只觉得满意且感激。如果非要说有什么令人困扰的，对于第一次为人父母的她而言，大概是两个孩子的教育问题。准确来说，应当是如何平衡夫妻生活以及年幼的孩子有关亲密关系认知的问题。

随着一对龙凤胎肉眼可见地飞速长大，他们不再是睁眼吃、闭眼睡的小家伙，活动范围也从最初的婴儿床，变为两条小短腿嗒嗒嗒地满屋子跑。

"哇，哥哥你看！爸爸、妈妈又在亲亲！"某天傍晚在厨房做饭时，黎冬没经住祁夏璟在耳边的低声诱哄，正被吻到微微缺氧时，门口突然响起妹妹清脆的欢呼。

黎冬动作一僵，退出男人温暖的怀抱。回头就见五岁大的祁初霁正站在厨房门外，满脸好奇。女孩的黑眸好似玻璃珠一般滚圆，一脸天真无邪地看向身后的男孩。"哥哥、哥哥！每次亲亲，妈妈的脸都会变得很红！"黎清和垂眸，看了一眼被妹妹抓皱的衣袖，四平八稳地道："嗯，因为妈妈喜欢爸爸。"

闻言，穿着碎花裙的粉嫩团子眨巴着眼，歪头问道："那我这样亲亲哥哥，哥哥也会脸红吗？"黎清和沉默一瞬，另一只手握拳放在唇边假咳了声，道："哥哥和妹妹之间，不可以这样亲亲。"

祁初霁并不气馁，握拳追问道："那如果我是姐姐呢？是不是就能亲弟弟了？"

"不可以。"黎清和无情地道,"爸爸和妈妈也不会嘴对嘴地亲你。"

黎冬见话题逐渐跑偏,试图转移注意力:"清和跟初霁今晚有没有想吃的——"话音未落,就见思维跳跃的粉嫩团子前一秒还笑眼弯弯的,下一秒就小嘴一瘪,眼眶满满地包着泪。

"为什么不可以?"祁初霁委屈极了,赌气似的松开哥哥袖子,"哥哥不喜欢我,爸爸、妈妈也不喜欢我,所以才不给亲亲——"后半句的委屈还未说完,小粉嫩团子就被一双骨节分明的大手稳稳抱起,双脚腾空。

"爸爸、妈妈和哥哥都很爱你。"祁夏璟全程带笑旁观,低头亲在女儿额头,耐心解释,"大人和小朋友的表达方式不一样。小朋友喜欢小朋友的话,都是亲脸的。"

祁初霁的脸立刻多云转晴,埋头把眼泪蹭在爸爸衬衫上,瓮声瓮气道:"真的吗?"小姑娘鼻尖红红的模样,不知有多惹人怜爱。祁夏璟抬手捏了捏手感极好的柔软脸蛋:"爸爸什么时候骗过你?"

祁初霁的大眼睛滴溜溜地转了一下,先是不放心地看向妈妈。等黎冬微笑着点头后,她才挣扎着从爸爸怀里退出来,屁颠屁颠跑到黎清和身边,小心翼翼抓住哥哥衣袖。

"哥哥,刚刚是我错怪你啦。"小姑娘眼巴巴看着高她小半头的男生,委屈巴巴的模样,"晚上我把小蛋糕分你一半,你不要生气好不好?"

黎清和低眼,看他另一只袖子也被抓皱了,平静地道:"我没生气。"祁初霁嘿嘿笑起来,用脑袋蹭哥哥肩膀:"哥哥最好啦。"

小插曲过去,两个孩子手拉手离开房间,留下厨房里的一对父母,以及灶台上咕嘟作响的炖菜。祁夏璟背靠大理石台,双手抱胸,垂眸正对上爱人嗔怪的目光:"在生气?"

一想到两人被撞破时正唇舌相缠,黎冬刚退热的脸又烧起来。她握着湿毛巾揭开石锅锅盖,用瓷勺舀了些鱼汤,吹凉后递到祁夏璟唇边,让他试试咸淡:"下次孩子在家的时候,注意点儿分寸。"不同于在国外留学过的祁夏璟,黎冬的性格和生长环境都相对更保守内敛,难免会因为在年幼的孩子面前接吻这种事感到难为情。

"该怎么注意?"用骨节分明的手环住她腕骨,祁夏璟就着黎冬的手低头喝汤,漫不经意地道,"有点儿淡。况且,身体力行让小孩知道父母感情好,不是很好吗?"

黎冬在斗嘴方面是不可能赢的,她斜人一眼,侧身要去拿盐时,祁夏璟先她长臂一伸,拿起盐罐递过来,再顺势从身后搂住黎冬盈盈一握的细腰,头靠

特约番外

545

在她肩膀。这姿势让黎冬动都动不了，担心孩子又跑进来，抬手轻拍腰上男人的手，却反被抱得更紧。

"给我抱会儿。"男人的薄唇贴着她的颈侧，闷声说话时会带起点儿痒意，半响才继续道，"四楼的重症移植手术的排斥反应[a]严重，抢救无效，下午走了。"黎冬手上微动，盖上石锅锅盖，没再挣扎。选择外科医生这一行，就注定在几十年的职业生涯里，时刻和死亡打照面、做斗争。

理智上习以为常，情感上还是没办法无动于衷。她是这样，祁夏璟也并无不同。生死有命，医护人员已经尽力。无法改变结局的事，再多讨论也只会劳神伤心。黎冬转身，攀着祁夏璟的宽阔双肩，飞快在男人薄唇留下蜻蜓点水一吻，询问："汤还要炖煮一会儿。我再做道菜吧，你还想吃什么？"说着她想要退出对方怀抱。祁夏璟却不肯放人离开，收紧手臂轻松将人捞回来，低头鼻尖和黎冬相抵，沉声带着几分散漫慵懒的笑意。

"一分钟前还叫我在家里注意点儿，现在怎么就主动亲人了？"某人最擅长得寸进尺，用大手托住黎冬的细颈，等人抬头时又顺势咬在她莹润下唇，挑眉反问，"原来——黎医生这么没原则的吗？"没等黎冬出声反驳，熟悉且噩梦般的清脆女声又一次从厨房门外响起："爸爸、妈妈怎么又在啵啵？"

一时间，黎冬不知该如何回应余光里的两个小家伙。祁夏璟依依不舍蹭过她下唇，松开手，转身朝厨房门外走去。男人弯腰俯身，用温热大手轻抚过妹妹头顶。"宝贝，可以答应爸爸一件事吗？"他微微一笑，"以后看见爸爸亲妈妈，可不可以当作没看见，然后帮爸爸把门关上？"

祁初霁不解，握着一脸欲言又止的黎清和的手："为什么呀？"

"这个嘛，"祁夏璟若有所思几秒，又在女儿头顶揉了两把，温声解答，"因为妈妈会不好意思。"

晚上九点半，哄睡两个小家伙后，祁夏璟从房间退出来，一回卧室就见爱人刚洗完头，正坐在化妆台前吹头发。都说医生熬夜值班最容易脱发，可据祁夏璟观察，黎冬的一头长发始终又黑又亮，似乎也没特意保养过。

如瀑的黑发倾泻而下，长至腰间。鹅黄色的灯光打落，在雪白如凝脂的皮肤的衬托下，黎冬宛若妖艳却不自知的海妖。祁夏璟的眼底染上几分轻浅笑意，迈着长腿靠近，握住黎冬温软的右手，要去拿她掌心里的吹风机。

---

[a] 指移植排斥反应。它指的是接受移植手术后，受者与移植物的遗传背景不同，导致受者体内的免疫系统与移植物之间相互作用，从而产生的一系列免疫应答，是影响移植物存活和功能的最主要因素。

黎冬手上的动作顿住，垂眸，默不作声地故意侧过身体，没把吹风机交出去。

　　鲜少能见到爱人闹小脾气，祁夏璟反而倍感新奇。他背靠化妆镜在黎冬对面坐下，用修长的食指不紧不慢地在她细瘦的腕骨打转，低头同她平视。"因为那两个吻，晚饭就没怎么理我。都说夫妻之间最难熬过七年之痒，阿黎也开始嫌弃我了？"他抬手钩起黎冬鬓边一缕青丝，凑近了些，勾唇夸赞，"换新的洗发水了？新的味道很好闻。"话毕，他又顺势用手背揉了下黎冬脸侧。

　　"没换。"习惯两人的亲昵互动，黎冬下意识先用脸颊轻蹭对方掌心，随后才意识到话题跑偏。"你知道我没有嫌弃你的意思。"她后知后觉地回神，抬头对上男人一双狭长含笑黑眸，想起刚才她小孩一样的任性，板着脸轻咳一声，"但我们以后还是小心点儿吧，今天那个样子……实在太尴尬了。"她的右手五指被祁夏璟放在手里把玩，黎冬勾手挠了挠对方掌心，继道，"再说了，我们不是还有很多独处的时间吗？"

　　"独处的二人时间嘛——除去我们各自上班、值班、凌晨被喊去做手术、接送小家伙去幼儿园和每周末固定的亲子时光，"祁夏璟如数家珍地举例后，挑眉对上黎冬的闪躲目光，慢条斯理询问道，"请问亲爱的祁太太，还给我们夫妻留下多长的二人时间呢？"隐隐意识到理亏，黎冬试图辩驳："每晚九点半哄睡两个小家伙后，剩下的不都是二人时间吗？"

　　"也就是说，我在自己家里和自家老婆过二人世界，还要等待时机。"祁夏璟若有所思地眯起双眼，凑近又揽住黎冬细腰，语气幽幽地道，"为什么听上去，这么像偷情呢？"

　　"瞎说什么呢？"黎冬被祁夏璟的口无遮拦逗笑，忍不住想回身拧他的嘴，"这件事是我欠考虑。以后找个机会补偿你，好不好——"她后半句未说完，就只觉得腰上一紧，随后整个人就被祁夏璟打横抱起，双脚悬空。祁夏璟将黎冬稳稳放在床上，高大的身形遮挡灯光，落下的黑影将怀中人笼罩。黎冬跌进对方的黑眸，有片刻失神。

　　"明天周末，我记得医院没给你排手术。"男人低声道，宛若诱哄，"两个小崽子也不用上学，所以明天也不用早起——"提起孩子，黎冬又恢复几分神志："明天说好要带清和去航天博物馆，不能食言。"几秒沉默，她耳边传来一道幽幽叹息，打落的鹅黄灯光让祁夏璟五官更显棱角分明。

　　"你说，小崽子什么时候才能长大？"男人用滚热薄唇依次吻过黎冬额头、鼻尖、双唇和下巴，一路缓缓向下，"有了小孩以后，我在阿黎心里第一顺位的地位，似乎总是岌岌可危呢。"说话间，祁夏璟的双唇堪堪停在她柔软平坦

特约番外

的小腹,右手握住她微微战栗的细腰,低低道:"好像瘦了。"男人俯身压下时,总会带来无形压迫。黎冬全身注意力随着游离的嘴唇不断转移。

"祁夏璟,"她的声音沙哑,不自知的尾音仿佛挠人心痒的小钩子,"我好困,想睡觉了。"

"好。"看出她是真的累,祁夏璟用大手轻揉黎冬后脑勺,吻去她通红眼角的泪意,轻松将人抱起,"那先抱你去洗澡。"

"等一下——"双手在男人后背留下几道抓痕,黎冬低头意识到两人此时的状态,红着脸只觉不可思议。祁夏璟在这方面从不退让,稳稳抱着人走进浴室,连弯腰放水时都执意将人抱着。

浴室内雾气氤氲,高热水汽分布在每一寸空气。即便如此,黎冬也要贴着祁夏璟。甚至在男人要转身拿新浴袍时,她还一把抓住祁夏璟,一如反常地幼稚。男人眼底满是不自知的宠溺,任由手腕被握住,弯腰拂去沾在黎冬脸颊的碎发,柔声耐心地询问:"怎么了,宝宝?"

闻到熟悉的味道,黎冬在昏昏欲睡中不忘闭眼凑过来,用纤细的双臂紧抱住男人瘦劲的后腰。女人的长发随意盘起,露出的一节纤长脖颈白中透粉,像是鲜嫩欲滴的红苹果,让人忍不住想低头咬一口。每次太过疲惫时,黎冬就变得格外黏人,就好像现在,她正无意识地用脸轻蹭祁夏璟腹肌,口齿不清地道:"想要抱抱。"

"好,抱抱。"

第二日清晨,黎冬果然没按时醒来。闹钟一响起就被祁夏璟无情关掉,他皱眉睁眼,感觉手臂沉甸甸的,垂下眸,就见爱人正趴在自己怀中熟睡,呼吸平稳。低头落吻在爱人额头,祁夏璟起身下床,替黎冬细心掖好被角后,才换好衣服离开卧室——毕竟家里还有两只嗷嗷待哺的吞金兽。他本想去小睡房喊人,却在走廊就远远听见家里两个小崽子清脆的说话声。

"哥哥,爸爸、妈妈为什么还没有起床?"

"因为工作很辛苦,需要休息。"

"比上幼儿园还辛苦吗?"

"嗯。"

"可是哥哥怎么知道工作很辛苦?哥哥也去工作过吗?"

被自家两个崽的一答一问逗笑,祁夏璟径直走去客厅,果然就见祁初霁坐在地毯上玩拼图,嘴里哼着不成调的歌曲。黎清和则安静地坐在沙发上,专注看书的同时,还时不时分神回答妹妹的问题。

"爸爸!"听见脚步声,祁初霁率先惊喜地抬起头。手脚并用地爬起来后,一个箭步就冲进祁夏璟怀中。粉嫩团子脆生生地喊着"早上好",抱住祁夏璟大腿就不撒手,还非要拽着爸爸去客厅,看她刚拼一半的风景图案拼图:"爸爸你看,我已经拼了这——么——多啦!"

从复杂程度看,这个风景拼图显然不是给五岁孩子玩的——实际上,这幅拼图是上周夫妻俩带两个孩子逛街,妹妹一眼看中,祁夏璟经不住女儿撒娇才买下来的。即便有成图,光是整理几千块小拼图也绝非易事,妹妹用一个早上的时间,居然已经独自拼出一小片图案。祁夏璟微抬眉,揉了揉妹妹的脑袋,有些意外地道:"这些都是你拼的?"

"不是哦,是哥哥教我的。"粉嫩团子抓着爸爸的睡裤摇头晃脑,笑起来时唇边有两弯浅浅酒窝,"哥哥让我先按照颜色分类,然后按照碎片后面的数字拼起来。"祁初霁拉着爸爸的手捡起拼图碎片,翻过面给祁夏璟看背面的数字,又突然晃了晃脑袋,一对儿麻花辫可爱又俏皮。小姑娘仰着巴掌大的小脸,一脸骄傲道:"爸爸看!是哥哥给我扎的辫子!是不是很可爱?"

祁夏璟看向沙发角落的黎清和,男孩此时也恰好平静地望过来。所有人都说,这孩子的样貌简直是和祁夏璟用同样模子刻出来的,性格则是遗传了黎冬的沉静。祁夏璟并非不爱这个孩子,只是不同于面对活泼开朗的女儿,又或是从未有过父子友好相处的经历,他面对总是旁观沉默的儿子,话每每到嘴边又咽下,鲜少有交流。父子俩独处时,相对无言一整天这种事,也不止发生过一次。

生活中的小细节被错过太多,祁夏璟对儿子的成长记忆实则非常模糊,以至于当黎清和放下书走近时,他才意识到男孩已经长到这么高。像是面对最熟悉的陌生人,祁夏璟的语气有几分生硬:"什么时候学会扎辫子的?"

"上个月。"黎清和仰头不卑不亢地道,稚嫩面孔也不难看出五官深邃,条理清晰有逻辑地道,"因为爸爸学不会给妹妹扎辫子,所以我问了妈妈。"

扎辫子这事祁夏璟印象深刻。放着家里两个瓷娃娃不打扮实在暴殄天物,黎清和是男生有局限,且性格并不像是喜欢这些的,夫妻俩只能将换装的热情,全部倾注在洋娃娃一般的祁初霁身上。

祁夏璟对发型设计尤为感兴趣,只是网络教程看似简单,实际操作起来又是另一回事。再加上总担心用力会拽痛妹妹头发,祁夏璟几次尝试均无果后,还是选择放弃。而现在,自家小子却以云淡风轻的语气告知祁夏璟,他很容易就做到了。不知怎的,祁夏璟忽地被眼前的尴尬事件逗笑,反问道:"然后呢,学了多久?"

印象中,父亲从不追问他,黎清和微微一愣,平静回答:"半个小时,妈妈让我尝试三次才学会——"话音未落,一只大手先落在他头顶,不甚温柔地胡乱揉搓两下。"做得好。"祁夏璟又仔细端详了下妹妹的麻花辫,勾唇夸奖道,"比你爸强。"

黎清和表情一僵,话题到此为止,疏于交流的父子俩再无话说。祁夏璟打算去厨房给两个小崽子做早饭,走廊尽头处忽地有细微声音响起。听见推门声,妹妹率先跑过去:"妈妈!早上好!"

"妹妹,早上好啊。"黎冬刚睡醒,说话还带着些鼻音。她蹲下身将祁初霁抱起来,趿着拖鞋走去客厅。她低头将哥哥略显杂乱的发型整理好,看向心情似乎很好的祁夏璟,轻声道:"怎么不喊我起来?"

"周末多睡会儿。"祁夏璟见小姑娘在爱人怀里乱动不停,抬手勾了勾小姑娘下巴,"妹妹说,是不是该这样?"

"嗯嗯!"五岁大的孩子理解力远比想象中厉害,祁初霁用力点头后,嗷呜一声猛地环住黎冬脖子,喊得很大声,"妈妈工作辛苦!妹妹给你抱抱!"

一起床就被活泼的小家伙逗笑,黎冬忍不住亲在妹妹软乎乎的脸蛋上,夸赞道:"妹妹的麻花辫好漂亮,今天也是哥哥帮忙梳的吗?"

"是的!是不是很好看?"

"嗯,真好看,和哥哥说'谢谢'了吗?"

"说了哦,妹妹很乖的——妈妈、妈妈,妹妹早上还玩了拼图,哥哥教的!妈妈要不要看看?"

"好呀,在哪里?"

母女俩手拉手欢快朝拼图走去,剩下不怎么熟的父子俩在原地,气氛肉眼可见地冷淡下来。换作往常,祁夏璟默认儿子会去找妻子,会转身就走,他也好去做自己的事。今天,许是因为刚才梳头的事,祁夏璟低头看向始终沉默的黎清和:"要来帮忙做早饭吗?"祁夏璟时而会觉得,自家五岁大的儿子有着不符年龄的成熟——就比如现在,男孩在面对父亲的邀请时,只是思量片刻后点点头,言简意赅地道:"可以。"

说是帮忙做饭,祁夏璟不可能让五岁大的小孩开火,只将从面包机里出炉的面包片及削好皮切成块儿的水果交给小家伙,让他帮忙涂抹果酱,再随便摆个盘。交代完任务,男人又回到灶台前,打算煎几个溏心蛋和培根,顺便再做份蔬菜沙拉。客厅传来的阵阵欢声笑语,更显得餐厅这边过分安静。父子俩埋头各干各事,全程毫无交流。

"好了。"在沙拉中加入金枪鱼搅拌时,祁夏璟忽地听身后传来童声。他回头去看黎清和的成品,不知怎的,发出今天第二声低笑。八片面包片整整齐齐摆放在餐桌上，表面涂着薄薄一层厚度均匀的黄油或果酱，没有一丁点儿涂出边角。不仅如此，水果的摆盘显然也经过一番精心设计。草莓、哈密瓜和香橙三种水果切片按照从小到大，再从大到小的对称原则摆好，黎清和甚至还考虑到配色，遵循着草莓、香橙、哈密瓜的顺序。

"居然是个强迫症。"父亲有磁性的低语在男孩头顶响起，黎清和微愣几秒，抬头，四平八稳地询问："什么是'强迫症'？"

"医学上多指反复多次且难受控制的刻板性行为。"祁夏璟背靠大理石台面，双手抱胸，对儿子的作品颇为欣赏，"不过大多数人达不到需要就医的程度，更多是日常用语的调侃或是开玩笑。"祁夏璟打从内心没将黎清和当作小朋友看待，自然也没刻意选用适合五岁孩子的词汇。

同样地，黎清和闻言也只若有所思，淡然表示："好，我知道了。"

"嗯，知道就好。"祁夏璟站直身体，喊客厅沉迷拼图的母女俩来吃饭，又随手揉了一把儿子脑袋，"总之，是夸你做得好。"

一家人围坐在餐桌旁吃早饭，祁初霁坐在儿童椅上乖乖等妈妈倒牛奶，忽地歪头出声："哥哥好像在笑。"

"没有。"黎清和低头吃沙拉的动作微顿，收敛唇边的弧度，"你看错了。"

"我才没看错哦。"祁初霁才不服气，大眼睛敏锐捕捉着每一个细节，"哥哥刚才明明就笑了！妹妹看得好清楚的！"

黎清和矢口否认："没笑。"

"笑了！"

"没有。"

"就有！哥哥狡辩！你还脸红了！"

早餐在兄妹俩你来我往的拌嘴中结束。饭后，重归于好的两个小家伙回卧室漱口，夫妻俩负责整理餐桌。

"不只是清和，你今天看上去心情也好。"弯腰洗碗时，祁夏璟就听爱人在身边笑吟吟道，"早上发生什么好事了？"说话时，黎冬又倾身靠近些，细心将祁夏璟垂落的衣袖挽起。动作时有青丝自耳边滑下，能闻到清淡的栀子花香——这是两个人共同的味道。祁夏璟闻言抬起眉，勾唇笑了笑，倒是没反驳："好事——从哪里看出来的？"

黎冬也说不出具体原因："或许这就是……女人的第六感？"将最后一只餐盘冲净插进沥水架，祁夏璟摘下洗碗手套，捧着爱人的脸，在对方莹润柔软的唇上印下绵长一吻："女人的直觉，真是准得可怕。"

按照计划，上午一家四口驾车去往最近很受欢迎的航天博物馆。祁初霁是

特约番外

对任何事都有兴趣的好奇宝宝，这次特意选择来航天博物馆，主要是因为哥哥。黎清和是喜怒不形于色的性格，哪怕再雀跃期待，面上也看不出太多分别。可进场后，不断闪烁的黑眸暴露了他此时的兴奋。

投身临床医学的夫妻俩对航天都了解甚少。进场后，看着场馆内一架架硕大的飞机模型，二人决定花钱请个讲解员。谁知道旁边两个小家伙，早就等不及地开始参观。

"哥哥，哥哥，这个是什么？上面还有好多漂亮的星星！还长得不一样！"

"那个是英雄战斗机。实心的红色星星的数量代表击落的战机数量，空心的红色星星代表了击伤的战机数量——抓紧我的手，不要一个人乱跑。"

"这个咧，这个咧？看上去有点儿旧啦。"

"它是'二号机'，旧是因为它建造于1910年，是我国第一架自主设计和研发的飞机。"

"哇，好厉害！最里面那个是什么？黄色好可爱哦，我们过去看看好不好？"

"最里面黄色的是救护机……"出乎所有人意料的是，一路上不论妹妹问什么，黎清和都能如数家珍地回答。男孩口齿清晰，有几分稚气的少年音和截然相反的沉稳性格，吸引不少经过的路人。

"好厉害的孩子。"甚至连专业的讲解员都忍不住感叹，特意走来询问，"家长特意教过吗？"

"没有。"黎冬受宠若惊地摆手，看着儿子被七八人围起来，也颇为惊讶，"只是按他的需求，买了些书而已。"

"那看来孩子是真的喜欢。"讲解员笑吟吟地建议，"二楼有专门卖模型的馆内商店，还有免费的印章、贴纸和明信片。感兴趣的话，可以去看看。"

"好的，谢谢。"

一家四口接连在室内外的区域逛着。天气炎热，妹妹兴致勃勃地乱跑没多久，就体力耗尽了。于是她可怜兮兮地转身，伸出白藕似的短短小胳膊，眼巴巴地抬头望向祁夏璟："爸爸，妹妹要抱抱。"

"好，抱紧我的脖子。"男人轻而易举地单手抱起女儿，欣然接受粉嫩团子的亲脸后，转头望向告示牌前的黎清和。告示牌上写满密密麻麻的小字，用于介绍面前机型的特点和出处。其中有不少生僻字，显然不包括在五岁孩子的词库中。黎清和却久久驻足在资料牌前，目光专注。这让祁夏璟忽地回忆起早上黎清和在客厅阅读时，手里拿的书就是和飞机相关的。

"学校老师几次和我说过，哥哥的认字量很惊人，也不知在哪里学的。"

黎冬忽地在他身边开口，看向儿子的目光温和，"或许是因为，哥哥一直把你当作榜样。"祁夏璟没想到还有这个说法："榜样？"

"嗯。"黎冬挽上丈夫的另一只手臂，将头轻轻靠在祁夏璟的肩膀上，"其实清和很喜欢你，只是不太会表达而已。"顿了顿，她想到什么，弯眉笑起来，"在这一点上，你们不愧是父子俩。"

观察着几步外专心致志的儿子，祁夏璟人生中第一次清楚意识到，他所谓的父亲身份和对于儿子的生疏及不称职。因为原生家庭，他和父亲的交恶，让祁夏璟哪怕身为人父，同样会不自觉地厌恶"父子"的血缘纽带。他理智上清楚孩子的无辜，行为上也难免表现出疏远。看见黎清和只跟黎冬表露亲近，对他向来是淡淡的，祁夏璟还有过片刻的庆幸，幸好，黎清和在感情上对他没有太多需求。可现在看来，事实似乎并非如此。祁夏璟无声叹息，轻拍着趴在肩膀上昏昏欲睡的妹妹，走去黎清和身后："这些，都能看懂吗？"

思绪突然被人打断，黎清和收回目光转身，平静道："不影响理解。"男孩看了一眼挂在父亲肩上的妹妹，询问，"妹妹睡着了吗？"

"嗯。"祁夏璟一时也想不出可交流的话题，见小家伙定定看过来，随口问道，"你也要抱吗？"黎清和难得表现出稚童的别扭，别过视线，道："不要。"第一回合的父子交流以光速宣告失败，祁夏璟又依次谈起几个话题，都屡屡碰壁。

黎清和很快察觉异常，微微皱眉，一脸严肃："爸爸，你今天怎么了？"

"扑哧。"全程旁观的黎冬终于忍不住轻笑出声，"慢慢来嘛，和孩子相处总需要时间。"黎冬笑着轻拍男人肩膀，难掩眼底笑意，"你刚才的表现，已经比我想的要好很多了。"祁夏璟闻言抬眉，反问："我现在是不是不该好奇，我在你心里，究竟是什么形象？"

确认妹妹熟睡着，哥哥还沉浸在参观中，黎冬踮起脚，飞快在男人侧脸留下蜻蜓点水般的亲吻。她不擅长在大庭广众下表露爱意，耳尖微微发红，低声同祁夏璟耳语："老公，辛苦了。"

唇角压抑不住地上扬，祁夏璟顺势要将后退的人搂回来，余光就正对上儿子一双平静的黑眸。四目相对，黎清和默默移开目光，扭头不动声色地朝更远处挪动一步。祁夏璟"呵"了一声，问旁边的黎冬："他什么意思，嫌弃我？"话音刚落，就见黎清和面无表情地朝更远处又迈出更大的一步。

祁夏璟："……"

航天博物馆的室内外都有展区，面积比想象中要大上许多。在休息区吃过午饭，一家四口又在室外游逛许久。夫妻俩确认不可能一次性看完所有展区，

特约番外

两个小崽子的体力更有限，决定今天到此为止，下次再找机会过来。离开前，祁夏璟叫住朝出口走的黎冬，提醒道："还没去二楼的纪念品商店。"

　　"哦对，听说在卖飞机模型。"黎冬低头看向黎清和，征求他的意见，"清和想去吗？"黎清和用黑白分明的眼看向父亲，半晌点头："想。"

　　上楼途中妹妹终于睡够，一听要买东西，立刻瞪圆眼睛，嚷嚷着要下来自己走。纪念品商店的物品分类众多，商品琳琅满目，算得上遍地诱惑，尤其是对年龄偏小的孩子。祁初霁拽住黎冬，兴冲冲地一头扎进礼品区。祁夏璟则跟在黎清和身后，径直去了模型区。一进去，二人就瞬间被大小不一的飞机模型包围。

　　同许多孩子一样，黎清和最终在单独占据半面墙的直升机模型前停下脚步。男孩微仰着头，眼底充斥的憧憬让祁夏璟不由得回忆起他在这个年纪时，是否也有过真正喜欢的事情。念头一闪而过又被他摒弃，"我喜欢"这三个字在祁夏璟的童年里，恰巧是最不重要的，反正最后都要听从家里的安排。

　　见黎清和迟迟不表态，祁夏璟上前靠在旁边长柜，瞥了一眼大五位数的价格，"喜欢就买。"闻言，黎清和缓缓皱眉，目光转向另一个展柜里摆放的战斗机模型，犹豫不决地道："那边的也很好，我想再考虑一下。"

　　"喜欢的都可以买。"祁夏璟云淡风轻地说，"把想要的东西记清楚，整合好再去找工作人员。"沉默片刻，黎清和逻辑清晰地指出问题："卧室没有地方放这么多模型。"

　　祁夏璟不认为这是问题："家里那么多空房间，随便挑一间，专门用来放模型就可以。"又是一阵长久的安静，祁夏璟见五岁大的儿子一脸严肃地看向自己，郑重地道："这是需要我帮忙哄妹妹睡觉的意思吗？"

　　话题转移得猝不及防，连祁夏璟也罕见地反应不及："什么？"

　　"我负责哄妹妹睡觉，爸爸晚上就能有更多时间和妈妈约会。"五岁的小大人有理有据地继续分析，"作为交换，所以给我买很多飞机模型。"不知怎么，儿子越一本正经地分析，祁夏璟就越发想笑。先前挡在父子俩之间的无形隔板似乎也在不知不觉中消失无踪，他勾唇懒懒笑了一下，挑眉反问："这都被你发现了——你小子，很聪明嘛。"他直起身走到儿子身边，又随意揉了揉男孩柔软的发顶，"还有，'约会'这种词，是谁教给你的？"

　　"不用人教，自然就会知道。"黎清和摇摇头，一针见血道："是爸爸你先入为主地认为我是小孩，所以才觉得我什么都不懂。"

　　"小家伙还挺能说会道。"祁夏璟从喉中轻呵了声，抬指弹了一下儿子的脸蛋，"平时和你妈在一起，也这么难管吗？"

"我不需要别人管。"意识到似乎是被父亲调侃了,向来四平八稳的黎清和也忍不住轻声反驳,"而且妈妈说,爸爸你才是小时候最难管的那个。读书的时候不仅逃课,还不写作业——"

听儿子事无巨细地例举自己年轻时候做的混账事,祁夏璟双手抱胸,来者不拒地全盘接受:"你妈还说你把我当榜样,所以,这些混账事你都要效仿吗?"在斗嘴方面,黎清和哪里是他爹的对手?男孩愣了一下,道:"当然不——"后半句未完,他只觉得有高大身影压下来。眼前一黑的同时,无法拒绝的力道揪住他后脖子处的衣领,将他整个人轻松拎起。下一秒,黎清和发现他正被迫趴在父亲怀里,鼻尖满是熟悉又令人安心的气味。

"这里不能跑,不知道吗?"父亲低沉的声音响起,黎清和只能看到地板和男人后背,却也从父亲的语气中,听出明显的不悦。

"对不起,对不起,我一转身孩子就跑没影了,没撞到你家孩子吧?实在不好意思啊!"

"嗯,下次小心点儿。"从对面忙不迭的道歉声中,不难猜出祁夏璟此时表情一定不算友善。可黎清和非但没害怕,反而默不作声地搂紧了父亲的脖子。

祁夏璟敏锐捕捉到黎清和的细微动作,垂眸就见儿子正乖乖环着他,是难得一见地黏人。儿子学会走路后,祁夏璟抱黎清和的次数屈指可数,他轻拍两下男孩后背,问:"害怕了?"

"没有。"黎清和摇头,尤其不想被祁夏璟看见似的,又特意将脸朝着另一侧转过去。回想起榜样的事,祁夏璟倏地明白了些什么,又问:"不害怕就不抱了,现在放你下来?"肩膀上的小家伙不再吭声,环着脖子的手倒是一点儿力道没卸下。

祁夏璟了然地勾唇轻笑,不再旧事重提,索性抱着黎清和在模型区转,凡是小家伙看中的,不假思索地就要买下来。黎清和倒是有节制得多,在祁夏璟二话不说要刷卡付钱时,坚持只买三件模型,其余的要等下次再来。

祁夏璟嘴角噙着笑意,挑眉看着小家伙一本正经地教育他:"工作很辛苦,不应该浪费。"

"嗯,听你的。"余光见到黎冬牵着妹妹走来,祁夏璟让收银员修改清单,慢条斯理地继续道,"现在家里能管我的,又多了一个。"

"哇哥哥!你的脸好红!"远远看清人后,祁初霁就不断催妈妈再走快些,走近就瞪大眼睛抬头,"还有,哥哥你在好用力地抱爸爸哦。"

鲜少见哥哥抱人,黎冬对此也颇为意外,以眼神询问眼前这一幕究竟是怎么回事。为了保护小男孩的别扭自尊,祁夏璟懒懒散散笑着,语气意味深长:

特约番外

"大概，是一些男人之间的约定？"说完他没忘伸出小拇指，和小家伙定下协约："所以，就按照我们刚才说好的，能完成？"

越幼稚的法子往往越有效。这次黎清和终于没再犹豫，和父亲拉钩："好。"

仅仅过去一个白天，父子俩的关系就肉眼可见地发生变化。晚饭时，黎冬就敏锐地察觉到虽说两人在饭桌上仍旧约等于零交流，但微妙改变的气氛绝对不会骗人。

比如备菜时，祁夏璟随口一句问起的"哥哥都喜欢什么"。比如添饭时，黎清和会自然而然地看向父亲。比如妹妹央求要吃冰淇淋时，祁夏璟会帮哥哥顺带一份他最喜欢的巧克力口味的，太多细节不胜枚举。

最清楚父子俩一个比一个嘴硬心软的性格，见到父子俩变得更亲密，黎冬比谁都更欣慰，但这并不妨碍她好奇这一切是怎么发生的。晚饭后祁夏璟也不再忙自己的事，而是领着两个小家伙，依次推开家里几间办公间的房门。

"你们可以各自挑一间，放自己喜欢的东西。"男人后背懒懒靠着门框，任由妹妹调皮捣蛋地抓皱他衣摆，"也可以共享一间，你们自己商量好。"

两个小家伙兴奋地在几间屋子里跑来跑去时，黎冬走到祁夏璟身边，不解道："怎么突然想起要腾出办公间给孩子？现在一人一间书房和卧室不够吗？"

祁夏璟长臂一伸，将一步外的妻子拉入怀中，轻捏她的细腰，循循善诱道："我一般不轻易吐露机密。"黎冬被逗笑，踮脚飞快蹭过祁夏璟的下唇，又推开某人作祟的手，催促道："别卖关子了，到底为什么？"

"家里的办公间太多，空着也是浪费，不如让他们自由发挥。"说着他又搭上黎冬肩膀，用修长手指把玩着她柔顺青丝，目光停在房间沙发上的两个小朋友身上，"以及我今天才发现，清和才五岁，就有热爱且愿意为之付出努力的事情。"

话语停顿，祁夏璟眼底散漫收敛，微微一笑："说实话，我很高兴，或是说很骄傲——因为我的孩子，做到了我至少二十五岁前，都没做到的事情。"

回忆起祁夏璟从医的理由，以及和原生家庭抗争的那些年，黎冬心底泛起点点酸涩："你已经做得很好了，不是每个人都能在很小的年纪，找到喜欢又擅长的事情。"

"但这件事的确难能可贵。"

今晚的祁夏璟让黎冬有几分陌生。她隐隐约约意识到，现在面对的不仅仅是体贴入微的丈夫，更是一位杰出的父亲。祁夏璟虽是揽着她，视线却始终停驻在玩闹的孩子身上，语调是不自知的温柔："我想，我不是天生的父亲，也不是善于引导的教育者,可至少应该尽可能地支持小家伙做喜欢的事情。"

"没有人天生是父亲或者母亲,人都是在学习和实践中成为家长的。"黎冬握住肩上男人的手,感动中更加欣慰,"可能只有你自己不觉得,祁夏璟,你成为父亲后,真的成熟了很多,各方面都是。"话音刚落,她耳边就传来懒懒散散的低笑,紧接着,黎冬的耳骨微微一热。正经不过三秒,祁夏璟偏头将薄唇压在她右耳,故意反问:"所以阿黎的意思是,我以前幼稚得要命了?"

不等黎冬出声反驳,某人反而先倒打一耙,继续不紧不慢地道:"哦,我想起来了,人美心善的祁太太,似乎没少在小家伙面前说我坏话呢。比如逃课、不听话、不交作业、不守校规?"

"我可没说这么多,不许乱给我扣帽子。"

黎冬确信,她只在小家伙面前无意提过一次祁夏璟高中时会逃课不写作业,其余都在说祁夏璟成绩优异。她仔细想了一下,忽地觉得哪里不对劲,不禁笑出声:"原来你自己也知道你高中时候干了这么多混账事啊。"

"叛逆又不是傻。"对上爱人幽幽的目光,祁夏璟喉中滚出声低笑,"所以我们才一起时,我最好奇的就是班长这种三好学生,究竟是怎么看上我的?"男人屈指用骨节轻钩了一下黎冬的下颌,大言不惭地道:"只能说,祁太太眼光真不错。"

黎冬抬手捶了一下男人宽阔的肩膀,正想笑骂某人脸皮厚,余光就见刚才还在沙发上玩得不亦乐乎的妹妹,此时又投来天真烂漫的注视目光。这次祁初霁也不负众望地,每一次提问都堪比平地一声雷:"爸爸和妈妈,是又要亲亲了吗?"

"是。"祁夏璟搂着黎冬走进兄妹俩选定的房间,不留痕迹地转移话题,"怎么只选了一个房间?都喜欢这个?"

"不是哦,是妹妹和哥哥想在一个房间里玩。"粉嫩团子摇摇头,下一句话又将话题重新拉回原点,"爸爸和妈妈第一次亲亲是什么时候呀?是爸爸先亲的妈妈吗?"恋爱细节自然不可能和五岁大的孩子详说,祁夏璟沉吟片刻,慢条斯理地回答:"亲亲是两个人同时的。"男人有意一顿,将目光转向黎冬,道,"不过嘛,爸爸的确是对妈妈一见钟情。"

好奇宝宝祁初霁追问道:"什么是'一见钟情'呀?"

"意思就是,爸爸见到妈妈的第一眼,就很喜欢妈妈了。"

黎冬:当着孩子的面,这人怎么说谎不打草稿的?

"那爸爸为什么喜欢妈妈?是像电视剧里演的那样吗?本来每天都在吵架,然后突然有一天,两个人就开始亲亲——"始终沉默的黎清和突然淡淡出声:

"故意和你吵架、让你生气的人,并不是真的喜欢你。"

这段话显然不能说服祁初霁,粉嫩团子气鼓鼓地道:"哥哥才不知道呢!电视剧里都是这么演的!"

"那是电视剧,目的是赚钱,你不要信那些。"黎清和走到妹妹身边,安抚地拍拍她发顶,"马上九点半了,该去睡觉了。你晚上想听哪本故事书?"

祁初霁的注意力成功被吸引,苦恼地"嗯"了一声:"今天晚上,爸爸不讲故事了吗?"

"爸爸有事情要忙。"黎清和抬头看了看双手抱胸的祁夏璟,垂眸平静道,"我们做好自己的事,不要给别人添麻烦。"祁初霁惯来是个爱撒娇的,立刻小嘴一瘪,泪眼汪汪道:"所以,妹妹是麻烦吗?"

"不是。"黎清和闻言无奈轻叹,上前抱住小姑娘,拍着她后背安慰道,"今晚给你讲两个故事听,不要哭了。"

"就知道哥哥最好了!"演技精湛如祁初霁,收放自如地吸吸鼻子,在哥哥怀里撒娇道,"妹妹最喜欢哥哥啦。"

晚上十点整,说是让哥哥哄妹妹睡觉,作为家长肯定不放心。黎冬偷偷去小卧室,见到两个小家伙都安稳睡着,才轻手轻脚回到自己房间。祁夏璟靠在床头,若有所思地微微蹙眉。黎冬走去床边坐下,问道:"在想什么?"

"没什么。"爱人身上淡淡的香气萦绕鼻尖,祁夏璟回神将黎冬环到身旁,落吻在她光洁的额头,"就是突然发现,黎清和这小子,还挺会哄女孩子的。"

妹妹性格活泼开朗,在缠人方面也别有天赋。试问,当一个瓷娃娃般的粉嫩团子蹭着你撒娇,不答应就眼里包着一筐眼泪可怜巴巴地望着你,谁能拍着胸脯保证,绝对不会心软?没想到,黎清和一两句话就能哄好。

"可能是双胞胎的心灵感应,老师说清和在学校里,其实不太和其他孩子说话。"将头枕靠在坚实胸膛,黎冬不知想到什么,幽幽轻叹一声,"也不知道,这点是不是随了爸爸?"

祁夏璟成功被气笑,放下手中的平板压上来,自上而下地俯视黎冬,眼底笑意盈盈,低头咬上她清晰笔直的锁骨:"现在很会挖苦人嘛,黎医生。"

"可能是耳濡目染的吧。"感觉到腰下被人垫上软枕,黎冬挺了挺身,同时抬手环住祁夏璟脖子,"在孩子面前还胡说八道。"

祁夏璟挑眉:"哦?具体是哪句话呢?"

"连我的长相都没记住。"黎冬用指尖轻戳男人胸膛,青丝在床面铺开,"不知道'一见钟情'这种事某人是怎么编造出来的?"

真相是,某人分明连她的名字都没记住。十年暗恋总是刻骨铭心,哪怕两人早早结婚生子，收获圆满结局，经年旧事对黎冬总是刻骨铭心的。但她当然也知道，这并不是祁夏璟的错。意识到自己在闹小脾气，黎冬微微偏头，以开玩笑的语气想一笔带过："你好像压到我的头发了——"

"第一次见面的情况特殊，如果我盯着你的脸看，其实不太礼貌。"祁夏璟认真的语气用严肃形容都不为过。男人手臂用力，将黎冬抱起来，好让她能和自己平视。

"觉得你名字好听是真的，那天下雨没看清你长相也是真的。"祁夏璟偏头吻在她额头，倏地一笑，"至于'一见钟情'这件事，我也并没有对你说谎。"

黎冬缓慢眨眼，有些反应不及。直到现在，她都认为暗恋有回应是她运气绝佳。从没想过，喜欢的人对她一见钟情，如此戏剧性的剧情会真的发生在她身上。况且，祁夏璟也从没说过这件事。

"一见钟情"这四个字，像是在黎冬心中曾经荒芜贫瘠土地上，破土而出的一株新芽，让她无法平静以对。

"到底什么意思？"她不禁催促道，"快说呀。"

"就是字面意思，就算不是一见倾心，也是初见就有好感。"祁夏璟握住爱人右手，细细欣赏后，印吻在她肤色雪白的手背，耐心解释道，"不是故意隐瞒你，连我都是结婚很久后才突然意识到的。其实喜欢上你这件事，比你喜欢我还要早。"

话语一顿，男人抬眸定定望过来，漆黑眼底满是黎冬身影，昔日过往浮上心头："如果非要细说，可能真的要从我和你的初次见面说起……"

特约番外

那年初见

高一升高二的那年盛夏格外炎热。下午一点半，半数以上的学生都在座位上昏昏欲睡，黎冬作为剩下为数不多清醒的人，还在低头奋笔疾书，笔尖在纸面上唰唰划过。

刚文理分班没几天，学生之间还保持着客气生疏的关系。除非之前就是同学的人，否则哪怕和同桌也不会过分热络。当然，这泛指的"大多数人"，并不包括黎冬的同桌沈初蔓。视台上口水横飞的老师为无物，长相精致艳丽的女生将教科书立起来，正好挡住脸。

沈初蔓满意地看着刚涂好的指甲，用手肘碰了碰黎冬，自来熟地道："我新做的指甲好不好看，你要不要也涂一个？"说完，还把手在黎冬面前晃了晃。

"好看。"黎冬从书本中抬头，仔细看过后点头，压低声音道，"我不涂，谢谢你。"然后又开始新一轮的埋头奋笔疾书。

黎冬身上穿着宽大的校服外套，露出的一截手腕和脖颈却很瘦长。高马尾严谨地拢起每一根碎发，背脊笔直。沈初蔓无所事事地单手托腮，盯着黎冬看了一会儿，问道："你一整天都这么端着坐，累不累啊？"

"不累。"黎冬摇摇头，看看同桌一片空白的课本，思考片刻后小声问，"今天讲的内容很重要，需要我借你笔记吗？"

"你看我像是会学习的样子吗？"沈初蔓哽住几秒，一脸无语地摆摆手道，"不用，你听课吧，我不打扰你了——"

"班长，班长人呢？祁夏璟人去哪儿了？"下课铃和讲台传来的高声同时打断沈初蔓的后半句。就只听一声"啪"的摔书声，班主任老安忍无可忍地怒斥道："这小子仗着成绩好，就敢给我天天逃课是吧？"

被点名，黎冬只能起身："报告老师，我不知道他为什么缺课。"话落，她没忍住回头看了一眼。自从分班后，她后排的位子就成天空着，别说知道对方去了哪里，她连人都没见过几面，更没说过一句话。

想到这里，黎冬沉默垂眸，食指扣着笔记卷边的右下角，心情有些闷堵。

"去找人！"老安正在气头上，满腔怒火难免波及黎冬，"找到人之后，叫他立刻滚来我办公室！还有，昨天的作业还少五个人！没交的自习课前赶紧给我补上，别逼我一个个查名单啊！"

"这人是不是没事找事？"老安前脚刚走，沈初蔓就把书往桌上一甩，一脸烦躁地说，"姓祁的不来上课，冲着你发火干什么？又不是你教唆他逃课的！"

"我没事——"黎冬正要劝她别生气，就见沈初蔓转过身，照着后排看漫画的徐榄的桌子猛踹一脚。桌上的东西掉了一地，徐榄也不生气，笑眯眯地弯腰一一捡起来："沈大小姐又有什么吩咐？"

"别油嘴滑舌的了。"沈初蔓没好气地一把推开徐榄凑过来的脸，没好气地道，"姓祁的到底人去哪儿了？你还真让黎冬满学校找他啊。"

"他还能去哪儿？"徐榄无所谓地耸耸肩，"一、三、五教学楼天台，二、四体育场小阁楼呗。对了沈初蔓，老安说作业有五个人没交，不会有你一个吧？"

"说得好像你写了一样。"

"我是没写啊，所以，这不是被迫跟你站在统一战线上了嘛！"徐榄收起漫画，笑着和黎冬商量，"班长你看，我们俩都告诉你老祁人在哪儿了，作业借我们抄一下呗。"黎冬隐约记得，徐榄早上已经交过作业了，但显然现在不该刨根问底，她道谢后将自己的作业本递过去。

一、三、五教学楼天台，二、四体育场小阁楼，那祁夏璟今天应该在教学楼天台。黎冬在心中默默盘算着，走过课间时乱哄哄的走廊，算着时间，脚步不自觉有些着急。教务处在教学楼的顶层，如果从南边的露天走廊绕过去，正好能看见天台。

耳边突然传来吵闹声，黎冬顺着声音望过去。三楼大厅的荣誉榜前聚集了不少女生，闹哄哄地围在一起，对着公告板上的内容，热切讨论着。黎冬用余光扫过去，被告示板上的照片吸引了注意力。那张被她一眼认出来的照片在十

特约番外

几张高清证件照中显得尤为突出。一是这张照片过于模糊，像是从一张大合照中抠出来的，二是照片上的人表情实在太狂。

相比于其他端正微笑的人，这张照片上的人连镜头都没看。深邃精致的眉眼写满了少年的张扬与肆意，像是正和人说话，散漫勾着唇，表情不屑。

这张照片，她以前没在告示板上见过。黎冬远远站在一旁，耳边不断有女生的窃窃私语，始终围绕着"奥数竞赛""保送""常春藤"等词语。

总之，都是离她太遥远的词语。她快步离去，站在楼梯口，想着在教室里徐榄说的话，犹豫片刻，还是选择从能看见天台的露天走廊绕过去。

顶楼只有教务处的几间办公室，连接两栋楼的露天走廊平时很少有学生经过，安静到能听清脚步声，所以，当黎冬远远看见走廊尽头出现的一男一女时，第一反应就是侧身躲在拐角的石柱后面，呼吸微屏。偷听很不礼貌，但那张一分钟前在公告板上见过的面孔，让她的脚硬生生地钉在原地。

"祁夏璟。"不远处传来的一道女声让黎冬心里一紧，听着柔柔弱弱惹人心怜。"我有话想对你说，你现在有空吗？"

"没空。"懒淡的男声随后响起，声音带着点儿刚睡醒的沙哑。"我着急回去上课学习。"大言不惭的话男生随口就来，"很急。"

目睹祁夏璟旷课多天的黎冬："……"

躲在阴影下，她看见女生将双手背在身后，手里的粉色信纸被抓得发皱。而此时被拦着路的祁夏璟，垂眼看向矮他大半个头的女生，慢条斯理地打了个哈欠："所以，麻烦这位同学让让？"

男生脸上没什么表情，整个人显得很懒散，没骨头似的斜靠在身后拦腰的石墙上。校服的长袖被挽起，拉链没系，露出冷白的小臂和黑色的兜帽卫衣。

同样是校服，祁夏璟却和其他人穿出了"买家秀"和"卖家秀"的区别。见女生低着头不肯让开，祁夏璟直起身要走，目光随着动作移动，在扫过黎冬所在的拐角位置时，停顿了一下。

四目相对，转瞬又错开，唯一能确定的，是那一刻的心跳如雷。黎冬无法确定祁夏璟是不是看见了自己。不过，她很快就得到了答案。她绷直的身体紧贴着墙，在耳边和脚步声同时响起的是回荡在走廊的女生不甘心的反驳声："可……可我听说你这几天根本没去上课——"

"哦，我现在改邪归正了。"敷衍的男声越来越近，话音落地的同时，黎冬只感觉头顶正午的光尽数被遮盖。她慌忙抬起头，就直直撞上祁夏璟似笑非笑的眼神。他站在距离黎冬不到半步的位置，她甚至能看清对方困倦的表情和手臂上的青筋。

祁夏璟双手插兜,身体略向前倾。他个子太高,棱角分明的五官和巨大的身高差,都在无形中施加着压迫感。黎冬屏住呼吸,大脑陡然一片空白,胸腔下心脏的跳动声震耳。祁夏璟用漆黑深邃的桃花眼盯着她的脸,打量半晌后挑眉,漫不经心的声音响起:"这位同学,好戏看够了吗?"

黎冬很确定,祁夏璟没有认出自己,不论是作为同学,还是两年前雨夜里崴脚的女生。对方看向自己的眼神,以及使用的生疏称呼,明显是第一次见面的反应。这一瞬间庆幸和失落交杂,黎冬攥紧了藏在校服里的手,抬眼看向祁夏璟眼睛:"对不起,我不是有意偷听,只是觉得刚才的情况,我不应该贸然出现。"

黎冬努力不让眼神向别处瞟,她是话很少的人,只有在心虚的时候,才会一口气把话说得又密又快。祁夏璟像是接受了她的解释,不紧不慢地站直身体拉开距离,头靠着墙,腔调又慵又懒:"同学,你好像有点儿眼熟。"男生显然并不想得到反馈,只是随口丢下一句,目光就彻底从黎冬身上移开,转身欲走。

"祁夏璟!"徐榄的声音从另一头响起,传遍整个走廊,"我就知道你小子一逃课,肯定是在这儿躲着。"黎冬定在原地,有些不知所措。她眼睁睁地等着徐榄走近,他"咦"了一声,凑到她面前:"班长,你怎么在这儿?"

祁夏璟闻言挑眉,薄唇轻启,从嘴里蹦出两个字:"班长?"

"你改改记不住人脸的毛病吧,分班都几天了!"徐榄冲他翻了个白眼,好脾气地朝黎冬咧嘴笑笑,"班长你别理他,他这人就是欠揍。"

祁夏璟懒懒甩去一记眼刀。

"我去教务处领资料,正好经过这里。"不用再和祁夏璟独处,黎冬罢工的大脑终于能重新运转。她快速压下翻涌的心绪,看向祁夏璟,道:"我坐在你前面,这周三下午的自习课间你回过班级,我给你发过语文卷子。"

虽然他们一句话都没说过,但确实是见过面的,只不过祁夏璟对她没印象,才会觉得陌生又眼熟。黎冬的话来得突兀,祁夏璟几秒后才反应过来,女生是在回应他那句随口丢下的"你好像有点儿眼熟"。

这时,黎冬已经头也不回地离开,只留下一个马尾高高扎起的背影,背脊挺得笔直。瘦长的人套着褪色的蓝色校服,更显身形纤细。祁夏璟目送着女生背影消失在拐角。

可他对这个前座同学,的确没什么印象。唯一能记住的,也只是他为数不多几次回班级时,抬头就能看见的挺拔腰背——他从没见过坐姿如此端正的学生。她刚才回应自己时,浑身上下也散发着一股说不出的较真,莫名其妙地让

特约番外

人在意——如果被那双黑白分明的眼睛注视，是怎样的感受？

祁夏璟微微眯眼，眼底闪过一抹不自知的兴致。

"喂，冲着班长离开的方向发什么呆呢？"徐榄这时又在他耳边唠叨不止，"对了，回头记得和班长道个歉！因为你小子逃课，人家替你挨骂好几次——"

"停。"祁夏璟将食指放在唇边，冲徐榄做了个嘘声动作，面无表情道，"你是真的很吵。"他无视四面八方的注视回到教室，没由来地，第一眼就下意识地看向他前座的位子，一片空荡荡的，黎冬还没回来，不知道去哪里了。

祁夏璟目不斜视地走回座位，趴在课桌上，闭上眼准备睡觉。对他而言，比起去教学楼天台，回教室就是换了个更吵的地方打发时间。盛夏午后的阳光格外刺眼，光束透过玻璃，在光滑的黑板上被反射，直直照在人身上，是滚烫的。祁夏璟自然也无可避免，后脖颈被阳光直射的地方，时间久了会隐隐作痛。

"同学你好，我想拉一下窗帘，你能让一让吗？那边有人在休息。"课间时分，教室喧嚷而聒噪。嘈杂人声中，偏偏只有黎冬轻轻的询问声一字不落地落进祁夏璟的耳朵里。下一秒，他后脖颈被照晒位置的丁点儿灼烧痛感，随着窗帘落下的窸窣声，也消失不见。有所感应似的，祁夏璟微皱眉头，正要睁眼坐起身，耳边再度响起徐榄的大声嚷嚷："老祁别睡了！班长找你！"

祁夏璟肯定且确信，徐榄到现在还能在他面前活蹦乱跳，只能感谢法律的保护。或许是懒得说话，又或许是余光瞥见扎着高马尾的女生就站在他面前，祁夏璟没和徐榄计较，用左手撑着脸坐起来。

有记忆以来，这是祁夏璟第一次认真打量同龄女生，语调懒懒散散的："班长找我？"显而易见，黎冬很不擅长隐藏心理活动，回话时就差把"尴尬"和"不熟"写在脸上。即便这样，她仍旧硬着头皮提醒他不要再逃课，否则会跟不上学习进度，甚至还不放心地要把笔记本借给他。她看上去，似乎是真的很在意他成绩下滑的事。祁夏璟对此感到十分新奇，旁边的沈初蔓和徐榄一对儿欢喜冤家，还在抢着抄黎冬的作业。

祁夏璟悠闲地用手臂支着脑袋，偏头，视线不紧不慢地扫过两人争抢的试卷，然后从桌洞摸出一支笔，在指尖灵活地转了两圈，慢悠悠地道："我也要抄。"

几秒的安静后，沈初蔓率先打破僵局："你居然还会写作业？太阳从西边出来了？"

"有意见也憋着。"祁夏璟的语气满不在乎的，随口沿用黎冬刚才的话，"班长刚才不说了嘛——年级第一不努力，学习也跟不上。"

"你们男的嘴巴是真欠。"沈初蔓翻了个白眼，屈指在祁夏璟桌上敲了敲，警告道,"自习下课前必须交,别让黎冬为难,听见没?"

祁夏璟眼神都没分过去半个。眼见气氛要跌至冰点,徐榄适时出来打圆场:"话说,你们知道老安为什么格外针对老祁吗?"

祁夏璟掀起眼皮,凉凉出声:"你有病?"

"那次我去办公室,一进去就听见老安问他,为什么上次摸底考的数学选择题全空着,你猜他怎么说?"徐榄才不理会这些,也知道祁夏璟没真的生气,故意挑眉垮着脸,做作地模仿祁夏璟当时的神态和语气,"太简单了,懒得看。"他当时说的分明是"浪费时间",祁夏璟低头漫不经心地抄着卷子,忽地听前面沉默许久的黎冬,很轻地笑了一声。

写字的动作一顿,几乎没有任何犹豫地,祁夏璟抬起眼看过去。

黎冬的五官比大多数人要深邃,英挺的眉眼,以及棱角分明的轮廓线,其实都给人强烈的距离感。但笑起来时,女生的眼睛会不自觉眯起,眼尾上扬,意外地给人感觉很乖。

"哇,班长,我还是第一次见你笑。"见黎冬笑了,徐榄的反应更加浮夸,"我以后是不是多讲点儿祁夏璟的糗事——"话语一顿,徐榄手疾眼快地抢过祁夏璟手中的卷子,盯着左上角看,下一秒立刻嘲讽道,"老祁,我是真服了你!你自己看看,你写的什么玩意儿?"

祁夏璟顺着徐榄手指的地方看过去。满眼密密麻麻的狂草中,他一眼看清左上角填写姓名的位置,龙飞凤舞地写着"黎冬"两个大字。大概是他没带脑子地抄作业,写了什么内容,连他自己都没注意。

目光扫过他的潦草字迹,又看了眼旁边内容相同的娟秀小字,祁夏璟没由来地好奇,这个名字念出来,听着会是什么样?他心里这么想的,也这样做了,声音慵懒,尾音微微上扬地念:"黎冬?"

"废话,你抄的是谁的作业,心里没点儿数吗?"沈初蔓不耐烦地道,"赶紧把名字划掉!否则老安一眼就知道你抄了她的作业,让黎冬再跟着你遭殃。"

"划掉干什么?"祁夏璟握着手里的水笔轻点在桌面上,目光依旧停在卷面的名字上,"老安要是问起来,就说是我抢走的卷子。"

黎冬,祁夏璟又在心里念了一遍女生的名字,他名字里带夏,她名字里带冬,好巧。

"抄卷子的事,谢了。"祁夏璟抬眸对上黎冬的目光,意料之中地看着女生的表情肉眼可见地变得僵硬,忽地勾唇一笑,"以及——班长,你的名字挺好听的。"

图书在版编目（CIP）数据

吻冬 / 桃吱吱吱著 .-- 北京：中信出版社，2024.6
ISBN 978-7-5217-6116-0

Ⅰ.①吻… Ⅱ.①桃… Ⅲ.①长篇小说－中国－当代 Ⅳ.① I247.5

中国国家版本馆 CIP 数据核字 (2023) 第 210550 号

吻冬
著者： 桃吱吱吱
出版发行：中信出版集团股份有限公司
（北京市朝阳区东三环北路 27 号嘉铭中心　邮编　100020）
承印者： 嘉业印刷（天津）有限公司

开本：880mm×1230mm　1/32　印张：17.75
字数：628 千字　　　　　　　 插页：4
版次：2024 年 6 月第 1 版　　 印次：2024 年 6 月第 1 次印刷
书号：ISBN 978-7-5217-6116-0
定价：69.80 元（全二册）

版权所有·侵权必究
如有印刷、装订问题，本公司负责调换。
服务热线：400-600-8099
投稿邮箱：author@citicpub.com